엄마가 말할게

이 책을 나의 어머니 최효님 님께 바칩니다.

엄마가 말할게

고길섶

장편소설

섶나무

섶나무문학 001

엄마가 말할게

초판 1쇄 발행 2023년 10월 29일

지은이 • 고길섶
펴낸이 • 고길섭
디자인 • 문현정
펴낸곳 • 섶나무
신고 • 2023년 9월 19일 제2023-000002호
주소 • 전북 부안군 줄포면 후촌길 90-4
전화 • 010-7748-6645
전자우편 • pp640gho@gmail.com

차례

율희는 깍두기볶음밥을 먹으며 난데없이 하얗게 웃었다.

엄마가 보내준 깍두기가 푹 익어, 신 걸 좋아하는 율희로서는 더 잘게 썰어 볶음밥 해먹기에 제격이었다. 참고 참았던 웃음, 입을 다문 채 고개를 들어 다시 웃다가 그만 식탁 위에 빠알간 밥알들을, 봉숭아꽃 씨주머니 터지듯, 내뿜고 말았다. 씹다 만 밥알들과 상처투성이가 된 깍두기 파편들, 깜찍하게 차려놓은 밥상을 순식간에 그로테스크한 비주얼로 반전시켰다. 율희가 끝내 웃음을 참지 못한 것은, 잘라버려야 할 자신의 오른손 손가락을 차마 자르지 못하고 그 손가락으로 능청스럽게 밥을 떠먹어야 하는 자괴감이 폭발해서다. 그러니까 자신의 심장으로 파고드는 자체발광 썩소, 썩은 웃음이었다. 카를로 젠의 '유녀전기' 주인공 타냐가 방출하는 썩소랄까. 타냐는 전생에 엘리트 샐러리맨이었던 남성이 환생해 세계대전에 참전하는 어린 소녀다.

엄마에게 전송하기 위해 깍두기볶음밥 사진을 찍을 때만 해도 기분이 좋았다. 그로테스크하게 반전된 것은 밥상이 아니라 사실 자기 자신이었다. 하루아침에 벌레로 변신되어 가족들로부터 멸시당하다 죽어간 1912년의 말단 샐러리맨 그레고르 잠자의 처지처럼, 난감하다.

때마침 전화 벨소리가 울린다.

"세주야!"

반가운 마음에 목소리가 얼마나 컸던지 거실에서 제멋대로 놀고 있는 인형들이 깜짝 놀랜다. 세주의 전화는 구세주였다. 엔돌핀이 급분비되고 얼굴에 화색이 돈다.

"한국? 미국에서 언제 왔어?"

우유를 살짝 넣은 계란 스크램블, 두툼하게 구운 두부, 핑크돼지냄비에 끓인 감자국, 깻잎장아찌, 그리고 옆구리가 터져 나오고 있는 썬 토마토로 차려진 밥상은 뒷전이다.

"나? 밥풀때기 줍고 있다. 뽐었거든. 이걸 먹어야 할까?"

손에 든 핸드폰을 밥알이 없는 식탁 위에 올려놓으며 스피커로 전환한다.

"이년아, 그렇게 궁하니?"

깔깔 웃는 세주의 음성이 커진다.

"점심 먹고 있었어. 잘 지냈어?"

"그래 좀 오랜만이다. 저녁에 할 일 있니? 보고 싶다야."

"아 그래 만나, 만나! 나도 너 보고 싶어. 참, 내 소식 들었어?"

"뭔 소식? 반가운 소식이야? 드뎌 결혼해?"

"결혼 소식이라면 너한테 연락도 하고 인스타에 올렸겠지. 헤어졌어. 몰랐구나~ 내가 차버렸지."

"왜? 좋아 못 살더니."

"짜식이 여엉 싸가지가 없어서. 자세한 이야기는 만나서 해줄게."

"그러다가 서른 안에 결혼하겠어?"

"너나 나나 비혼주의자잖아!"

"그거야 모르는 일이징. 하여튼 저녁에 이태원에서 만나자."

"이태원? 이태원 좀 그만 끊어라. 하긴 이태원 마니아였으니."

"오늘 핼러윈 축제잖아. 좀 땡기네. 간만에 인생샷 하나 찍자."

"인생샷? 그거 조~오치!"

"내가 울 아빠하고 오늘부로 인연 끊었어. 내 몸속에 달라붙어 있던 아빠귀신을 내쫓아야겠어."

율희는 깜짝 놀란다. 순간 스쳐가는 아빠 얼굴, 처참하게 죽어간.

"무슨 소리야? 너, 나하고 그렇게 친하게 지냈어도 아빠 이야기는 잘 않더니, 갑자기 아빠랑 인연을 끊었다고 해. 어떻게 그럴 수가 있어?"

"응. 사연이 길어."

"그래, 축하해줘야 할 일인지는 잘 모르겠는데, 사연은 만나서 들어보기로 하자. 그러고 보니 너나 나나 사연 한 보따리씩 쏟아내려면 밤새야겠는 걸?"

"밤새우지 뭐, 하하하."

둘은 명륜동에 있는 대학에 다녔다. 같은 과 친구였다. 율희는 신림동에 집이 있는 보통의 집안 자식,이고 세주는 서초동 고급 아파트에 사는 상류층 집안의 자녀,인지라 생활 속에서 몸에 밴 씀씀이나 취향의 코드가 달라 어울리기 힘들어 보였지만, 둘이 친하게 지낼 수 있었던 것은 세주의 말하는 싸가지가 강남의 아이들 티를 내지 않으려 했기 때문이었다. 아니 그보다도 어떤 감성의 궁합이 잘 맞아서였다. 그러면서도 선거철이라도 되어 어쩌다 정치 이야기를 하다 보면 생각의 차이가 커 평행선을 달리며 옥신각신했다.

대학 1학년 겨울에 율희가 교통사고를 당하자 수년 동안을 세주는 율희 집에서 살다시피 했다. 집 앞 횡단보도 빙판길에서였다. 초록불 신호등에 약속시간 늦을까봐 다급하게 길을 건너던 율희는 미끄러진 시내버스에 온몸을 치었다. 정강이뼈 골절이 있었다. 율희의 부모는 서울집을 율희에게 맡기고 귀촌했기에 부랴부랴 상경해 돌봐주었으나 담당의사도 원인을 알 수 없는 일이 일어났다. 골절된 뼈가 시간이 지나도 붙지 않았던 것이다.

"왜 안 붙는지 저희로서도 알 수가 없습니다."

골반을 떼어 이식을 두 번이나 해봤어도 실패했다. 율희는 수년 동안 입원과 수술을 반복하고 그때마다 깁스를 한 채 불편하게 대학생활의 대부분을 보내야 했다. 때로는 불안과 우울이 극심하게 엄습해왔다. 잃어버린 청춘의 시간이었다. 엄마는 귀촌생활을 포기하고 돌봐주었으나 율희의 입장에서는 이 또한 마음이 편치 못했다. 늘 쾌활했던 자신이, 불안하고 우울해하는 비참한 모습으로 엄마에게 전이되는 게 싫었던지라 아빠의 건강을 빌미로 싸우고 싸워 엄마를 시골로 돌려보냈다. 그 자리를 세주가 채워줬다. 세주는 율희가 깁스로 불편할 때는 아예 율희 집에서 기거했으며 혼자서 거동이 가능하더라도 자가용으로 등하교시켰다. 하늘이 감동했는지 다행히 대학 졸업 전에 기적적으로 뼈가 붙었다. 율희와 세주는 뛸 듯이 기뻤다. 담당의사는, 안 붙던 뼈가 왜 붙었는지 알 수가 없다,는 말만 되풀이했다.

"엄마, 나 뼈 붙었어! 이젠 해방이야! 날아갈 것 같아!"

의사의 소견을 들은 직후 곧바로 시골로 전화를 했다. 엄마와 아빠가 눈물을 흘리는 소리가 들렸다.

"세주야, 정말 고마워. 죽을 때까지 너를 잊지 못할 거야. 부모님도 너한테 고맙다는 말 꼭 전해달래."

"고맙긴… 친구잖아?"

진료실을 나오면서 둘은 부둥켜안으며 화이팅했다.

오랜만에 절친 세주를 만나기로 해 기분이 째질 듯한 율희, 저녁에 이태원 가기 전 오후에는 아침에 관악산 둘레길을 걸으면서 젊은 산보객들로부터 우연히 들은, 이태원 인근에 있는 국립중앙박물관을 찾아 메소포타미아 테마전을 관람했다. 율희는 평소에도 이런저런 전시장을 자주 찾아 상상력과 창의력을 자극하곤 했다. 그림그리기나 손재주가 제법 뛰어난 율희는, 지금은 공무원 생활을 하면서 뜨개질을 배우는 중이지만 인형, 비즈, 칠보 등 여러가지 수제공예를 배워 엄마가 살고 있는 시골에서, 자연과 함께 하는 멋진 인형공방을 운영할 꿈을 꾸고 있다. 엄마의 핏줄을 이은 탓인지 서울과 같은 대도시보다는 시골 정서를 더 좋아한다. 하나의 이야기가 창작되는 판타지 공간으로 디스플레이할 인형들, 사람이기도 하고 동물이기도 하고 꽃이기도 하고 사물이기도 할 인형들, 그 인형들은 이쁘고 섬세하지만 무미건조하게 영혼 없이 늘어선 캐릭터로 복제하지는 않을 생각이다. 인형들에게 영혼을 불어넣고 싶은 게 율희의 마음이다.

어느날이었다. 늘 하던 대로 점심을 먹고 화장을 고치려 거울을 보니 자신의 얼굴에 영혼이 없음을 발견하고 깜짝 놀랬다. 물티슈로 화장을 다 지우고 화장실에 가 수돗물로 얼굴을 말끔히 닦아내 거울을 다시 보아도, 영혼은 없었다. 아찔했다. 대학 때 정강이뼈가 붙지 않아 극심했던 불안과 우울마저 그동안 후유증으로 느끼지 못했던 것이 영혼 없는 공무원 생활 탓이었을까. 자신의 얼굴에 영혼이 없다는 사실을 깨달은 순간 다시 불안과 우울이 싸하게 밀려왔다. 마스크도 착용하지 않은 채 주체할 수 없는 심정으로 구청을 빠져나왔다. 율희가 걷는 길은 익숙한 길임에도 미로의 세계로 빠져들었고, 그 미로를 정처없이 오후 내내 걷고 또 걸었다. 구름 한 점 없이 바람 한 줄기 없이, 지구 온난화로 홧병이라도 걸린 마냥 혹은 코로나 19로 중병을 앓고 있는 지구를 자외선 소독이라도 하듯 햇볕이 맹렬하게 내리쬤다. 즐비한 가로수 그늘이 태양의 분노로부터 자신을 구제하곤 했으나 숱한 사람들과 부딪칠 뻔하고 빨간불에 횡단보도를 건너다 차에 치일 뻔도 했다. 교통사고 이후 생긴 자동차 트라우마도 까맣게 잊고 있었다. 그렇게 오랜 시간 걷다 보니 자신도 모르게 여의도 63빌딩을 휘감은 붉은 노을이 뒤엉킨 한강 다리에 서 있었다. 율희는 노르웨이 화가 에드바르 뭉크의 '절규'에 그려진 다리 위 해골인간보다도 더 절망스럽게 일그러진 자신을 보았다. 붉은빛과 감청색은 강렬했다. 비로소 율희는 묘하게도 인간적이고 자연적인 영혼이 해골인간의 얼굴에 달라붙어 세상을 헤매고 있었음을 알아차렸다.

율희는 이를테면 그런 해골인간 인형에게조차 영혼을 불어넣으려 생각하고 있고, 그때마다 사춘기 문학소녀처럼 설레고 감성이 짜릿하게 터져버릴 것만 같다. 율희의 상상은 어떤 틀에 고정되어 있지 않고 어디로든 향해 있다. 박물관은 그러한 율희를 맞이할 준비를 하고 있었다. 메소포타미아, 저 기록의 땅,이라는 이름으로 전시된 점토판의 쐐기문자를 율희로서는 해독 불가하더라도 인류 최초의 문명이 깨알같이 기록되어 있다는 사실에 놀라울 뿐이다. 더 기대한 것은 또 다른 테마전이다.

영원한 삶의 집,이라고 이름 붙여진 아스타나 고분전.

고분의 공간은 중국 옛 도읍지에 자리잡은 지배계층 무덤 속에 널방과 그 입구의 좌우 옆방과 그리고 널방에 이르는 널길로 배치되었다. 널방에 안치된 죽은 자의 머리맡에는 포도, 호두, 밀로 만든 과자를 담았을 명기들이 나무받침 위에 놓여 있다. 토제 명기는 잔, 사발, 굽다리접시, 항아리 들이며 크고 작은 모든 그릇에 연속구슬 무늬가 그려져 있다. 목제 명기도 있다. 무덤의 주인 즉 죽은 사람이 저승에서 배불리 먹을 수 있는 산 사람들의 마지막 상차림이었을 것이다. 널방에는 또한 빗, 붓, 공, 모자, 가면 따위들이 있다. 무덤 주인이 살아 있을 때 실제 사용했을 물건들이다. 널방 입구에는 무덤의 주인을 지켜주는 무서운 상상의 동물 진묘수 한 쌍이, 널길에는 무덤 주인의 이름, 관직명, 사망일을 적은 묘표가 있다. 진묘수 하나는, 몸체는 동물이고 얼굴은 사람이다. 옆 방에는 순장을 대신한 인형들이 서 있다. 율희는 의외로 등장한 인형들을 세밀히 살펴본다. 문인상, 말 탄 무인상, 환관상, 악사상, 여인상 들이다. 나무뼈대에 흙을 붙여 색을 칠한 인형들은 말 탄 무인상 외에는 한결같이 가벼운 목례를 하듯 고개를 살짝 숙이고 있다. 죽은 사람의 영혼을 저승으로 실어나르는 목제 물새도 눈에 띈다. 애초 기대했던 마음과 달리, 고분전 공간에 들어서는 놀랍게도 율희는 마치 영혼을 빼앗긴 사람처럼 아무런 감흥이 일지 않은 채 영원한 삶의 집,만을 혼잣말로 수없이 되뇌며 담담하게 관람했다. 그리고 여전히 담담하게 전시공간을 빠르게 빠져나와 이태원을 향해 몇 걸음 걷다 하이힐이 삐긋하는 바람에 무심코 다시 뒤돌아본 전시관, 그것은 하나의 커다란 현대판 고분으로 보인다. 그 순간 집을 나오기 전, 인터넷으로 검색한 누군가의 블로그에 포스팅된 아스타나 고분전 관람기 마지막 문장이 떠오른다.

죽음 이후 가는 곳이 사랑이다.

묘한 느낌이 든다. 죽음 이후에 간 곳, 저 고분은 정말 사랑이었을까. 아니 순장이든 인형이든 가진 자들의 거창한 고분이 아니더라도 나홀로 죽음 이후에 가는 곳도 정말 사랑일까, 그 블로거는 왜 그런 생각을 하게 되었을까, 하이힐로 삐끗할 때 비로소 담담함에서 풀려난 율희는 자신에게 물었다. 그러나 그 질문은 스스로에게 쿨하게 삭제당한다. 하이힐을 신은 여자의 질문치곤 고상하다는 생각이 들어서다. 하이힐을 신은 여자는 죽음,이라는 칙칙한 철학하고는 어울리지 않는 코드라는 게 율희의 생각이다. 하이힐을 신은 여자는 사랑의 욕망 수치가 고점을 찍는다. 정강이뼈 트라우마가 있음에도 특별한 날에는 하이힐을 신던 율희였다. 오늘, 썩소가 반전되어 기분이 째지는 날, 관능미를 발산하고 싶은 욕망이 솟구쳤다. 이런 날에는 하이힐도, 검은색 펌프스 힐처럼 정숙해 보이는 하이힐이 아니라, 앞코가 뾰족하고 굽이 매우 가늘고 발목이 훤히 드러내는 섹시함이 충만한 스틸레토 힐을 선호한다. 날씬한 몸매에 큰 키, 맑고 화창한 가을날, 율희의 드레스 코드는 흰 티셔츠에 청바지다. 거기에 까맣고 길게 가슴을 겨냥하며 너풀거리는 생머리부터 위태로운 몸매를 받쳐주는 주춧돌과 같은 까만 스틸레토 힐로 이어지는 조합은 세련된 관능미를 보여주기에 충분하다.

율희는 째쟁이다. 강남의 딸 세주보다 더 째쟁이다. 째는 카멜레온처럼 본능이고 감각이며 변신이다. 싸가지 없는 남자를 차버린 이야기나 싸가지 없이 아빠와 손절한 이야기나, 마치 짜놓은 시나리오처럼 인과성의 법칙으로 전개되는 칙칙한 화두를 피하지 못하는 숙명이라면, 드레스 코드로 새로운 사랑의 욕망을 암시하자는 것이 오랜만에 절친을 대하는 율희의 의도된 우정의 표시다. 그래서 율희는 세주가 알아듣건 말건 속삭여주고 싶은 말을 생각해냈다.

　사랑 이후 가는 곳도 사랑이다!

　사실은 율희 자신도 무슨 말인지 잘 모르고 직감으로 패러디한 자작 문장이다. 율희는 사우디아라비아 왕국 대사관을 지나 이태원에 점점 가까워지는 골목길 담벼락에 누군가 페인트로 거칠게 갈겨 놓은 검은색 글자 자유의지,를 보더니 불쑥 무슨 생각이 들었는지 그 자리에 서서, 뜬금없는 이 자작 문장을 세주에게 문자로 보낸다. 아빠와 손절한 싸가지 없는 년,에게 고문의 시간을 주기 위한 깨알같은 배려다. 그러고선 미친년처럼 피식피식, 웃는다. 이게 무슨 귀신 씻나락 까먹는 소리냐,며 그 말뜻을 헤아리느라 세주가 정신고통을 당할 게 뻔해 보여서다. 세주는 이런 일을 건성으로 넘어가는 법이 없다는 걸 잘 알고 있는 율희다. 율희는 다시 크게 웃는다.

　깔깔깔!

2 앞그림자

"예?"

"..."

그러고서 두 사람은 한참을, 아무 말이 없다. 텃밭 늙은 감나무에는 산까치가 파먹다 만 홍시가 위태롭게 매달려 있다. 밤새 된서리마저 맞았다. 겨울 들어 게을러진 해는 아침 느즈막에서야 고부천 들판 위로 동살을 뿜어낸다. 아침 공기가 냉랭하다. 세상의 슬픔을 다 짊어진 듯 서영의 눈빛은 애잔하다. 예?, 반문하면서도 혁진은 자신의 안경 렌즈를 뚫고 빛의 속도로 파고든 서영의 눈빛을 직감하고 있다.

모자를 잘 쓰지 않던 서영, 최근엔 비니모자를 눌러 쓰는 일이 부쩍 늘었다. 머리 손질에 통 신경을 쓰지 못하는 모양이다. 급하게 나오느라 외투도 걸치지 않은 혁진 앞에서 서영은 흰색 롱 패딩 주머니에 두 손을 찔러넣고 있다. 배추 여남은 포기 남겨져 있는 텃밭에서 모이를 찾던 참새떼가 일시에 감나무로 날아드는 모습을 보며 서영은 다시 말을 잇는다.

"낼 아침에 출발하려고요. 혁진 씨, 동행해줄 수 있죠?"

다음날 아침, 예정대로 서영은 동살을 맞으며 혁진과 함께 삼보일배를 시작한다. 흰색 모하비 차량이 한 대 뒤따른다. 고부들판과 그 너머 외로이 솟구친 두승산이 바라보이는 언덕배기 위 자신의 집에서 첫번째 발걸음을 뗐다. 앞으로 얼마나 많은 배(拜)를 해야 할지 가늠하지 않았다. 가늠할 수조차 없다. 세상은 가늠하지 못할 일들이 너무나 많다. 삼보 걷고 일배하기를 무한반복해, 서울 이태원에 도착할 생각이다. 남편 잃은 지 고작 5년 만에 마른하늘에 날벼락으로 딸마저 그리되었으니, 마지막 인사조차 어찌해야 할지 모르며, 자신에게 찾아온 슬픔조차 슬픔을 알지 못했다. 어찌어찌 화장된 딸의 한줌 재를, 부들부들 떨며 딸이 감동해 하던 줄포 노을바다 위에 겨우 뿌리고, 49재를 지내면서도 왜, 어떻게 딸이 죽어갔는지를 알 수 없어, 억장이 미어졌다. 구천에 떠돌고 있을 딸, 어떻게든 잘 보내줘야지, 어미 심정으로 날밤을 새우며 문득 생각해낸 것이 삼보일배다. 남편에 이어 딸마저 길에서 유명을 달리 했으니 그 사연을 길에 물어보고자 삼보일배를 결심하고 날이 밝자마자 한 마을에 사는 혁진을 찾은 것이다.

　서영은 남편과 함께 9년 전 귀촌했다. 뒤늦게 얻은 외동딸 율희는 대학을 다니느라 서울에 남아 있었다. 남편이 교통사고로 죽자 마을에 아무런 연고도 없는 서영은 시골생활을 청산해 딸이 있는 서울로 다시 간다 하면서도 정작 마을을 떠나지 못했다. 남편에 대한 그리움이 바람의 언어로 다가와 사무칠 때는 우울증이라도 걸릴 듯했지만 그렇다고 남편이 남기고 간 햇볕의 따뜻한 그늘들을 버릴 수는 없는 심정이었다. 남편과 함께 짓고 일궈 온 황토집과 꽃밭 정원과 텃밭은 이미 서영의 몸이 되어버렸다.

　서영의 딸이 참사를 당했다는 소식을 접한 혁진은 만사를 제치고 서영을 도왔다. 같은 마을에 사는 캄보디아 이주여성 치웅이 아침저녁으로 들락거리며 서영을 챙겼지만, 서울과 평택으로 딸의 시신을 찾아다니는 일이나 장례를 치르는 일 등은 혁진이 도맡아 했다.

12년 전 노모 혼자 사는 고향집에 귀향한 비혼자 혁진은 동년배 서영 부부와 절친으로 지냈다. 서영 부부는 서울 신림동에서 꼼장어집으로 돈을 꽤 벌었다. 날마다 손님이 들끓었으나 일이 고되고 남편 몸도 안 좋아져 장사 15년 만에 정리하고 무작정 시골로 내려왔다. 서영의 뜻이 컸다. 남편은 시골에 내려와 우연찮게 굼벵이 양식일을 벌이다 손해를 크게 보고 다른 일을 준비하던 중 제설차에 치여 즉사했다. 변산 등산을 마치고 줄포에서 지인들과 늦은 밤까지 막걸리를 거하게 마시던 날, 날씨 예보보다 더 많은 눈이 내렸다. 단골 택시도 운행할 수 없다는 눈치여서 눈보라가 휘날리는 바람 찬 흥남부두에, 목을 놓아 불러봤다 찾아를 봤다, 금순아 어디로 가고 길을 잃고 헤매었더냐… 전쟁 이후 유행했던 노래 '굳세어라 금순아'를 바람막이로 외치며, 흥덕으로 가는 23번 국도를 따라 흥겹게 흥청망청 집으로 걸어가던 중, 퍼붓는 눈보라 기세를 피하려다 때마침 탱크처럼 밀어닥친 제설차를 피하지 못하고 한순간에 휩쓸렸다.

바깥쪽으로 걷던 혁진은 무사했다. 그 사고로 혁진은 서영에게 죄인이 되었고, 깊숙한 트라우마로 남았다.

"여자들은 시골 안 오려고 하잖아. 애엄마는 달랐어. 애엄마가 귀촌을 서둘렀지. 고향이 영광 촌구석인데, 가난하게 살아 시골서 사는 게 질렸을 법도 한데, 애엄마는 안 그러더라고. 나야 서울 태생이니까 시골맛을 잘 몰랐지만, 애엄마는 딱 찍어 말은 안하고 뭔가, 여기 사람들이 자주 쓰는 말로 거시기혀 거시기, 그러더라고."

엄마가 말할게 19

어제 아침발로 찾아와 대뜸 삼보일배 동행을 요청할 때 비추어진 서영의 애잔한 눈빛은 형용할 수 없는 어떤 신호를 발신하고 있었다. 사고가 있던 날, 변산의 의상봉 절벽에 있는 부사의방장(不思議方丈)에 올랐을 때 서영의 남편은 어쩌다 시골에 내려오게 된 사연을 이야기하면서 거시기,라는 말을 썼다. 거시기는 귀신도 모른다는디, 혁진은 농담삼아 이렇게 응대하면서 웃어넘겼다. 마을에서 어려서부터 늘 들어오고 혁진 자신도 일상적으로 썼던 말인지라 서영의 남편이 거시기라는 말을 썼을 때는 대수롭지 않게 여겼다. 특별히 기억해 놓을 일도 아니었으나, 어제 아침엔 서영의 눈빛에서 생전에 그의 남편이 한 말, 뭔가로 형용되지 않는 거시기라는 말을 본 것이다. 뭐라 말할 수 없는 애잔함을 넘어 거부할 수 없는 어떤 신호, 분명 죄인을 바라보는 신호가 아니었음에도 혁진은 당혹해했고, 이윽고 서영의 남편이 거시기라는 말을 꺼낸, 부사의방장을 떠올렸다.

그곳은 암벽등반가들이 암벽에 설치하는 포타레지와 같은, 신라의 승려 진표율사가 기암절벽에 쇠말뚝을 박아 세운 수행처였다. 부사의(不思議),는 속세의 생각으로 도저히 헤아릴 수 없음,을 뜻한다. 딸을 잃은 그 슬픔을 하늘 아래 헤아릴 수 없기에, 서영이 삼보일배를 하려는 뜻을 굳이 말하려 하지 않기에 혁진도 애써 묻지 않고 대답했다.

"네."

가야 할 길이 있다면 지체없이 가야죠, 속으로 혼잣말을 하면서 혁진은 군더더기 없이 대답했다. 서영을 뒤따라온 찰스가 답례라도 하듯 혁진을 바라보며 냐옹, 했다.

갑자기 마음이 다급해진 혁진은 서영이 돌아가자마자 곧바로 세탁기 돌리는 것부터 시작하여 네이버 지도로 길 가늠하기까지, 여행을 떠날 때마다 늘 하던 버릇대로 이것저것 꼼꼼하게 체크하고 준비물들을 챙겼다. 여행과 등산을 자주 하는 그였기에 준비하는 데 어려움은 없었다. 물품들은 오후 늦게사 서영과 함께 광주에 나가 구입했다. 옆마을에서 벼농사를 크게 하는 깨벗장구 친구 동탁도 차량 운전자로 기꺼이 동참하기로 했다. 한겨울이라 짐도 많고 돌발상황이 발생할 수도 있어 차량을 준비하지 않을 수 없었다. 여자의 몸으로 이 추운 한겨울에 어찌 그리 힘든 일을 하렵니까, 큰일납니다, 도대체 하루에 몇 km나 가려고요, 밥은 어떻게 챙겨 먹죠, 속옷도 갈아입어야 하잖아요, 따위의 걱정들은 꺼내지도 못하고 입안에 맴도는 자문자답으로 그쳤다.

그렇게 시작한 삼보일배 대장정. 한 걸음 두 걸음 나아가 두번째 배를 하고 세번째 배를 하고, 울돌치고개를 출발하면서 서영은 길바닥의 날선 된서리에, 마침내 눈물을 쏟아낸다. 당사자가 아니면 결코 그 깊이를 알 수 없을 설움이 대지를 적신다. 닳지 않도록 무릎에 청바지 조각으로 덧댄 몸뻬바지 복장, 무릎을 꿇은 채 된서리를 짓누르고 있는 두 손이 목장갑 밖으로 하얗게 떨리고 있다. 길게 자란 머리는 어제 부리나케 파마를 한 덕에 짧아져 성가시게 할 일이 없으나 눈물을 가릴 수는 없었다. 뒤돌아본 혁진의 마음이 아리다. 옆 따라가던 찰스도 더 커지는 둥그런 눈으로 서영을 바라보며 애처롭게 니아옹,을 반복한다. 남편이 죽자 혼자 있지 말라며, 딸이 가져다주었다. 딸이 키우던 벵갈고양이다.

난산리의 어제 겨울밤은 평소보다는 별들이 더 총총했다. 그러나 늘상 그렇듯 혁진에게는 별들이 더 총총하게 보이기는커녕 덜 총총하게 보였다. 덜 총총? 그보다는 흐리멍텅한 총총,이라고 말하는 것이 옳겠다.

늘, 하나의 별은 여러 개의 앞그림자 별들로 겹치고 그 전체가 식별이 어려울 정도로 난삽하고 어지러워, 찡그리며 실눈으로 바라보아야 비로소 그 실체의 윤곽이 가까스로 드러난다. 앞그림자,라는 말은 혁진이 만들어 써온 개인어다. 혁진이 개인어,라는 용어를 사용하게 된 것은 어머니의 말버릇에서였다. 어머니는 음식을 만들 때 그짓깔로,라는 말을 즐겨 쓰곤 했다. 나물을 무칠 때 들기름이나 소금 따위들을 아주 조금, 그러니까 쳤는지 안 쳤는지 모를 정도로 극소량을 넣을 때 어머니는 항상 그짓깔로 쳐라, 했다. 어머니는 자식들이나 주변 사람들과 어울리기보다 늘 혼자로 살아오다 보니 자신의 혼잣말인 개인어를 풍부하게 구사했다. 혁진이 역시 어머니에게서 배워 그 무엇인가를 설명하기 위해 적절한 말이 없으면 개인어를 만들어 쓰곤 했다.

앞그림자,라는 말도 그렇게 만들어졌다. 그림자가 빛의 반대방향으로 늘어지는 사물의 그늘이라면, 빛의 방향과는 무관하게 자신의 눈방향을 따라 사물 전면에 사물과 엇갈려 나타나는 것을 혁진은 앞그림자,라 부르곤 했다. 그림자가 사물의 배후에 어둡게 깔리는 우주의 보편적 실재라면, 앞그림자는 몸체는 투명하되 그 경계는 흰색이거나 사물의 본색으로 드러나며 눈이 나빠 사물이 혼탁하게 보이는 사람들에게만 나타나는 환영이 아닌 진짜 실재다. 혁진의 경우 앞그림자는 본 사물과 조금 떨어져 나타나기도 한다. 혁진의 우주는 앞그림자들, 그것도 난삽하고 어지러운 앞그림자들로 충만한 세계다. 그에게 앞그림자 세계가 나타난 것은 줄포에서 서울로 전학한 이후 고등학생 때 눈이 급격히 나빠지면서부터였다. 오른쪽 눈은 아예 시력이 나오지 않아 앞그림자는 더욱 엉망이다. 그나마 왼쪽 눈과 안경 덕분으로 운전은 할 수 있으나 앞그림자가 제거되는 것은 아니어서 세상은 늘 흐리멍텅하다. 멋진 밤하늘의 우주조차.

새벽 2시, 네이버 지도를 검색하며 서울로 가는 삼보일배 길을 뚫다가 머리가 복잡해진 혁진이 마당으로 나와 앞그림자들로 흐리멍텅하게 총총한 밤하늘을 바라보던 중, 광주 다녀오던 길 저녁에 서영이 한 말을 떠올렸다.

실존의 질문일 뿐.

실존이라… 서영은 뜬금없이 나는 누구인가, 라고 물으며 실존,이라는 말을 썼다. 서영은 혁진이 철학을 전공한 것을 알고 있어 자신이 내뱉은 실존이라는 말을 실존주의와 연결할까 봐 미리 경계하여 철학적 질문을 하는 게 아니라고 못 박았지만, 혁진으로서는 대학 때 탐닉했던 장 폴 사르트르의 실존주의를 기억하지 않을 수 없었다. 앞그림자가 실체에 앞선다,고 알쏭달쏭하게 패러디했던 터라 실존이 본질에 앞선다,는 명제만 기억날 뿐 혁진의 머릿속에 남아 있는 그의 실존주의 철학은 허탈하게도 아무것도 없다. 그러나 꼭 허탈한 것만도 아닌 게 오랫동안 잊고 있던 실존주의,라는 개념을 서영이 환기해준 덕이다. 서영은 왜 부정했는지를 알 수 없으나 나는 누구인가, 묻는 것은 이미 철학적 질문임을, 혁진은 직감했다.

혁진은 대학시절 아니 청년시절, 절망했다.

앞그림자로 인해 조금만 떨어져도 사람 얼굴 식별을 잘 못 해 인사를 안 하니 건방지다는 평판이 자자해서가 아니었다. 억울하긴 해도 두 눈이 살아 있는 한 절망할 일은 아니었다. 노량진에서 재수하던 시절 꿈꾸었던 미팅과 캠퍼스의 낭만은 온데간데없고 시대의 아픔,이라는 정서가 대세여서도 아니었다. 이미 그는 시대정신의 이름으로 고뇌를 포효하는 대학가의 아우라에 빨려들고 있었다. 그것은 이미 문화,

청년들의 저항문화였다. 새내기 오리엔테이션 때 노래 '가뭄'을 부르며 촌극에 열연했던 과 선배가 그 몇 개월 뒤 간첩단 사건으로 구속된 충격 때문도 아니었다. 그 선배가 머리에 뿔이 있기는커녕 따뜻한 군고구마 파는 고학생의 인상이었기에 일종의 인지부조화로 단지 놀랄 뿐이었다.

절망은 대학 첫해 여름이 오기 전 소나기처럼 퍼부으며 찾아왔다.

이를테면, 이런 거였다. 고등학교 1학년 때 등교길에 주운, 전두환을 찢어 죽이자,는 살벌한 삐라를 담임한테 신고할 때만 해도 착한 학생의 뿌듯함을 느꼈다. 그런데 그 일은 대학에 와서는 겁나게 쪽팔려야 했다. 5월의 어느날, 당시 대통령이던 전두환을 광주학살의 원흉으로 폭로하는 대자보는, 아무것도 모르며 삐라를 신고했던 혁진으로 하여금 쪽팔려, 쪽팔려, 하며 하루종일 노가리에 막걸리를 마시게 했다.

그렇다고 혁진이 투사로 변신한 것은 아니었다. 전경부대와 대치하던 교문 앞 난리통에, 어쩌다 복사집 앞에서 어물쩍대다 하늘 높이 터진 최루탄 가루덩이가 입안으로 터지면서 당했던 목의 고통이 지독하게 있은 후 혁진은 최루탄 알레르기에 시달렸다. 그러다 보니 과 편집부 선배가 가투(街鬪) 나가자고 꼬셔도 이런저런 핑계를 대며 미꾸라지처럼 빠져나갔다. 말로는 독재 타도, 민주주의,를 외치면서도 지랄탄이 터지고 백골단이 몰려 있는 곳은 회피해버렸다. 지랄탄과 백골단은 그 앞그림자들까지 동원해 마치 사냥개떼처럼 몰고 오며 기세등등, 위협했다.

그가 정말로 절망한 것은 자신의 나약한 태도를 보았기 때문이었다. 어떨 때는 이대 앞 주점에서 장난삼아 투사의 정력 신기하고 놀라워,를 부르다가도 때로는 암울한 분위기에 타는 목마름으로, 타는 목마름으로, 민주주의여 만세,를 처부르긴 해도 막상 행동하는 투사로 나서지 못하는, 그는 늘 비겁한 낙오자였다. 낙오자가 숨어든 도피처는 유별나게도 사르트르의 실존주의였다. 편집부 선배의 권유로 읽게 된 책 사르트르의 '지식인을 위한 변명'은 다른 세계의 존재에 문을 두드리는 입문서였다. 그러나 정작 자신에게 깊이 박힌 실존주의의 기원은, 어거지일지도 모르지만, 서울 생활 때부터라고 생각해왔다.

중학교 3학년 8월 말, 뒤늦게 전학 허용 통지서를 가지고 온 형을 따라 허겁지겁 색바랜 책가방 하나 달랑 들고, 전라도 색깔을 듬뿍 실어 뿌우욱 뿌우욱 힘차게 정읍역에서 용산역으로 달리는 호남선 야간 완행열차에 몸을 실었을 때만 해도, 어린 혁진에게 서울이라는 곳은 쫄리면서도 가슴 벅찬 미지의 세계로 상상되었다. 새마을운동으로 초가지붕을 벗겨낸 슬레이트집 토방에 서서 덤덤하게 떠나보내는 40대 중반 어머니의 메마른 눈빛은 네가 가버리면 SOS 편지는 누가 써준다냐, 근심하는 기색이었다. 무학자로 어린 시절 한글을 스스로 깨쳐, 어디서 흘러왔는지는 모르나 이 방 저 방 굴러다니는 박정희 전기를 통째로 읽어낸 어머니였지만, 돈이 궁할 때면 어린 혁진을 종용해 항상 누나나 형들에게 편지를 쓰게 했다. 그게 SOS 편지다. 늘 우등상을 받았으며 글짓기도 잘해 어머니를 자랑스럽게 하였으나 돈 보내 달라고 편지를 쓸라치면 항상 내키지 않아 며칠을 버티다 잔소리를 듣곤 했던 혁진은, 서울로 올라간 뒤로 그 일은 까마득히 잊었다.

그 대신 미지의 세계는, 과거의 시간이었던 줄포의 생활을 탈출하여 서울이라는 대도시에서 젊은 시절에 몸부림치도록 한 실존하는 현실, 앞그림자들의 세계를 선사해주었다. 혁진의 작은 키는 서울과 앞그림자들이 더 커져 보였다. 혁진에게 그 세계는 실존하는 현실에 투항하는,

가공하는 세계이기도 했다. 혁진은 당장 자신의 가족부터 가공했다.

"7남매요."

혁진은 이렇게 대답함으로써 자신의 동생들 4명을 가족관계에서 간단히 없애버렸다.

고등학교 1학년 때였던가. 사당동의 같은 반 친구네 집에 놀러 갔을 때 제법 뚱뚱한 그의 어머니가 저녁 식사자리에서 형제간은 몇이지?, 묻자 11남매라고 대답해야 할 것을 7남매,라고 말한 것이다. 거짓말에 익숙하지 않은 혁진이, 친구나 그의 어머니가 눈치채지 못하게 아무런 망설임 없이 거짓말을 할 수 있었던 것은 서울로 오고 나서부터 이미 마음 속으로 자신의 형제가 7남매임을 새겨놓았기 때문이었다. 시골 중학교에서 가정환경 조사서에 기록할 때는 11남매를 다 적을 수 없어 3칸 모자람,이라고 순진하게 써놓을 때만 해도 아무 문제 없었으나 서울 생활에서는 가족이 많다는 게, 그것도 11명이나 된다는 게 되게 창피한 일이었다.

사실 시골에서도 11명의 형제는 놀랄 정도이긴 해도 가볍게 놀랄 정도에 불과했으나 서울 사람들에게는 크게 놀랄 일이라고, 혁진은 지레 짐작했다. 그것은 단지 형제가 무척 많다는 자체보다도 덮어놓고 낳다 보면 거지꼴을 못 면한다,는 당시 국가의 산아제한정책 표어를 따르지 않은 자신의 부모에 대한 힐난이 슬그머니 얹어 있으리라 보았기 때문이었다. 겉으로야 부모님이 애쓰셨네, 어떻게 키우고 가르치나, 말하겠지만 말이다. 줄포항 선창가에서 생선 하역일을 하던 혁진의 아버지는 고깃배가 들어오지 않은 날 짬 내어 정관수술을 하였으나 뭐가 잘못되었는지 어머니가 임신이 더 잘되어 여동생 넷을 잇달아 낳게 되었다.

게다가 자신의 형, 누나들은 모두 공장에 다니거나 공사장 날품팔이를 하며, 궁핍하게 살고 있었다. 서울에서는 학창시절 친구네 집에 놀러 가게 되면 으레 그 부모님들이 가족 수는 물론이고 아빠, 엄마는 뭐 하시냐, 형과 누나들은 뭐하냐 묻곤 했다. 아빠, 엄마야 시골에서 농사짓는다고 하면 그만이지만 형과 누나들은 공장 다니거나 공사장 인부한다는 말을 못 하고 직장 다닌다는 말로 에둘러 어영부영 빠져나갔다. 그 잠깐의 시간은 호남선 완행열차가 검은 터널을 통과할 때 나는 메케한 냄새의 긴 시간과도 같았다.

형제 중에서도 중학교 이상 진학한 사람은 혁진이 유일하였다. 서울로 전학을 하게 된 것도 공부 잘하는 동생이 큰 도시에서 학교 다니기를 원한 누나 덕이었다. 누나는 의류공장에 다니며 힘겹게 자취생활을 하면서 혁진을 서울로 끌어들였다. 자신의 형이나 누나가 어느 대학에 다닌다는 따위의 이야기를 자랑삼아 하는 서울 아이들과 달리 혁진은 가족 이야기를 꺼내는 것 또한 창피했다. 자신을 잘 드러내지 않는 성향이 무의식적으로 자리잡은 것은 가족환경 탓이 크다고 생각했다. 그렇다고 가족을 원망한 적은 단 한 번도 없었다. 오히려 자신만이 유일하게 대학을 다니는 것이, 고학을 하면서도 동생들에게는 늘 미안했다. 자신이 재수하던 해 아버지가 지병으로 돌아가시는 바람에 두 명의 여동생은 집 앞의 고등학교조차 가지 못하고 일자리를 찾아 떠나야 했다.

이 무렵 사르트르의 실존주의를 탐닉한 것도 사실은 자신의 말할 수 없는 가족사의 지독한 현실,을 현대사회 인간의 현실,이라는 고상한 말로 포장할 우회로가 필요했기 때문이었다. 혁진은 자신의 삶을, 남에게는 보이지 않는 세계에서 허덕이는 앞그림자 인생으로 비유했고, 그것이 곧 자신의 실존주의라고 규정했다. 그렇다고 그 규정이 확고부동한 것은 아니었다. 늘 흔들리고 미끄러지고, 처지에 따라 다시 규정해 어쩌면 바람에 흔들리는 갈대의 운명이었고, 삶의 줄타기에서 고뇌하는 선택에 좌우되었다. 그렇다 하더라도 혁진은 당시 자주 쓰던 말로, 기회주의적으로 처신을 하는 회색인은 아니었다.

혁진은 대학 졸업 후 중앙일간지 교열부 기자로 일했으나 IMF 외환 위기로 그만두고 목동과 강남 등지에서 논술 강사 생활을 했다. 신문사의 구조조정 첫 대상이 교열부였다. 바른 말과 글을 전달한다는 명분으로 띄어쓰기, 동음이의어, 맞춤법, 오탈자, 비문 따위들을 손보는 교열부 기자였지만 남이 쓴 글을 칼질한다는 게 참 짜질짜질한 짓거리라 생각되어 그러잖아도 그만두려던 참에, 교열 노동자를 내쫓겠다 하니 앞장 서 반기를 들다 장렬하게 전사한 꼴이었다. 겁쟁이였던 그가 앞장선 것은 어려운 일이 아니었다. 싸움의 장소가 화염병과 최루탄이 난무하는 폭력의 거리는 아니었으니까.

논술 강사는 혁진에게 딱 맞는 일이었다. 애초 기자가 꿈이었으나 중앙일간지 기자가 되려면 사법고시 준비하듯 열공해야 하니 포기하였고 교열부 기자로 입사하여 나중에 취재기자로 전환할 기회를 엿보자는 속셈이었다. 그러나 그는 최근에는 외환 위기 때 명퇴당한 것이 다행이라 생각했다. 그렇지 않았으면 훗날 기레기,라는 오명을 뒤집어쓰는 기자가 될 수도 있었을 것이기 때문이다. 논술 강사가 된 혁진은 아이들에게 표현의 자유를 널리 권장했다. 너희가 숨을 쉴 수 있는 자유로운 세상이, 표현의 자유여. 너의 생각을 너의 언어로 진실하게 말하도록 고뇌하는 공간이 논술이고, 그게 바로 너희들의 실존주의여. 혁진은 단호하게 아이들에게 요청했다. 그러자 늘 질문하곤 했던 한 여학생이 물었다.

"샘, 진실하게 말하는 게 중요하나요 고뇌하는 게 중요하나요?"

"진실하게 말하려면 고뇌가 필요하지 않을까? 고뇌는 진실에 이르는 길,이지."

"있는 사실 그대로 말하면 되지, 머리 아프게 고뇌를 해요?"

"이 세상은 있는 사실 그대로 말하는 것조차 내버려 두지 않기 때문이란다. 예를 들어, 조선시대에 십만양병설은 누가 주장했지?"

"그야, 율곡 이이잖아요?"

"거봐 거봐. 십만양병설을 율곡이 주장했다는 것이, 있는 사실 그대로일까?"

"무슨 말씀이세요? 우리는 학교에서 그렇게 배웠거든요?"

여학생은 물론 다들 황당하다는 표정이었다.

"어떤 비주류 역사학자는 이렇게 주장해. 율곡은 십만양병설을 말하지 않았다, 그런 기록이 없다, 그의 문인 김장생이 '율곡행장'을 쓰면서 만들어낸 말이다, '율곡행장'은 율곡이 몇년 몇월에 무슨 말을 했는지를 상세히 기록했는데 십만양병설에 대해서는 시기를 특정하지 못하고 일찍이 경연에서,라고만 적고 있다, 율곡 자신이 쓴 '경연일기' 어디에도 십만 양병은 거론되지 않는다, 김장생의 제자 송시열이 '율곡연보'에서 뒤늦게 겨우 계미년 4월,이라고 적을 뿐이다, 계미년 4월은 임진왜란이 발발하기 딱 10년 전이다, 율곡이나 김장생이나 송시열은 서인 사람들이다, 당시 광해군을 쫓아낸 서인이 주도해서 편찬한 '선조수정실록'에도 김장생의 글을 따라 십만양병설이 삽입되어 있다, 그에 앞서 광해군 때 편찬된 '선조실록'에는 일언반구도 없다, 율곡은 개혁정치가로 양병(養兵)을 주장하지 않고 양민(養民)을 주장했다, 라고."

"헐! 교과서에는…"

"서인의 강경파 노론의 후예가 국사 교과서 집필권을 장악한 후유증이지. 조작된 십만양병설은 어처구니없게도 이미 국민의 상식으로 되어 있잖아? 너희들이 그렇게 알고 있어도 너희들이 잘못된 게 아니지, 사실은."

이번에는 남학생이 물었다.

"그러면 서인 사람들은 왜 그런 거짓 주장을 했죠?"

"십만양병설의 요체는 십만 양병을 서인의 영수 율곡이 주장했으나 그 반대파 남인의 영수 유성룡이 반대하여 무산되었다는 것이지. 자, 그 논리에 따르면, 임진왜란이 초래되고 국토가 초토화된 원인을 지목하는 데 아주 수월해지잖아. 율곡의 선견지명을 내친 남인의 영수 유성룡을 죄인으로 공격하기에 딱 좋은 그림이고. 율곡과 유성룡은 당파를 초월해 협력하는 사이였어. 율곡의 못된 제자들이 이간질시키고 역사를 조작한 것이지. 권력 장악에 눈이 멀어…"

"휴~"

"웬 한숨이냐?"

"한심해서요. 그런데 선생님 말씀이 맞긴 맞나요? 시험에 나오면 어떡하죠?"

"팩트로 판단할 일이야. 팩트마저 조작되기 일쑤지만. 너거들 입장에서는 교과서 내용대로 답을 찾아야지, 어쩌겠냐."

"부조리, 해요."

"자, 앞으로 돌아가서, 만약 이와 같은 사실관계를 잘 아는 누군가 자신의 스승인 송시열에게 율곡은 십만양병설을 주장한 사실이 없다고 털어놓았다면, 즉 있는 사실 그대로를 말했을 때, 그는 과연 무사했을까. 괜히 진실을 말해 목숨을 걸어야 하거나 자신에게 불이익이 돌아올지 모르기 때문에 고뇌가 필요하다는 것이야. 고뇌는 달리 말해 용기랄까, 어떻게 말할지 선택을 위한… 어떻게 살까,의 문제가 아닐까?"

"무슨 말씀인지 대충 알겠어요. 사실 저는 저의 생각마저도 꺾어버리는 경우가 있거든요. 바람직한,이라는 요구를 충족시켜주기 위해 진짜 내 생각을 배신하면서 말예요."

"그게 바로 자기검열이라는 거란다. 자기검열은 사회적으로 용인된 견해에 갇히게 만들어. 그래서 비판적이고 창의적인 생각을 주저하게 만들지."

"그렇다고 해도 말이에요, 샘. 네 생각대로 쓰라고, 쉽게 말하면 되지, 그걸 굳이 실존주의라는 어려운 말을, 왜 붙여요?"

다시 여학생이 질문했다.

"아까도 잠깐 언급했지만, 지난 시간에 같이 토론한 실존주의라는 말을 벌써 까먹은 건 아니지?"

"당근이죠, 교과서에 나오고 책도 읽었잖아요."

"좋다. 내가 왜 실존주의라는 말을 끌어들이는지는 너희가 고민하고 답을 찾아봐. 실존주의 지식을 묻는 게 아니라 그 흐름이 제기하는 문제의식이 무엇인지 고민하라는 것이지."

이번에는 맞은 편에 앉아 있는 또 다른 남학생이 대꾸했다.

"진샘! 에이 또 농담하시는 거죠? 그 답을 들으려면 수강료를 더 내라고…"

"짜아식, 잘 알면서. 푸하하핫."

진샘은 혁진에게 붙이는 아이들의 애칭이었다. 5명의 아이들을 데리고 한 팀으로 가르친 지 1년이 넘다 보니 농담들도 편하게 할 수 있었다. 그런데 혁진으로서는 꼭 편한 것만도 아니었다. 질문을 한 여학생의 아버지가 현직 검사이고 그 아버지의 지시로 하마터면 이 논술팀이 무산될 뻔했다. 이 논술팀이 짜지고 몇 차례 수업이 진행되었는데, 그 아버지가 이혁진이라는 사람한테 논술 수업을 듣는 것을 불허했기 때문이었다. 이 팀을 짠 어머니한테서 들은 이야기로는, 이혁진이라는 강사가 사상이 의심스럽다는 것이었고, 그것은 아마도 그가 지은 책 '한국현대사와 언어권력'을 문제로 삼은 듯하다고 전했다. 혁진은 교열기자를 그만둔 뒤 1년여에 걸쳐 그 책을 집필했다. 책은 이를테면, 제주도 4·3항쟁을 역사적 실어증 문제로 다루는 등 다소 급격한 인식을 드러냈다. 검사 아버지의 불허가 있었지만 그 여학생은 논술 강사의 사상검증을 하는 게 말이 안된다며 아버지의 지시를 거부했다. 몇 차례의 수업과정에서 혁진이 찐선생임을, 자기들끼리 소곤소곤하던 차였다.

그 일로 아이들과 혁진은 더 가까워졌다.

"가라사대, 내가 늘 말하듯이, 이 세계에 대해 질문을 하라는 것이지. 더 중요한 것은 질문을 어떻게 할 것인지 고민하라는 것이야. 질문 속에 답이 있어. 그런데 왜, 질문은 선생님이 하고 그 답은 너희들이 찾아야지? 수능에서는 그렇겠지. 내가 강조하는 논술에서는 안 그래. 질문은 너희들의 몫이야. 너희들이 질문하고 답 또한 너희들이 찾아야지. 질문은 세상을 보는 눈이야. 앞으로 너희 세대가 이끌고 나갈 복잡한 현대사회, 인간의 문제, 지구의 문제 들에 직면해 결국 질문을 할 수 있느냐, 질문을 어떻게 할 수 있느냐가 중요하거든. 논술에서 요구되는 창의적 사고, 비판적 사고는 이 질문의 문제에서 비롯…"

오늘은 왜 그렇게 똑같은 잔소리가 많냐는 아이들 표정에 열변을 토하던 혁진이, 회심의 미소를 지으며 기습공격을 했다.

"그러니까 야가 아까 나한테 물었잖아? 그 질문을 다시 정리해 오늘의 과제를 내주겠다. 나는 말할 수 있다,와 실존주의,는 어떻게 연결될 수 있는지, 써오는 것이 이번 주 숙제. 지난 번에 읽었던 사르트르의 '실존주의는 휴머니즘이다'나 다른 책을 참조해도 좋다. 누차 말하지만, 구체성을 갖기 위해 사례 드는 것은 필수고."

난감한 주제에 아이들은 이구동성으로 당황해했다.

"예?"

"내가 늘 말하듯이 문제를 풀려면 제3항을 생각해봐. 이를테면 언어와 실존주의 이 두 항을 매개하는 권력의 문제로 생각해볼 수도 있겠지. 그 두 가지가 연결이 안된다고 생각한다면, 왜 연결이 될 수 없는지에 대해 써오면 되고."

혁진에게 실존주의는 젊은 날의 화두였다. 그러나 사르트르는 물론이거니와 실존주의,라는 말은 나이를 먹어가고 도피처 삼은 시골로 귀향한 뒤로 점차 잊혀지고 있었으나 그런 와중에도 혁진은 늘 삶의 실존,이라는 안개강을 건너는 뱃사공,의 느낌이었다. 이 읍에 처음 와본 사람은 누구나, 거대한 안개의 강을 거쳐야 한다, 앞서간 일행들이 천천히 지워질 때까지. 이 세상에 자신보다 4년 먼저 태어나 서른 살에 뇌졸중으로 요절한 기형도의 시 '안개',는 혁진에게는 낯설지 않으면서도 늘 새로웠다. 23년의 서울생활을 마치고 다시 줄포로 되돌아온 그 시간들, 휴게소도 알아채지 못할 정도로 앞그림자들로 짙뿌연 서해안고속도로, 기형도의 안개강, 이는 모두 이음동의어의 말들이었다.

어쨌거나 혁진의 그 젊은 시절은 별똥별처럼 쏜살같이 지나갔고, 세상은 격하게 변했다. 당연히, 교정에서 밤늦게 술 퍼마시고 새벽이 되어 여관에 들어갈 때 부족한 3천 원 대신 맡긴 학생증, 학생증이면 다 통하던 젊은 시절의 그 특권보다도 더 고상하게 치장하려 했던 실존주의라는 자신의 언어세계, 아니 꼰대질하는 구닥다리 언어의 감옥에서 빠져나오려고 발버둥쳤건만, 유감스럽게도 혁진은 줄포라는 제자리에서 다시 역주행하는 세상을 목도해왔다.

염병할 별들, 달빛 하나 없는 까만 밤하늘엔 앞그림자들이 지독하게도 더 희뿌옇고만.

역주행하는 세상을 별들 탓으로 돌리기라도 하듯 중얼거리며 혁진은 방안으로 들어갔다.

3 일상범

혁진이, 지리로 끓인 뽈따구탕 국물을 한 수저 먹는 둥 마는 둥 하며
그 양반이, 아니 양반이라는 말도 아깝지, 욕도 아까, 하는 대목에서
철민은 말을 끊었다.

"야, 시골이 다 글지."

"글도 이건 너무 허잖아. 우세 떠는 것여? 응? 평생 공무원 생활했고
농협 조합장에, 도시재생센터 센터장까지 맡고 있는 양반이, 응? 지역
의 존경받는 어른까지는 바라지도 않는다. 그 얄팍한 권력이 뭐라고
그따위 짓거리를 하나?"

소주 석 잔째, 취기가 없는데도 혁진은 이날 따라 격앙되어 있었다.
장마가 길게 늘어지던 지난 7월, 도시재생센터 센터장 강만호와 가까
이 지내고 깨벗장구 혁진과 절친인 철민이, 줄포에 찾아와 뽈따구탕집
에서 저녁을 먹는 자리였다. 철민은 결혼을 하면서 줄포를 떠나 읍내
에 살고 있다. 이들이 굳이 줄포에서 만난 것은 자신들의 대화가 불필
요하게 읍내에 새나갈까 봐서였다. 비밀접촉은 아니더라도 혹시나 옆
자리로 대화 내용이 흘러 들어가게 되면, 바늘도둑이 소도둑 되는 마

냥 말이 말을 낳아 일파만파 어떻게 부풀어질지 모르는 일이었다.

말 한마디 잘못 꺼내, 싸가지 없는 놈이라 낙인찍히고 말꼬리 하나로 뭇매 맞듯 오해 사고 붉으락푸르락 쌈질에 휘말리고 해명할 기회도 없이 골이 깊어지곤 했던 일들은, 이 작은 읍내에서 벌어져 온 일종의 나쁜 습성이었다. 대다수 선량한 주민들이야 오손도손 인지상정을 나누며 살지만, 지역을 좌지우지하는 몇몇 유지나 세력이 동냥치들끼리 서로 보재기 찢는 형국으로 내편 네편 나누어 끼리끼리 편 먹는 일이 잦다 보니, 옳고 그름의 기준은 진실보다도 나랑 얼마나 친하냐, 나한테 이득이 되느냐, 혹은 힘이 센 놈, 목소리 큰 놈, 기득권, 텃세나 개인적인 감정, 이따위들로 알게 모르게 얽혀진 두더지 구멍의 연결고리로 결정되다시피 했다. 입바른 소리 하는 사람들은 매도당하기 일쑤였고, 평판이 좋고 사리가 밝은 사람들조차 이런 말 저런 말 듣기 싫어 나서길 꺼린다. 고약스럽게도, 사람들은 사람들을 색안경 끼고 바라본다. 서너 세대에 걸쳐 주로 외지에서 돈 벌기 위해 몰려온 여러 질의 사람들이 정착한 시가지는 각자도생으로 이전투구하니 무작정 치솟는 갈대처럼 드세고 맹수처럼 호전적인 기질이 주류를 차지해왔다.

"여그 대단헌지. 자고로, 돈 잡을라믄 여기로 가라, 힜응게. 근디 참 돈이란 게 뭐냐, 거시기헌 것여. 시장의 똥개들도 만 원짜리 물고 댕겨 뿡게 사람들 맴이 비루해지지 뭐당가. 시상이 다 그런게벼."

도시재생사업으로 새로 조성된 근린공원의 모정에서 어느날 우연히 만난 시장통 노인의 말을 듣다가 문득 혁진은, 읍내 사람들이 거친 것은 읍내의 흥망성쇠 후유증 때문이라고 생각했다. 강만호도 어쩌면 그 후유증의 산물일 수 있다고 생각해보려 했으나, 소년시절 아버지 따라 장성에서 이주해 와 읍내 사람이 되었고 읍내에서 출세한 이력이 부끄럽게도 그 후유증의 나쁜 DNA들을 다 모아놓은 욕심 많은 사람처럼 행패를 보이니, 오히려 분노가 더 치밀었다. 읍내에 게이트볼장이 들어설 때 부지 문제로 옥신각신하고, 변두리에 닭공장 유치로 읍내 사람들이 뒤숭숭해도, 도시재생센터 사업에는 관여를 해오지 않았으니 강만호와 얼굴만 알고 지내온 터고 면 지역인 줄포에 겨우 들려오는 평판 정도였기에 혁진은 읍내에 사는 강만호의 실체를 잘 알지는 못했다.

그러던 그가 강만호에게 화가 많이 난 것은 작년 봄 읍내 도시재생 사업의 일환으로 읍지(邑紙) 편찬주간 일을 맡으면서였다. 강만호는 사업비 5천만 원으로 읍지를 만들자며, 편찬위원장으로 읍내 문화원 장이자 수필가인 엄기택을 위촉했고, 엄기택은 평소에 알고 지내던 혁진을 편찬 실무자로 끌어들였다. 돈이 안되는데도 덕질하며 지역의 문화를 대상으로 현장을 누비고 글 쓰는 작업이나 책 만드는 일, 그리고 마을사 기록을 충실히 하는 혁진의 기획력과 실행력을 눈여겨보던 엄기택이었다. 그렇다고 혁진이 무턱대고 무상으로 하지는 않는다. 돈이 없지만 꼭 해야 한다면 무상으로도 해주고 예산이 적으면 적은 대로 적은 돈을 받기도 하나, 예산이 많이 있는 상대의 경우 노동 댓가를 충분히 요구하는, 나름의 기준이 있다.

"5천만 원으로 읍지를 만들어요?"

"군에서 지원비 받고 기금 좀 모아 보태자는데?"

"도시재생 사업비를 더 쓰면 안되나요?"

"곤란한가 봐."

문화원 원장실. 혁진은 다 식은 커피를 한 모금 들이키고 다시 마스크를 착용했다. 엄기택은, 20년 전 강만호가 읍장으로 재직할 때 읍지 비스무리한 책,을 만든 것이 있으니 증보판으로 내자는 게 강만호의 뜻임을 전했다. 엄기택은 소파에서 일어나 책장에 꽂힌 읍지 비스무리한 책을 꺼냈다. 혁진도 가지고 있는 책이었다.

"읍지를 이따구로 만들려면 굳이 제가 끼어들 필요가 없어요."

"쓸모가 전혀 없지는 않지."

"쓸모의 문제가 아니라요, 하긴 쓸모의 문제이긴 해요…"

혁진은 몇 년 전 문화원에서 우연히 보게 된 읍지 비스무리한 책을 살펴보면서 너무 불성실하게 만들어졌다고 생각했다. 페이지가 잘리고, 그 책이 만들어지기 15년 전에 군에서 제작했던 마을 향리지를 그대로 베꼈는데 마을 현장을 다시 조사하기는커녕 심지어는 향리지에 기재되어 있던 가구 수와 주민 수를 수정 없이 동일하게 기재했다. 또한 혁진이 나중에 읍지 작업을 하면서 확인해 본 결과 읍지 비스무리한 책에 수록한 옛 자료에서 역사적으로 예민할 수 있는 부분을 누락하기조차 했다. 일부러 삭제했는지 어쨌는지는 알 수 없었다. 내용 부실은 차치하고, 그밖에도 이것저것 오류가 많다.

엄기택의 요청에 호응하여 몇 가지 조건을 제안했다. 읍지를 만들려면 제대로 만들자, 집필비 외 최소한의 활동비를 12개월 기한으로 걸쳐 지급해달라, 그리고 역할을 심부름꾼으로 제한되는 간사라 하지 말고 실무 총책임을 부여하는 편찬주간으로 해달라, 는 것이었다. 편찬주간, 이라는 직책을 처음 듣는지라 낯설긴 해도 편집장 정도로 알아듣고 엄기택은 흔쾌히 수용했다. 혁진과 엄기택은 총 제작비 1억 5천만 원의 예산안으로 읍지 발간 계획안을 세우고 읍지발간추진위원회 발족식 때 편찬방향을 발표하여 특별한 이의제기 없이 추진위원들의 승인을 받았다. 엄기택과 함께 발족식장 상단 자리에 앉은 강만호는 얼굴근육을 요리조리 튕기며 뭔가 음습하게 불만스러운 표정을 짓고 있었지만 아무런 의견을 내지는 않았다.

그뒤 도시재생센터 사무실을 방문한 혁진에게 강만호는 코로나 시국이 엄중한데도 마스크를 착용하지 않은 채 읍지를 연말 안으로 발간해달라는 요청을 했고, 어이없어하던 혁진은 보통 적어도 2~3년은 걸린다며 1년을 기한으로 잡은 것도 굉장히 빠듯하다고 설명했다.

혁진은 1년 내내 밤낮으로 읍지 작업에만 몰입한 결과, 애초 예상보다 두 배 가까이 되는 분량으로 초안 편집 디자인을 마쳐 검토본을 내놓았다. 이에 대해 읍내에서 설왕설래하던 차, 철민은 강만호가 사무실에서든 식사자리에서든 가리지 않으며 주변 지인들에게 혁진이 어떻느니 읍지 검토본이 어떻느니 떠들어대면서 악성형 디스질을 하고 다니는 모습을 직접 본 바 있고 혁진도 귀가 있어 여러모로 불편해하는 까닭에, 혁진의 생각을 들어볼 참으로 줄포에 온 것이었다.

읍내의 실세인 강만호에게 은혜를 입었거나 오랫동안 패밀리로 밀착해와 쑥떡같이 말해도 찰떡같이 알아듣는 몇몇 스피커들을 통해 이 말 저 말이 만들어지고, 쥐새끼 나락 이시락 물어 날리듯 이 사람 저 사람에게 옮겨다니다 보니 쏭개쏭개 시내의 입방아 찧기 좋아하는 사람들한테는, 일방적으로 당하고 있음에도 마치 강만호에 반발해 혁진이 각을 세워 싸우는 것처럼 회자되었다. 똥인지 된장인지 사리 구별 못하는 사람들에게 마침내 욕먹는 것은 혁진이었다. 줄포말로, 혁진으로서는 제대로 통생이 맞았다.

"적반하장 꼴이지. 그 양반 참 이해할 수 없는 구석이 있도만. 사실관계를 아무리 설명해줘도 알아듣지 못하는 건지 못 알아듣는 척하는 건지 쌩까기 일쑤고, 자기 보고 싶은 대로만 보며 편협하게 단정해 물고 늘어지는 괴질 같은 정신세계가 있더라고, 센터장이라는 양반이.

센터장 신분이 있어서 그런지, 막돼먹은 사람처럼 굴거나 목소리를 크게 높이지는 않아. 낙엽 하나보다도 더 가볍게 나분나분 혀를 놀리며 그럴싸하게 포장해. 그러니 평소 그 양반을 좋지 않게 보는 사람들조차도 능란한 화술과 센터장 아우라에 빨려들어. 그래도 센터장님이신데, 하는 분위기로. 난 그 사람들도 이해할 수 없어."

"센터장님이 나쁜 분은 아니니까 그렇겠지."

철민의 말이었다. 혁진이 속으로 뜨악했다.

혁진이 그해 봄 강만호의 입김으로 예술회관 계약직으로 취직되었다는 철민의 조카 소문을 들은 바 있으나, 이 이야기를 꺼낼 필요는 없었다. 굳이 그래봤자 분위기가 어색해지지는 않더라도 철민이 민망해할 수 있어서였다. 그 소문은 읍내 마을조사 때 한 이장의 입을 통해 냉소적으로 들려왔고, 와전된 풍문일 수도 있었다. 말 많은 읍내에서 모나지 않고 순수한 기질에 세상 넓은 줄 알고 똑발져 사리분간이 있는 농약사 사장으로 살아오고 있어 적이 없을 뿐만 아니라, 혁진이 사욕 없고 합리적으로 일하고 일하는 역량도 뛰어나다는 것을 익히 잘 아는 철민이 공연히 강만호 편을 들 이유도 없으나 자기 조카를 챙겨주었을지도 모르는 강만호를 고려해서인지 나쁜 인간으로 보지는 않았으면 하는, 느낌적인 느낌이 혁진에게 다가왔다.

강만호가 자기 앞에서 혁진을 디스질하는 자리에서는 제 친구라서 드리는 말씀이 아니라요 센터장님이 그건 잘못 생각하시는 것 같네요, 라고 조심스럽게 혁진을 옹호하기도 했던 철민이었고, 애써 중재라도 할 눈치였다. 그러나 혁진은 수긍하지 못했다.

"나쁜 분은 아니라고?"

"..."

"너한테는 당근 그러겠지. 근디, 내가 겪어봉게 하는 꼴이 굉장히 고약시러. 사람이 사(詐)자가 있고 행패를 부려야만 나쁜 사람인 것은 아니지. 이혁진이라고 지칭하지는 않으나 나 있는 회의 자리에서 애향심이 있어야 하느니, 재능기부가 어떻느니, 내가 응? 일을 깐드락깐드락 하기라도 했나, 얼마 되지도 않는 내 활동비 받는 것에 대해서도 궁시렁궁시렁 하고 자빠졌어. 예전에 본인은 지역사회에 봉사하기 위해 농협 조합장에 출마했다고 표 얻으러 다녔을텐데, 그럼 월급 안 받고 재능기부했나, 아니잖아. 자기는 받을 돈 다 받아 처먹었으면서 남한테는 왜 재능기부를 압박해? 저번에 검수위원 평가회할 때는 와가지고 어떤 위원이 활동비가 적다고 하니까 뭐가 적냐고 역정내더라고, 처음 보는 분한테도. 내가 부끄러워서 혼났다야. 날 덕석말이 하듯 읍내에서도 떠들고 다닌 것으로 알고 있어. 그건 너도 알잖아. 내가 읍내 놈이 아니어도 말이 나한테 다 들어와. 날 아주, 읍지 만들면서 돈이나 벌어가려고 하는 도둑놈 마냥 씹어댄다고 하도만. 양복이나 한 벌 해주면 된다고 하는 같잖은 말폼새를 보면서 난, 참으로 모욕적이라 생각했어. 사람을 참, 개돼지로 만들어. 노동 댓가를 그 따구로 깔아뭉개고, 센터장이고 읍지 고문이면 고문답게 어른스러워야지 읍지에 대해서는 아무것도 모르면서 자기가 다 아는 것처럼 까락까락 따지기나 하고, 센터장이란 자가 쪽팔리게시리. 쪽팔려, 쪽팔려. 일이란 게 공적인 절차와 과정이 있는 건데, 개무시해. 그래가지고 어떻게 센터장 하는지는 모르겠다만. 본인이 읍지 만들자고 해놓고서, 일하는 데 어려움은 없느냐, 도와줄 것은 없느냐, 단 한번도 이런 말은 하지도 않으면서, 격려는커녕 읍내에서 떠벌리고 다니며 일하는 사람 까뭉개는 짓거리를 하고 있단 말여. 왜 그러는 건지 도대체 이해를 못하겠어, 도대체. 사람 귀한 줄 알아야지, 참 나쁜 인간여, 비루해. 갑질에, 꼰대질에, 사람 뒤통수치기까지…"

철민은 딱히 반발을 하지는 못했다. 애써 반발할 뜻도 없어 보였다.

"그 양반이 그랬었다니 니 판단이 맞겠지. 니가 뭐 공연히 자빠진 강아지 앙알대는 것도 아니고. 사실 나도 좀 충격적이더라. 사람은 겪어봐야 그 속을 안다는 말이 맞긴 맞나봐. 그 양반하고 나하고 관계야 모날 것이 없으니 불편한 감정이 생길 수 없었고, 내가 그 양반하고 가까워진 것은 한 십년 되었나? 공무원 퇴직하고 조합장 출마할 때 우리 교회에 나오기 시작했어. 교회에 조합원들이 많잖아. 나한테는 장로님, 장로님, 하며 예우해주고 내가 연설문도 써주고 했응게. 나야 그 양반이 사람 힘들게 하는 줄은 알 수 없었지."

"연설문을 니가 써줘?"

"응. 사실은 그 양반이 이번엔 자서전도 썼더라고."

"자서전? 연설문도 못 써서 니 손 빌렸다면서 무슨 자서전을?"

"뭐 자서전이라기보다 그 양반이 살아 온 자기 이야기지. 주로 공직생활 중심으로. 나보고 손봐달라고 초고 파일을 넘겨줬는데 다 뜯어고쳐야 해. 문장도 안되야."

"사무실에 앉아서 자서전만 썼고만?"

"그건 내가 모르겠고, 지역사회의 발전을 위한 귀감이 되겠다고 하더라고."

"오매, 맙소사!"

한참 몰아치던 장마비가 다시 그치고 여름날의 밖은 개안하지 못하게 어두워지고 있었다.

"내가 그 자서전을 쭉 훑어보니까 문제가 좀 있어. 자신이 살아온 인

42

생 자기가 밝혀 놓는 건데 내가 이러쿵저러쿵 할 바는 아니지만서도 공직생활의 비위를 자랑스럽게 늘어놓은 것이 여러 대목여, 그 책 나오면 그 양반 욕깨나 먹을 걸? 그 누구냐, 유명한 정치인 한 명 있잖아. 언제였더라? 지지난 번 대선 후보로 나왔을 때 옛날에 쓴 회고록, 거기에 나온 돼지 흥분제로 한참 논란이 있었잖아."

"돼지 발정제? 크크크. 고향이 경상도인데 줄포에서 방위 받았다며? 여자 때문에."

"그려 맞어. 대학생 때 자기 친구들하고 짜서 친구 하나가 좋아하는 여학생에게 돼지 흥분제를 생맥주에 몰래 먹일라다가 실패했다고 회고록에 써놓아 범죄행위 논란으로 홍역 치렀잖아. 똑같은 사례는 아니지만 그 양반도 자서전에 써놓은 것, 내가 하나만 말할게. 줄포 출신으로 경제관료를 지낸 분 있잖아."

"아, 장관만 수차례 하셨다는 그분?"

"강만호가 뜬금없이 그분의 생가 복원을 하려고 몇 차례 시도하다 실패했지. 근데 왜 그렇게 그 양반이 그분의 생가 복원을 하려고 했을까. 현존인물이다는 논란은 둘째치고, 그만큼의 가치가 있을까 싶기도 한데 말야."

"읍지에 소개한, 오래된 한옥이 있어. 백년이 넘어. 초등학교 올라가는 길 잔등에 자리잡았는데, 잔등 일대의 집들은 터가 좁잖아. 근데 그 집은 가옥구조도 그렇지만 텃밭과 우물도 있고 주변 생활터전으로 공간 배치가 넉넉한 집이야. 구수한 된장냄새 나는 그 집에서 살아온 분의 이야기를 담아내려다 이런저런 사정으로 그러지는 못했는데, 그 한옥집을 읍지에 소개했다고, 개인 가옥을 미화한다고 삭제하라고 한 양반이, 생활사 흔적을 보는 안목은 하나도 없으면서 특정인의 생가 복원에는 그토록 목을 맸고만."

"그 이유가 있었어. 자서전에 다 써놨더라고. 그 양반이, 자기 삼촌 과 호형호제하는, 당시 장관하던 그분의 입김으로 도청으로 전입해갈 수 있었고, 나중에는 사무관 승진 대상에서 거론도 되지 않은 처지였 는데 그분의 도움으로 승진했던 거야. 영광스럽게, 승진했다고 아주 자랑스럽게 자서전에 써놨어. 소재지 정비사업도 탈락될 거, 또 그분 의 도움을 받아 선정된 거야. 그러니 그분이 얼마나 고맙겠어."

"비리 투성. 공직생활을 그런 식으로 해온 거야? 자기 인맥 좋았다 고 자랑질한 거야?"

"그 양반은, 지연의 끈으로 떳떳하지 못하게 승진했으면서도 그게 뭔 잘못이었는지 인지하지 못하고 자랑질하며 밝히고 있으니, 기가 막 힐 일이지. 옛날에는 그런 일들이 워낙 비일비재해 그랬다 쳐. 지금은 때가 어느 땐데, 한두번도 아니고, 그걸 자랑스럽게 떠벌리나. 그래서 나도 그 양반, 회의가 들기도 하더라고."

"센터장이란 양반이 어째 그 따구까 했는데, 그렇게 승진하고 출세 했으니 실력이 있을 리 없지. 아니지, 실력이 없으니 인맥에 의존해 늘 뒷구멍으로 출세한 거 아냐? 읍지도 위원장 따로 있는데 공,사 구분도 못하고 자기가 좌지우지하려 해. 그러니 위원장이 역할을 제대로 할 수 있겠어? 개판이지."

철민이 고개를 갸우뚱거리며 말했다.

"근디 참 의아스러워."

"뭐가?"

"내가 자서전을 훑어보고 나서 몇 군데 문제가 있어요, 이렇게 나가 면 공직생활했던 게 이미지가 안 좋아질 수 있어요, 좀 고쳐야 해요,

44

이렇게 말했거든?"

"그랬더니?"

"그 양반 하는 말, 사실인데, 이러는 거야."

"사실인데!?"

"내가 그랬지. 사실이 아니어서 문제가 있다는 말이 아니고요 센터 장님, 부적절한 사실이 드러나 센터장님이 살아오신 삶이 욕먹을 수 있다는 거예요, 라고."

"그랬더니?"

"내 말이 무슨 말인지 아는지 모르는지, 멀뚱멀뚱만 하고 아무 대답 않더라고."

소주 한 잔을 들이켜며 한참을 깊이 생각하던 혁진이 말했다.

"나도 그런 비슷한 걸 느낀 적이 많은데, 그 양반은 일상범,이야."

단호했다.

"일상범?"

"응, 일상범. 그 말이 범죄의 용어로 있는지는 모르겠는데, 아마 없을 거야. 내가 생각해냈어. 하여튼 내가 그 양반을 경험해보면서 쭉 생각해봤는데, 그 양반은 잘못을 저지르고도 자기의 잘못을 인지하지 못해. 몇 번씩이나 설명을 해줘도, 도루묵이야. 으씩도 안 해. 처음에는 뭔 놈의 생고집이 세나 했었지. 근데 가만히 보니까 그게 아냐. 진짜 자기 잘못을 모르는 거야. 사회성이 부족하지도 않잖아, 그 양반. 평생 공직생활을 한 양반이잖아. 나쁘거나 범죄가 될 수 있는 자신의 언행에 대해 나쁘다거나 범죄가 될 수 있다는 사실을 알아차리지 못하면서 일상적으로 저지르니 그게 바로 일상범이지. 그게 그 양반의 본성 아닐까."

"그럴듯한데?"

"거니 있잖아."

"웬, 거니?"

"콩 마누라 오거니."

"아하, 그래서?"

"그 오거니. 쓰는 이력서마다 다 거짓투성으로 말이 많았잖아 잉? 학력, 경력 말할 것 없이 다 위조 논란이야. 그런데 그게, 내가 위조할 거야 하고 위조한 게 아니라 그렇게 거짓으로 쓰면서도 본인 스스로는 위조라는 걸 모른다는 거지. 그냥 그게 일상이 된 거야. 누가 지적해줘도 몰라. 모르는 척해. 그러니 부끄러움도 없지. 그 양반도 똑같이 그런 일상범이라는 거야."

"섬찟하다."

"상습범은 범죄인 걸 알면서도 의식적으로 반복해서 저지르는 거고, 그래서 고개라도 숙이지. 일상범은 범죄인데 범죄인 걸 느끼지 못하면서 일상적으로 저지르는 거야. 그러니까 부끄러운 게 아니라 떳떳한 거고 고개 빠짝 쳐들어 뭐가 문제냐고 따박따박 따지잖아. 어디 거니뿐이냐, 공가 놈이나 구깐죽 놈이나 그쪽 세계에 있는 놈들 죄다…"

"에이 그래도 그 사람들 검사들이었는데, 자신들이 저지르는 죄를 모를까."

"검사? 그것들 순전히 거짓말쟁이들야. 재판을 할 때도 그 자리에서 검증하지 않아도 되니까 불리하다 싶은 것들은 그 자리 모면하려고 거짓말로 막 지껄여. 자신이 밀리는 꼴을 보여주면 큰일나는 성깔들이 있어서 죄책감 없이 거짓말 밥 말아먹 듯하며 자기 위세 세우거든. 꼴에 나 대한민국 검사야, 그러면서."

"설마…"

"그래, 못 믿을 거야. 검사들이 다 그렇다는 것은 아냐. 말이 삼천포로 빠졌는데…"

"하여튼 그렇다 치고, 읍지는 나와야 하잖아. 네가 힘들게 작업한 읍지 검토용, 내가 자세히 봤거든. 대단해. 재밌기도 하고. 시장통에서 식당하는 할머니 이야기는 용기가 참 대단하시도만. 등잔 밑이 어둡다고 나도 잘 몰랐던 이야기야. 그 할머니 불행하게 살아온 이야기 쓰라리게 털어놓았던데, 그게 바로 읍내 시장통의 역사잖아. 읍지라고 해서 유명인물만 기록해야 되는 것은 아니라고 생각해. 그런데 그 양반은…"

"인간에 대한 애정이 없는 거지. 바닥인생을 살아 온 사람들을 개돼지로 보는 거고. 개돼지가 왜 읍지에 실리느냐는 거겠지. 출세하거나 권세 가진 사람이나 좋아하고…"

"나한테도 그런 할머니들 개인적인 이야기가 왜 들어가야 되느냐고 역정 내더라고. 다른 할머니들도 많은데, 편파적이다 이거야. 나는 니가, 물론 편찬위원 분들이 논의해서 했겠지만 그런 이야기 발굴 잘했다고 생각해. 어쨌든 그 양반이나 너나 한발씩 양보해서 잘 만들었으면 좋겠어. 그 양반 만나서 이야기하기가 껄끄러우면 내가 중재해볼까?"

결국 철민이 입에서 중재,라는 말이 나왔다. 사실 중재는 필요 없다. 혁진은 발간위원회, 편찬위원회, 검수위원회, 그리고 마을 이장들까지 검토를 거쳐 의견을 듣고 바로 잡아가는 중이기 때문에, 왕노릇하려는 어느 한 사람과 어설프게 타협할 일은 아니라고 생각했다. 순리대로 편집방향 원칙대로 작업하면 될 일이라고 생각했다. 기득권, 갑질, 꼰대질에 고개 숙여 읍지가 센터장 강만호의 입맛대로 분탕질쳐지는 꼴을, 혁진으로서는 두고 보지 않겠다는 것이었다. 위원도 아닌 철민이가 사적 관계로 끼어드는 것은 모양새가 안 좋아 보였다. 문제의 본질을 꿰뚫는 데도 철민이가 약한지라, 공연히 중간에서 중재한답시고 이 말 저 말 옮기려다 ㅏ 다르고 ㅓ 다른 말 뉘앙스로 되레 실타래만 더 꼬이게 할 수 있으므로, 혁진은 나중에 재검토본이 나오면 운영위원회에서 직접 맞부딪쳐 정면돌파를 할 생각이다.

4 동행

밖은 캄캄한 새벽, 율지댁은 따뜻하게 데운 미역국에 밥 말아 두어 숟갈 뜨고 서둘렀다. 달걀을 받아먹겠다고 텃밭 비닐하우스에 가둬 키우는 토종닭 몇 마리가 요란하게 울어대기도 전에 잠에서 깨어나던 율지댁은, 요즘은 골반의 통증으로 제때 일어나지 못하지만 오늘은 면 소재지 병원에 나가는 날이라 일찌감치 채비를 한다. 검붉은 바탕에 검정 무늬들이 어우러져 있어 고급지면서도 가볍고 따뜻해 보이는 누 빔 자켓을 꺼내 들고 한참을 망설인다. 키가 작고 왜소한 자신에게 커 보여 폼이 나지 않아서다. 겨울이 시작되기 전, 중견기업 사장인 큰며 느리가 보내준 옷이다. 병원 감서 쩨낼 일 있간, 혼잣말하며 율지댁은 도로 옷장에 집어넣는다. 한 달여 전 텔레비전 아침뉴스에서 이태원 참사 소식을 보면서 저런, 세상에, 하며 먼 나라 이야기로 흘려보내고 말았는데, 기가 막히게도 서영의 새파랗게 젊은 딸이 참사로 죽었다는 소식을 듣고 이게 뭔 일이당가, 부랴부랴 서영의 집으로 향하다 집 앞 깔끄막에서 미끄러지는 바람에 골반을 다치고 말았다. 크게 다치지는 않았지만 통증이 오래가 물리치료를 계속 받고 있다.

율지댁은 연고도 없는 낯선 곳에 와 남편을 잃고도 마을 사람들과 잘 어울리며 사는 서영을 서울댁, 서울댁, 하며 이뻐했고, 서영도 수년 전 글 쓰는 마을 프로그램으로 한글반을 운영할 때 자상하게 도와준 율지댁을 의지해 따랐다. 마을의 할머니들은 대개 기억력이 크게 쇠퇴해 있다. 작년 여름 마을공동체지원센터에서 하는 마을 자원조사 때 경로당에 모인 할머니들은, 누구는 어디가 아프고 누구네 집은 자식이 어떻고, 하는 따위들은 훤히 알면서도, 마을의 오래된 것들에 관해서 물을 때는 잘 몰라, 더는 묻기가 민망할 정도로 고작 한 마디만 짧게 대답하곤 했다. 이들과 달리 율지댁은 똑똑하고 기억력이 뛰어나, 왜소한 몸집이 신기할 정도로, 서영이 물어보는 것마다 뭐든지 슬슬 말해주는 이야기꾼이다.

글 쓰는 마을 프로그램은 혁진이 도 문화관광재단의 문화예술교육지원사업 공모전에 응모해 선정되었다. 혁진은 주민총회 때 제안하여 공감을 얻었으며 부녀회장과 노인회장을 비롯해 마을일에 적극적인 몇몇과 함께 이 사업을 주도해 추진했다. 요가라면 몰라도 글쓰기라는 것이 생소해 당초 이해가 잘 안 갔지만, 글쓰기를 통해 주민들의 생각을 나누고 마을 이야기를 기록하고 어쨌든 마지막에 마을잔치를 한다니 주민들은 다 좋아했다.

반면에 이장은 무슨 글쓰기 한다고 그러냐, 할머니들은 읽을 줄도 모르는데, 일허느라고 바뻐, 누가 나오겄어, 돈이 나오는 것도 아니고, 궁시렁거리면서 뒤꽁무니를 뺐다. 이 소식을 들은 이장의 고모 둥글네는 이장 집에 찾아가 마을일을 앞장서서 해야 할 이장넘이, 월급만 받아 처먹냐, 너 고러코럼 할라믄 이장질 때려치워라, 큰소리로 한바탕

했다. 이장 선거 때 할머니들을 부추겨 조카를 이장으로 뽑아 놓은지라 둥글네로서는 체면이 안 서 입씨름하곤 했지만, 쥐꼬리도 월급이냐며 이장은 본동만동했다. 60대의 젊은 이장인데도 마을일에 통 소극적이라 마을 사람들로부터 평판이 좋지 않았다. 게다가 혁진이 직접 가르친다고 하자 마을 몇몇들과 함께 입방아를 주도했다.

"가가 무슨 선생이간디요."

"서울서 기자힜담서?"

"아녀, 애들 글씨 쓰기 갈쳤대야."

"눈이 어찌나 나쁜지 글자도 멀리서 잘 못 읽어요."

심지어는 스타일에 대해서도 지적질을 해댔다.

"머리는 그게 뭐다냐, 이마에 꼬랑지처럼."

"글도 뭔가 앙게 나서겄지."

혁진이 대학물 먹었다고 거들먹거리거나 사람 무시하지 않고 성격이 서글서글한지라 다 좋아는 하지만 본인이 직접 강사를 한다 하니 사람들이 온전히 신뢰를 보내지는 못한 것이다. 더군다나 애기 때부터 봐온 터라 더 그럴 만했고 귀향 초기에는 직장을 못 구해 장가도 못 가고 할일 없이 낙향했다는 괴소문이 떠돌기도 했다. 이런 류의 소문들을 모르는 바 아니지만 혁진은 개의치 않았다. 이런 때는 늘상 자신의 실존적 현실,이라 자위했다. 그리고 실존적 현실은 자신만이 아니라 누구에게든지 다양한 환경으로 내재해 있음을 실감해 온 터에, 특히 농촌의 여러 마을 어르신들을 많이 접하면서는 농촌 사람들에게 특유의 실존적 현실이 존재함을 발견했다.

자식들을 가르치려고 그랬건 먹고 사는 데 힘겨워 그랬건, 시골 사람들은 무지렁이 개돼지로 평생 손가락질받으면서 밭두렁과 논길만 오가는 일동물로 스스로를 길들여 왔다. 새벽부터 하루종일 들녘에 나가 있는 일의 노예가 되거나, 늘상 병원을 찾는 고장난 노예이거나, 마을회관에 드러누워 텔레비전을 멀뚱멀뚱 쳐다보는 딴 세상의 노예가 되는 게 일상이다. 그렇다고 노동을 신성시하는 부지런함이나, 고장난 몸을 고치는 치료행위나, 텔레비전을 시청하는 여가활동을 비난하며 이들의 일상성을 부정하는 것 또한 옳은 일은 아니다. 사람들은 대개 그런 일상의 현실 속에서 살아간다. 그러다 보니 원초적으로 인간에 내재해 있는 욕망과 감성은 그들의 인생에서 훌쩍 사라져버렸다. 욕망과 감성만 망가진 게 아니라 몸과 정신세계도 망가져 있는 것 또한 그들의 일상이다. 이게 바로 혁진이 생각하는 실존적 현실,이다. 그럴 때마다 혁진은 느꼈다. 민초로 평생을 살아온 마을 사람들이 자신의 잃어버린 욕망과 감성을 찾아내 직접 표현하고 소통해보게 하는 일이 그나마 남은 노년의 행복한 경험이지 않겠느냐고. 그 수를 찾은 것이 글쓰기였다.

잃어버린 욕망과 감성을 되찾도록 하는 교육, 참으로 지난한 일이라는 것을 알면서도 혁진은 교육이 아닌 교육을 통해 조금이나마 실현해보고자 하는 욕심이 앞섰다. 그래서 선택한 교육방법은, 가르치지 말고 스스로 느껴 깨닫게 하고 느낀 것들을 자신의 언어세계로 표현하게 하자는 것이었다. 누구든 각자의 욕망과 감성을 표현한 것을 함부로 잣대질하지 않도록 하는 것도 중요한 포인트였다. 이는 자신의 과거 잘못된 태도에 대한 반성이기도 했다. 서울에서 교열기자질 할 때 독자투고 글을 손보면서 깨닳은,이라고 쓴 것을 깨달은,이라고 고쳤다가 그 투고자로부터 기자양반이 남의 글을 함부로 고치면 되느냐고 거센 항의를 받아 결국 정정기사를 내는 일이 있었다. 투고자는 맞춤법상 깨달은,이라고 써야 맞지만 자기는 깨달음과 동시에 그 깨달은 것들은 닳아 없어져야 한다는 뜻으로 깨닳은,이라고 썼다는 것이다. 깨닫는 것이 쌓이면 지식이 되고 그 지식이 쌓여 그 대상을 지배하는 권력이 되어 이 세상이 고통스러워지니, 앎의 축적을 거부하며 살아야 한다는 삶의 철학이 담긴 표현이라고 강조했다. 그럴 듯한 설명이었고, 아니 맞는 말이었다. 아는 것이 힘이다,는 말은 아는 것이 권력이다,는 말과도 같으니 말이다.

하여튼 혁진이 교육을 시작하면서 자신의 생각을 강사진인 서영, 치옹과 함께 공유하며 원칙적인 지침들을 공유는 했으나 실행에서는 사실 쉬운 일이 아니었다. 말을 쉽게 해야 하는 것이 문제가 아니었다. 시골 사람들은 교육이다 하면 응당 누군가 가르쳐줘야 한다는 인식이 크게 자리잡아 있어 스스로 생각하게 하면 더 힘들어하거나 별거 없네, 하고 흥미를 잃곤 한다. 그래도 고심 끝에 생각해낸 것이 시 읽기였다. 사람들에게 시 한 편씩은 쓰게 할 요량이었다. 그러기 전에 여러 시들을 읽고 각자의 느낌을 말하게 함으로써, 평생 시라는 것을 구경조차 못한 사람들이 시를 경험해보도록 한다는 생각이었다.

혁진은 시라는 게 무엇이며 해당작가는 누구인지 하는 따위들은 일체 언급하지 않았다. 아무 설명 없이 시만 주어 읽게 했다. 선입견이 들어가게 되면 시에 대한 스스로의 느낌이 파괴될 수 있어서였다. 학교에서 가르치듯 이 시는 이렇게 느껴야 한다는 주입식은 인간의 영감을 목 조이는 감성폭력이다, 생각했다. 껌도 양과자도 쌀밥도 모르고 살아가는 마을 아이들은 날만 새면,으로 시작하는 신석정의 1952년 시 '귀향시초(歸鄕詩抄)'나 나이 여든 넘어, 선샘골 죽동할머니,로 시작하는 고영서의 2007년 시 '싸락눈' 들과 같이 사람들이 쉽게 읽을 시 두

편씩을 매주 교육 전에 나눠줘 함께 읽게 하고 느낌들을 말하도록 하는 방식으로 진행했다. 그렇게 여러 번 진행했더니 생각지도 못했던 놀라운 반응이 나타났다. 딱, 뚜껑을 따듯, 오리의 목을 자르자 붉은 고무 대야에 더 붉은 피가 고인다,로 시작하는 2010년 동아일보 신춘문예 당선 시 유병록의 '붉은 호수에 흰 병 하나'를 돌아가며 다 읽자마자 이현기 노인, 자진하여 문득 시를 스스로 정의해 발언하는 것이었다.

"선생님!"

혁진을 항상 선상님,도 아닌 선생님,으로 호칭하였다.

"예, 어르신."

"시라는 게 말여, 내가 쭉 읽어본 게 말여, 살아가면서 느낀 것을 쓰는 것이 시고만잉!"

목련집 남자, 전 이장, 노인회장, 부녀회장, 회관 옆집 아줌마, 지희네, 재학이 엄마 등 사람들이 와아, 하고 감탄할 여유도 없이 혁진은 머뭇거리지 않고 즉답했다.

"맞습니다."

노인은 기이하게 썩소를 날렸고 혁진은 바로 이거고만, 생각했다. 그날 이후 짧은 시 쓰기로 먼저 17자로 짓는 일본의 하이쿠 연습을 하고 이어 45자 내외로 이루어지는 시조 형식의 시를 쓰게 했다. 그 다음 주 노인은 일찌감치 혁진 집에 나타났다. 무더위 여름이 한물가고 선선해지는 아침 날씨임에도 여느날처럼 반팔 티셔츠에 붉은 헬멧 차림으로 오토바이를 타고, 수업이 9시부터인데 무려 1시간이나 빨리 온 것이다. 약간은 들뜬 기색으로 마루 주변을 살피는 둥 머뭇머뭇하다 매칼없이 사람들 아무도 안 왔네, 하는 것이었고, 이에 혁진이 당혹스러워했다. 수업시간에 알고 보니 노인은 밤새 썼다며 시 한 편을 가지고 왔고 겸연쩍어하면서도 들뜬 목소리로 발표했다. 그때서야 혁진은 노인이 일찌감치 찾아온 이유를 알 수 있었다. 자랑하고 싶었던 것이다. 피식, 웃었다. 이현기, 자신의 이름으로 난생처음 써본 시였다.

시간 따라 나도 따라 여기 같이 왔구나
어느덧 팔십 고개 내 몸도 굽어지고
인생의 가을 들녘에 추수 끝난 빈 들판

한편, 다행히 서울서 온 서울댁 서영에 대해서는 까대기, 요샛말로 디스질하는 반응은 없었다. 되려 할머니들은 은근히 기대하는 눈치로 남편 잃고 서울로 되돌아갈 생각이 없이 마을에 계속 남아 있는 것이 안쓰러울 따름이었다. 혁진 역시, 깊은 이야기까지는 나누지 않았으니 속마음은 헤아릴 수 없으나 남편 죽은 지 1년이 넘어가도록 잘 버티고 있으며 뭔가 새로운 일거리를 찾는 듯하여 서영에게 한글 교육을 제안했었다. 경험해보지 못한 일이라 잘 해낼지 모르겠다면서도 서영은 흔쾌히 받아들였다. 언니 동생 하며 잘 지내는 치웅이 보조강사로 함께한다 하니 서영은 더 좋아했다. 치웅은 한국생활 9년차로 당차고 똑똑하며 한국말 아니 줄포말의 섬세한 뉘앙스조차 줄포 사람보다도 더 잘 구사해 사람들을 놀라게 하곤 했다.

한글 쓰기를 할 줄 아는 사람들은 혁진이 담당하는 글쓰기반으로, 글자를 모르는 사람들은 서영이 담당하는 한글반으로 편성하였으나 남자들과 중년 부인들은 글쓰기반으로, 글자를 알아도 나이 든 할머니들은 몽땅 한글반으로 몰렸다. 애초 글을 쓰는 마을이라 했을 때 할머니들은 글씨 쓰기로 알아들었다. 이장처럼 요즘 누가 글을 모르느냐고 반문하는 사람들도 더러 있었다. 스마트폰이 일상화된 21세기 최첨단 과학문명의 시대에 그 등잔 밑은, 실상은 그러하지 못하다. 해방 이후 대대적인 한글보급 운동이 일어났고 아이들을 초등학교에 보내 문맹률이 현저하게 떨어진 이후로 우리나라는 문맹이 없는 나라로 인식되었으나 농촌에 사는 7~80대 할머니들은 상당수가 한글을 읽지 못한다. 그 할머니들의 소녀시절에는 시대가 어지럽고 가난했던 시절이면서도 교육열이 대단했다 해도 웬만해선 배움에서 소외된 탓이다.

아지랑이 넘실거리고 농사철이 바빠지는 4월에 교육은 시작되었다. 글쓰기반 교육은 혁진이 자신의 집에서 했고, 서영이 주도하는 한글반 교육은 마을회관에서 진행하였다. 첫날 어떤 이는 병원에 갔고 어떤 이는 전주에 가느라 빠졌다. 어떤 이는 몸이 야위고 불편함에도 가방을 싣고 밀라를 밀고 오니 웬 가방이냐고 사람들이 물어, 책 준다고 혀서, 라고 멋적게 대답했다. 보행기를 이 마을 할머니들은 밀라,라 한다. 밀고 다니는 것이라 해서 그렇게 부르는 듯하다. 마을회관의 넓지 않은 방으로 모여든 할머니들, 서영이 교육 시작 인사도 하기 전에 모두 들뜬 마음들이었는지 뜨더귀라도 난 모양으로 떠들어댔다.

"율지떡은 혁진네 집으로 가야 허는 거 아녀? 낫 놓고 기역자 그리는 사람은 그리로 가고 나처럼 그것도 못 그리는 사람은 여기로 와야지."

"우리 때는 안 갈쳐줬어. 부모님이 원망시럽당게. 아버지가 학교도 못 가게 하고 어찌나 일만 시키려고 허던지."

"부모 탓할 거 없어. 내가 미련해서 못 배웠다 생각혔지. 하하하."

"그때는 너나 할 것 없이 다 못 배웠응게, 시집와서도 챙피한 줄 몰랐어. 관심도 없었응게. 오빠가 갈쳐줄라고 허드만 내가 안 배웠어."

56

"애로가 많았지, 못 배워서. 답답혀, 글을 모릉게. 안 좋지."

"편지가 와 넘한테 읽어달라고 헐 때 을매나 챙피혔는지 몰라."

"테레비 나오는 글자라도 알고 싶어. 노래같이 좋은 게 없는디 따라서 좀 부르게."

"광주 가서도 난 입이 길이라고 무조건 물어 댕겼어. 근디 지랄같드만. 절로 가라믄 절로 가고 여기로 가라믄 여기로 가고 허다가 열 몇 바퀴를 돌았어, 버스 번호를 모릉게."

할머니들은 궂은일이든 잔칫날이든, 오뉴월 품은 자고 나서 바로 갚는다,는 품앗이로 티격태격 꼬라지내든, 장마철 밭둑 터져 우아래 주인끼리 내땅 네땅 싸울 때든, 속마음 다 뒤집어 까 허물없이 지지고 볶으며 평생을 한 동네에서 살아왔으면서도 자존심 깎여 차마 말 못 했던 사연들을 툭툭 한 마디씩 내던지며 이제는 창피할 것도 없는 과거 사려니 하고 깔깔댔다.

"나는 어찐지 앙가? 숫자를 모르니 자식한테 전화를 못 혀, 받는 것만 허지. 1, 2, 3이라도 알면 넘보고 아신 소리 안 헐 턴디, 우리 집 큰놈은 아플 때 전화 안 헌다고만 지랄이야, 지 애미 속도 몰르고."

"큰놈이 글 모르는 거 모른당가?"

"아이고, 인자와서 자식헌티 챙피혀서 어떻게 말헌단가. 이츰저츰 살다봉께 그렇게 되꼬만. 그렇게 되드라고, 사는 것이. 가가 국민핵교 들어가서 학교서 글 배움서 집에 와서는 나한티 이것저것 물어보는디 나 글자 몰라야 할 수도 없고 이리 둘러대고 저리 둘러대고, 용케도 가는, 오매가 긍게 긍갑다 허고, 오매가 할 짓이 아닌디, 말인 게 쉬운 것 같아도 한순간 한순간 모면해 살다 봉께, 그게 쩌그 구렁이능선 밭고랑보다 긴 줄로 모여 한평생 인생이드라 이것여. 그리도 어찌깐, 글자 몰라도 선거 때 찍을 놈 찍고 문서에 도장 안 찍어줄 놈 안 찍어주고."

"성님같이 똑똑한 사람이 왜 글자를 안 배웠능가 몰라. 근디 글자를 알아도 골치 아파요."

"그게 뭔소리여?"

"그러께 돌아가신 방글떡, 부녀회장 시어매. 맨날 방글방글 웃고 댕겨 방글떡이라고 힜어도 그이가 부녀회장을 시집살이 모질게 시켰잖아요. 부녀회장이 지 남편 죽자마자 양로원 안 가도 될 시어매 양로원으로 보내버린 것도 그래서 그런 건디, 근디 왜 그렇게 시집살이 시킨지 알아요? 아흔이나 되는 시어매가 글자를 알아. 글자를 아니까 고지서니 뭐니 다 읽을 줄 알 것 아녀요. 그래서 뭐가 어떻느니 뭐가 저떻느니 간섭이 많아 부녀회장 환장허게 힜어요."

서영은 자신 역시 농촌 출신이면서도 깜짝 놀랐다. 할머니들이 한글을 모르고 평생을 살아왔다고 하니 놀랐고 평소 말은 안해도 글자 깨치기를 갈망하고 있었다니 또 놀랐다. 마을에 이사와 할머니들과 왕래하면서 산 지가 6년째인데 서영은 그이들이 까막눈이라는 것을 낌새조차 알아차리지 못했다. 백성을 가르치는 바른 소리 훈민정음이 곧 한글이고, 세종 때의 학자 정인지는 지혜로운 자는 하루아침에 터득할 수 있고 어리석은 자일지라도 열흘이면 배울 수 있는 글,이 한글이라 했다. 실제로 율지댁은 한글을 어릴 때 친정엄마가 이불 속에서 가르쳐줘 깨쳤다고 말했다. 교육이 시작되고 이런저런 이야기들 나누다가 서영은 율지댁더러 어떻게 글자를 알게 되었는지를 사람들에게 들려주자고 했다.

"암것도 아녀. 내가 열 살도 안되었을 때여. 밤에 잘라고 호롱불 끄고 이불 속으로 기어 들어가잖어. 겨울이라 방 웃목에는 고구마 홀타리가 있응게, 고구마 썩은 꼬랑내가 슬슬 나. 친정 오매가 말혀. 선숙아, 어저께 갈쳐준 거 뭐였지? 고구마. 고구마는 글자가 어떻게 생겼다고 혔지? 음… ㄱ에 ㅗ 붙여서 고,가 되고 ㄱ에 ㅜ를 붙이면 구,가되고 ㅁ에 ㅏ 붙이면 마,가 되어, 그리서 고구마,라고 혔지. 알고 내 새끼 똠발져. 내가 물었어. 똠발져,가 뭔 말여? 참말로 똑똑허다는 말여. 그럼서 오매가 그러도만. 니가 가난한 집에 태어났어도 배워야 헌다. 지금같이 험한 시상, 여자라도 배워야 천시 안 받고 산게, 쌀보리보다 더 귀한 게 글이여. 내가 천자문을 몰라 너한티 천자문은 못 갈쳐도 국문은 갈쳐줄랑게, 이러는 것여. 내가 어렸어도 그때 친정오매 말은 안 잊어먹고 평생을 살아왔어. 고구마,를 갈쳐주더니 인자 쥐새끼,를 갈쳐줘. 천장에서 쥐새끼들이 우당당탕 뜀박질헐 때였거든. ㅈ에 ㅜ를붙이면 주,가 되고 바로 옆에 ㅣ를 더 붙이면 쥐,가 되어… 까만 천장쳐다보며 밤마다 그렇게 배웠당게. 서당개 삼년이라고, 천장에 사는쥐새끼들도 글자 다 배웠을 것여.”

“하따, 친정 오매가 참 지혜가 컸네.”

칠보댁이 끼어들었다.

“환장허고, 나는 말여 전생에 무슨 죄를 지었는가 여든다섯 평생 내이름도 못 쓰고 사네. 내 이름이 순여가 맞는지 순례가 맞는지도 잘 모르겠어. 이장 말로는 주민증으로는 조순여로 되어 있다는디 집이서는늘 순례로 불렀거든. 인자 내 이름 석자만이라도 쓰고 죽었으면 여한이 없겠어.”

“낼모레 가실 양반이 이름 써서 뭐한데요?”

“저놈의 여편네는, 지가 글 모름서도 지 처지 모르며 둘러치고 자빠졌네. 저승 가서 내 영감탱이 찾을라믄 푯말에 이름이라도 써놓고 있어야 헐 것 아녀. 옛날에 테레비서 그렸잖여, 사람을 찾습니다, 허고.
안 봤어?"

"노름히서 재산 다 말아먹었다고 욕허고 댕기실 때는 언제고 인자
는…"

"그놈의 영감탱이 노름만 힜간, 복숭아사라고 허든가 뭐라고 허든가."

"복상사랑게요, 내가 몇 번을 갈쳐줘도…"

"뭐라고? 크게 말혀!"

"복, 상사!"

"맞어, 복상사! 기집질허다 복상사로 구잡스럽게 디져버렸잖어. 우
리 영감탱이, 지옥 끝까지 찾아가서 복수해줘야 쓰겄어."

"글도 꼭 우리, 영감탱이라고 허시는고만요잉?"

"하하하."

모두가 크게 웃었다. 시간은 흘러, 공부방이 좁은 탓에 늦게 오면 한
데로 밀리므로 자리다툼이 나기도 했다. 저 자리가 내 자린디, 하면서
불평하는 할머니가 있어 누군가 좋은 자리 차지할라믄 일찍 와야지 늦
게 와서 근당가, 했다. 지난 시간 배운 것을 확인할 때는 어떤 할머니
는 나는 마춰를 많이 해서 기억을 잘 못 혀, 라고 하고, 어떤 할머니는
안 해봐서 몰러, 손에 힘이 딸려서 안돼, 이유들이 참 많았다. 공책에
닿소리를 그대로 따라 그리는 할머니도 있었고, 그마저도 어렵다며 가
만히 앉아 있는 할머니도 있었다. 몽당연필을 잡아본 적이 없는지라
선긋기조차 어려워했다. 간식 먹는 재미로 나오는 할머니도 있었다.

서영은 진땀을 뺐다. 그나마 칠보댁은 율지댁이 달라붙어 정성껏 도
와주었다. ㄹ을 쓸 때 파스넷 뚜껑을 자처럼 대고 그어대는 칠보댁에
바짝 달라붙어 율지댁이 오른손을 붙잡고 조금씩 모양을 흉내내게 했

60

다. 칠보댁은 율지댁과 치웅이 훈수 두는 게 겸연쩍었던지 이 나이에 뭘 배워, 사람들허고 이야기나 허러 왔지, 하며 공부에는 관심 없는 듯 하면서도 태도는 진지했다. 저걸 다 언제 머릿속에 넣을꼬, 돌아서면 잊어버려, 하면서 집에 돌아가면 써본다고 노트는 항상 챙겨 다녔다. 지팡이를 짚고 마을 뒤 능선에 나가 아들이 하는 밭일을 꼼꼼히 살펴 보는 게 하루의 일과로 부지런하기도 하고, 은근슬쩍 농담도 잘했다. 한여름 날 평사리문학관에 현장학습 다녀온 뒤로는 훈장어른 동상을 지칭하여 그 영감탱이를 데리고 왔어야 허는디 놓고 와버렸네, 아쉬워 해 사람들을 벙찌게 하거나, 마을잔치 때는 사람 목소리 나오는 스피 커에 대고 큰소리로 대답해 웃음바다로 만들었다.

그해 마을잔치는 마을회관 앞에 몽골텐트를 설치해 마을 사람들이 직접 쓴 시와 글 들을 전시하고 발표하면서 짠한 감동을 불러일으켰 다. 삐뚜루 빼뚜루 가훈을 직접 새겨 만든 문패들, 마을의 역사와 이야 기들, 이런저런 사진들을 전시했다. 삼겹살과 횟거리 음식들을 장만한 마을 사람들은 출향민들과 함께 먹고 마시고 노래로 온종일 흥을 돋웠 다. 이날 칠보댁은 한글교육 소감을 발표하면서 한동안 아무말 없이 마 이크 앞에 멍하니 서 있다가 이내 큰소리로 내 이름 석 자 쓸 수 있어 좋았는디, 저기 보이잖아, 우리 집 문패, 저 이름 내가 쓴 것여!, 글자 더 갈쳐줘!, 우리 영감탱이 이름은 아직 못 쓰게!, 외치니 그 사연을 아 는 사람들은 아는 대로 깔깔거리고 모르는 사람들은 모르는 대로 우스 꽝스러우니 잔치마당이 떠들썩해졌다. 할머니들도 환호하며 서울댁~ 더 갈쳐줘!, 외쳤다. 잔치할 돈으로 공부나 더 갈쳐 줄 것이지, 그러던 칠보댁은 잔치 때 실컷 놀고 나서는 하루 더 놀면 좋겠고만, 능청을 떨 었다.

혁진이 글쓰는 마을 사업을 하면서 난산리마을의 역사를 제법 찾아냈다. 사실 마을의 역사나 이야기를 증언해줄 만한 원로들이 거의 없는 현실이긴 하나 그나마 기억이나 인터넷 검색자료를 통해 드러난 것은 조선시대 건선면의 중심지가 난산리였다는 점, 조선의 마지막 유학자로 알려진 간재 전우가 1905년 을사늑약 이후 몇 년 동안 머물렀다는 점, 고부이씨 족보 따위를 인쇄한 인쇄처가 있었고 그 목활자가 그 후손 집에서 발견되었다는 점, 일제 강점기 때 식민지 지배에 앞장서온 동양척식주식회사 소유의 땅이 있었다는 점, 난산리가 한국전쟁 때 노령산맥과 변산으로 통하는 빨치산 이동로였다는 점 등이었다. 각시등, 서당골, 불무등, 꽃밭골, 울돌치고개, 고라끝, 거너무, 거른개, 미영골, 똥나무간, 아래꺼티 등 잊혀져 가는 땅이름 위치들을 다시 찾아내고 아주 옛날에 알미장이 크게 섰음을 알아낸 것도 성과였다.

무엇보다도 난산리 사람들이 지내는 거시기지사,의 사유를 밝혀낸 게 큰 소득이었다. 보통 동제(洞祭)라고 부르는 마을제사는 장승이나 당산, 혹은 서낭당에서 마을의 평안과 풍년을 기원하는 제사를 말한다. 당산제, 산신제, 기우제, 거리제, 풍어제 따위들이다. 그런데 난산리 마을 사람들은 그런 동제가 아닌 마을제사를 매년 양력 3월 22일 지내왔으니, 그게 거시기지사다. 그 제사는 전해오는 바에 따르면, 해방되고 나서 줄포 면민들이 줄포지서 순경 세 명을 난산리 저수지에 수장시킨 어마어마한 사건이 있었으며, 그 이후 마을 전체가 불타는 사고가 발생하고 일가족이 자살하거나 당산나무가 병들어 죽는 등 좋지 않은 일들이 잇달아 터지자 마을 원로들이 지혜를 모아 수장당한 순경들의 넋을 위로하고자 마을에서 지내왔다는 것이다.

"왜 거시기지사라고 불렀을까요."

"궁게, 내가 째깐헐 때부터 지냈어도 그것까지는 잘 모르겠네."

마을의 원로 간재영감의 말이었다. 혁진이 어렸을 적 사람들이 거시기지사를 지내는 풍경을 구경하곤 했으며 귀향 후에는 그 제사가 지속되지는 않으나 마을 사람들이 간혹 거론하고 있어 그 사건에 대해 궁금해하였다. 그러나 자세히 아는 사람이 없자 옛날 신문 검색을 통해 그 사건의 내막을 알 수 있었다. 1947년 3월 25일자 경향신문은 다음과 같이 보도하였다.

전북 부안군 줄포에서는 지난 22일 면민이 봉기하야 순경을 납치한 후 부근 못(池)에 던져 죽게 한 불상사가 발생하였다. 즉 22일 오전 11시경 면민 약 3천여 명이 줄포면 경찰관 지서를 포위하고 손정규 이학기 김진서 세 순경이 납치되어 갔는데 경찰에서는 즉시 전기 세 순경의 행방을 탐색하야 23일 오후 11시경 체포된 용의자의 진술에서 동 면내의 큰못에 투입 피살된 것이 판명되고 사체도 발견되었는데 경찰 당국에서는 동 사건에 대하야 약 백여 명의 용의자를 검거하고 취조 중에 있다.

이 기사에서 언급되는 큰못이란 난산리 저수지를 말한다. 조선일보 4월 13일자는 약 3천여 명의 군중이 농악을 선두로 학교 교정에 참집하야 해산명령에도 응치 않고 저항함으로 발포로 해산시켰다, 보도했다. 봉기 면민 3천여 명은 당시 인구수가 대략 13,000명 정도로 추정된다는 점을 감안하면 어마어마한 숫자다. 그만큼 면민들의 분노가 컸다는 것이며, 그 분노가 순경 수장이라는 살해 형태로 나타난 것이다. 면민들의 분노 이유가 분명히 있을 텐데 의아스럽게 신문기사들에서는 그 배경은 전혀 다루지 않았다. 대부분의 신문기사들은 폭동, 폭도에 의한 사건으로 보도했다. 현대일보는 3월 25일자에서 보라! 신인공노(神人共怒)할 폭도들의 잔인행동,으로 묘사했다.

그러나 혁진은 농악을 선두로 저항하는 폭도를 들어본 적이 없을 뿐만 아니라 3천여 명의 폭도도 존재할 수 없다고 확신해 이 사건을 민란,이나 항쟁,이라고 규정했다. 신문을 더 검색해보니 의미 있는 기사가 나타났다. 그것은 전국노동자신문 4월 8일자 기사였다. 그 기사는 유일하게 '폭압하 3천 군중 줄포지서를 습격'이라는 제목을 달아, 남조선 해고폭압 반대 24시간 총파업이 폭발되자 테로 폭압에 분노를 참지 못하는 전북 부안군 줄포 3천 면민은 총파업과 시일을 가치하여 동일 오전 10시 줄포지서를 습격하고 경관 3명을 잡아다가 못에 던져 죽여버렸다는데 이로 인하여 백여 명이 검거되었다 한다, 보도했다. 사건은 전국적인 총파업 사태와 연결되고 있었다.

3천명, 3천명의 분노라… 도대체 왜?

의외로 놀라운 발견에 줄포에도 그런 역사가 있었나, 혁진이 깊은 충격에 빠졌다. 후세 사람들에게 알려지지 않은 이 사건, 면 지역에서 대규모로 발생했다는 점에서 직감적으로 한국현대사의 측면은 물론이고 줄포의 역사, 줄포의 민중사를 말할 수 있다는 점에서도 큰 의미를 갖는다,고 생각했다.

"추우니까 조심히 댕겨오소."

방문이 살짝 열려 있는 안방에서 혁진이 정리한 마을사 기록을 살펴보던 간재영감은 거실문을 열고 집 밖으로 나가는 율지댁을 향해 뒤통수로 말했다. 혁진이 쓴, 마을의 거시기지사와 관련된 3·22사건 기사를 다 읽고 무슨 생각엔가 잠겨 있었다. 율지댁은 그 소리를 들었는지 못 들은 척하는 건지 아무런 대꾸가 없다. 병원 갈 때마다 누빔 자켓을 꺼내 고민하다 결국 거실에 벗어놓은 오래된 잠바를 걸치고 나가는 율지댁이, 오늘은 꼭 며느리한테 전화를 하겠다고 다짐한다. 식탁에는 아침밥상을 간단히 차려놓았다.

집을 나선 율지댁은 밀라를 앞세워 밀며 농어촌버스 승강장으로 천천히 접근한다. 버스가 도착하려면 아직 30분이나 남았다. 그런데도 율지댁이 일찌감치 나온 것은 버스가 제시간보다 몇 분 더 일찍 지나치는 경우가 더러 있기 때문이다. 이 차를 놓치면 3시간을 기다려야 한다. 날도 춥고 이른 아침인데도 승강장에는 벌써 할머니들이 대여섯 모여 있다.

"어디들 강가? 병원?"

승강장에 밀라를 붙여놓으며 율지댁이 물어보는 말에 허리가 조금 굽은 영지네 할머니가 목욕탕에 가요, 겨울 시작형게 때 한번 밀어줘야지, 하고 되묻는다.

"율지댁도 병원 가요?"

"긍게, 다친 곳이 오래 가네."

부산댁이 아픈게 요기로 앉어, 하며 자리를 양보한다. 다른 할머니들도 잇달아 끼어들어 한마디씩 한다.

"우리도 모다 약으로 살제."

"약 한번만 안 먹어도 머리가 좀 이상허도만이."

"율지댁도 목욕탕 함께 가게."

"사람들이 어찌나 많은지, 자리 지키고 있어야 혀."

"고부댁은 간다야 안 간다야, 온다더니 여태 안 오네잉?"

할머니들 잡담은 종잡을 수 없다. 누군가 뜬금없이 아침뉴스에서 들은 소식을 꺼낸다.

"아까 밥 먹으면서 봉께, 정치허는 놈들 맨날 쌈질만 혀."

"누구 하나 죽일려고 그러는 모양이도만, 뒈질 놈들."

"파도 파도 1원짜리 하나 안 먹었다고 허잖여."

"공가 놈이 대통령되도만 나라 꼬라지 잘 돌아간다."

이때 율지댁이 의외로 대통령을 감싼다.

"그래도 대통령한테 욕하면 안되지."

찧는 소리 잘하기로 소문난 월곡댁, 율지댁을 성님으로 바꿔 부르며 불편함을 감추지 못한다.

"성님, 예전엔 안 그러도만 왜 그런대요? 똑똑한 양반이. 욕먹어 싸요, 문재인케언가 뭔가, 엠알아 찍어도 이젠 보험도 안 해준다고 하잖아요."

"그게 아니고."

율지댁이 뭔가 말하려던 차 월곡댁이 마을 앞 도로를 빠져나오는 서영 일행을 발견하여 저기, 혁진이 아녀? 저 사람들 땅바닥에 엎드리며 뭐한데야?, 놀라워한다. 할머니들 일제히 얼굴을 돌리거나 일어서서 도로로 나와, 일행 쪽을 주시한다. 춥지 않은지 외투를 입지 않은 채 조끼 복장을 한 혁진이 앞장서 길을 인도하고 서영이 뒤따르며, 찰스는 동탁이 운전하는 모하비에 앞서, 총총 걷는다. 얼핏 살쾡이 새끼로 보이는 찰스는 영리하고 장난기 많은 고양이다. 차량에 짐 챙길 때 눈치껏 멀리 여행하는 낌새를 알아차리고 신나는 몸놀림을 하던 찰스는 엄마라는 인간이 자기네 종족처럼 왜 땅에 얼굴을 처박는지 도대체 알 수 없다는 표정이다.

찰스를 알아본 율지댁은 서울댁이고만, 하고 부산댁은 서영의 딸 죽음을 염두에 두었는지 율지댁, 뭔일인지 모르는가?, 궁금해하며 영지네는 저 사람들, 시방 삼보일배하는 것여, 아는 체 한다. 부산댁은 저봐 저봐, 세 번 걷고 땅바닥에 한 번씩 절하는 것 좀 봐, 뭔가라도 발견한 듯한 표정이다. 다가오는 서영 일행 너머 고창 방장산 위로 붉은 해가 떠오르더니 아침 냉기가 걷힌다. 부산댁이 그게 뭣여?, 하니 영지네가 목에 힘주어 핵폐기장 쌈혈 때 부안 사람들 많이 했잖여, 모르능가, 하도 오래 됐응게. 난 이장이랑 읍내로 촛불집회 날마다 댕겼잖어, 사람들 삼보일배하고 난리났었어, 한다.

할머니들은 영지네의 긴 말을 건성으로 들으며, 더는 아무 말도 하지 않고 일행이 다가오기만을 숨죽여 기다린다.

승강장 앞으로 바짝 다가온 삼보일배 일행.

찰스가 일행 쪽을 바라보고 있는 율지댁을 알아보고 서릿발보다도 더 날카롭게 냐옹,거린다.

일배를 마친 혁진과 서영이 몸을 일으키고 장갑에 묻은 검불을 털며 할머니들에게 인사를 건넨다.

"아침 해장부터 어디들 가신대요?"

"줄포들 나가셔요?"

반가움보다 서로들 궁금해 하나 정작 물어야 할 쪽은 할머니들이었다. 누가 먼저랄 것도 없이 한 마디씩 거든다.

"아니 시방 이 추운 아침에 땅에 절하면서 어디들 가는 것여?"

"절도 그냥 절이 아니고만잉? 땅에 배때기를 빠짝 붙이는고만."

"삼보, 일배라고 헌당게."

"근디 서울댁은 얼굴이 좀 안좋아 보여."

"긍게."

"그러겄지, 시상에."

서영이 아무말 하지 않고 어정쩡한 표정을 짓자 혁진이 서영의 얼굴을 쳐다보다 다시 할머니들 쪽을 바라보며 대변하듯 말한다.

"마음이 좀 거시기해서요."

"그려, 거시기헐 것여."

혁진으로서는 거시기, 라는 말이 최선의 표현이다. 고개를 끄덕이다 다시 서영을 넌지시 바라보는 할머니들도 무언으로 짐작하는 바라 그 일에 대해서는 말을 아끼면서도 지금의 이 상황에 대해서만큼은 몹시 궁금해한다.

"긍게 지금 이렇게 어디까지 가는가?"

"서울요."

"서울???"

할머니들 모두 이구동성으로 깜짝 놀란다.

"예."

"시상에, 이 엄동설한에?"

"걸어서도 꽤나 갈 턴디."

"혁진이랑 서울댁이랑 같이?"

"파산리 사는 동탁이는 차를 운전하는고만."

"먹고 자는 것은 어떻게 혀?"

"서울댁 몸이 성할랑가 몰르겄네."

"아무리 그리도 그렇지, 안 가믄 안되어?"

"혁진이가 좀 말리지 그맀어."

"말려 봤겄지."

"고양이도 따라가?"

인지상정으로 우후죽순 쏟아지는 궁금함 반과 걱정 반, 서영이든 혁진이든 뭐라고 딱히 대답하기가 난처한 터에 때마침 버스가 도착해 몸 조심하라고 신신당부하는 할머니들을 싣고 떠난다. 고부댁이 여태 안 오네, 이 차 못 타겄고만, 하면서 마을 쪽을 살펴보던 율지댁, 오른손을 엉치에 대며 버스에 힘들게 오르다 서영을 향해 몸 조심혀~, 하고 재차 당부했다. 서영도 치료 잘 받으세요, 라고 인사를 했다. 그러나 조심혀~, 하는 율지댁의 말이나 치료 잘 받으세요, 하는 서영의 말 사이에는 평소 살가운 말투보다는 밟으면 곧 깨질 고무얼음 같은 거리감이 있어 보인다.

한 보름 전께였다.

"우리 아들한티도 좋다고 그러더라고."

우리 아들한테도?, 죽은 딸 이야기 막바지에 이 말을 들은 서영은 갑자기 머리가 싸해졌고, 두 눈을 지긋이 감았다 다시 뜨더니 차가운 목소리로 오늘은 이만 돌아가세요, 했다. 별 생각 없이 말을 내뱉다 냉담해진 서영의 태도에 율지댁은 아차 싶었는지 슬그머니 그려 그럼, 하면서 돌아갔다. 그 일이 있은 후 율지댁의 왕래는 없었다.

　할머니들을 태운 버스가 떠나고 서영 일행은 줄포동로(茁浦東路) 따라 겨울 햇살을 뒤로하며 삼보일배를 다시 시작했다. 줄포동로를 기준으로 서로는 물결 같은 황토빛 구릉들과 저지대 논들이 조화롭게 대지를 이루고 띄엄띄엄 촌락을 형성한다. 이 아름다운 풍광은 줄포 시가지를 제외하고는 면 지역 전체가 파노라마처럼 이어진다. 동으로는 고부천과 고부들판이 펼쳐진다. 뭇 생명이 동면을 취하려 모두 땅속으로 피난한 듯 고요하며 사방의 시계가 훤히 드넓은데 멀찌감치 고라니 한 마리가 알 수 없는 사연으로 들판 논바닥을 머리로 빡빡 치고 있다.

　들판 너머 고부면 신중리 대뫼마을에는 동학혁명모의탑이 있다. 1893년 11월 이 마을 송두호의 집에 모여든 농민 20명이 사발통문을 작성하고 고부민란을 도모했다 하여 세운 것이 동학혁명모의탑이다. 사발통문(沙鉢通文)이란 주동자가 누구인지 알 수 없도록 사발을 대고 원을 그린 뒤 그 둘레를 따라 세로쓰기로 모의자들이 연명하여 거사 세력을 규합하려고 돌리던 문서다. 대뫼마을은 여산 송씨 집성촌이었다. 송두호는 마을의 부자였다.

그 무렵 고부에서 향교의 장의(掌議)였다거나 혹은 동리(洞里) 일을 하는 사람이었다고 전하는 전창혁이 무슨 사유에서인지 조병갑 군수에게 죽도록 매를 맞아 관아에서 쫓겨나자 훗날 녹두장군으로 불릴 그 아들 전봉준이 들춰업고 찾은 곳이 이 마을이었다. 전처 여산 송씨의 친정집이 있는 마을이었다. 아들의 보살핌으로 전창혁은 치료를 받았으나 이내 죽고 말아 뒷산에 묻혔다. 태인에서 곤궁하게 살던 전봉준은 서른 살쯤 고부로 이사해 서당 훈장을 하기도 했다는 둥, 한약방을 운영하기도 했다는 둥, 마을 촌로에 따르면 풍수지리를 보고 길흉사 날을 잡아주는 지관일을 했다는 둥, 전해졌다. 그렇게 간간이 먹고 살던 그는 겨우 다섯 척의 작은 체구로 세상을 건지려는 옹골진 생각으로 동학의 접주가 되어 김제 금구집회에 참여하며 동학운동에 뛰어들었고 아버지의 참혹한 죽음을 지켜보면서 봉기의 불길을 지폈다.

동학혁명모의탑은 세워진 지 몇 해 안되던 초등학교 6학년 때 혁진이 봄소풍을 간 곳이다. 그땐 분명 담임 선생이 구구절절 설명해줬어도 건성으로 들었을 테고 훗날 알고 보니 매우 역사적인 장소였다. 고부민란 사발통문은 고부성을 격파하고 군수 조병갑의 목을 벨 일, 군기창과 화약고를 점령할 일, 군수에게 알랑거려 인민을 못살게 구는 탐관오리를 처단할 일, 전주영을 함락하고 경사(京師)로 바로 진격할 일 등 4개항의 행동목표를 담았다. 백성들은 봉기로 맞서고자 했고 그 쑥덕공론은 민심의 깊은 바다로 스며들었다.

낫네 낫서 난리가 낫서, 에이 참 잘 되얏지 그냥 이대로 지내서야 백성이 한 사람이나 어데 나머 잇겟나.

사발통문에 적힌 민성(民聲)이었다.

혁진은 마을을 지나 파산리로 이어지는 줄포동로를 한걸음 한걸음 나아가면서 천둥 번개와 같은 민란의 함성을 상상한다. 콩 정권의 나라 꼬락서니를 보니 동학농민군의 함성이 더 커 보인다. 이 길은 그 뒷날 무장에서 기포해 인(仁), 의(義), 예(禮), 지(智), 신(信) 자를 새긴 깃발과 매서운 죽창을 높이 쳐든 동학혁명군 일부가 난산리의 알미장터를 거쳐 고부로 간 길이기도 하다. 오랜 옛길, 민초들의 고난의 숨소리가 켜켜이 쌓여 왔다. 한국전쟁 때는 정읍 입암산에서 변산으로 통하는 빨치산들의 이동통로이기도 했으며, 수년 전 혁진은 기가 막힌 사실 하나를 들을 수 있었다. 줄포동로 왼쪽 구릉에 발달한 취락이 파산리다. 이 마을에 살던 안일룡은 지금 차량을 운전하고 있는 동탁의 외삼촌으로, 수년 전 작고해 동탁과 함께 경기도 안산 장례식장에 조문하러 가던 길에 그 외삼촌의 기구한 운명의 사연을 전해들었다.

"우리 외삼촌은 매칼없이 빨갱이로 찍혀 15년 감옥살이를 했어. 외삼촌 오매, 그러니까 우리 외할매지. 외할매가 단추가 없어 웃도리에 달아준 은전 하나 때문에 빨갱이라는 의심을 사 붙잡혀 갔지."

"누가 붙잡혀 가?"

"외삼촌이."

"은전 하나 때문에?"

"응. 뭐라고 말씀을 하시도만, 출소한 뒤 외삼촌한테 직접 들었는데 한참 돼서 나도 잊어버렸다야. 하여튼 그걸 보더니 빨갱이라 했다는 거야. 빨치산 활동한 것도 아니었고 불온사상을 가진 사람도 아니었는데."

"거참, 거시기허네."

"웃기는 게 외삼촌이 전향하지 않아 15년을 다 산 거거든. 외삼촌 말로는 전향할 건덕지가 있어야 전향하든가 말든가였다고 허도만. 잡혀 가서 엄청 두들겨 맞다가 얼떨결에 네, 네 대답을 하는 바람에 빨갱이로 몰렸고, 빨갱이도 아닌데 전향하라니 기가 막혀 전향할 수 없었다는 거지."

"그냥 전향서 써버렸으면 됐을 턴디."

혁진이 마음에 없는 소리를 했다.

"이 넋빠진 놈아, 말도 안되는 소리 작작해라."

"말도 안되긴, 목숨이 달린 일인데, 그깟 전향한다고 돈 드는 것도 아니고."

"너답지 않게 넋빠진 소릴 하덜 말고."

차는 붉은 노을을 받으며 서해안고속도로 서해대교를 지나고 있다.

"전향을 안 한 자들은 찐빨갱이나 그랬을 거 아니냐. 근데 외삼촌은 전혀 빨갱이가 아니었거든. 전향하는 순간 빨갱이였음을 인정해버리잖아."

"스스로의 양심을 지키고자 하셨겠지."

"너거들이 말하는 양심범은 아니니 그런 경우도 양심이라는 말을 쓸 수 있을른지 모르겠으나 자기 결백을 지키고자 억울하게 장기수 옥살이를 했으니, 세상살이가 참 그렇다."

동탁은 양심범을 혁진네 편으로 묶어버려 너거들,이라고 표현했다. 동탁은 자기 외삼촌이 경찰로부터 억울하게 빨갱이로 몰려 감옥살이를 해서인지 소위 빨갱이나 양심범에 대해 1g의 우호감도 없었다. 양심범이라고 하는 사람들의 사상 자체를 인정하지 않았다. 어쨌든 반국가 사상이지 않느냐,였다. 이 점에서 혁진과 늘 부딪쳤다. 동탁과 혁진은 정치적 견해나 사상적 기저가 늘 달라 때로는 부딪치고 짜증나게 언쟁하면서도 옆 동네의 깨벗장구 친구로 워낙 허물없이 가까이 지내는지라 무슨 말이든 거침없이 하는 사이다. 무려 70일 이상 예상되는 삼보일배 대장정에서 분명 티격태격할 게 뻔함에도 혁진이 동탁에게 동행을 요청한 것도, 동탁이 혁진의 요청을 거절하지 않은 것도 둘은 서로 얼굴 붉혀 치고받고 해도 뒤탈이 없기 때문이었다.

혁진이 수년 전 동탁과 나누던 대화를 떠올리며 일보, 이보, 삼보를 하던 차, 동탁이 도로가에 차를 세우고 다가와 점심때가 되었다고 알린다. 파산리 버스 승강장을 막 지나고 시정 앞에서다. 서영도 허기가 졌는지 멈춰 서서 몸을 추스른 뒤 차에서 생수를 꺼내 물 한 모금을 마신다.

그때다. 어디서부터인가 모닝을 몰며 뒤따라오던 치웅이, 동탁 차 뒤에 세우고 서영에게 다가선다.

"언니!"

걱정 반 안쓰러움 반이 뒤섞인 볼멘 소리다.

"치웅아!"

서영은 치웅을 반갑게 맞이하고 치웅은 서영의 장갑 낀 손을 잡아주었다. 율지댁으로부터 전화를 받고 치웅은 따뜻한 생강차를 챙겨 달려온 것이다. 찰스도 반가운 듯 치웅 주변을 어슬렁거린다.

"어떻게 알고 나왔어? 날도 추운데."

"내가 춥겠어요, 언니가 춥지. 율지댁 할머니, 전화해요. 승강장에서 봤다."

혁진과 동탁에게도 인사를 나눈 치웅은 차에서 생강차 담은 보온병을 꺼내와 따시하게 한 잔씩 하세요, 한다. 김이 모락모락 난다.

서영과 치웅은 길가 한쪽에 서서 이야기를 나누고, 동탁은 집에 전

화한 뒤 혁진과 함께 시정에 돗자리매트를 깔아 점심식사 준비를 한
다. 파산리가 동탁네 마을인지라 집으로 가서 점심을 먹어도 되겠으나
삼보일배 행군으로서 적절치 않다고 본 것은 이들의 이심전심 마음이
다. 삼보일배 행군, 이라는 말은 혁진이가 붙였다.

"행군요?"

아침에 출발 전 혁진이 삼보일배라는 말을 생략하고 행군 출발합니
다, 힘찬 목소리로 간결하게 선포하자 걸어간다는 뜻으로 오해한 서영
이 당혹하여 물었다.

"네, 행군요, 삼보일배 행군. 삼보일배, 라 하면 고행의 길이라는 생
각이 들잖아요. 근데 고행, 에 방점을 찍으면 거창해보이고 너무 무거
워지지 않겠어요? 서영 씨도 어제 제게 말한 것처럼 마음이 복잡할 테
고, 저도 어쩌면 저 스스로 고행길일 수도 있다고는 생각하지만 그건
마음 속으로 행하면 되고요. 그래서 가볍고 즐겁게 하자, 그런 뜻으로
행군이라는 말을 썼어요."

"그래요? 공감해요."

삼보일배 내내, 끼니는 간단하더라도 행군하며 먹듯이 잘 챙겨 먹어
야 한다는 게 혁진의 생각이었다. 더구나 한겨울이다 보니 세심하게
고려하여 이것저것 챙겨야 했다. 혁진의 연락을 받은 동탁은 자청하여
자신이 고부들판에서 농사지은 쌀 20kg 2포대, 올해 담근 김장김치와
묵은김치 큰통으로 1통씩을, 서영은 율지댁에게서 배워 담근 고추장,
된장, 간장, 마늘장아찌, 깻잎장아찌와 유기농으로 지은 고춧가루, 무,
쌈배추, 그리고 구운소금 따위들을 챙겼다. 구운김, 한우사골육수, 훈
제오리, 멸치, 계란, 귤, 참치캔, 생수, 맥심커피, 고양이 사료, 치킨타
올, 화장지, 물티슈, 나무젓가락 따위들은 박스 단위로 어제 광주에서

구입했다. 텐트, 방한화, 등산장갑, 무릎보호대, 한방파스는 따로 구입했다. 혁진은 캠핑용 버너와 가스, 보온밥통, 숟가락, 밥그릇, 후라이팬, 냄비, 컵, 보온물통, 돗자리매트, 비닐봉투 따위들, 그리고 줄포막걸리 몇 병과 두부 몇 모도 챙겼다. 막걸리를 좋아하는 혁진은 점심과 저녁때마다 반주로 딱 한 잔씩 하며 행군길을 따라 그 지역의 막걸리를 맛볼 생각이다.

삼보일배 행군의 첫 식사 점심은 뎁힌 한우사골육수에 아침에 준비한 밥을 말아 먹는다. 김치와 몇 가지 밑반찬도 꺼냈다. 서영이 같이 먹자고 하니 치옹은 집에 가 시어머니 밥 챙기며 함께 먹을 거라고 사양한다. 날은 겨울날씨치고 따뜻하다.

동탁이 마을 쪽을 쳐다보며 혼잣말처럼 중얼거린다.

"이 사람이 빨리 좀 챙겨오지. 밥 다 먹으면 올라나."

"누구 온다고 했어?"

"애엄마. 어제 돼지갈비 재 놨어. 점심때 해오라고."

"그래? 그래서 아까 전화했고만? 번거롭게."

"집 떠나면 개고생인데 잘 먹어둬야지, 안 그래요 서영 씨?"

서영이 살짝 웃는 사이 종이컵에 따라 놓은 막걸리를 들이켠 혁진이 동탁을 약올린다.

"마누란 알아서 오겠지. 한 잔, 할 텨?"

"꼬시레는 했냐?"

"꼬시레? 아, 안했는데, 지금이라도 할까?"

"오늘 첫날잉게, 안전을 위해 하면 좋지."

혁진이 막걸리 한 잔 따라 시정 주변 허공에 꼬시레, 하며 뿌려주었다. 치옹이 신기해 묻는다. 한국의 농촌생활 면면을 잘 알고 있지만 꼬시레 하는 모습은 처음 본다.

"꼬시레가 뭐요?"

서영이 아는 체한다.

"지금은 없어진 것 같은데, 옛날에 들일 나가 새참 먹기 전에 음식을 한 숟갈 허공에 던져주는 걸 꼬시레라고 했어. 금방 혁진 씨가 한 것처럼."

"서영 씨도 그거 알아요? 서울서 자라지 않았어요?"

동탁이 물었다.

"저 고향이 영광이에요."

"그래요? 난 서울댁이라고 하길래 서울서 태어난 줄 알았어요."

동탁이 서영의 말을 받았고, 혁진은 다시 서영을 향한다.

"동탁이는 운전해야 하니 됐고, 서영 씨 한 잔 해요."

"저녁에 마실게요."

"저 한 잔 주세요."

생각지도 않았던 치옹이 냉큼 막걸리를 달라는 말에 일행은 눈이 동그래진다.

"치옹, 막걸리 마실 거야?"

"언니야, 바로 아랫마을이 우리 집이야."

"그래도 그렇지. 운전하잖아."

"언니, 내 마음이 참 시려. 언니 응원해주는 마음으로, 여기 계신 분들 모다 무사하길 바라는 마음으로 한 잔 할게요."

"막걸리, 팍 올라와!"

"에유, 종이컵 한 잔에 세상이 뒤집혀요? 제사 지내고 마시는 술, 음복으로 한 잔 마셔요."

"음복?"

"아차, 음복이라는 말은 거시기해요. 제사 아니니까."

"긍게, 음복이라는 말은."

"하따, 조선사람 말이 많아요 참, 언능 따라줘."

"하하하."

"까르르."

모두가 빵 터졌다. 혁진과 서영은 치옹이 자기한테 상황이 불리할 때 한국사람을 가리켜 조선사람,으로 표현하는 말버릇이 있음을 알기에 크게 웃었고, 동탁은 치옹의 말 자체가 웃겼기에 따라 웃는다. 한참 웃은 뒤 혁진이 두말 않고 따라준다. 치옹이 막걸리를 높이 치켜들며,

"아까 뒤에 지켜보니까 먼 길, 참 힘들어. 서울까지 건강하고 무사히 마쳐요."

"고마워."

서영이 화답하자마자 동탁이 신기한 듯 말한다.

"제가 소문으로 듣긴 했는데, 치옹 씨라고 했던가요? 치옹 씨가 한국말과 한국음식도 아주 잘한다고 우리 마을 사람들한테도 소문이 자자하던데, 정말로 한국말 잘…"

"벌써 점심들 드시네요, 이거 가지고 왔는데."

뒤늦게 나타난 동탁의 부인, 인사할 틈도 없이 들고 온 돼지갈비를 서둘러 꺼내 놓는다.

"우와, 맛있겠다!"

혁진의 탄성과 함께 다시 시작한 점심식사가 끝나갈 무렵 동탁의 부인이 기다렸다는 듯 일행을 향해 묻는다.

"서울에 도착하려면 얼마나 걸려요?"

서영과 동탁에게 번갈아 시선을 주며 혁진이 대답한다.

"빠르면 70일, 넉넉히 잡으면 100일?"

듣고 있던 치웅이 놀랜다.

"네? 100일씩이나요?"

다시 동탁의 부인이 묻는다.

"강희 아빠. 그럼 돌아오려면 내년 3월 말이나 되어야 하네?"

"그쯤 되겠지. 우린 벼농사만 하니까 농사일 지장은 없어."

"그게 아니고, 내년 입춘날에 뭐, 한다고 그랬잖아?"

"입춘날에? 아, 입춘이 아니고 정초에 부적 붙인다는 거?"

"응."

혁진이 묻는다.

"부적? 그런 것도 해?"

"우리 집은 입춘대길은 써붙여. 근데 저 사람 말은 그게 아니고, 우리 마을에 전해 내려오는 뱀방이 풍속 알든가?"

"뱀방이 풍속? 알지."

동탁이 사람들에게 설명해준 뱀방이 풍속은 이러하다. 파산리는 애초 무성한 갈대밭이었다. 오백여 년 전에 풍천 임씨와 김해 김씨가 갈대밭을 일구어 마을을 이루었다. 어느날 마을을 지나던 도승이 마을이 사옥혈(蛇屋穴) 즉 뱀들의 집 형국이니 앞으로 뱀들이 들끓겠다 했다. 과연 그후 마을은 마당에, 광에, 부엌에, 고샅길에, 텃밭에 뱀들이 드글드글거렸고 잡아내도 잡아내도 끊임없이 몰려들자 급기야 사람들이 집을 버려두고 떠나갈 지경에 이르렀다. 그런데 마침 정읍에서 태어나 전주에서 살던 이삼만(李三晚)이라는 분이 스무 살 무렵에 약초를 캐러 산에 오른 자기 아버지가 독사에 물려 죽어버렸고, 이 원수를 갚고자 산으로 들로 온갖 뱀을 찾아 때려죽이러 다니던 중 뱀이 들끓는다는 소식을 듣고 파산리에 당도했다. 그는 심지어 뱀을 잡아 껍질을 벗겨 통째로 씹어 먹기조차 했다. 믿거나 말거나 설화일까. 기이하게도 파산리에 뱀들의 저승사자 이삼만이 출현했다는 소식을 들었는지 그 많던 뱀들이 하루아침에 싹 사라졌다. 이삼만, 이름만 들어도 뱀들이 줄행랑을 친 것이다. 그후 사옥리(蛇屋里)였던 마을이름을 파산리(琶山里)로 바꿔 불렀다. 파산리가 한자로 '琶山里'에서 '巴山里'로 바뀐 것은 일제 강점기 때의 일이었다.

서영이 끼어든다.

"파산리에 그런 이야기가 있었어요? 등잔 밑이 어두웠고만요. 이삼만은 명필로 중국에까지 이름을 떨친, 추사 김정희 때 인물, 그분이 맞나요?"

"이삼만을 아네요?"

"무슨 책에선가 예전에 봤어요. 그 이야기 진짜 아니죠?"

"긍게요, 근디 참 희한하더라고. 나도 이 이야기는 향리지에서 알았던건데, 뱀을 그렇게 때려잡아 죽였다는 양반이, 글씨를 뱀의 형상으로 쓴 것들이 있는 거야."

"그려?"

"그 양반이 쓴 글씨 중에 山光水色(산광수색),이라는 글씨가 있어. 이 글씨는 뱀들이…"

대화 와중에 치웅이, 시어머니 점심 늦으면 난리난다며 일행에게 인사를 나눈 뒤 먼저 자리를 뜬다.

동탁과 혁진의 대화는 계속된다.

"山光水色, 글씨가 기가 막혀. 뫼 산山자는 뱀이 똬리를 틀고 경계하는 모습으로, 빛 광光자는 개구리 같은 것을 낚아채는 모습으로 필체가 날려. 물 수水자는 목을 추켜들고 갈비뼈를 빳빳이 펼쳐 상대를 노려보고 있거든. 글고 색깔 할 때 색色자는 승천하는 이무기랄까, 이렇게 해석하는 사람도 있어. 이삼만이 자신이 잡아 죽인, 기세등등하게 노려보는 뱀들을 그린 것 같은 느낌이야."

"우리 파산리에는 이삼만이 와서 뱀을 퇴치한 후로 매년 정초 첫 사일, 쉽게 말해 뱀날, 긍게 상사일(上巳日) 해뜨기 전 집안 곳곳에 李三晚,을 종이에 써붙여 뱀이 들어오지 못하게 했거든."

말 중간에 동탁이 서영에게 고개를 돌리며 마저 말한다.

"그걸 뱀방이라고 한 거예요."

기다렸다는 듯이 동탁 부인이 말을 잇는다.

"그깐 당신, 내년 상사일에 李三晚,을 써붙인다며?"

"왜, 집에 뱀 나와?"

"부모님이 살던 집 옆에 우리가 사는 새집을 지었잖아. 근데 부모님이 다 돌아가시고 집이 비었는데 여름이나 명절 때 동생들 가족이 오면 쓰거든. 근데 그 집에서 재작년부터 뱀이 나와서."

"방안에서도 나와서 애들이 기겁을 했어요."

"내년 상사일에는 힘들겠고, 서울 댕겨와서 써 붙이자. 백반도 뿌리고."

"설마 뱀방이 풍속을 믿는 거야?"

해가 서쪽으로 기울어갈 무렵, 날이 살짝 으스스해지면서 일행은 줄포 파산리와 맞닿아 있는 고부 눌제정(訥堤亭)에서 행군을 마쳤다. 바로 옆에는 4차선도로 영주로다. 영주(瀛洲)는 고부의 고려 때 이름이다. 눌제정 주변에 소규모의 주민 운동시설이 설치되어 있고 작은 주차장이 조성되어 있다. 사방이 논여, 여까지 와서 운동하는 사람 내가 한 사람을 못 봤어, 동탁이 불평투로 한마디 하면서 차를 세워둔 주차장에 텐트를 친다. 그도 그럴 만한 것이 동탁의 논이 행정구역상으로는 고부면에 속하지만 경작자의 주소는 줄포면이라 병충해 피해나 수해가 났을 때 고부면에서는 지자체가 다르다는 이유로 지원은 해주지도 않으면서 무용지물인 운동시설 따위를 설치해놓았기 때문이다. 이 일대는 고부면 신흥리에 속하지만 고부천 서쪽 들판은 줄포 사람들이 농사를 많이 지으며 동탁 또한 100여 마지기 논을 가지고 있어 이곳 사정에 훤하다.

　동탁이 치고 있는 텐트는 혁진이 몇 년 전 구입한 차박용 큰 텐트와 어제 광주에서 새로 구입한 1~2인용 텐트다. 혁진이 어제 서영을 배려하여 구입한 화장실용 간이텐트는 조금 떨어진 거리에 친다. 남자들은 늘 그랬듯이 주변의 지형지물을 이용해 적절한 곳을 찾아 자연에 배설하면 그만이다. 동탁과 혁진은 전국으로 등산을 함께 다니며 간혹 차박텐트 생활을 즐겨왔기 때문에 티격태격하면서도 척이면 착, 각자 알아서 자기 할 일들을 한다. 물품을 간소화한다고는 했으나 장기간에게다가 혹독할 겨울인지라 이것저것 챙겨온 게 적지는 않다. 심지어는 100m 길이의 전기릴선도 준비해왔다. 텐트 내부 정리를 마친 혁진이 차에서 전기릴선을 꺼내오며 큰 텐트 안에서 주방용 물품을 셋팅하는 동탁에게 소리친다.

　"동탁아, 계량기 어디 있냐?"

　"갑문 쪽으로 가면 전봇대 있어."

　혁진이 찾는 것은 전봇대에 설치해놓은 농사용 계량기이다. 혁진과 동탁이 차박할 때 도둑고양이처럼 남의 농사용 전기를 쓰곤 했다. 그 래봤자 일년에 한두번 하룻밤에 불과했다. 돈으로 치면 몇 푼 되지 않 을 터이지만, 그럼에도 산자락 밑 농경지 주인이 누구인지도 알 수 없 으며 허락받지 않고 도둑전기를 써왔으니 상습범인 셈이고, 이번 행군 기간에는 날마다 도둑전기 신세를 져야 하니 그런 행위가 혁진이 말 마따나 일상범이 되어갈 게 틀림없다. 혁진으로서는 자신에 대해 사 실 기분이 썩 좋지는 않다. 한 사람을 일상범으로 단정하여 싸우고 있 는 자신 스스로도 상습범을 넘어 일상범이 되어갈 수 있다는 생각에 미쳐, 어제 야영계획을 짜면서 자괴감이 들었던 것이다. 도둑전기임을 알고 있으면서도 불가피하게 일시적으로 쓰는 것과, 그것이 일상화되 어 나중에는 도둑전기라는 사실조차 망각해버려 당연하다는 듯이 도 둑전기를 쓰게 되는 것하고는 천지 차이임을 잘 알고 있기 때문이다. 그래서 겨우 짜낸 방안이 도둑전기를 쓸 때마다 계량기 안에 주인에게 고해성사를 하는 편지를 넣어놓을 생각이다.

어제밤 타이핑한 고해성사 편지 100장을 출력해왔다.

전기릴선을 풀어 갑문 전봇대 계량기에 코드를 꽂고 돌아온 혁진은 큰 텐트 안으로 들어가 주머니에서 편지를 꺼낸다. 서영은 찰스에게 사료를 챙겨주며 저녁식사를 준비하고 있다.

"동탁아, 서영 씨. 들어봐요."

"???"

"전기계량기 주인 농민 분께. 저희는 이번 겨울에 줄포에서 서울까 지 삼보일배하며 저녁에는 텐트를 치고 야영을 하는 일행입니다. 이곳 에서 하룻밤 야영을 하게 되어 부득이하게 저희가 잠을 자며 전기매트 를 사용하지 않을 수 없어 허락도 없이 전기를 사용하였습니다. 너그럽게 용서해주시기를 바라며 응당 저희가 사용한 전기료를 물어야 한다면 아래 전화번호로 연락주시기를 바랍니다. 이혁진 올림. 010-○○○○-○○○○"

난데없어하는 서영이,

"그게 뭐예요?"

"계량기 주인들한테 쓴 편지예요. 날마다 도둑전기를 써야 하는데, 이렇게라도 해야 마음이 좀 편해질 것 같아서요."

"쓰잘데기 없는 짓 허네, 그냥 쓰면 돼. 돈 몇 푼이나 나온다고, 주인이 알기나 허간."

"그래도 그건 아니다 싶어. 삼보일배 행군을 하는 마당에. 농사용 전기료가 가정용에 비해 훨씬 싸게 나온다 해도 이젠 농민들은 아주 민감할 거야. 올해만 해도 몇 번이 인상되더니, 또 전기료 폭탄이라니. 동탁이 너도 농민이니 뻔히 잘 알잖아."

"전 생각지도 못했는데 우리가 도둑전기를 써야 하는 처지가 되었으니… 전기료도 엄청 올랐잖아요. 편지, 잘하셨어요."

삼보일배하겠다고 나선 서영으로서는 책임감을 느끼지 않을 수 없었는지 혁진의 편지에 공감했다. 화두가 도둑전기에서 전기료 폭탄으로 바뀌고 있다.

"전기세 폭탄인 것은 맞지. 문자 그대로는 전기를 쓴 만큼 요금을 내는 전기요금, 이 맞지만 사람들은 옛날부터 세금으로 인식해 전기세, 라고 말해왔어. 누진세까지 적용되니 세금 폭탄인 꼴이지 뭐. 세금 많이 걷어 복지국가 만든다는 것은 맞는 말인데, 전기세 폭탄이 그런 취지하고 뭔 상관여. 가진 놈들 더 가지게 하고 서민들 등쳐먹으려 하니, 나라 꼬라지가… 사실 나도 공쩍놈이긴 해, 내가 미쳤었지, 혁진이 말을 들었어야 했어.”

동탁이 흥분해가고 말투가 거칠어진다.

“공찍놈이 뭔 말이어요?”

서영이 물었다.

“지난 대선 때 공 찍은 놈들요, 저처럼.”

서영이, 다시 무슨 말인가 하려다 입을 열지 않는다.

혁진이 화제를 돌려,

“동탁이 너, 게세라고 들어봤냐?”

“겐세이?”

“겐세이는 당구 칠 때 쓰는 말이고.”

“요새 아뜰은 게임할 때도 겐세이, 하던데?”

“겐세이 말고, 게세!”

“게세?”

“줄포말로 기. 아, 이 개 말고 바다에 사는 어, 이 게 말야. 그 게에 세금을 붙인 것이 게세야. 전기세처럼 폭탄 맞았지.”

“그게 무슨 말야, 게세라니? 난 처음 듣는데? 누가 폭탄 맞어?”

“야 임마, 너 여기서 농사지으면서 그것도 모른단 말여?”

“내가 세무서 댕기냐, 그런 걸 알게?”

“여기 눌제, 고부 사람들한테 게세라는 게 있었어. 조선시대 때.”

“조선시대? 야, 그렇게 내가 모르지.”

“눌제가 고대 때부터 있어 온 수리시설이잖아. 김제의 벽골제, 익산의 황등제와 함께 호남의 3대 저수지였지. 눌제 안쪽, 그러니까 파산리나 난산리 위쪽으로 농업용수가 저수되었겠지. 근디 고창까지 이어져 워낙 넓고 거의 평지다시피 하니까 눌제 안쪽에서도 농사는 지었을 거야. 저수답(貯水畓)이었던 거지. 그러면서도 눌제 제방은 바닷물 역류를 차단하는 방조제 역할을 했을 거 아냐. 눌제 아래는 현재 동진강으로 이어지는 바다였고, 눌제 안쪽으로도 고부천 따라 갈대벌이 기다랗게 펼쳐져 있었을 것이고. 바닷물과 민물이 만나는 갈대벌에 서식환경이 좋으니 참게들이 많이 살았나 봐. 그래서 이 지역 사람들이 참게를 잡아 수익을 올리니 고부군수란 자가 이를 알고 해마다 게세를 가혹하게 부과한 거야.”

“그게 조병갑이야?”

“조병갑은 난중의 군수고, 조병갑 때도 물세 수탈로 민란이 터지긴 했지.”

“그 군수 징헌 놈이네. 기를 잡으면 얼마나 잡는다고 거기에 세금을 처발라? 아니 근데 옛날에는 힘없는 백성한티 응당 수탈이 심했으니 그랬다 치고, 지금은 왜 그런 거야? 전기세, 도시 사는 사람들은 가스비 폭탄으로 난리도만.”

“야, 왜 그러긴, 너 같은 공찍놈들이 있으니 천하의 뻔뻔한 짓거리들도 아무 부끄럼도 없이 해대지. 옛날 군수는 민심이라도 무서워했어. 백성들 원성이 자자해지니 결국 게세는 없앴거든. 근데 공가놈은 어디 그러냐, 막무가내지. 원성이 폭발하든 말든. 아마 앞으로도 크게 터질 일이 한둘이 아닐 것여.”

“근디 공찍놈, 공찍놈 하지마라이. 듣는 공찍놈 기분 나쁘게.”

“니가 먼저 공찍놈이라 자해했잖어? 넌 공찍은 죄로 삼보일배하며 손가락 잘라지도록 참회를 해도 모자라 임마!”

“알았응게 너무 몰아치지 마라잉, 나도 괴로워.”

“지옥으로 떨어지고서야 현타가 오면 뭐 헌다냐.”

"현타? 현타가 누구냐?"

"사람이 아니고, 현실자각타임! 너거 애들이 그런 말 안하던?"

"기억 안나. 야, 그리도 임마 이렇게 서영 씨 따라나섰잖냐."

"그리서 선뜻 나서준 니가 고맙긴 혀."

목소리가 커지고 분위기가 험악해지는 것 같아 서영이 어쩔 줄 몰라 안절부절못하다 둘 사이의 대화법이 원래 그렇다는 걸 상기하고서 안도하는데 때마침 혁진의 핸드폰 음악소리가 찬 공기를 가르며 울린다.

"네, 노인회장님. … 네. … 어디냐고요? 저희 고부 눌제 갑문에 있어요… 네네, 알았습니다."

"노인회장님이에요?"

"예. 부녀회장이랑 간재영감 모시고 지금 여기로 오고 있다네요."

동탁이 끼어들어,

"어떻게 알고?"

"우리, 아침에 할머니들 만났잖아. 동네에 소문 다 나버리지. 율지댁은 간재영감한테 이야기했을 것이고."

다시 혁진은 전선을 연결해 난로와 LED등을 켜고 동탁과 서영이 저녁 식사 준비를 하는 사이 간재영감 일행이 도착했다. 간재영감은 여든 고령에 체격이 건장하고 정정하다. 평생 농군으로 살았어도 지혜가 있고 한학을 한 양반이라 그런지 기품이 있으며 선비의 아우라마저 풍긴다.

"어서오세요, 어르신."

서영이 반갑게 맞이하여 큰 텐트 안으로 모신다. 혁진이 플라스틱 간이의자 몇 개를 내놓으며,

"여기들 앉으세요."

일행과 함께 의자에 앉은 간재영감은 찰스의 움직임을 따라 텐트 안

을 요리조리 둘러보더니,

"준비들은 잘한 모양이고만? 오늘 힘들었지?"

"천천히 쉬어 감서 왔응게요, 어르신을 여까지 오시게 해서 죄송해
요."

"무슨 당치도 않은 말을 헌당가. 서울댁, 용기가 참으로 가상허네.
젊은 사람들이 고생길 나서는디 그냥 말 수 있나. 혁진이와 서울댁은
마을일 을매나 열심히 있는가, 모른 체하믄 안되지."

"저희가 괜히 심려 끼쳐드리는 것 같아요."

"마을 사람들헌티 말이나 미리 해줬으면 하는 아쉬움은 있네만, 말
하기도 어려운 사정이 있지 않았겠는가, 생각허네. 세상 일이란 게 말
로 다 해야 하는 것도 아니고 말로 다 할 수도 없고, 사실이 또 안 좋은
일로 허니."

"네에."

서영이 추임새로 대답하니 부녀회장이 두 손을 부여잡으며,

"서울댁, 괜찮은가? 요새 맘이 말이 아닐 턴디."

"저 괜찮아요. 힘내려고 길 나선 거니까요. 집안에만 있어 봐야 더
견디질 못할 거예요."

이번에는 노인회장이 거든다.

"그려 잘 생각힜네. 혁진이하고 동탁이도 고생허겄어. 큰맘들 먹었
네. 자네들도 고생허겄지만 이왕 나섰으니 서울댁 잘 좀 보살펴줘야
쓰겄네 그려."

"그래야지요."

부녀회장이 차 안에 싣고 온 복어탕을 가지러 밖으로 나가며,

"참, 저녁에 따뜻하게 먹으라고 복어탕 해왔어."

"네? 아이고, 감사합니다."

서영도 뒤따라 나가고, 노인회장이 묻는다.

"잠은 텐트에서 자는가?"

"네."

"저런, 추울 턴디. 그러고 보니까 전기난로도 피웠고만. 전기는 어디서 왔는가?"

"농사용 전기 끌어왔어요."

"동탁이 자네 논 꺼?"

"저희 꺼는 아니고요, 가까운 데서요."

"하여튼 잘했네."

"전기매트 깔고 따뜻한 침낭이 있어요."

"그려 그려, 따뜻하게 잘 자야 낮에 또 힘내어 가지."

"근데 얼마나 걸리는가, 서울까지 간다며?"

"네. 길게 100일은 잡고 있어요."

"할구야~"

"그렇게나 오래 걸리는가?"

"네. 무리하게 속도를 내지 않으려고요. 또 겨울이라, 몹시 춥거나 눈 많이 오면 쉬어야 하고요."

"아무쪼록 몸조심해야지."

잠시 정적이 흐르자 혁진이,

"어르신, 커피 드셔요?"

"커피도 있어? 한 잔 줘봐, 따뜻하게 마시고 가게."

혁진이 커피 물을 끓이는데 부녀회장과 서영이 복어탕 냄비를 들고 안으로 들어와 일행의 냄비에 쏟아붓는다.

서영을 애잔하게 한참 바라보던 간재영감,

"서울댁?"

"네!"

"우리 할망구는 같이 오자니까 아침에 봤다며 안 오더라고. 서울댁 일이면 근심걱정 다하도만."

"네에."

간재영감은 모르는 듯하나 율지댁에게 불편한 마음이 있어 서영이 짤막하게 대답했다.

"서울댁, 여기 오다 보면 파산리 끄트리께가 대동리 율지마을인 거 알지?"

"네, 알아요."

간재영감, 동탁을 한번 쳐다보더니,

"그 율지(栗池)가 눌제에서 바뀌었는지는 모르겠는데, 눌제(訥堤)를 눌지(訥池)라고도 혔응게, 아마 맞을 것여. 율지의 율자는 밤 율이고, 눌지의 눌은 어눌하게 말한다 할 때의 눌자고, 지는 율지나 눌지나 똑 같이 못 지자를 쓰니까. 지명의 한자도 헤아릴 수도 없는 이유에서 바 뀌는 게 허다 허네. 사람이 만들고도 사람이 알 수 없다니, 허참. 할튼 간에 이 일대는 옛날에 다 같은 고부천, 고부들판 농경문화권이었네. 신흥리로 잘 알려졌지만 사실은 율지라는 이름이 오래되었어. 조선시 대엔 율지장(栗池場)도 섰으니까. 율지로 촌락이 이어져 오다가 고 부들판이 일제 때 간척이 되고 동척, 동양척식주식회사가 들어섬서 새 로운 농경 중심지로 신흥리가 만들어진 듯허거든. 오늘날은 신흥리는 고부면이고 율지는 줄포면이지만 옛날에는 한 땅이었을 것여."

간재영감은 잠시 한 박자 쉬더니,

"내가 말이 괜히 길어지네, 배고플 턴디. 내가 해주고 싶은 이야기가 있으니 마저 하고 끝냄세. 율지에 장자못 설화가 전해와."

"네에."

"장자못이 왜 장자못이냐믄, 장자(長子)는 부자를 뜻혀. 호랭이가 담배를 피던 시절인지 언제 적인지는 알 수 없으나 옛날에 율지에 큰 장자가 살았어. 근데 그 장자가 부자이면서 참 인심이 사나워. 거지가 동냥 가믄 바가지 깨서 버려버렸거든. 그 며느리는 안 그려."

혁진이 가져다준 커피를 한 모금 마시며 간재영감, 말을 계속 잇는다.

"하루는 이름난 도승이 와 문 앞에서 목탁을 두들겨. 시주허라는 거지. 시아버지는 시주는커녕 바가지에 똥오줌을 퍼주며 내쫓아버린 것여. 그렇게 며느리가 마음이 참 아프겠지. 그래서 시아버지 몰래 용서를 빌며 곡식을 퍼주었어. 도승은 착한 마음씨를 가진 이 여인을 가상허게 여겨 앞날에 불어닥칠 이 집안의 불행을 내다보면서 화를 면하려면 자신을 뒤따라 오라 혔어. 여인은 아이를 업은 채 도승의 뒤를 따랐지. 도승은 여인에게 한 가지 당부혔어. 뒤는 절대 돌아보지 마라, 뒤돌아보면 불행한 일이 생긴다, 단단히 일러주었지. 그러나 이 여인은 도승을 뒤따르다 자기도 모르는 사이에 뒤를 돌아보고 말았어. 그랬더니 여인이 살던 집은 온데간데 없어지고 집터는 못으로 변해버린 것여. 여인이 기가 막혀 말혔어. 스님, 다른 것은 하나도 아까울 게 없습니다만 제가 베를 잘 때 허리에 두르던 허리띠가 아까워 죽겠습니다. 이 말을 들은 도승은 아, 이 여인 역시 물질을 생명보다 더 중히 여기는 욕심쟁이구나, 하면서 여인을 그 자리에 선돌로 만들어버렸어. 대동리 들판 넘어 보안면에 입석리가 있는데, 거기에 지금도 서 있는 선돌이 그 선돌이라네."

"오늘은 여러 가지 설화를 듣게 되네요."

"뭔 이야기들을 들었당가?"

"파산리 뱀방이 이야기랑 여기 눌제 게세 이야기랑요. 동탁 씨랑 혁진 씨가 해줬어요."

"그런가? 그런 이야기들을 나누며 삼보일배하는 것도 괜찮을 것여. 삼보일배가 그런 것 아녀? 벌써 20년 되었나, 핵폐기장 쌈헐 때 나도 부안 길에서 혀봤네."

"삼보일배, 해보셨어요?"

"살다 봉께 그런 것도 허게 되드라고. 세상이 어지러우면, 도가 행해지지 않으니 뗏목을 타고 바다로 들어가겠다고 한 공자의 말을 좇아, 을사오적이 나라를 팔아먹으니 우리 왕부(王父)는 줄포에서 배를 타고 왕등도로 들어갔지 않은가. 지금 세상이 어지러우니, 사실 나도 공자가 왜 바다로 가겠다고 했는지는 잘 모르겠고, 세상을 어지럽힌 자의 정면을 향해 나서는 것, 그 한 길이 삼보일배의 길이라면 해볼 만허다고 본다네, 나는. 땅에 내 몸뚱아리를 붙이며 수행하는 것이잖은가? 땅과 길과 나의 마음이 대화를 나누는 것이라고 본다네, 나는. 앞으로 나아가는 길을 찾아야지, 고럼. 나도 첨엔 잘 몰랐지만 히봉게 깨달아지더라네. 나는 그랬네, 스님들처럼. 일보에 이기심과 탐욕을 떨치겠다 외치고, 이보에 속세에 더럽혀진 마음을 떨치겠다 외치고, 삼보에 부끄러운 마음으로 수양을 쌓겠다 외쳤지. 그리고 나서 행하는 배(拜)는 이 땅의 길과 생명들에게 나의 개과천선을 감히 여쭙는 의식이랄까. 땅이 곧 우주의 생명잉게 우리가 살아온 땅들의 이야기도 들어보고, 길이 곧 내 삶의 양심잉게 우리가 살아야 할 길의 방향도 찾아보고, 늙은이가 별소릴 다 허네그려. 내 잔소리가 길어졌네만 삼보일배,

육체적으로는 힘들어도 정신적으로는 맑아질 걸세. 서울까지 간다 허니 오죽 힘들겠어, 하여튼 내가 말하고자 허는 요지는 이렇네. 자네들이 무슨 깊은 생각으로 허는지는 잘은 모르겠네만, 이왕 나섰으니 힘들다고 뒤돌아보지 말고 진득허게 앞으로 나아가라는 것여, 맘을 비우고, 그깟 허리띠가 아까워 선돌여인처럼 뒤돌아보면 쓰겠는가."

"명심하겠습니다."

혁진이 짤막하게 대답했다.

간재영감의 말이 잠시 끊어지더니 목소리가 다시 커진다.

"쳐죽일 놈. 냅두면 나라까지 팔아먹을 놈여, 그놈이. 쩌어기 서울서 멀리 떨어져 촌구석 사는 늙은이라도 눈과 귀 있어 세상 돌아가는 꼴 다 아네. 어떤 썩어빠진 놈들이 그놈을 찍어가지고 이게 무슨 어떤 고생인가. 도시 젊은 것들이 많이 찍었다며? 젊으면 뭣혀, 시상 보는 눈은 이 촌뜨기보다 더 촌시럽고 사람 보는 눈은 이 늙은 것보다 더 색맹이니, 사람을 찍은 게 아니라 개돼지를 찍었지. 글고 봉게 내가 다 민망허네, 나이 처먹은 나 같은 늙은 것들이 더 많이 찍었는디."

민망하기는 동탁이나 죽은 딸을 생각한 서영도 마찬가지다.

자신의 말이 맞는 말인지 틀린 말인지 아무도 화답을 안 해주고 어쩌다 꿀 먹은 벙어리 태세인 데다 괜한 죄책감이라도 들었는지 이제 그만 가십시다요 형님, 하며 채근하는 노인회장을 향해 고개 끄덕이며 서영에게는 건강 잘 챙길 것을 신신당부하고 여비로 쓰라며 봉투를 건네준 간재영감, 텐트 밖으로 나서는가 싶더니 뒤돌아 동탁에게 묻는다.

"참, 동탁이 자네, 본관이 어디든가?"

"예, 은진인데요, 논산의 은진요."

"은진 송씨구먼?"

"예. 근데 왜 그러시죠?"

"송시열 선생 후손이고만. 내가 얼마 전에 종중 모임이 있어 정읍 쌍화차의거리에 갔다가 근처 1925년에 새로 세운 송시열 선생 유허비가 있길래 좀 살펴봤거든. 그리서 자네 본 김에 물어본 거네."

"저희 집안이 송시열 선생 후손인지는 잘 모르겠습니다만."

"그런가?"

간재영감은 더는 말을 하지 않고 일행과 함께 떠났다.

날은 이미 깊게 어두워졌다. 영주로를 지나는 자동차 소리가 복어탕 끓이는 소리를 잡아먹는다.

저녁식사 후 서영은 젊은 시절 구입해 읽었으나 이번에 다시 읽으려고 챙겨 온 막심 고리키의 소설 '어머니'를 들고 자기 텐트로 들어갔다.

6 웃픈공

눌제에서 고부천과 평행하며 부안군 백산면 평교리 들판으로 이어
지는 삼십리가 넘는 농로길이 휨 없이 직선으로 펼쳐져 있다. 이틀에
걸쳐 줄곧 가야 할 삼보일배 길이다. 눈앞 똑바로 펼쳐지는 이 직선의
길 위에서 삼보에 일배를 할 때마다, 혁진의 뇌리에는 전날 간재영감
이 지나가듯 던진 우암 송시열이 자꾸 맴돈다. 파란만장한 시대를 살
았고 후학들이 공자와 주자에 버금가는 송자라 칭했던 조선의 거유(巨
儒) 송시열이 아니던가. '조선실록'에 무려 3천번이나 이름이 올려진
인물일 정도였으나 혁진이 알기에, 그는 결코 곧은 길을 가지도 않았
다. 하필 삼보일배의 이 곧은 길을 갈 때, 그것도 무슨 영문인지 무릎
을 꿇고 일어서며 앞길을 주시할 때마다 송시열의 초상이 눈앞에 선하
게 나타나 내가 지금 저분에게 무릎 꿇고 용서라도 빈단 말인가, 내가
역사의 죄인인가?, 라는 생각에 미치게 되니, 기분이 영 더럽다. 진한
눈썹 아래의 가늘고 강한 눈매의 속뜻은 헤아릴 수 없고 흰 수염으로
가려진 다문 입은 무슨 말을 하는지 알 수 없으나 장대한 몸집으로 드
러낸 그의 육신이 혁진을 괴롭힌다. 삼보일배, 이제 겨우 이틀째인데

어처구니없게도 환상에 시달리다니, 이제 와서 어디로 도망갈 수도 없고, 엎친 데 덮친 격으로 그날의 악몽까지 오버랩되었다.

"어서 오십시오, 대통령 각하!"

"각하는. 얄마, 비위 상하니까 지랄하지 말고 평소 하던 대로 해, 엉?"

"왜 그러십니까, 각하. 드디어 대망의 대통령에 당선되셨는데, 각하라고 불러드려야죠, 저 충신 중의 핵충신 아닙니까? 각,하~."

"지랄하지 말라니까 비꼬고 지랄야!"

"ㅋㅋㅋ 형, 혼자 왔어?"

"혼자 와야지, 누구랑 같이 와?"

현관문을 열 때부터 들려 온 시끄러운 노랫소리가 떡대 큰 몸집의 귀에도 거슬렸는지 손님은 화두를 돌렸다.

"야, 야. 귀청 떨어진다. 뭔 노래를 이렇게 시끄럽게 틀어놓냐, 엉? 노래는 조용한 '동백아가씨'가 최고지."

"형, 이 노래 들어는 봤나? 아주 죽인다~, 마저 들어봐."

노래는 역동적인 가창력에 공세적인 멜로디로, 연마광택해 마치 한 장의 대리석으로 펼쳐 보이는 고급진 거실 바닥을 휘몰아 타워팰리스 벽면을 타고 울려 퍼졌다.

...

저기, 사라진 별의 자리

아스라이 하얀 빛

한동안은 꺼내 볼 수 있을 거야

아낌없이 반짝인 시간은
조금씩 옅어져 가더라도
너와 내 맘에 살아 숨 쉴 테니
여긴, 서로의 끝이 아닌
새로운 길모퉁이
익숙함에 진심을 속이지 말자
하나둘 추억이 떠오르면
많이 많이 그리워할 거야
고마웠어요 그래도 이제는
사건의 지평선 너머로

"이런 노래도 있어?"
"어때, 죽이지?"
"죽이긴 뭘 죽염마. 그게 그거지."
"형은 참나. 고마웠어요 그래도 이제는, 사건의 지평선 너머로. 이 가사 죽이지 않아?"
"글쎄? 근데 사건의 지평선,이 뭔 말이냐?"
검사 출신답게 사건,이라는 말에 예민했다. 노래가 울려 퍼지는 사이에 손님은 봄빛이 설핏 들어오는 거실 소파로 자리를 옮겼다. 주인은 손님의 질문을 무시한 채,
"차 한잔 올릴깝쇼, 각,하~?"
"시원한 물이나 한잔 주고, 김치찌개나 끓여봐, 삼겹살 넣고. 늦게 일어나 아점 먹고 용산 살피고 왔더니 배고파 죽겠다, 엉?"
오후 3시가 넘은 시간이었다.

"각하께선 이젠 이 나라를 꿀꺽하시려면 시간 관리, 몸 관리 잘하시고 식사도 제때 잘 챙기셔야 합니다. 아점에 점심 걸려, 그러면 안되십니다, 각,하~?"

"나 타고난 몸 강골인 거 몰라? 마누라도 안 챙겨주는 밥을, 네가 뭔 잔소리냐, 엉?"

"형수님도, 이젠 태도가 좀 달라져야 하는데?"

"태도가 달라져? 내가 더 죽겠다. 자기가 대통령이 된 듯혀. 너 보러 여기 온다니까 따라온다는 걸 용산에서 대판 싸우고 혼자 온 거야."

정수기에서 냉수 한 잔 따라다 주며 주인이 얼굴을 찌그려 물었다.

"싸우고?"

"응. 한판 붙었지."

"한판 붙긴, 얻어터졌겠지. 각하! 이젠 조심해야 해. 싸우다 들키면 경호원들이 같잖게 본다고!"

"뭐? 경호원 새끼들이 날 같잖게 본다고? 어디 그런 표정이라도 한번 지어봐, 처넣어버릴 테니, 엉?"

"당근이지, 우리 앞날을 방해하는 자는 누구라도 처발라야 우리의 방호벽이 단단해지잖아? 그럴려면 형수님하고 싸우지 말고 쇼윈도우 부부질 잘해야지."

"야, 별거하는 네가 할 말은 아니잖냐?"

"나야 쇼윈도우 짓까지 할 일은 없지."

"쇼윈도우 부부라니, 싸게 보여."

"그 말이 듣기 싫으면 형, 비싼 거로 하지 뭐. 디스플레이 부부!"

"디스플레이 부부? 푸하하하."

안경 낀 네모형의 얼굴, 얼핏 우직해 보이는 듯한데도 그 반대로 날

렵한 두뇌 회전력을 가동하는 주인이다. 광속도로 새로운 말을 만들어 낸다.

"아니면 검스플레이 부부가 더 비싸 보이나?"

"디스플레이 부부는 들어봤는데, 검스플레이는 또 뭐냐?"

"검사 영감님께서 검을 모르시다니, 검사의 검(檢)에 스,는 영어의 복수형 s, 검사들의 플레이입니다, 각,하."

"검사들의 플레이? 크하하하, 좋아, 매우 좋아. 푸하하하."

손님은 그 말뜻이 무엇인지 직감적으로 알아차렸는지 통쾌하게 웃다가,

"그런데 거기에 왜 부부가 붙냐? 내 마누라는 검사도 아닌데, 엉?"

"형! 잘 나가시다가 또 띵~ 허네. 형수님은 검사 위의 왕검사시잖아."

"그려, 내 위에서도 놀고 네 위에서도 놀고 있으니 왕검사는 왕검사지. 그건 나로서도 어쩔 수 없는 현실이니."

"그것 뿐야? 작년 말 겁대가리 상실한 어떤 기자 나부랭이하고 통화하면서 형수님은 내가 권력을 잡으면,이라고 말해버렸잖아? 통화하는 거, 유튜브에 공개되고, 이제 세상 사람들이 다 알아버렸어. 그러고도 당선된 거 보면 참 신박하지. 그건, 형 말처럼 현실이야. 솔직히 형이 칼부림하는 것 말고는 아는 게 없다는 게 지독한 현실 아니겠어?"

"야, 그래도 임마, 말빨은 내가 무자게 쎄잖아, 엉?"

"말빨? 갈팡질팡 알쏭달쏭 뭔 말인지 헷갈려서, 솔직히 듣는 것도 힘들어 죽겠어. 아몰랑, 계급이 깡패라 들어주는 거지. 답정너에 유체이탈 화법에 마법같은 화법, 암 걸리겠다고들 해. 나나 되니까 형말 알아듣지, 사실 나도 반 토막만 알아듣거든? 앞으로 국,쩡이 걱정돼."

"뭘 걱정해 임마, 국정? 애국자 났다!"

"푸하하하, 가!"

"오!"

그리고 둘 다 동시에,

"나시!"

이 대목에선 둘 사이의 대화에서만 나타나는 특유한 가오나시 화법, 이 툴툴 나왔다. 가오나시 화법이 나올 때쯤 되면 이들은 이심전심으로 가,오,나시!,를 외치곤 했다.

가오나시 화법이란 목소리의 장단고저를 이용해 말에 뼈가 있는 듯 비수를 꽂으면서도 농(弄)처럼 들리게 하거나 농이면서도 가시가 있는 진담처럼 말하고, 농담 톤으로 말해도 진담으로 알아듣건 진담 톤으로 말해도 농담으로 알아듣건 서로는 개의치 않으며 죽이 잘 맞는 화법이다. 다른 사람들로부터 싫은 소리 듣는 거 절대 못 참는 불같은 성질이면서도 서로에게는 싫은 소리도 천연스럽게 해대며 흡혈귀처럼 낄낄거리는 신박한 화법이다. 손님은 워낙 기골이 장대해서 그런지 몸집 각 부위의 움직임만으로도 거만하고 꼰대 기질이 철철 넘치고, 주인은 그 기질을 혐오하는 더 젊은 세대다. 신박하게도 둘이 죽이 잘 맞는 까닭은 몸속에 흐르는 상호 공세적인 어떤 감정구조가 절묘하게 합치하기 때문이다. 주인은 손님의 꼰대기질을 혐오하면서도 사실 닮아가고 있다. 사람들이 깐죽이,라고 부르는 촉새기질이 그러하다.

이들이 가오나시,라는 말을 언제, 어디서 가져왔는지는 확실하지 않다. 다만 애니메이션 '센과 치히로의 행방불명'을 본 사람이라면 거기에 등장하는 요괴와 동명이라는 것쯤은 쉬 알아차릴 수 있다. 주인은 그 영화를 몇 번씩이나 보곤 했다.

확실한 것은 특수통 생활을 오래하면서 피의자,나 참고인,을 피고인,으로 만들어내거나 죄 없는 누군가를 범죄 조작의 연결고리로 끌어내는 조서과정에서 습성화된 고도의 법기술에 연원한다는 것이다. 심지어는 피해자,를 가해자,로 둔갑시켜내는 신박한 기술이 성공하기라도 하면 이들은 로또 당첨된 표정으로 감격해 하며 게걸스럽게 가오나시!,를 외쳤다. 먼저 선창하기 시작한 것은 주인이었고 손님은 가오잡는 것을 좋아해 가오,라는 말에 혹하여 어영부영 따라 하게 되었다. 여기에 무식하거나 거짓이거나 혹은 내로남불로 무책임하게 냉소하는 아몰랑 화법이 자주 섞여들곤 했다. 자신의 폐부를 찌르는 사람은 절대 용납하지 않는 성깔을 가진 손님이건만 주인에 대해서만큼은 그 예외였고 예외일 뿐만 아니라 가오나시 화법을 빙자해 주인이 자신의 폐부를 건드리는 걸 칼춤 추듯 쾌감으로 반전시키는, 일종의 매저키스트 본능마저 가지고 있다. 그것은 오직 주인에 한해서만 허용되며, 자신의 정적에 대해선 매저키스트의 반대자인 사디스트 기질로 사돈네 팔촌은 물론 어쩌다 통화 한번 한 사람까지 찾아내 탈탈 털어 오감의 고통을 주며 쾌감을 즐기는 정신분열적 악마 취향의 소유자다.

손님의 정신분열적 증상은 이성과 윤리와 상식으로 걸러지지 않는 극단적인 뇌피셜에서 비롯된다고 할 수 있다. 언젠가 히말라야산맥의 작은 왕국 부탄 이야기를 뉴스로 접하더니 엉뚱하게도 행복총량의 법칙,이라는 악마적 발상을 해냈다. 우주에 에너지 보존의 법칙이 있듯 인간세계에는 행복총량의 법칙이 있다고 믿은 것이다. 이를테면, 행복총량이 100이라 할 때, A의 행복지수가 10이면 B는 90이고 A가 20이면 B는 80이다. 손님은 남들이 더 많이 불행해져야 자신의 행복량이 극대화된다고 꿀떡같이 믿어 왔다.

숨쉬기조차 힘들 정도로 아름다운 나라 부탄은 가난하면서도 세계 최고로 국민들이 행복한 나라로 알려졌었다. 대한민국의 독재자 박정희가 경제개발 5개년계획과 새마을운동으로 국내총생산 및 1인당 국민소득에 올인하면서 유신헌법으로 장기집권의 기반을 다지던 1972년, 부왕의 급작스러운 타계로 17세의 어린 나이에 왕위에 오른 부탄의 새로운 국왕 지그메 싱계 왕축은 기가 막히게도 '국민총행복'이라는 발상을 했다. 경제성장 지표로 국민의 행복을 재지 않겠다는 논리였다. 국왕은 바보같이 자신의 권력을 포기하고 국민들에게 민주주의를 외친, 어쩌면 우아한 현대판 돈 키호테였다. 지방영주였던 우겐 왕축이 영국의 지배에서 벗어나려고 1907년 절대군주제를 선언하며 왕축 왕조를 세웠고, 1949년에는 완전한 독립을 이루었다. 영국이 물러난 이후 왕축 왕조는 국민들에게 행복을 안겨주려고 노력했으며, 국민들은 절대군주제 체제임에도 별다른 불만이 없이 왕조를 매우 긍정적으로 지지했다. 그 때문에 기묘하게도 의회는 물론 국민들조차 절대왕정을 버리고 민주주의 체제로 바꾸자는 왕축 왕조의 노력은 받아들이지 않았다. 그래서인지 30여 년의 긴 굴곡을 거쳤다. 새 국왕 지그메 케사르 남기엘 왕축이 직접 나서서 의회의 반대에도 불구하고, 한 사람이 나라의 운명을 결정하는 것은 매우 위험한 일이라며, 후세에 폭군이 나타나 파탄에 이르게 할지도 모른다는 생각에, 국민을 설득하여 2008년 부탄 민주화의 꽃인 총선거 실시와 함께 입헌군주제에 기반한 민주헌법을 선포했다. 지식인층이 두터우나 민주주의 지수가 매우 낮음에도 불구하고 새로 제정된, 왕 즉위와 관련한 법령은 민주적이었다. 국왕의 혈통을 장자 세습으로 하되 장자의 즉위는 국민투표를 통해 과반수 찬성이 있어야 최종적으로 결정되며 65세가 되면 국왕에서 물러나야 한다. 폭정을 일삼을 경우 국왕 폐위 투표를 통해 2/3 이상 찬성으로 국왕직을 물러나도록 했다.

이어 세계 최초로 국민행복지수를 발표했다. 당시 인구 77만명, 국민 97%가 행복하다고 했다. 2010년 영국의 싱크탱크 신경제재단 조사에서, 국가별 행복지수 조사대상 143개국 중 가난한 나라 부탄이 1위를 차지해 세계를 놀라게 했다. 당시 1인당 국민소득이 2,000달러도 되지 못하던 나라였다. 그러던 나라가 2018년의 유엔 세계행복보고서에서는 세계행복지수 순위가 크게 밀려났다.

왕축 왕조 국왕들의 품나는 국민행복론은 히말라야 오지의 협곡 속에 갇혀 있어 우물안 개구리의 세상 물정 모르는 오판에 기인한 것은 아니었다. 엘리트 국왕의 정치철학에서 비롯된 통치원리였던 것이다. 2008년 민주주의의 헌법적 기틀을 마련한 지그메 케사르 남기엘 왕축은 유학파다. 부왕의 선례에 따라 인도에 유학하였을 뿐만 아니라 미국에 이어 영국 옥스퍼드대학에서 정치학 석사학위를 받았다. 그러나 전통문화 파괴 우려로 1999년이 되어 뒤늦게 텔레비전과 인터넷을 허용했다. 휴대전화를 허용한 것은 2003년의 일이니 국민들은 우물안 개구리였다. 게다가 지지도가 아주 높은 국왕의 행정공무원들이 가정 방문해 면전에서 행복하냐고 묻는 터라 행복하다고 할 수밖에. 대졸자가 해마다 7,000명 정도 되고 젊은이들이 최신형 스마트폰을 사용하는 등 부탄은 급속도로 다른 세상에 눈을 뜨고 있으니 행복의 기준도 달라질 수밖에.

손님은 부탄 현대사의 내막은 모른 채, 뉴스에 나오는 대로 국민행복 지수가 1위였다가 그 뒤 시간이 지나면서 100위 가까이 밀려난 것에 대해, 자신의 대선 토론회에서 생뚱맞게 해석했다. 겉으로는 그게

다 부탄의 현실을 감추고 칭송한 당시 대한민국 대통령 탓이라 비난의 기염을 토하면서도 속으로는 행복총량이 국왕에게 극대화되어 가고 있기 때문이라고, 얼토당토 믿었던 것이다. 형이 칼부림하는 것 말고는 아는 게 없다,고 말하거나 말거나 주인과 함께 가,오,나시!,를 외칠 때 육중한 몸집에 지진이라도 일어난 듯 행복총량 생각에 키득키득 몸서리치던 손님, 일시에 동작 그만했다.

"야, 배고파 웃지도 못하겠다, 그만하고 김치찌개나 끓이라니까, 엉? 폭탄주~"

"삼겹살 없어, 소주도 없고. 난 술 안 마시는 거 잘 알면서."

"알마, 나 온다고 했으면 알아서 척척 준비해놔야지, 이거 맹탕이네. 각하에 대한 예의가 없어, 엉?"

"에이, 무슨 서운한 말씀을! 나라를 꽁으로 먹어? 형 오기 전에 공부하고 연구하느라고 진땀 뺐어, 난."

"야, 야. 삽소리 말고 경호원한테 사오라고 해. 문 열면 있을 거다."

주인이 현관문 밖의 대통령경호처 소속의 경호원에게 김치찌개와 소주를 준비해올 것을 지시,하자 경호원이 황당 반 띠꺼움 반 표정으로,

"저희 임무가 아닙니다."

라며 머뭇거림 없이 거절했다.

"임무가 아니라고?"

"네, 그렇습니다."

현관문 밖 분위기가 싸해졌다. 임무가 아니라는 경호원의 말 속에는, 당선자도 아닌 주제에 명령하며 까불지 말라는 의중도 포함되어 있었다. 주인, 경호원을 노려보며,

"세상 바뀐 걸, 여어태 모르시나?"

"···"

이때 뭔 일인가 싶어 현관문 쪽으로 다가온 손님이,

"왜 그래?"

"음식 배달은 임무가 아니라는데?"

"뭐여, 이 새끼가? 너 이름 뭐냐. 야, 경호팀장 당장 불러, 엉?"

다급하게 불려 온 경호팀장에게 삿대질하며 닦달하는 사이 주인은 식당에 직접 전화를 걸었다. 손님은 소파에 되돌아와 다리를 쫙 벌려 앉았다.

"야, 저놈 네가 처리해라, 감히 날 모멸해?"

"모멸이라뇨, 임무의 준칙을 잘 지키는 거지."

"그게 나한텐 모멸이다 임마, 엉?"

"카하하핫, 각하. 분부대로 하겠습니다."

"깐죽대면서 대답은 찰떡같네!"

"일도 찰떡이잖아. 찹쌀 갯수까지 현미경으로 꼼꼼히 세어가며 세밀하게, 하나의 틀림도 없이."

"아까 뭐라고 했지? 검스플레이?"

주인은 소파 맞은편 의자에 앉아 조금 전의 말을 이었다.

"앞으로 국정은 형수님이 플레이어로 뛸 일이 많을 테니 검스,플레이 부부가 되는 거야. 형수님이 나서는 걸 싫어하더라도 이건 지독한 현실,이니 인정해야 해, 지독한 현실!"

"인정 안 하고는 배겨날 수 없다는 걸 나도 잘 알지, 제기랄. 할 수 없잖아? 마누라한테 그분 말씀이라면 이젠 절대교시가 되어버린 현실이니. 아무런 준비도 안된 내가 대선 후보로 무대포로 나설 수 있었던 것도, 운 좋게도 대통령에 당선되어버린 것도 그분의 예언대로 된 거잖아, 엉?"

"난 솔직히 그분에게 빠져드는 것은 아니라고 봐. 요즘 세상에 나랏일을 무속인 같은 자에게 기대다니. 나의 무한한 상상력, 주도면밀한 설계에 방해가 되거든. 나로선 달리 방법이 없지만, 이 또한 지독한 현실이니."

"야, 너 자꾸 지독한 현실,이라고 말하는데, 듣기 좀 거북해."

"거북해?"

"거북해!"

"거참, 형은 참 무식하고 바보 같으면서도 기가 막히게 생존본능, 아니 힘의 본능이 있단 말야. 그게 매력야."

"조롱하냐? 너마저도? 엉?"

"크하하하. 거북하다며? 걱정마, 거북은 죽어."

"그건 또 뭔 아재개그냐? 네 나이에 안 맞게."

"내 나이가 어때서, 형. 아재개그, 말장난은 우리를 지켜준 생존의 총알이잖아."

"아차차, 그렇지. 내가 잠시 제정신으로 돌아온 모양이다. 그래서?"

주인은 최근 직업상 언어의 마술사에 대해 연구해왔다. 그는 이 세상에는 남다른 언어의 마술사들이 세 종류 있다고 본다. 시인. 대표적으로 미당 서정주다. 인간의 삶을 제거해버렸음에도 숱한 사람들에게 지고한 경지의 감흥을 공감하게 해주는 시적 언어세계를 창조한, 서정주는 영혼을 앗아가는 매우 탁월한 마술사다. 정치검사. 직업적으로 언어의 마술사다. 전문용어로 법기술이라고 하나 사실은 증거,라는 가공의 실체를 조작하는 데 탁월한 능력을 보여준다. 주인은 자신들 스스로를 지칭해 조서문학(調書文學) 작가, 아니 달인이라 생각한다. 그

마술사에 걸려들면 영혼이 탈탈 털려 황폐해진다. 챗봇. 4차 산업혁명 최첨단 인류문명 AI시대에 새롭게 등장해 이름 붙인 언어의 마술사. 실체 없는, 빅데이터에 근거해 언어의 세계로만 인간사회에 개입하는 사이보그다. 태생적으로 영혼 자체가 입력되지 않아 능청 떠는 표정조차 감지되지 않는 초유의 거짓말쟁이다.

셋 다 영혼을 박살 내기는 마찬가지로 닮았다. 존재기반이 데이터임에도 그 결과는 위선이나 거짓으로 출력된다. 서정주의 경우는 감수성이 극대화된 언어 데이터에 기반했다. 손님과 주인은 양으로는 특수통이고 음으로는 정치검사 선후배다. 오랜 세월 정치검사를 해오면서 특수하게도 막내에게는 한없이 너그러워지는 큰형과, 그런 큰형에게 아무렇게나 앙탈부리는 막내와 같은 형제애로 막역해진 사이다. 그 막역해진 관계가 가능해진 것은 마치 미래에 다가올 챗봇처럼 뽑혀 나오는 언어의 법기술이 이심전심, 척이면 착으로 강건한 유대가 형성되었기 때문이었다. 게다가 고등학생 시절 서정주의 시집을 통째로 읽고 밤새도록 깐죽거리며 말장난 놀이를 즐기던 주인은, 한때 법무연수원으로 좌천되었을 적에는 쿠데타로 집권한 박정희와 전두환을 칭송한 그의 언어세계에서 숨은그림찾기에 몰두했다. 키워드는 검사 쿠데타,였다. 손님과 내통한 것은 당연지사였으며 굳이 극비일 필요도 없었다. 그들의 속내로는 쿠데타이되 쿠데타,라는 말은 이심전심으로 피해 가는 가오나시 화법을 구사했던 것이다.

"우리의 쿠데타는 성공했어. 어떤 언론 하나 쿠데타,라고 말도 못 꺼내잖아. 그러나 진짜 쿠데타는 이제부터 시작일 뿐야. 쿠데타는 계속되어야 해. 안 그러면 우리도 끝장나. 형 검찰총장 때 한 짓, 형수님 주가 조작, 장모님 소송, 우리의 수사 조작, 곳곳이 지뢰야. 솔직히 언론이 입 꾹 처닫고 판사들 알아서 기고. 그러나 이것 또한 수동적인 방어일 뿐이야. 형도 그랬잖아, 5년짜리 권력이 겁대가리 없다고. 잘못하단 우리가 되치기당해. 우리가 5년 가지고 되겠어? 공세적으로 성을 쌓아야 해. 검스플레이어들은 바로 그 미션을 수행하는 거지. 감사원, 국정원, 국방부, 법원, 금융감독원, 국세청, 경찰청, 정부 부처, 의회, 방송국, 인터넷… 심지어는 수능 출제 책임자까지 곳곳에 줄줄이, 실세로 검사들을 따개비처럼 붙여 놓는 거야. 이름하여 검사들의 콜라보. 저번 여름 출마선언 직전 나랑 강화도 바닷가 갔을 때 봤잖아. 따닥따닥, 공업용 본드보다도 더 질기게 붙어사는 따개비. 따개비 이놈들 아주 골때려. 오래 살기로 유명한 바다거북이, 걔들 등껍질 속에 기생하면 떼어내지도 못하고 완전 종양같이 번식하여 살갗 쓰라림에 괴로움을 당하다가 죽어버리게 하는 게 따개비야. 우리에게 거북한 것들, 따개비들이 다 죽여버릴 거야. 형, 어록 있잖아. 수사로 보복하면 깡패지 검사냐고. 맞아, 우린 깡패 양아치야. 그 따개비 검사들이 검스플레이 부부의 명을 받아 거대한 성채를 구축하고 지키며 작전을 수행하는, 세상의 온갖 눈, 귀, 입, 코, 오줌구멍, 똥구멍까지 스캔하는 컨트롤타워 프로그램. 어때, 기가 막히지?"

"그러니까 곳곳에 검사들로 다 채우자고?"

"그렇지, 우리 사단의 검사들."

"맞다, 맞어, 엉? 내가 그걸 생각 못 했네. 권력기관들을 싸그리 장악해야 하는데 말이다, 관료든 교수 나부랭이든 정치인이든 믿을 수 없는 놈들을 쓸 수도 없고, 묘수가 잘 나오지 않아 긴가민가했는데 네 말 들으니 그림이 명료해진다. 우리 사단 검사들이 장악하는 검스플레이! 크하하하!"

"그림 그리는 건 우리가 또 한 그림 하잖아?"

"그림만 그리냐, 우리가? 조작과 실행 전문가잖아. 우리 껀은 잘 덮고 있지? 엉?"

"말 안 듣는 놈 보복하고 잘 덮어주는 놈 자리 하나 던져주는 거, 업계의 불변의 법칙인데 뭘 걱정해. 권력의 냄새 맡고 달라붙는 거, 이 아름다운 검새들의 천부적인 기질, 현직 떠났다고 그새 까먹은 거야?"

"그래서 넌 뭐 하고 싶냐?"

"프로그래머."

"컴퓨터 프로그래머? 겨우 그거?"

"각,하~? 왜 그러십니까."

"총장, 해!, 엉?"

주인은 선심 쓰듯 말했다.

"형도 참, 대포 큰 양반이, 쪼잔하게. 엉, 엉만 하면 다야? 겨우 총장 자리에서 국가 장악 프로그램을 설계하고 수행할 수 있겠어?"

엉?,은 손님의 독특한 말버릇이다. 검사생활하면서부터 상대를 윽박지르거나 강압하는 명령어로 오랫동안 입에 배었다. 말끝마다 후렴구로 붙이다 보니 명령어인지 감탄사인지 확인사살어인지 모호한 경우가 다반사다.

"짜아식, 다 계획이 있나 보네, 엉?"

"푸하핳."

둘은 미친 듯이 웃어댔다. 아니, 미쳤다.

탁자 위에 놓인 주인의 핸드폰으로 문자가 왔다.

"형수님 문잔데?"

"뭐라고 해?"

"형 가고 나면 전화하래."

"너, 내 말 잘 들어, 엉? 지금 해주는 말 존심 상해 너한테도 영업비밀이었는데 이젠 까는 거야. 내가 마누라하고 한번씩 싸우는 것도 의도적일 때가 있어. 오늘처럼 나 혼자만 널 만나야 할 때. 널 만나러 온다고 하면 따라올 게 뻔하니까 일부러 시비 걸어 싸우고선 못 오게 만들어버린 거야. 싸우면 마누란 반드시 삐져 나한테 적개심을 품고 말도 끊어버리거든. 그래서 오늘도 성공한 거고, 엉?"

"그래요? 내 앞에서 싸울 때도 그랬었고만. 이 깐죽이도 전혀 눈치채지 못했는데… 형, 근데 왜 이제 와서 영업비밀을 까는 거야?"

"부부 사이의 관계도 프라이버신데 뭘 그걸 자랑질이라고 네가 눈치채게 했겠냐. 오늘부로 영업비밀 까는 건 앞으론 우리 위치와 일이 달라지잖냐. 너와 내가 서로 다른 공간에 있어 일일이 설명을 못하더라도, 엉?, 나와 마누라 사이에 어떤 의심스러운 신호가 발생할 때 혹시나 네가 오해하지 않았으면 해서야. 마누라하고 나하고 쌈 났다, 귀에들리면 내가 연락이 없는 한 그 무엇도 변함이 없다는 사실을 잘 알아놓아야 해, 엉? 내가 의도적으로 싸운 걸 네가 오해해서 일이 커질 수있으니까."

"형, 9수짜리가 똑똑한 척하네?"

"너 죽을래?"

"ㅋㅋㅋ"

"마누라는 내가 너하고 이야기하는 것보다 자기가 너하고 이야기해야 한다고 하더라, 나 참. 마누라는 날 개무시해, 엉? 선거 때도 공개적으로 날 까댔잖아? 배때기나 튀어나오고, 주야장창 술이나 처먹고, 아무 쓸모 없는 남잘 자기가 구원해 데리고 산다나 어쩐다나, 내가 쪽팔려서 원…"

"그러니까 형도 이젠 달라져야 해. 달라져야 이 나라를 확실히 먹을 수 있어."

"좆까, 달라지긴 뭘 달라져 임마, 송충이가 솔잎 처먹지 갈잎도…"

손님은 멈칫, 처먹고 사냐, 라고 종결하려 했으나 뭔가 말이 자기 속 내하고 앞뒤가 안 맞는다는 느낌이 들어 말끝을 얼버무리려다 틱 현상 이 급속히 나타나 정신없이 고개를 좌우로 돌리기 시작했다. 갈잎이든 칡넝쿨이든 아니 그 뿌리까지라도 다 해처먹으려고 대통령이 된 사람 인데 솔잎만 처먹겠다는 게 말이 안되지, 엉? 이는 이미 주인도 다 알 고 있는 손님의 속내다. 아니 공동의 속내다. 그래서 이를 드러내 확인 하듯 …처,먹어야지, 라고 말 문장을 어정쩡하게 그러나 분명하고 똑 똑하게 종결 처리했다.

"송충이가 솔잎 처먹지 갈잎도 처,먹어야지."

그런데 이 말 또한 말법의 형식이 일관되지 않고 꼬여버렸다는 사실 을 즉각 인지하면서 어쩔 줄 몰라 하더니 말이 이상해졌는데, 하고 들 리거나 말거나 혼잣말처럼 중얼거렸다. 이 나라를 먹을 수 있어, 라는 말을 자기들끼리의 은어처럼 아무런 거리낌 없이 쓰는 데서 알 수 있 는 것처럼, 둘 사이에 공공연하게 형성된 공동의 속내가 확인되는 건 군이 꺼릴 것도 없었다. 손님의 말투 또한 주인에게 닮고 닮은 것인지 라 흠될 일도 아니었고 다만 그럼에도 말이 꼬여 혼잣말처럼 중얼거린 것은 스스로 이중구속으로부터 짓눌렸기 때문이었다. 송충이가 솔잎 처먹지 갈잎도 처먹냐,는 자신의 속내와 발화될 말이 일치하지 않으므 로 불가능한 문장구조다. 송충이가 솔잎 처먹지 갈잎도 처먹어야지,도 어법상 불가능한 문장구조다. 그래서 손님으로서는 둘 다 내뱉어서는 안될 말이었다. 어쨌든 말을 내뱉다 말고 이러지도 저러지도 못하게 되는 모순된 상황에 처했으므로 잠시나마 이중구속에 시달린 것이다.

그에게 늘 있는 일이었다.

이중구속 상황에 처하게 되면 손님은 말하는 도중 틱 현상이 더 도드라졌다. 그 틱 현상은 검찰총장 후보로 지명되어 공개적으로 사회적 발언이 본격화되면서부터 더 도드라졌음에도 아랑곳하지 않고 특유의 어리바리한 둔탁한 화법으로 공정,과 자유,를 가장해 돌파해왔다. 우스꽝스럽게도 그는 어떨 때는 송충이는 솔잎만 먹고 살아야 한다,는 식으로 공정과 자유를 주장했고, 어떨 때는 송충이는 솔잎만 먹고 살아서는 안된다,는 식으로 공정과 자유를 주장해 도대체 갈피가 없었다. 그가 발언하곤 했던 공정과 자유,라는 메시지는 거짓말일 뿐이라며 그 반대자들이 비난의 화살을 쏘아댔지만 그러나 그는 행운아처럼 늘 이중구속의 승리자였고, 그 결과로 대통령 선거에서 당선될 수 있었다. 역사의 처절한 아이러니다.

주인은 이번에는 웬일로 낯을 살려주고자 손님의 어정쩡하나 분명하게 한 말,을 고무시켰다.

"형, 당근! 송충이는 진화하고 있어. 솔잎도 처먹,처먹하고 갈잎도 처먹,처먹해. 권력을 잡았으니 솔잎도 갈잎도 몽땅 처먹을 준비를 해야지. 그러려면 진화해야지, 단순히 반찬 메뉴를 더 늘려가자는 게 아니라, 초연결 시대에 걸맞게 우리도 달라져야 한다는 거야. 초연결시대의 성채를 쌓자고. 초연결 성채!"

"초연결 성채? 촛불로 연결해 성을 쌓자는 거야? 그것 참 환상적이겠는 걸? 그런 건 우리 마누라한테 맡겨."

"못 말려. 촛불은 우리의 천적이야!"

"그럼 뭔데? 말이 너무 어렵다."

"말하자면 개념적으로 그렇다는 거지, 기억할 필요는 없어. 형 뇌로 감당도 안되고."

그러자 손님이 빈정 상했는지 틱틱거리며 거칠게,

"그래서, 그게 뭔 말인데? 엉?"

빈정 상하든 말든 주인은 자기 할 말을 했다.

"이를테면, 감사원과 검찰청을 잇는 거지. 소위 민주주의 사회에서는 두 권력기관은 서로 독립기관이잖아. 기껏해야 감사원에서 감사한 대상의 비위를 발견할 시 고발하는 정도고, 그러면 검찰청에서는 사후 수사에 들어가고. 그러나 우리는 달라져야지. 아예 감사원에 실세로 검사 따개비를 보내는 거지. 우리에게 위협이 될 좌파 잔당은 그 따개비가 알아서 다 처리해주고 고소 고발 받아 검찰청이 수사로 족치는 거지. 그뿐인가, 우리 입맛에 맞게 따개비가 감사원을 리모델링하는 거야."

"야, 그게 초연결하고 뭔 상관이냐?"

"박정희 시절과 같은 구 독재시절에는 권력으로 감사원을 장악했지만 이젠 그렇게 안되잖아. 우리 역시 권력으로 장악하는 거야 맞지만서도 맞사지가 필요해. 권력의 힘으로 수사를 하는 모양새가 아니라 수사 근거, 범죄사실인 데이터로 수사의 정당성을 확보하는 거지. 그 데이터가 조작되든 말든, 사실은 조작이겠지만, 검찰은 상관할 바 아냐. 감사원이 데이터를 뽑아 고발하는 거니까. 데이터로 수사한다는데 누가 뭐라겠어? 우리의 위대한 우상 괴벨스 선생께서 하신 말씀, 나에게 한 문장만 달라, 누구든 범죄자로 만들 수 있다, 알지? 그렇지. 나에게 데이터 하나만 달라, 누구든 범죄자로 만들어버릴 테니. 결국 감사원과 검찰청은 데이터로 연결하는 거야. 그 뒤야 말해 뭐해. 형이나 나나 뻔히 아는 수법대로 하면 되고. 초연결시대, 데이터 연결이 핵심이야. 새로운 독재가 얼굴 없는 민주주의 이름으로 가능해지는."

"흠, 뭐가 뭔지."

"자, 처음으로 돌아가보자고. 형이 아까 내게 물었잖아. 사건의 지평선,이 뭐냐고."

"그랬지."

"아까 노래 제목이 '사건의 지평선'이야. 윤하,라는 가수가 부른."

"윤하?"

"응, 윤하. 작년 대학축제 때 부르고 다녔는데 별 관심을 못 받다가 갑자기 역주행하는 노래야, 역주행! 원래 사건의 지평선은 천체물리학 용어지. 블랙홀, 잘 알잖아? 블랙홀로 빨려 들어가면 모든 게 절대 나올 수 없어. 절대 나올 수 없을뿐더러 비물리적인, 그 안 세계에 대한 어떠한 정보조차 전혀 알 수 없어. 왜냐면 물체만이 아니라 그 안 세계에 대한 어떠한 정보도, 중력이 너무 강력해 심지어는 정보를 전달하는 빛마저도 그 바깥으로 다시는 나올 수 없기 때문이지. 그 검은 구멍 안의 세계로 진입하는 경계면을 사건의 지평선,이라고 해. 외부의 관찰자는 어떤 물체가 블랙홀로 떨어지는 모습을 볼 때 사건의 지평선에 무한히 가까워지는 것만을 볼 수 있을 뿐이지 사건의 지평선을 넘어서는 모습은 절대로 볼 수 없어. 그러므로 지평선 안에서 일어난 어떠한 사건도, 어떠한 정보도 영원히 그 지평선 바깥의 관찰자에게 결코 전달될 수 없어."

"캬~ 공부 많이 했네, 근데?"

"초연결시대의 성채, 그 성채의 성벽을 사건의 지평선으로 구축하자는 거지."

"고럼, '사건의 지평선' 노래를 크게 틀어놓으면 되나? 휴전선 대북방송처럼? 엉?"

"바보 같은 소리 마시고요 각, 하~?"

"너, 아까 그 노래 듣고 있었잖아."

"용산에 만드는 집무실, 강고한 성채로 만들어야지. 마피아 침묵의 계율처럼 오메르타 서약으로. 성벽 밖으로 비밀이 새나간다? 있을 수 없는 일!"

"만일 그런 사태가 벌어지면 발본색출해 피의 보복을."

"발본색출이 아니고, 발본색원!"

"니기미, 그거나 그거나, 엉?"

"참, 그분은 용산, 뭐라셔?"

"좋다고 그러지."

그분의 대답은 건성으로 듣고, 주인은 자기말을 계속 이었다.

"우주에 존재하는 사건의 지평선처럼 우리의 성채에 쌓이는 정보들과 안에서 일어나는 일들에 대해서는, 성채 바깥의 세계에서 그 아무것도 알 수 없어야 해. 바깥에서 우리를 안다는 것은 구멍이 뚫린다는 거지. 가식적으로 국정계획 세우느라 시간 낭비할 필요도 없어. 국정계획 세워봤자 발목만 잡혀. 부동산 정책? 경제대책? 일본 관계? 안보? 우리가 무슨 생각을 하는지조차 알 수 없도록 해야 해. 찔끔찔끔 아무거나 내던져줘도 그만이야. 그것만으로도 언론들은 얼마든지 소설을 쓰고, 전문가입네 하는 교수들끼리 입방아 찧느라 정신없어. 세상은 알아서 다 돌아가, 넘치면 넘치는 대로 부족하면 부족한 대로. 싸워도 지들끼리 싸우지. 형은 립서비스로 계속 공정, 하고 자유, 만 외쳐.

그래도 공정은 한 척, 자유는 소중한 척해야지. 물론 세상은 우리가 그러는 척하는 걸 다 알지. 그렇다고 걱정 안해도 돼. 우리의 튼튼한 아군, 기레기들 있잖아. 검언유착? 푸훗. 우리는 사냥꾼, 기레기들은 몰이꾼, 이건 공공연한 상도덕이잖아? 정보공개 요청? 다 좆까는 소리고, 지지율은 어차피 낮을 수밖에 없어. 지지율 연연하지마. 검스플레이하면서 모든 일은 그냥 밀어붙이면 돼. 개돼지들도 처음에는 뭥미, 하겠지. 길들여지면 그러려니 해. 그러니까 개돼지지. 두려워 말고 당당하게, 개돼지들이 정신 못 차리게 사건들을 펑펑 터뜨리는 거야."

삽소리니 뭥미, 따위의 말들은 주인에게 이미 길들여져 있다.

"그건 네가 알아서 하면 되고. 야, 말이 길어. 강의하냐? 술은 왜 안 와? 엉?"

"곧 올 거야. 펑펑 터지는 사건들? 애써 설명할 필요 없어, 그냥 개무시해. 개무시하며 혐오감을 자극해. 우리의 위대한 괴벨스 선생께선 또 말씀하셨지. 국민들에게 불쾌한 뉴스를 숨기는 것은 심각한 실수다,고. 혐오는 혐오로 덮고 이슈는 이슈로 덮는 거지. 혐오와 이슈 피로증에 면역되면 개돼지들, 미쳐버리거나 시들해져. 먹고 사는 데 바쁘게 만들면 돼. 노동시간 졸나 늘리고 임금 깎고, 병원비 높이고, 복지비용 다 까고, 전기세니 가스세니 다 처올려 신속히 민영화하고. 그래도 개돼지들 어쩌지 못해, 속으로 부글부글 끓어도, 나라를 팔아먹어도 우릴 지지하는 30%는 콘크리트야. 콘크리트도 아니면서 공정과 자유를 믿고 어쩌다 형을 찍어준 개돼지들? 고마웠지만 이젠 헤어져야 할 시간. 형의 말처럼 우리의 행복총량을 극대화하려면 이젠 그들을 버려야 해. '사건의 지평선' 노래 가사처럼 고마웠어요 그래도 이제는, 사건의 지평선 너머로, 그렇게 갈라지는 거지. 어차피 그들은 우리가 아니었고, 우리가 될 수 없으니까. 그래도 미련을 못 버려 그들은 콩가루라도 받아먹으려고 성 밖에서 계속 서성일 거고, 우리는 오감의 쾌감을 즐기면 돼."

"야아, 당연한 말이다만, 너 쫌 미친 거 아냐? ㅋㅋㅋ 아주 그냥 초현실주의자야! 기레기들하고 놀던 버릇이 있어 시나리오가 아주 훌륭해, 엉?"

손님은 미술 전시장에 붙들려 다니면서 마누라한테 귀동냥으로 얻어들은 초현실주의자,라는 말을 아무렇게나 지껄였다.

"내가 미친 거 아닌데? 미쳐야 되는 건, 각,하~?십니다."

"너도 미쳐야 공정하지. 리틀 각,하~?"

"미쳐봅시다. 취임하면서 곧바로 직진, 머뭇거리다간 그 뒤로는 더 못해. 허니문 때 대통령 첨 해보니까 실수하는 거지, 방심하는 틈을 타 졸나게 밀어붙이는 거지. 바보니 무식하니, 이런 조롱 따위들, 우리의 큰그림을 위해 신경 쓸 것 없어. 그건 사실이니까. ㅋㅋㅋ 켕긴다 하면 부인하고, 삽소리 하는 놈들, 한 놈만 패, 뒈질 때까지. 그러면 모두 깨갱해. 죄가 있으나 없으나 수사로 압박하고, 압수수색으로 똥꼬 털면 대법원장도 꼬꾸라져. 우리의 과학수사는 초토화, 가학수사니까. 촛불들고 나서는 놈들? 바보같이 명박산성 쌓을 필요도 없어. 여차하면, 군대를. 다음 선거? 사건의 지평선 성안에서 모든 것은 완벽하게 계획될 거야. 제1 플랜, 제2 플랜으로. 검스플레이, 우리들의 멋진 판타지가 될 거야. 눈 떠보니 꾸울꺽 하는 판타지!, 베토벤의 운명교향곡이 찬란하게 연주되는."

"꾸울꺽,으로 끝?"

"끝!"

"푸하하핫. 얌마! 그래서 넌 하수야! 너의 운명은 거기까지냐? 내가 겨우 대한민국 하나 말아 드실라고 대통령된 줄 아냐? 엉?, 엉?"

"빨아먹기도 정신없을 텐데, 뭔 짓까지 하려고?"

"대한민국의 창조!"

"대한민국의 창조? 뭔 삽소리? 우리의 설계 목표는 창조가 아닌데?"

"벌써 촉이 떨어지는 거야? 엉? 창조는 누구의 아들?"

"내 촉은 찬란해! 역순으로 물으니까 내가 헷갈릴 것 같지? ㅋㅋㅋ 파괴는 창조의 어머니! 고로 창조는 파괴의 아들!"

"역시, 리틀 각하야! 창조는 개돼지들에게 던져주는 먹이일 뿐, 닥치고 빠개버리는 거야, 파괴! 파괴하라, 파괴하라, 엉? 거기에 우리의, 아니 나의 길이 창조되느니라! 엉?"

"나 참, 실컷 성채 쌓자니깐 파괴하라? 한 마디로 조져버리네?"

"파괴는 창조의 어머니라고 네 입으로 말해놓고도, 뭐? 촉이 찬란하다고? 엉? 너 아까 뭐랬냐, 국정계획 세울 필요 없다며? 그 말이 그 말이지, 엉?"

주인은 떼말벌에 기습공격 당하듯 피를 나눈 주군에게 된통 허를 찔렸다. 지금까지 이런 적이 없었다. 분명 가오나시 화법을 놀리며 자기를 까는 것도 아닌데 넌 하수야!, 넌 거기까지냐?, 이 말이 비틀어져 뇌리를 급자극하고, 작정해 까는 것보다 더 심하게 까이고 있다는 느낌 아닌 느낌이 찰나의 순간에, 천둥 번개로 내리쳤다. 창조? 파괴? 이 키워드의 정확한 의미를 순발력만으로 직감할 일이 아니었다. 당장은 이 찰나의 순간을 모면하는 게 우선이었다. 허 찔린 사색(死色), 들키지 않게. 즉각 낄,낄,낄!, 특유의 깐죽 웃음이 섞이는 가오나시 화법의 변통으로, 주인은 자신과 화해했다. 아무일 없다는 듯이. 이 찰나의 시간은 1초도 채 안 걸렸다.

주인의 변통 낌새를 알아차렸는지 모르는 척하는 건지, 고무된 손님은 승리자의 썩소를 날렸다.

"푸하핫!"

그리고 둘 다 배꼽 잡으며 웃었다. 그러나 주인은 웃는 게 웃는 것이 아니었다. 너무 맹렬하게 웃은 나머지 손님은 개돼지 괴물로 커지면서 목청껏 좋,빠,가!, 라고 고함쳤다.

"좋,빠,가!?"

"날 비하하는 목사 유튜버 새끼가 쓰더라고. 좋아, 빠르게, 가!, 라고 하던데?"

손님의 목소리는 인간의 음역을 벗어나고 있었다.

"저런, 지독한 현실이! 그러나 오케이, 각,하~?"

"너 자꾸 각,하~? 라고 빈정거릴래? 이 이,티,같,은, 놈아!"

"이티? 영화 속의 외계인 이티 말야? 이티는 선하고 귀여운데?"

"우리 편 이티 속궁합 캐릭터는 악,마, 이,티,지, 엉?"

둘 다 한 목소리로 더 크게 웃으며 외쳤다.

"푸하하핫, 좋,빠,가!"

주인과 손님은 다시 한번 외쳤다.

"가!"

"오!"

"나시!!"

가오나시를 외치는 소리에 놀라 혁진은 잠자리에서 벌떡 일어났다. 꿈은 송시열의 초상화보다도 더 섬세한 이미지로 남아 있다. 대통령

당선인이라는 인간이 애들처럼 듣보잡 가오나시나 외치는 유치찬란한 싸구려 음모라니, 헛웃음만 나온다. 그러나 기분 더러운 악몽이었다. 투표하던 날 밤, 일찌감치 소주 두 병씩이나 까고 그대로 잠을 청했다. 불안했다. 어쩌면 대한민국의 민주주의가 하루아침에 찬탈당할 악독한 현실,이 도래할지도 모른다는 염려가 엄습했다. 그 염려가 웃프공 악몽으로 이어진 것이다. 웃프공, 웃기고도 슬프면서 공포스러운. 악몽은 하나하나 현실이 되고 있다. 지독한 현실이다. 혁진은 송시열의 초상을 뚫고 한걸음 한걸음 곧은 길로 나아간다. 다른 길이 없다.

7 도둑놈기술

　행군 5일째 되는 아침, 밤새 내린 눈은 폭설이다. 고부천 들판을 따라 영원과 백산을 거쳐 새만금으로 흐르는 동진강을 건너, 하늘의 밑살이라도 빠진 것인지 어제 오후부터 살살 내리던 눈이, 자연의 대서사시가 쓰여 온 호남평야의 한복판 신태인 화호리 대지를 새하얗게 뒤덮었다. 설국 풍경도 성에 차지 않는 걸까, 하늘은 종일 더 쏟아낼 기세다.

　일행은 아침 느즈막에서야 일어났다.

　서영이나 혁진이나 동탁은 모두 눈은 일찍 떴지만 폭설에 이심전심으로 따뜻한 전기장판이 깔린 이불 속에서 나오고 싶지 않았다. 침낭 바깥은 냉기가 돌았다. 오늘은 쉬기로 한 날이어서 어제 저녁에 막걸리 과음을 한 탓도 있거니와 눈보라 몰아치지 아니한 포근한 폭설인지라 다들 게을러지고 싶었던 모양이다. 쉬엄쉬엄 왔다 하더라도 혹독한 추위에 온몸을 내맡기는 고난도 삼보일배 행군이다 보니 몸이 거칠어지고 피로가 쩍쩍 쌓여가기 시작했다. 고비를 넘겨야 했다. 일찍 일어난들 딱히 할 일도 없다. 푹 쉬는 수밖에.

엊그제 저녁, 동탁이 챙겨 온 화투로 셋은 고돌이를 몇 판 치다가 게임의 규칙을 놓고 갑론을박하던 끝에 삼보일배의 규칙을 거론하기에 이르렀다. 그날까지는 되는대로 행군했으나 하루이틀도 아니고 대장정인지라 몇 시에 시작해 몇 시에 끝낼 것인지, 각자의 역할은 어찌할 것인지, 날씨에 따라 어떻게 대응할 것인지 따위들에 대해 대략 공유했다. 혁진은 서두르지 말고 하루에 5km 남짓 거리로 나아가고 열흘 정도에 하루씩은 쉬어주자고 했다.

"한겨울에, 더구나 우리는 삼보일배 초짜잖아요. 저하고 동탁인 등산 야영이라도 해왔지만 서영 씨는 아웃도어 생활 경험이 없어서 사실 걱정이 들어요. 감기도 조심해야 하고요, 몸 관리 잘해야 버틸 수 있어요."

서영은 자신의 생각을 더 보태 서두르지 말자는 제안에 흔쾌히 동의했다.

"무리해서 나아가지는 않을 거니까 크게 걱정은 안해요."

문득 생각이 났는지 동탁이, 서영에게 할 말을 혁진에게 건넸다.

"참, 여자들은 생리할 땐 몸이 참 힘든어. 우리 애엄만 생리통을 너무 심하게 허거든. 나이 드니까 어떨 때는 덩어리로 막 쏟아져 나온다고 허더라고."

"덩어리로?"

"핏덩어리."

"그러니까 니 말은, 서영 씨 생리할 땐 삼보일배 힘들다는 거네?"

혁진은 서영에게 얼굴을 돌렸다.

"전 심하게 하지 않아요. 제가 생리통을 심하게 해왔으면 삼보일밴 엄두도 못 냈겠죠. 혹시 몰라 진통제 준비해왔으니 걱정들 마세요."

"몸이 힘들어질 땐 꼭 말씀하세요. 동탁이 너 제법이다? 그런 생각까지 다 하고?"

"너처럼 혼자 사는 인간은 인간사를 절반밖에 몰라요."

"어쭈, 웬일로 있어 보여? 개똥도 약에 쓸 때가 다 있고마잉? 화투를 챙겨오지 않나."

"이 자식이, 이 형님을 뭘로 보고! 화투장뿐이냐, 바둑도 챙겨왔다! 긴긴밤 뭣 혀, 바둑 두어 판이면 금방일 텐데."

"준비성이 아주 좋은데?"

동탁이나 혁진은 마을에서 초등학생 때 애들과 몰려다니며 민화투, 육백, 뽕, 짓고땡, 섯다 따위로 노는 화투를 다 뗐다. 바둑도 동네바둑으로 그때 배웠다.

서영이 살짝 웃으며 말이 나온 김에 자신의 생각을 더 말했다.

"동탁 씨, 고마워요. 흠… 저의 아픔으로 시작된 일이지만 그렇다고 결연한 의지를 앞세우고 싶지는 않아요. 그러면 너무 힘들어져요. 물론 힘들지 않다는 것은 거짓이겠죠. 힘들어도 저의 선택이고, 어쩌면 저의 운명이랄까요. 그깟 길어야 100일이어요, 충분히 힘들 자신이 있고 힘들어도 넘어설 자신이 있어요. 고통스럽게 죽어갔을 우리 율희를 생각하면 이건 고통도 아녀요. 아니, 딸이 당한 고통을 제가 어찌 헤아릴 수 있겠어요. 헤아릴 수 없다는 게 더 가슴 아픈 일이죠. 딸이기 이전에 한 인간의 고초였을 테니까요. 그렇지만 애미로서 치러야 할 고통은 또 다르게 있겠죠. 담담하게 행군하고 싶어요. 이 세상에 대해 질문들을 끊임없이 던져보며 말이에요."

혁진과 동탁이 특별히 말이 없자 서영은 혁진에게 물었다.

"한 10년 됐나요, 테레비에서 해줬는데 혁진 씨, '웨이백' 영화 봤어요?"

"테레비에서는 못 봤고요, 유튜브에서 얼마 전에 봤어요. 2차 세계 대전 때, 시베리아 강제수용소에서 탈출한 사람들이 인도까지 걸어서 결국 자유인이 되는 데 성공했던 이야기잖아요?"

"그 영화 대단했어요. 영화도 대단하지만 실화였다는 것이. 그 어마어마한 거리도 그렇지만 시베리아의 살인적인 추위와 고비사막의 폭염을, 하루이틀도 아니고 그 엄청난 고통의 시간을 견뎌냈다는 게 정말 감동적이었어요. 상상도 못할 일이잖아요. 그거에 비하면 우리는 새발의 새발의 피도… 아니에요, 저를 위해 고생길 나서주신 두 분께 이런 말을 하면 안되는데, 미안해요."

"맞아요, 새발의 새발의 피도 아니죠. 저도 참으로 감동적으로 봤어요. 믿기지 않은 사실이어요. 지옥 같은 탈출길이 중국의 만리장성보다 더 길었다고 했어요. 그렇지만 그 사람들은 그 사람들대로, 우리는 우리대로 처한 상황이 달라요. 서영 씨는 서영 씨대로 의미를 찾는 거고 저는 저대로 의미를 찾는 거니까요."

동탁은 별다른 말은 하지 않고 듣고만 있었다. 그러다 전화벨 소리가 울리자 평소답지 않게 깜짝 놀라며 두 사람의 눈을 피하려는 듯 바닥에 놓인 핸드폰을 얼른 집어 들고 텐트 밖으로 빠져나갔다. 낌새를 눈치챈 혁진이, 어제 저녁이 되어서야 막걸리를 마시며 숨겨놓은 애인 있느냐,며 동탁을 놀려댔다.

폭설 탓인지 찰스조차 서영을 깨울 생각을 안하고 전기장판 위에서 침낭 밑으로 껴들며 몸을 지지고 있던 중 서영이 일어나자 그때서야 기지개를 켰다. 서영은 전기난로를 켜고 두툼한 빨간 파카를 걸치며 텐트 문을 열어보니 상상 이상으로 눈이 쏟아져 내려 탄성을 질렀다. 뒤따라 나선 찰스 역시 텐트 바깥으로 고개를 내밀어보니 새로운 세상으로 펼쳐진 새하얀 설국의 풍경에 탄성을 지르듯 냐아옹거렸다. 그러나 막상 두껍게 쌓인 눈밭으로 뛰어들지는 못하고 주둥이를 눈에 가까이 들이대며 냄새를 맡아보는가 싶더니 이내 앞발 하나를 눈 위에 짚어 느낌을 감지하더니만 다시 텐트 안으로 들어가버린다.

혁진과 동탁도 텐트 밖으로 나왔다.

혁진에게 온통 새하얀 설국의 세상은 앞그림자 없는 세상이다.

혁진이 서영에게 다가가,

"잘 잤어요? 눈이 엄청 쏟아졌네요."

"이렇게 많은 눈, 어릴 때 말고는 처음이에요. 제가 자란 영광에도 참 많이 내렸었죠."

"옛날에는 부안이나 정읍, 이 지방에 눈이 많이 왔어요. 코흘리개 때는 마냥 즐거웠는데."

"비료푸대가 생각나요. 눈썰매였잖아요?"

둘의 대화 동선과는 달리 동탁이는 눈 속을 몇 걸음 걸어보며 혼잣말처럼 외친다.

"눈 쌓인 게 장난이 아닌데?"

서영은 아랑곳 않고,

"엄마가 그리워요. 제가 자란 마을, 외따로 떨어진 우리 집 앞은 언덕길이었어요. 눈만 오면 비료푸대 들고 나가 미끄럼을 탔던 곳이죠. 아침에 일어나는 대로 비료푸대로 번쩍번쩍 윤을 내놓으면 동네 애들이 아침 숟가락 놓자마자 달려와요. 윤만 내놓으면 비료푸대는 올려놓기만 해도 저절로 냅다 미끄러져 질주하니까요. 정말 기분이 째져요."

"기분이 째져요? 째진다,는 말 진짜 오랫만에 듣는다. 지금은 잘 안 쓰는 말인데."

"그래요? 저는 어렸을 적부터 썼던 말이에요. 우리 딸하고도 자주 썼어요."

"요새 젊은 세대 말로는 쩐다,랑 같죠?"

"근데 딸애가 그랬는데요 째지다,는 말이 요새 남녀가 헤어지다,란 뜻으로도 쓰인다고 했어요."

"요샌 젊은 애들 신조어가 하도 많이 나오니."

"기분이 정말 이루 말할 수 없이 좋을 때 째진다고 하잖아요. 비료푸대 눈썰매 탈 때가 그랬죠. 우리 집 앞 언덕길에 제가 아침마다 윤을 내 그 썰매장 텃새 짓을 많이 했어요. 지금 생각하면 웃기지만요. 그때는 제가 좀 깐깐했어요. 애들 신발 검사를 한 거죠. 새신은 바닥이 각져서 윤을 깎아 먹잖아요. 헌신 신은 놈들만 썰매 타게 했어요. 닳고 닳은 헌신이 미끄럼에는 최고였거든요. 애들이 많으니까 차례대로 기다리는 것도 못 참았는지 떼거리로 타다가 엉켜 뒹굴기도 하고, 윤난 길 올라가다 넘어져 다치믄 저거들 차지이고, 윤난 길 깎이지 않게 막아야 하는 건 내 차지이고, 하하하. 그 긴장감이 장난 아니었어요. 어떤 때는 쌈도 했어요. 그러다 어느날 밤, 눈이 온 추운 날이었는데도 설날 전 영광 장날에 대목 본다고 엄마는 그릇장사를 나갔다 초저녁에 남은 그릇을 머리에 이고 들어오다 윤난 얼음길에서 미끄러지고 말았어요. 난리가 났죠. 할아버지는 윤난 길 파 없앤다고 밤새도록 곡괭이질 하시고, 전 그 옆에서 울먹였고. 엄마는 팔 부러지고."

"기분이 째진 게 아니었구만요."

"철없던 시절의 추억들이죠. 나중에 커서 동네 애들 만나면 늘 그 이야기로 날 골려 먹었어요. 완장질 제대로 했다고. 그래도 제겐 참 좋은 추억이네요. 다시는 올 수 없는 그날들."

혁진은 서영의 추억담에 엷은 웃음을 띠며 세월 참 빨라요, 말하고 뒷말을 이어가려는데 동탁이 어느새 커피 석 잔을 가져왔다.

"자~, 해장커피 합시다. 몸에 안 좋은 믹스입니다."

이들이 텐트를 친 장소는 화호리 서쪽 끄트리께에 있는 정읍근대역사관 주차장이다. 전기는 직원의 양해를 구해 끌어들였다. 화호리는 마치 면 소재지로 착각할 정도로 규모가 큰 마을이다. 눈이 많이 올 듯하여 어젠 행군을 일찍 마치고 민가가 있는 이곳에 자리를 잡아 텐트를 쳤다. 오후에는 지근거리에 있는 신태인 읍내에 나가 한증막에서 목욕을 하니 피로가 싹 풀리면서 개운한 마음에 한식집에서 소주를 곁들여 해물탕으로 저녁을 먹었다. 그리고 영화 '타짜'를 촬영했다는 신태인주조공사에 들러 막걸리를 반말 사와 저녁 늦게까지 마신 것이다. 주조장은 큰통 하단에 수도꼭지를 설치하여 주문하는 만큼 따라 판다. 주인 아주머니가 막걸리를 통에 담으며, 리모델링을 한 탓에 영화를 촬영한 흔적은 없어졌다고 했다. 이 집의 신태인막걸리는 밀가루로 만들어서인지 특유의 걸쭉한 맛에 입자감 느낌이 들었다.

"고마워요."

"커피가 해장이 돼?"

"그건 니 뱃속에 물어봐야지. 하하하"

커피를 한 모금씩 마시니 몸이 따뜻해지고, 설국의 풍경 아래 움직이지 않고 머무를 수 있으니 마음들이 평온해졌다. 설국이어서 다행이었다. 마을 앞과 서쪽으로 마치 화호리를 옥죄듯 두 개의 4차선 도로가 수직으로 높게 축조되어 넓게 펼쳐진 호남평야 들판의 모습을 다 막아 답답하게 만들었으나 눈이 엄청 내린 덕에 들판과 도로의 경계가 사라지고 하나로 이어져 있어서다. 대한민국 곳곳에 뚫어 놓은 4차선

도로들은 삶의 터전이자 공동체인 대지와 마을의 자연스러운 흐름을 끊어버릴 뿐만 아니라 구 도로의 연결망을 매우 불편하게 들쑤셔 놓기 일쑤다. 더군다나 화호리는 신태인읍과 부안읍 방면으로 난 도로와, 김제시와 고부면 방면으로 난 도로가 수직으로 교차하는 통에 어제는 길 방향 찾기도 혼란스러웠다.

"내일은 행군할 수 있을까?"

"글쎄, 눈이 그치더라도 워낙 폭설이라, 웬만하면 걸어서라도 갈 텐데."

"아무래도 내일까지는 쉬어야 하지 않을까요?"

"쉴까요? 제설작업을 한다 하더라도 오늘도 하루종일 쏟아진다면 차량 운행도 쉽지는 않을 겁니다."

"몸도 얼어버릴 거고요."

빨간 파카 후드와 어깨쭉지에 쌓이는 흰 눈을 털어내고 서영이 커피잔을 회수하여 큰 텐트로 향하며,

"아점은 김치찌개로 할까요?"

"네, 좋죠. 저는 속풀이로 시원한 김치찌개가 최고거든요."

눈은 계속 내린다.

어제 사온 삼겹살을 넣은 김치찌개 신맛이 구수하게 식욕을 돋운다. 텁텁한 맛과 짠맛을 제거하고자 고춧가루 양념을 물에 한번 씻어낸 덕에 국물이 맑아졌다. 셋은 마치 삼인삼색 내기라도 하듯 한 김치찌개를 놓고, 서영은 무르게 익은 김치를 주로 집어 먹고 혁진은 시원하다는 말을 몇 번씩이나 되풀이하며 국물을 주로 떠먹고 동탁은 너 본 지 오래라며 고기를 주로 건져 먹는다. 곁들인 반찬은 굽지 않은 곱창김 겨우 하나였다. 묵은김치와 곱창김은 동탁이 챙겨왔다.

"요새 새로 나오는 곱창김이 참 맛있어야. 생김만 먹어도 바삭바삭 고소하고 단맛이 나 식감이 아주 좋아."

"이 곱창김은 더 맛있는 것 같은데? 향이 좋아."

"아, 이 곱창김은 고창에서 지주식으로 양식한 거야. 김 양식은 지주식이 있고 부류식이 있는데, 부류식은 원초가 자라는 내내 바닷물에 잠겨 있는 거고 지주식은 썰물 때 원초가 바닷물 밖으로 노출되어 햇볕에 쫴 자라지. 대부분 김은 부류식이야."

곱창김을 가져온 동탁이 설명했다.

"그래?"

"그런데 곱창김은 왜 이름이 곱창김이에요?"

"김 모양이 울퉁불퉁하잖아요. 원초가 곱창처럼 생겨서 곱창김이래요."

"그래요? 그런데 이 더 맛난 곱창김이 왜 최근에야 나오게 되었죠?"

그때, 텐트 밖에서 인기척이 난다.

"실례합니다."

"네, 누구세요?"

혁진이 수저를 내려놓으며 텐트 밖으로 나가니 50대 중년으로 보이는 두툼한 회색 외투를 입은 건장한 남자가 서 있다. 눈은 여전히 내리고 있다. 남자가 먼저 인사를 한다.

"안녕하세요."

"예, 안녕하세요."

"김치찌개 냄새가 구수하게 나는 거 보니 식사가 늦으시네요?"

"아, 예."

"제가 식사를 방해하는 거 아닌지 모르겠습니다."

"아닙니다. 다 먹었습니다. 들어오세요."

남자는 외투에 쌓인 눈을 털며 혁진을 따라 텐트 안으로 들어간다. 낯선 인간을 주시하는 찰스가 이리저리 어슬렁거리고, 식사를 마친 서영과 동탁이 밥상을 치운다.

"아이고, 죄송합니다. 식사 중이신데."

"네, 어서 오세요. 식사는 다 했습니다."

혁진이 권한 의자에 앉아 남자는 일행을 번갈아 보며,

"추운데 고생들이 참 많으십니다. 저는 이 마을에 사는 농부 황호석이라고 합니다.

"황,호,석 씨라 하셨습니까?"

혁진이 되물었다.

"네."

"그분 맞나요? 이태원 참사 희생자의 명복을 빈다,는 현수막을 저어기 사거리 전봇대에 부착하신 분요."

"네, 맞습니다. 어떻게, 보셨네요?"

"네, 어제 봤습니다. 이태원 참사 관련해서 개인 이름으로 현수막을 부착한 거는 보지 못했거든요. 그런데 여기 오다 보니 그게 부착되어 있어 반갑기도 했고 어떤 분이신가 궁금하기도 했습니다."

서영은 따뜻한 생강차를 내놓으며 남자를 주시한다.

"긍게요, 이런 촌구석에 그런 현수막을 걸어놓게, 뭐랄까 용기가 참 대단하신 분이다 생각했고만요."

"생각이 대단한 것이 있어서 그러지는 않았어요. 참 아픈 일이잖아요. 세월호 때는 농사 지어먹고 사는 제가 경제적으로나 여러가지로 힘들어 아무짓도 못하고 이젠 여유가 좀 생기니까 제 마음으로 움직인 거죠. 그저 세상과 아픔을 공감하고 싶었던 것뿐이어요. 시골 촌놈인 제가 할 수 있는 일이라곤 기껏해야 들판에 현수막 달랑 걸어놓는 것뿐이죠. 지나가는 새라도 읽어 볼 거 아닌가요? 신태인 일대에 여러 장 걸어놨어요."

남자는 서영을 다시 한번 눈여겨보더니 말을 잇는다.

"여기 시골 사람들, 금방 잊어버려요. 뉴스에 계속 나오지 않으면. 이태원 뉴스가 처음 나왔을 때는 혀를 차며 마음 아파 하고 혹시나 자기 자식 손자들은 없나 하며 여기저기 전화해보던 사람들도 자기랑 상관없으니 관심 뚝 끊더라고요. 세상인심이 그렇다기보다 워낙 사건이 날마다 터지다 보니 사람들의 기억이 오래가지를 못해요. 그래서 잊지 말자고 현수막이라도 달아놓은 겁니다."

"참 큰일하셨습니다."

"큰일은요, 큰일은 정말로 여러분들께서 하시잖아요?"

"저희를 아세요?"

서영이 물었다.

"네, 여기 근대역사관에 볼일 보러 왔다가 이야기를 들었어요. 주차장에 텐트가 쳐졌길래 물어봤더니, 이태원 참사 희생자의 한 유가족이 하는 삼보일배 일행이라고 하더군요."

"..."

"어디서 출발하셨습니까?"

"여기 아래 부안 줄포에서요."

"왜 거기서…"

"거기가 저희 집이에요."

"두 분이 부부시고요?"

남자는 혁진과 서영을 번갈아 보며 물었다.

"아니에요. 한 동네 살아요."

"이분이 이번에 딸을 잃었어요."

남자는 다시 서영을 바라보다 허공을 보더니,

"뭐라 위로의 말씀을 드려야 할지 모르겠습니다."

"현수막을 달아주신 것만으로도 큰 위로가 되었습니다. 고맙습니다."

"한겨울에 삼보일배를 하시다니, 몸도 힘들고 여러모로 불편하실 텐데요."

"우리가 출발한 지 닷새째 되었어요. 정신이 좀 돌아오고 마음도 좀 추스려지고 있어요. 집에 가만히 들어앉아 있어 봤자 앓아눕기나 하겠지요. 이 두 분이 동행하며 도와주시니 참으로 고마운 일이랍니다."

"정말 고마운 분들이군요."

남자는 이번엔 혁진과 동탁을 번갈아 보며 걱정하듯,

"오늘도 눈이 많이 내린답니다."

"폭설인데 차 운전하기 괜찮던가요?"

"제설작업을 해서요."

"저희는 내일까지는 쉬려고요. 일기예보 보니까 오늘 오후 늦게는 그칠 것 같아요."

고개를 끄덕이며 남자는 자리에서 일어선다.

"말씀 잘 나눴습니다. 제가 이따 정읍에서 약속이 있어서 가봐야 할 것 같습니다. 내일은 트랙터 끌고 와서 이 주변 눈을 치워드릴게요. 차는 빠져나가야 하니까요. 근대역사관 앞으로는 이장이 눈을 치우는데 여기는 안 치워요."

"감사합니다."

"그리고 저녁에 제가 저녁식사를 대접해드리겠습니다. 이 마을에 오리고기 파는 가든이 있어요. 오리고기 드시죠?"

"그러지 않으셔도 되는데요."

"아닙니다. 먹는 것도 잘 드시고 힘내셔야죠. 응원하는 마음으로 대접해드리겠습니다. 부담 갖지 마세요."

"네, 고맙습니다. 눈이 많이 오는데 괜찮을까요?"

"괜찮아요. 그럼 이따 5시쯤에 현수막 걸려 있는 근처 마을 앞 가든으로 오세요. 그리고 이 마을이 역사가 있는 마을이에요. 낮에 역사관이랑 마을이랑 한번 둘러보는 것도 괜찮을 겁니다."

"네, 네. 감사합니다."

남자가 떠나고, 일행은 눈을 맞으며 마실길에 나섰다. 누구보다도 평소 마을 기록작업을 해온 혁진이 뜻밖의 호재라는 생각이 들어 사람들을 채근하여 서둘렀다. 혁진은 역사관에 기록된 화호리의 근대사에 놀라워했다. 화호리와 마찬가지로 일제시대에 크게 번창했으나 그 흔적들이 남아 있는 게 거의 없는 줄포항과는 달리 그 근대사를 증명하는 실물들이 마을 곳곳에 현존하고 있어 감탄하지 않을 수 없다.

화호리는, 1894년 동학농민전쟁 백산대회에 몰려든 농민군들, 그들이 앉으면 손에 든 죽창이 빼곡하고 일어서면 흰옷 물결로 사방이 뒤덮이니, 앉으면 죽산(竹山), 서면 백산(白山)이라 하였는데 그 백산에서 동쪽 십리쯤 되는, 동진강 하류 안쪽에 위치한 동리다. 당시 관군은 화호나룻가에 진을 치고 난포를 백산에 퍼부어댔다. 뒷날 동학군이 지나간 곳이기도 했다. 김제지평선 축제가 열리는 벽골제에서도 십여 리 남으로 떨어진 곳이다. 사방이 옥야천리(沃野千里) 광활한 호남평야로

둘러싸여 있으니, 이 동리는 신태인 읍내로부터 서쪽 방향으로 길게 언덕진 지형의 끝을 이룬다.

아주 옛날에는 이 일대도 바다였을 터이니 곶이었을 것이다. 조선시대에 한 도사가 마을을 지나며 동리 형국이 개가 잠을 자고 있다 하여 숙구지(宿拘地)라 불렀다 한다. 이와는 다른 설명이 있다. 구지는 곶(串)에서 왔고 곶이,가 연음되어 고지,로 소리가 나며 수곶(禾串)이 수고지, 수구지, 숙구지로 변했다는 것이다. 한자 禾(화)는 벼,를 뜻한다. 화호리(禾湖里)는 벼들이 호수를 이루는 곳이었겠다. '훈몽자회'에는 벼를 일컫는 화,의 고어가 수,였다고 되어 있다. 수구지,는 벼+곶이,에서 유래했다는 이야기이다. '훈몽자회'는 1527년에 어문학자 최세진이 지은 어린이용 한자 학습서로 중세국어 어휘 연구의 이정표가 되어 왔다. 마을 사람들은 숙구지(宿拘地) 어원을 따르고 있다. 일행이 체류하고 근대역사관이 있는 마을은 숙구지의 서쪽 끝, 즉 개의 주둥이에 해당하는 곳이며, 명당으로 불리는 땅이다.

지금은 그 흔적도 없이 사라지고 들판이 되어버렸지만 바로 앞에 포구가 있었다. 포구는 1912년 호남선 신태인역이 개통되기 이전부터 평야지대의 한가운데를 흐르는 동진강에 위치한지라 부안, 정읍, 김제 등지와 물산 교류가 왕성하여 상업이 발달하였다. 포구를 형성한 곳의 언덕배기에는 수백년 동안 마을을 지켜주고 풍요를 약속해 온 당산 팽나무 몇 그루가 맨 꼭대기 까치집을 허용하며 여전히 건재해 있다. 마을과 들판을 잇는 옛길도 그대로 있는 형국으로 봐서, 지금은 후미진 곳으로 밀려났지만 식민지시대 당시에는 근대역사관이 있는 개 주둥이 주변이 마을 어귀임이 틀림없어 보인다. 이도 저도 묻지 말라는 마을 수호신의 뜻인지 설국으로 뒤덮여버린 화호리, 일행은 어귀 언덕길에서 팔순은 족히 넘어 보이는 노인과 마주쳤다. 방한모를 쓴 탓에 눈송이로 가려지는 세월의 이끼 같은 주름들이 눈발 사이로 돋보였다. 털장화를 신고 집 앞의 눈을 치우고 있다.

"안녕하세요."

"뭔 놈의 눈이 이리 쏟아지는지 몰라."

노인은 건장해 보이는 데도 힘에 지치는지 눈삽을 털털 털며,

"젊었을 때는 이런 데 힘쓰는 거는 아무것도 아니었어. 쌀 한 가마는 짊어지고 팔팔 날아댕겼어. 힘보다는 기술이었지. 근디 인자는 죽겠네, 힘들어서. 솜보다도 더 가볍게 내리는 눈이 쌓이면 왜 이렇게 크고 무거워지는지 여태 세상 살았어도 그 이치를 모르겠어. 늙으면 죽어야는디 죽지도 않고 이러고 자빠졌네. 근디 어디서들 오셨소?"

"저 아래 부안에서 왔어요."

"부안? 요기 동진강 넘으면 부안이잖소? 거기서 하필 눈도 많이 온 날 뭐 하러들 오셨는가?"

"지나다 들렀어요."

"지나다? 뭔 사연이 있겠지만 자세히는 안 묻겠소. 관광객은 아니고만 궁게. 역사관이 생기고나서부텀 사람들이 한번씩 찾아들 오도만… 뭐 물어볼라고?"

"귀신이시네요. 하하하."

"뭐 물어 볼 게 있간디, 역사관에 가믄 다 나와 있드만. 잘 히놨어. 근디 말여, 여기 사는 사람들한티 안 물어보고 가믄 헛길 헌 거지. 관광객들은 건물만 쭉 쳐다보고 해설사 설명에 고개만 끄덕이다가 휑 하니 가버려. 가만히 눈치를 봉게. 물어봐야지. 사람들마다 내력이 다 다릉게, 묻고 또 묻고. 이곳에 찾아왔으면 여기 사람들은 어떻게 살아왔

는지, 근데 물음 속에 혼이 담겨야지, 혼이. 뭔 학술조산가 하는 사람들도 한번씩 와서 이것저것 묻던데 그건 그냥 캐묻는 거야, 혼은 쏙 빼고. 일정 때 왜놈 순사가 꼬치꼬치 캐묻듯이. 대답은 해주지만서도 기분이 어째 안 좋아, 내가 앵무새 같아."

혼이라는 말에 뭔가 번쩍였는지 동탁이, 노인이 두 손으로 부여잡고 있는 눈삽을 뺏어 마저 눈을 치우기 시작하자,

"하따, 자네들은 사람이 되어꼬만. 부안 사람들이라 그런가? 헛허허허."

노인이 고개짓을 하는 남녘으로 동진강 건너고 지평선 너머, 그 자신 마냥 멀리 외로이 호남벌판 가운데 우뚝 솟구쳐 있는 고부 두승산이, 눈발에 가려 가까스로 보인다.

"자네는 눈 다 치우고 들어오소. 허허허."

노인은 눈이 많이 온다며 혁진과 서영을 집안 텃밭에 조그맣게 지어진 비닐하우스 안으로 데리고 들어갔다. 전기난로를 켜고 의자를 내놓았다. 겨울에는 이곳에서 소일거리를 하는 모양이다.

"여기 숙구지는 개가 잠을 자는 모양새여. 그런데 말여, 사람은 발이 따숴야 자고, 소는 등허리가 따숴야 자. 개는 어디가 따숴야 자는지 아오?"

"털이 따숴야…"

"주딩이가 따숴야 혀. 그런데 말이오, 왜정 때 일본놈이 숙구지의 주딩이를 다 차지해버렸어. 명당이거든. 갯가 쪽 멀리는 갈대밭 투성이었응게, 이 일대 땅을 개간하고 어마어마하게 차지해서 소작 주고, 명당자리에는 쌀창고도 짓고 집도 짓고 해서 부자가 된 거지. 마을 당산이 있는 명당자리 일대는 농장구내라 해서 조선사람들 출입을 막아버

렸어. 일본놈이 숙구지 혼불을 말살해버린 거야. 주딩이가 찢겨 짖지도 못하니 개가 어디 편하게 잠을 자겄소? 도둑놈은 주인 행세해 편히 잤겄지만서도. 그놈 이름이 구마모토였어."

숙구지 명당을 뺏은 일본인은 구마모토 리헤이라는 사람이었다. 그는 일본 나가사키현 출신으로 게이오의숙 이재과(理財科)에 재학 중이던 대학생 시절 해외 진출의 꿈을 꾸며 구한말 조선땅에 시찰 왔다. 농지 개발에 호남 일대가 적지임을 간파하고 1903년 옥구의 내사리와 이곳 화호리 두 지역에 농장을 개설한 이래 1932년에는 5개군 26면에 걸쳐 전답 약 3,500정보를 소유한 대지주가 되었다. 1933년 그의 농장 소작인이 가구수로 무려 약 4,000호였다. 군산 개정에 본장(本場)을, 화호리에는 지장(支場)을 두었다. 1936년 화호지장에서만 1,668정보의 땅에서 3만여 석을 수확했다. 그가 이렇게 급성장한 것은 1910년경 경제불황이 닥치자 자신을 통해 매수했던, 일본 자본가들이 포기하고 내놓은 이 일대의 토지들을 모조리 인수할 수 있어서였다. 그는 이재에 밝았고 미간지의 토지 개량, 조선 기후 풍토에 맞는 농사 개량, 선진적 경영 능력에 탁월했다. 노인은 구마모토가 대지주가 된 배경을 시대운보다 풍수지리로 설명한 것이다. 그러나 또한 노인은 풍수지리라는 인문적 원리로만 설명하려 하지 않았다. 도둑놈 기술,이라는 말을 쓴다.

"도둑놈 기술이지. 먼저는 조선사람들이 바보짓을 했지. 일본놈들한테 땅을 막 팔아먹었어, 서로 팔아먹으려고 헐값으로. 저놈들은 곧 물러갈 테니 땅을 다시 찾으리라 생각허고 말여. 땅 판 돈으로 뭣 혔겄어, 군산 가서 술 한잔 허고 유리그릇 하나 사오면 그걸로 끝. 그러고 나서 식솔은 먹여 살려야 헝게 소작쟁이로 전락허지. 옛날에 소작농들이 얼마나 비참했는지 아는가. 구마모토라는 일본놈이 교묘하게 높은 소작료를 받아먹으며 치부를 했어. 농사경진대회라는 걸 열었지. 평당 수확이 제일 많은 소작인에게 상금을 주는 거였어. 그러면 소작농들이 그 상금 타먹으려고 수확량을 부풀리는 거야. 잘해야 평당 너근 나오는데 너근 이상으로 부풀려. 그 부풀린 게 기록으로 남아 실적이 되는 거고. 그 실적을 가지고 전라북도 장관에게 가서 보고를 혀. 나 이렇게 농사 지도를 철저히 해 평당 수확량을 높였다,고. 그렇게 해서 소작료를 45%라는 최고의 액수를 받아간 거야. 참말로 감탄할만한 도둑놈 기술이잖소?"

"도둑놈 기술,요?"

"수탈이지. 어디 그뿐인 줄 아오. 탈세까지 했어. 내가 1939년 기묘년 정월에 태어났어. 그해에 발각되었는데, 4년 동안 당시 돈으로 48만 원이나 탈세했다고 허도만. 경무대라고 부른, 1939년에 조선총독 관저를 지금 청와대 자리에 새로 신축했을 때 그 비용이 48만 원 들었어. 당시 서울 가옥 시세가 한 채에 300원이었으니 무려 1,600채나 살 수 있었던 돈이라오."

"우와! 그런데 그런 사실을 어르신께서 어떻게 잘 알고 계세요? 역사관에도 그런 내용은 없었어요."

서영이 놀라며 물었다.

"으응. 우리 손자가 서울대 박산디, 구마모토에 대해서 자세히 알려줬어."

"구마모토 공부를 하셨군요."

"늙은이가 뭘 공부겄어, 걍 줏어들은 거지. 근디 내가 탈세 이야기까지 한 건, 왜정 때 탈세를 허던 말던 무슨 상관이냐만은, 일제시대 때 일본놈들이 한 짓이나 지금 해방된 나라에서 저 위에 놈들이 하는 짓이나 다 똑같다는 것이오. 어디 그뿐이간디, 대통령이란 작자는 국민들 지탄의 목소리에는 아예 귀를 처막으면서 대놓고 일본편을 들어요. 행태를 보니 다시 일본에 나라를 넘겨드릴라고 환장을 혔도만. 누구여, 그놈이, 수염 길고 대통령 스승이라는 놈. 일본에 고마워해야 한다고? 일제에 탄압도 안 당한 사람들이 왜 그러냐고? 미친 소리들 허고 자빠졌어, 아주. 혼이 빠졌어, 혼이."

"걱정입니다."

혁진은 깊은 숨을 내쉬며 말했다. 전기난로가 벌겋게 달아오르고 있다. 눈은 그칠 줄 모른다.

"어르신, 혹시 빠진 혼 본 적 있으세요?"

서영은 무슨 생각에서인지 엉뚱하게 물었다.

"빠진 혼? 혼불?"

"네, 혼불이 아닐 수도 있고요."

"혼불은 오래전에 한 번 본 적이 있소. 여기 숙구지 저쪽 언덕께 살던 노인 집이 하나 있었는데, 어느날 그 집 위에서 푸른 불빛을 내는 큰 불덩이가 날아가더라고. 그러고선 그 집 어르신이 돌아가셨지."

"저도 그런 말은 들어본 적이 있어요. 혼이 빠지면 죽게 되네요?"

"그렇소. 혼이 빠지면 죽어. 그 어르신의 몸에서 푸른 불빛을 내는 불덩이가 빠져나간 거지. 푸른 불빛 덩어리를 몸에 지니고 사신 거여. 난중에 생각해봉께 그게 지혜주머니였어. 그 어르신은 마을 사람들로부터 존경을 받으며 살았는데, 달리 존경받은 게 아녀. 가난하게 살면서도 지혜로움이 항상 넉넉했어. 뭔 일을 하더라도 다른 사람들에게 해가 가지 않도록 생각을 해주셨거든요."

"생각나는 일 있으셔요?"

"40년도 넘은 일이다만, 그 어르신이 소를 키웠어. 우시장서 사왔는디, 소깔을 그렇게 해 바쳐도 이놈의 송아지가 살도 안 찌고 듬성듬성 털이 빠져 비루먹은 강아지마냥 꼴불견이라 아들이 다시 팔아버리게요, 해. 그 어르신이 뭐라 말힜겄어? 사간 사람은 어쩌고야?, 혔어. 그 땐 솥단지허고 내기험서 살았던 시절, 배곯아 살면서도 그리 생각을 하셨으니 을매나 지혜로운 분이셔."

"솥단지허고 내기를 해요?"

"뭐가 있어야 밥을 히먹지. 보다 못해 하루는 솥단지가 여보 주인장, 왜 나한티 암것도 안주오, 나 굶어 죽어, 하니 주인장이 우리 식구도 배때기가 등뼈에 달라붙어 자빠졌는디 너한티 줄 게 머 있어야지, 누가 오래 견디는가 우리 내기허까?, 허더란 말이오."

"하하하. 거참 재밌는 이야기네요. 사람들이 어떻게 그런 이야기를 다 지어내나요?"

듣고만 있던 혁진이 물었다.

"지혜의 힘 아니겄소? 사람이 똑똑허기만 허믄 비루한 송아지를 온갖 잔꾀로 어떻게든 팔아먹겄지. 사람은 똑똑허면서도 지혜로워야 혀. 그 어르신이 대단헌 게, 결국 그 송아지를 잘 살려내 여기 들판 쟁기질 다 해줬어. 그게 바로 혼이 아니겄어? 촛불을 보면 가장 안쪽이 푸르 잖소. 그 색 부분이 가장 뜨겁소. 가장 뜨거운 색깔의 푸른 불빛이 내 는 지혜, 그것이 긍게 혼이고 정신줄이지. 진짜 지혜로운 혼은 나를 살 아가게 하는 힘이지만서도 항상 다른 사람도 비춰주오. 그러니 그 어 르신의 혼은 돌아가시기 전에 푸른 불빛을 다른 사람에게 보여진 거잖 소? 내 몸뚱아리만 비추는 건 혼이 아녀, 기술이지. 남을 뺏어 먹는 기술. 긍게로, 나라를 팔아 드실 놈들에게 무슨 혼이 있겄소, 궤변으로 위장해서 기술만 부리는 것이지.”

“그럼 어르신이 아까 도둑놈 기술이라고 말씀하신 것도…”

서영이 다시 물었다.

“구마모토의 도둑놈 기술? 소작농을 대상으로 히서 열었던 농사경진대회, 상금 타 먹게 히서 소작료를 높였던 것, 그런 도둑놈 기술 하나하나가 결국 우리의 혼을 다 빼간 거지. 내가 첨에 당신들 보며 헌 말 있잖소. 쌀가마 짊어질 때, 힘보다 기술이라고. 그 기술에 지혜가 실리도록 허는 게 바로 혼이라오. 내사 그런 생각으로 평생을 살아왔소.”

“그런데요 어르신, 어르신 말투가 간혹 여기 말투랑 결이 좀 다르게 느껴질 때가 있네요?”

혁진은 노인의 말투에 민감했다.

“그렇소? 뭔 말할 때 그러든가?”

“억양이 쫌 그랬고요, 말씀하시면서 죽아, 라는 말이 좀 생소하게 느껴졌어요. 죽어,로 안 하시고 죽아,로 두 번인가 허셨거든요.”

“자네는 얼굴이 세상일에 각지지 않고 두리뭉실 살게 생겼고만 보기보다 예리하네잉? 그런 말 허는 사람들도 간혹 있어. 내사 잘 모르겄는디, 아 내사,도 여기 말이 아니지? 내가 스무대여섯 다 되어 뒤늦게 신태인 여자랑 살림을 차렸어. 애 하나 낳고 보니 먹고 살게 있어야지. 여기야 논이 겁나게 넓지만서도 내 땅은 하나도 없응게. 그리 갖고 강원도 삼척이라는 델 갔어. 내 아버지 고향이 삼척 어디라고 어렸을 때 어머니가 갈처줬는디 다 잊어버렸고, 어찌어찌 알게 되어 그쪽에 있는 광전탄광이라고, 그건 내가 잊지 않고 있어. 거기서 광부로 두어 해 일한 적이 있었지. 광부들 많이 죽었어. 탄광 천장이 무너져 나랑 같이 멀쩡하게 일하던 3명이 죽으니까, 정신이 번쩍 들어 관두고 와버렸소. 그때 그 지역 사람들 말투를 따라한 것이 습관이 되어 지금까지 내 말투에 붙어 있는 게 꼭 내사,랑 죽아,네. 광부들 사고사로 받은 충격이 컸던 모양여, 아직도 그런 말투가 남아 있는 걸 보니."

노인은 다시 화호리 이야기를 들려주었다. 화호리 일대에는 거대한 구마모토 농장을 비롯하여 크고 작은 일본인 농장들과 함께 일본인 자작농이나 소작농들이 밀고 들어왔고, 화호리 주변을 빙 둘러 백산에서 가져온 돌로 석축을 쌓으니 하나의 일본인 왕국이 세워진 셈이었다. 1920년대엔 화호리는 천여 호나 되는 대촌락이었다. 사비로 헌병대 초소도 들여놓았다. 쌀 창고와 농장의 일본인 직원 가옥들, 직원 합숙소를 비롯하여 진료소, 학교, 상점, 정미소, 말집, 문방구, 잡화상, 여관, 대장간 따위들은 일본 사람들을 위한, 일본 사람들이 운영하는 화호리의 제국주의 생활공간을 이루었다. 막걸리 한잔에 들판과 정주지와 삶의 혼을 빼앗겨버린 현실 속에서, 어느날 갑자기 밀어닥친 생소한 세계의 공간 속에서, 화호리 사람들은 어떻게 살았을까. 화호, 벼들의 호수에 둘러쌓였던 동리 어귀 언덕배기를 중심으로 식민지시대의 공간들이, 오늘의 대한민국 사회에 이르러서는… 이곳을 현장연구했던 어느 문화인류학 교수의 말마따나 마을 전체가 생활사박물관,을 방불케 한다지만, 노인은 뭔가 마뜩잖은 표정이었다.

"박가 어르신요?"

생오리주물럭이 지글지글 익어가고 있다. 저녁이 되어 가든에서 일행을 다시 만난 남자는 노인을 박가 어르신이라 불렀다.

"그 연세에 정정하고 예리하신 분이에요. 사연이 깊으셔서 그런지, 기억을 잃지 않으시려 해요."

"사연이 있어요? 젊었을 때 삼척 탄광에서 광부로 일했다는 이야기는 잠깐 들었어요."

"그래요? 가족 사연인데요, 그분이 해방되었을 때는 아마 예닐곱 살이나 먹었을 겁니다."

"맞아요. 1939년에 태어나셨다 했으니까요."

"박가 어르신네 부모는 외지에서 왔어요. 젊은 부부가 장꾼으로 떠돌다 여기 숙구지장에 와서는 잡부로 눌러앉았어요. 아버지는 구마모토 농장에서 허드렛일하다 농정(農亭)이 무너지는 바람에 깔려 죽고 말았고요."

"아, 그래서 그 어르신이 탄광 무너져 사람 죽으니 정신이 번쩍 들었다고 했나 봅니다. 자기 아버지가…"

혁진이 노인의 말뜻을 뒤늦게야 알아차렸다.

"그랬겠죠. 하여튼 어머니가 박가 어르신을 임신하고 있을 때였죠. 어머니는 신태인역 매갈이간에서 도정한 쌀을 고르는 미선공 일을 하고 있었어요. 그런데 박가 어르신이 태어나고 그 이듬해 어머니는 또 남자아이를 낳았어요. 그 남자아이의 아버지는 당시 화호에서 김제로 신작로를 낼 때 감독관으로 와 있던 일본인 퇴역군인이었어요. 내막은 알려지지 않고 말들이 많았다고 하는데, 그 감독관의 일본인 아내가 병사하자 박가 어르신의 어머니를 후처로 삼은 것이지요. 그 어머니는 나중에 딸아이를 하나 더 낳았어요. 술보였던 그 감독관은 다른 일본인들과는 잘 어울리지 않았다고 해요. 그런데 조선이 해방되자 박가 어르신 어머니와 두 아이는 남겨둔 채 본처 아이 한 명만 데리고 일본으로 되돌아갔어요. 박가 어르신 어머니는 지서에 끌려가 문초를 당하고 세파에 시달려서인지 정신 이상으로 미친년 소리 듣다 죽었고, 두 아이는 아비 찾아 걸어서 부산을 통해 일본으로 건너갔어요. 졸지에 어린 고아가 된 박가 어르신은 악착같이 일하며 화호리에 정착해 살아왔지요."

"오랫동안 이야기를 나눴는데도 저희가 그 어르신의 그런 과거까지는 묻지 못했네요. 그분의 생애야말로 살아 있는 화호리 산증인인데요."

혁진은 고개를 끄덕이며 말했다.

"고기 다 익은 것 같은데, 드시게요."

남자는 일행에게 소주 한 잔씩을 따르며,

"무사히 서울에 잘 도착하시기를 바랍니다."

"감사합니다."

눈은 겨우 그쳤다.

"낼모레면 새해 첫날입니다."

"네."

"어차피 내일까지 쉬신다고 하셨으니까요, 내일 저희 집에서 세탁기 빨래도 하시고 샤워도 좀 하셔요. 집에는 집사람하고 저밖에 없어요."

"아, 저흰 어제 신태인 한증막에 다녀왔어요. 빨래는 이 친구가 내일 집에 다녀오며 해올 거고요."

"원래 집사람이 밑반찬 해서 빨래거리 가지러 오기로 했는데 눈이 많이 와서 제가 가려고요."

"그럼 잠이라도, 한데서 주무시지 말고 저희 집에서 주무시죠?"

"말씀은 고맙습니다만, 수양하는 것까지는 아니나 저희로서는 삼보일배하는 입장이 있으니 잠은 텐트에서 자려 합니다. 전기장판도 있고 전기난로도 있으니 춥지는 않습니다."

혁진의 말을 듣고 고개를 끄덕이는 남자는 나이는 얼마나 되었는지, 이태원에는 어떻게 가게 되었는지 등등 서영의 딸에 대해 궁금해했으나 차마 말을 꺼내지는 못하고 에둘러 말한다.

"저도 다 큰 애들이 셋 있습니다. 젊은 친구들이 어른들 잘못으로 다 피지도 못하고 그렇게 되어 안타까운 마음뿐입니다. 그런데 막상 당사자를 이렇게 만나니 마음이 무겁습니다. 저는 젊은 사람들이 어떤 생각을 하느냐에 따라 나라의 미래가 달려 있다고 봅니다. 많지는 않아도 고등학교에 장학금도 기부하면서 어려운 청소년들 교육에 보탬을 주고 있습니다. 세대를 떠나 더불어 같이 살아야죠. 저는 서울 신림동에서 직장생활을 하다…"

남자는 서영을 눈여겨보며 말하다 갑자기 자신의 말을 끊더니 서영에게,

"혹시."

"네?"

신림동에서 살지 않으셨어요?

"네, 맞아요."

"신림동에서 꼼장어집 하셨죠? 길모퉁이."

"네, 맞는데요. 어떻게…"

서영은 놀라워하며 혁진과 동탁을 번갈아 본다.

"어쩐지, 낮에 텐트에서 뵈었을 때 어디서 뵌 듯한 느낌이 들었거든요."

"저는 기억이…"

"제가 그 동네에 살아서 집사람하고 꼼장어집에 한번씩 갔었거든요. 이런 기가 막힌 인연이. 사장님은 절 알아보실 텐데, 사장님은요? 아

니 근데 어떻게 된 사정이죠?"

남자는 무척 궁금해했다. 그러나 서영이 대답을 바로 안 해주고 잠시 침묵이 흘렀다. 서영 대신에 혁진이 자기가 아는 대로 자초지종을 설명해주었다.

"그렇게 되었군요. 세상 참."

남자는 소주를 들이켠다. 서영은 고개를 어디에 둬야 할지 머뭇거리고, 다시 정적이 흐른다.

"청년회장님!"

그때 젊은 여주인이 주방에서 남자를 크게 부르는 소리에 정적이 깨졌다.

"밥 비벼 드실 거예요?"

"조금 이따가 시킬랑게."

남자는 소주를 한 잔 더 따라 마신 뒤 어색해진 분위기를 일소하고자 조금 전 하던 말을 잇는다.

"제가 아까 어디까지 말했, 아 신림동. 신림동 이야기하다가 말았죠? 신림동에서 살다가 내려왔죠. 부모님이 다 편찮으셔서. 저는 이 마을 토박이인데, 고등학교만 졸업했다가 나중에 방송대를 다녔습니다. 아버지는 암 투병하시고 어머니는 교통사고 당하시니, 가족들 다 데리고 내려와 부모님 돌보며 눌러앉았어요. 집이 가난해 물려받은 것도 없이 한 10년 걸려 임차농으로 자리를 잡았어요. 여기는 들판이라 땅은 많고 노인분들 농사는 못 짓고 내놓으니 제가 논을 임차해 콩농사를 짓고 있습니다. 공익직불제나 대체작물 정부 지원도 있고, 벼농사보다는 조금 낫습니다. 지금은 한 50필지 정도? 콩 영농조합법인 대표를 하고 바삐 삽니다. 세 분이 시골 사니까 잘 아시겠지만 농촌에 사는 게 참 바쁘잖아요. 시골 사람들, 바쁘게 살면서도 세상이 어떻게 돌아가는지도 잘 알아요. 그런데 세상이 어떻게 돌아가는지 잘 알면서도 이 세상의 다른 사람들은 어떻게 살아가고 있는지는 또 잘 모릅니다. 전 어렸을 적부터 약자 편이었어요. 시골에서는 약자라는 말이 잘 안 쓰이는데 농사짓는 대부분이 다 약잡니다. 세월호 때도 느꼈고 이번 참사 때도 느꼈지만, 약자가 아닌 척하고 사는 사람들도 어느날 갑자기 사회적 약자가 되어버립니다. 사람들이 자기거울을 볼 줄 알아야지요. 답답한 마음에 현수막을 단 것뿐입니다."

"잘하셨습니다."

"오전에 텐트에서 현수막 매단 사람이 어떤 사람인지 궁금하다 하셔서 제가 주절주절 제 이야기만 했습니다. 배고프실 텐데 좀 드시게요. 많이들 드세요."

서영은 무슨 말인가 꺼내려다 멈추고 오리고기 한 점을 집어 든다.

8 함정

"쩌어기, 파란 점 불빛 보이지?"

14일째, 어두워진 초저녁이다. 섣달 보름달이 뜬 지 며칠이 지나서인지 달은 아직 제모습을 드러내려는 기색조차 없다. 대야를 지나 나포를 향하는 오후의 744번 지방도 길은 나트막한 야산들이 잇달아 이어지고 있었으나 그 야산들마저 잿빛 구름으로 뒤덮인 밤하늘과 한 몸이 되어 형체가 사라졌다. 추위는 어두운 시간이 짙어질수록 경직되고 있다. 대야 시내에서 구입한 군산 생막걸리를 한 잔씩 마신 후 동탁은 혁진을 텐트 밖으로 데리고 나가더니 멀찌감치 떨어져 있는 파란 점 불빛을 가리켰다.

"점 불빛이라고? 나는 점으로는 안 보여. 여러 개의 불빛들이 겹쳐 커져 보이거든."

"아차, 그렇겠구나. 너에겐 앞그림자라는 게 있다고 그랬지?"

"하여튼 그래, 저기 불빛이 어떻다고? 블랙박스 불빛 아냐?"

앞그림자로 혼란스럽게 보이더라도 혁진에게는 이미 학습되어 차량의 블랙박스 전원 불빛으로 보였다.

"어제부터 우릴 따라오고 있는 차야."

만경강을 건너고 대야를 지나면서 동탁은 검은 차가 미행하고 있음을 알아차렸다.

"우릴 미행한다는 거야?"

"응."

"그래? 어떤 놈들이지?"

"밤에도 우릴 주시하는 것 같더라고."

"근데 왜 이제 말해?"

"하루 더 지켜본 거지. 이젠 우릴 미행한다는 게 확실한 거니까…"

둘은 불빛이 있는 곳으로 향한다. 오늘은 텐트 위치를 잡을 때 동탁이 의도적으로 꽤 신경 썼다. 일행을 관찰할 수 있는 위치이면서도 미행 차량이 아닌 척 자연스럽게 주차할 수 있는 미행자의 공간을 염두에 두고 텐트를 친 것이다. 주변에 농사용 전원도 있어야 했다. 동탁이 찍어둔 공간은 길옆의 농장 창고였으며 미행 차량은 바로 그곳에 주차하여 일행의 텐트 쪽을 주시할 수 있었다. 미행 차량은 동탁의 의도에 말려들었다. 그 덕에 동탁은 텐트를 치면서도 역으로 미행 차량을 관찰할 수 있었다.

"똑, 똑, 똑!"

어둠을 뚫고 미행 차량에 다가간 동탁이 운전석 창문 유리를 두들겼다.

아무 반응이 없다.

"똑, 똑, 똑!"

다시 두들겼다.

여전히 반응이 없다. 차 시동은 켜져 있다.

동탁이 휴대폰 손전등으로 차안을 살펴보니 사람이 있는 게 분명해 보인다. 조수석에도 사람이 있다.

"똑, 똑, 똑!"

다시 두들겼다.

그때서야 운전석 창문이 내려졌다. 온통 어두운지라 사람 식별이 어려웠지만 검은 양복을 입은 듯했고 젊은 남자다.

"왜 그러시죠?"

"잠깐 이야기를 나눌 수 있을까요?"

동탁이 말했다.

"무슨 이야기 말씀입니까?"

쫄리는 듯하면서도 정중한 목소리로 젊은 남자는 말했다.

"우릴 미행하셨죠?"

"그런 일 없습니다만."

"어제부터 우릴 미행하셨잖아요?"

"아닙니다. 잘못 보셨습니다."

"그럼 왜 여기에 주차해놓고 있죠?"

"그걸 우리가 왜 말씀드려야 하나요?"

젊은 남자는 미행을 완강히 부인하는 태도였다.

"경찰에 신고할까요?"

"…"

경찰에 신고한다는 말에 젊은 남자는 식겁해 하면서도 아무말도 하지 않는다.

"미행을 인정 안 하시면 경찰에 신고합니다."

"…"

"경찰인가요?"

"…"

젊은 남자는 계속 아무말도 하지 않았다. 그럴수록 미행을 자인하는 꼴이 되었다.

"당신들의 미행으로 우리는 불안감을 느끼고 있기 때문에 당신들은 범죄행위로 처벌됩니다. 기자가 취재한다고 법무부 장관 아파트집을 방문했는데도 기소당한 거 잘 아시죠? 그리고 당신들 신분이 다 드러나겠죠."

동탁은 단호하면서도 미행을 범죄행위로 확정해 말했다. 기선으로 제압하기 위한 책략이었다. 동탁은 어젯밤 인터넷 검색을 통해 미행이 범죄가 될 수 있는지를 알아보았다. 젊은 남자는 불안해하는 기색을 어둠 속으로 숨기고 있어 보인다.

혁진은 동탁이 하는 대로 내버려 두었다. 동탁은 생각보다 신사적으로 접근했다.

"다시 묻겠습니다. 경찰에 신고할까요?"

"…"

안되겠다 싶었는지 동탁은 휴대폰의 사진을 보여준다.

"자, 어제부터 찍힌 이 차의 사진들입니다. 이 차 맞죠?"

그때서야 젊은 남자는 포기한 듯 말한다.

"잠시만 기다려주십시오."

젊은 남자는 창문을 닫고 일행과 대화를 나누는 듯했다.

잠시 후 운전석과 조수석 문이 열리면서 두 젊은 남자가 동시에 차 밖으로 나온다.

"저희는 행정안전부 공무원입니다."

"행안부?"

동탁이 다시 물었다.

"네."

"좋습니다. 날이 추우니 여기서 이럴 게 아니라 일단 우리를 따라오시죠."

지켜보던 혁진은 비로소 입을 열었다. 짚이는 바가 있었다. 동탁은 행정안전부,라는 말에 움찔했고, 고개를 다시 갸우뚱거렸지만 어두운 밤이라 혁진에게 보이지는 않았다.

젊은 남자가 묻는다.

"어디로 가십니까?"

"여기 바로 앞 우리 텐트로 가자는 것입니다."

운전석에 있던 젊은 남자는 차 시동을 끄고 더이상 토를 달지 않고 혁진 뒤를 따랐다. 일행의 저녁 숙소 정보를 습득할 수 있는 기회라 생각한 듯하다. 물론 혁진은 이것까지 다 계산했다.

"밤에 어디들 다녀오시는 거예요?"

혁진이 텐트 안으로 들어가자 서영이 말없이 사라진 두 남자가 궁금해진 모양이었다.

"네, 우릴 미행하는 차가 있어서요."

"네? 미행요?"

혁진이 자초지종을 설명하기도 전에 젊은 남자 둘과 동탁이 뒤따라 들왔다. 양복 차림의 건장한 용모였다. 찰스는 주변을 어슬렁거린다. 난데없는 낯선 사람들의 등장에 놀라고 미행,이라는 말에 당황한 서영이, 일단 의자를 내주어 앉게 하고 물을 끓인다.

그 잠깐 사이 뚤레뚤레 텐트 안을 살피며 스캔하는 젊은 남자들에게

혁진이,

"살펴봐야 별거 없당게. 보시다시피 저녁엔 잠을 여기서 자버려. 상부에 그대로 보고혀잉?"

혁진은 어떤 의도에서인지 목청을 가다듬으며 사투리조에다 반말로 말을 꺼내기 시작했고, 젊은 남자들은 긴장했다.

"아들들 같응게 말 편하게 헐랑게, 자네들도 긴장할 거 없어. 집 떠나면 개고생인디, 밥은 먹고들 댕기시남? 날도 추워 쌩고생들여~ 차 안에 있응게 춥지는 않겠지만서도, 그리도 미행한다는 것이 을매나 힘든 일인디, 밤중에까지, 지네들은 술이나 처먹고 있음서 이따구 일이나 시키고, 앙그냐, 동탁아?"

갑자기 동탁을 쳐다보며 물었다. 젊은 남자들에게 물어봐야 입장이 난처해 대답을 안할 게 뻔하므로 동탁에게 물은 것이다.

"암만!"

동탁이 장단을 맞추었으나 표정은 어쩐지 불안한 기색이었다.

"보아형게, 아주 젊은 사람들이고만잉? 요즘은 공무원 취업이 대세도만, 뭐 빠지게 공부혀서 공무원되고 낭게 사람 미행일이나 시키고, 부모님들이 알믄 을매나 기가 차고 속이 상하실까잉? 앙그냐, 동탁아?"

"암만!"

"우리 젊은 분들, 혹시 용역깡패 아니지?"

"아닙니다."

단호하게 대답했다. 그 사이 서영은 이들에게 따뜻한 생강차를 내놓는다.

"차 마셔요."

"감사합니다."

"그렇지, 이렇게 용모단정하고 보드랍고 곱상하게 생긴 양반들이 깡패는 아닐 겨, 절대로! 여거 봐봐, 동탁아. 손도 아주 애기손처럼 이쁘장허게 생겼잖어잉? 영화에서 본 깡패짓 하는 사람들, 인상이 드럽게 생겼잖여? 앙그냐, 동탁아?"

또 동탁을 쳐다보며 물었다.

"암만!"

동탁이 자꾸 추임새로 대답하자,

"암만은 요르단에 있어야!"

"암만!"

젊은 남자 하나가 긴장이 풀렸는지 키득키득 웃었다.

혁진은 진지해졌다.

"행정안전부, 어디 소속여?"

"그건 말씀드리기가 곤란합니다."

옆에 서 있던 서영의 시선이 젊은 남자들을 향한다.

"자네들 미행 행위가 정당하지 못하다는 뜻여?"

"그런 것은 아닙니다만."

"그럼 정당하다는 것여?"

"…"

"이름들이 뭔가?"

"…"

두 젊은 남자들은 자신들의 신분이 구체화될 수 있는 정보에 대해서는 함구했다.

"우리가 누구인 줄 알고 미행했는가?"

"이태원 사고 유가족으로 알고 있습니다."

차를 마시려다 서영은 멈칫하고서 그들을 바라보았다.

"유가족 미행이나 하는 게 국가공무원으로서 할 짓인가? 젊은 사람들을 죽여놓고서."

"저희는 지시에 따를 뿐입니다."

"미행이 공무원 업무여?"

조금은 격앙되는 혁진의 목소리였다.

"사실 저희로서도 부끄럽고 죄송한 마음입니다."

"부끄럽고 죄송하다? 우리가 어디 사는 누구인지도 알고?"

"네."

혁진은 서영과 동탁을 번갈아 보다 또 묻는다.

"목적이 뭐지? 미행 목적."

"동향보고입니다."

"동향보고라 함은."

"삼보일배 상황을 보고합니다."

"어디로 보고형가?"

"장관실에."

"장관실에 직접?"

"네."

"장관실에서 보고를 받은 다음은?"

"그 다음은 알지 못합니다."

"군이 야간에까지 미행할 필요는 없잖여?"

"야간에 유가족과 접촉하는 사람이 있을 수 있기 때문입니다."

"정말 감탄할 정도로 꼼꼼혀. 그 꼼꼼한 배려는 유가족을 위해 써야지 권력의 안위를 위해 쓰다니. 달은 어디론가 내빼버렸고 하늘을 이 잡듯 다 뒤져도 별 하나 보이지 않는, 설령 누가 온들 그게 누구인지 알 수도 없을 이 깜깜한 밤에? 어젯밤에도 자네들이 훔쳐보는 가운데 우리는 아무것도 모르면서 잠이나 처잤다는 이야기네. 소름 돋는구면."

"아닙니다. 밤이 늦어서는 철수했습니다."

"그걸 말씀이라고 허신가? 가장 궁금한 것이 우리가 삼보일배를 하고 있다는 사실을 행안부에서 어떻게 알았느냐여. 소문내어 하는 것도 아니고, 지금까장 도로에서 경찰차를 마주친 적도 없어. 참으로 대단한 정보력이고만, 어떻게 알았당가?"

"그건 저희도 알 수 없습니다. 저희는 지시를 받아 따르고 있을 뿐입니다."

텐트 밖 도로로 차 지나가는 소리, 가까워졌다 시나브로 멀어져 간다.

"서영 씨?"

혁진이 불렀다.

"네?"

"하실 말씀 없으세요?"

"이 사람들한테 무슨 할 말이 있을까요?"

"그렇기는 하죠."

"그런데 말예요, 혹시."

서영이 짚이는 게 있는 모양인지 젊은 남자들에게,

"미행 지시를 내린 상사의 고향이 이쪽 아닌가요?"

"…"

내심 놀래면서 젊은 남자들은 대답하지 않는다.

조용하던 찰스가 괜히 날카로워졌다.

냐아옹, 냐아옹!

혁진이 다시 묻는다.

"그 상사의 이름이 뭐지?"

"…"

젊은 남자들은 서로의 눈치만 보며 답하지 아니했다. 쭉 지켜보던 동탁은 다소 여유를 가지며 팔짱을 낀 채,

"이 사람들 그런 것 대답 안해. 더 나올 게 없으니 돌려보내자고."

"좋아. 우리도 다 알아낼 수 있으니."

혁진은 더 묻지 않고 말투를 바꿔 경고투로 말한다.

"당신들, 여기 이분은 당신들 또래의 따님을 잃었어요. 사랑하는 딸을 잃은 심정, 헤아려보셨어요? 마음을 추스르려고 이 추운 엄동설한에 삼보일배하는데, 미행을 한다? 처지를 바꿔 보세요. 미행이, 용납이 될까요? 아주 나쁜 사람들입니다. 아무리 영혼 없는 공무원이라 하지만 인간적 윤리조차 없어요. 이분이 죄지었나요? 미행하게. 아참, 마약 혐의도 뒤집어씌우려 했지? 서영 씨, 부검하자고 전화 왔었다면서요?"

"네. 난데없이 부검하자고, 경찰이 연락했어요."

부검하자는 말에 서영은 섬찟했었다. 더는 언급하고 싶지 않은 서영의 표정을 읽은 혁진은 다시 젊은 남자들을 향해 포문을 연다.

"이분 앞에서 할 말은 아니지만서도, 두번 세번 죽이는 일이지요. 국민 안전에 아무도 책임지지 않는 나라, 희생자에게 죄를 묻는 나라. 국가가 존재하지 않네, 국가가 가해자네, 그런 추상적인 말은 하지 않겠어요. 당신네 장관이라는 사람, 공직자가 무책임을 넘어 참으로 **뻔뻔**

하지 않나요? 늑대의 탈을 쓴 사람이 아니고서는. 희생자나 유족들, 이름도 얼굴도 없애고 찍소리도 못하게 온갖 짓거리는 다 하고, 미행까지 한다? 미행도 장관의 지시겠지요. 분명히 보고하세요. 유가족이 아닌 나로서도 매우 불쾌하고 분노가 치미는데, 이분의 심정은 어떻겠어요? 당장 미행을 중단하세요. 만일 미행이 계속된다면 거기에 대응하는 행동을 하겠어요. 장관실에 보고, 똑바로 하세요. 미행 행위에 대해 장관의 직접 사과를 요구한다고 말이에요. 당신들한테 사과를 받는 것은 의미가 없어요."

젊은 남자들은 죄인이라도 된 듯 고개를 떨구고 있다. 이들도 괴로운 일이었다.

"행여나 알게 되면 반발이 크지 않을까요?"

"그러니까 들키지 않게 조심해야지."

"들킬 일이야 없겠습니다만, 제 마음의 양심이 들킬까 봐 혼란스럽습니다."

"양심? 국가 중대사에 개인의 감정을 섞는 일은 옳지 않아, 공무원이. 그 사람들, 내 고향 사람들이야. 그렇다고 내가 슬퍼해야 하나? 내게 영혼이, 너거 젊은 사람들 표현대로, 1g이라도 있다면 그 1g의 영혼 가루는 슬픔의 바다에 불태우는 게 아니라 그 사람들의 슬픔이 드러나지 않도록 영혼구멍을 막는 데 써야 하는 거야. 대한민국을 위해."

세종시 청사에서 출발 직전 상관은 알쏭달쏭한 뉘앙스로 말하면서 끄트머리에 건배사라도 하듯 대한민국을 위해,라고 외쳤지만 그 멘트가 가식임을 잘 알고 있었던 젊은 남자들, 차라리 일찌감치 미행을 들켜버린 것이 다행이라 생각한다.

혁진은 젊은 남자들의 떨군 고개를 보면서도 더욱 단호하게 말한다.

"당신들이 미행을 중단한다 해도 어제와 오늘 미행한 것은 엄연한 사실이므로 거기에 반응하여 우리 역시 내일부터 하는 삼보일배는 공개적으로 해야겠습니다. 돌아들 가세요."

젊은 남자들은 목례만 간단히 하고 텐트 밖으로 빠져나가고, 동탁은 그 뒷모습 사진을 찍었다.

마시지도 못한 생강차는 진한 향으로 식어가고 있다.

일행은 의자를 좁혀 앉는다.

"전혀 생각지도 못한 일이 생겼네요."

혁진이 먼저 말을 꺼냈다.

"전 좀 충격이에요. 미행을 하다니. 그런데, 공개적으로 하겠다는 말이 무슨 말이에요?"

서영이 물었다.

"무슨 생각이 있어서 그렇게 말한 게 아니라요, 저놈들 겁주는 말이었어요. 어떻게 할까요. 공개할까요?"

"어떻게요?"

"거창하게 기자회견이나 이런 거는 말고요, 차에 써붙이기라도 하면 어떨까 해요. 저놈들이 더는 미행은 못하겠지만, 어떤 수단을 써서라도 우리를 지켜보지 않겠어요? 이번에는 행안부 차원에서 미행했지만 앞으로는 어쩌면 국정원에서 사찰할 수도 있어요. 사진 찍어 SNS에 올려도 되고요. 아예 우리를 알려야 저들이 어떤 짓을 하기 힘들어져요. 사람들의 눈이 있고 여론이 있는데…"

"국정원에서 사찰하겠어? 국내정보 수집 못하게 했잖아?"

뭔가에 골몰하던 동탁이 끼어들었다.

"법 위에 군림하는 정권인데 무슨 짓을 못할까."

"그래도 나는 국정원이 간첩 잡으려면 국내정보 수집해야 한다고 생각혀."

"간첩 잡는답시고 간첩 만들어내지."

이야기가 삼천포로 빠지려 하자 서영이 말길을 제자리로 돌린다.

"세상은 저를 가만 놔두지 않네요. 상황이 이리됐으니, 저도 우리 삼보일배 행군을 세상에 알리는 게 좋다고 봐요. 굳이 숨길 필요도 없고, 지금까지는 저는 온몸으로 저 자신을 향한 대화를 해왔지만 이젠 세상을 향한 대화로 바꿔나가야 할 것 같아요. 지난번 화호리에서도 많은 걸 느꼈거든요. 어르신의 말씀, 지혜로운 혼은 다른 사람을 비춰준다고 했잖아요."

혁진과 동탁은 고개를 끄덕였다.

"애아빠도 길에서 죽고 우리 딸애도 길바닥에서 그렇게 되어 길에서 뭔가라도 해야 할 것 같았어요. 그래서 삼보일배를 할 작정을 했고, 그 마음은 우리 딸아이의 혼령을 위로하는 것이고 저 또한 정신을 가다듬어야 한다는 생각뿐이었어요. 그런데 생각해보니 우리 딸아이만의 문제가 아니잖아요. 거기에서 죽어간 158명, 아니 159명, 참혹한 트라우마로 극심한 혼란상태에 빠져 있을 생존자 젊은 사람들, 그들을 빼고 우리 딸아이를 말할 수 없어요. 삼보일배하며 제가 정신을 차리게 되면서 이제 세상이 좀 보이네요. 알리는 것은 우선 혁진 씨 말처럼 차에 붙이는 정도로 해요."

뒤늦게 식은 차를 마시며 혁진이,

"서영 씨, 아까 무슨 말이죠? 미행 지시 내린 사람이 이쪽 고향이라는."

"율지댁 아들이 행안부 고위직이잖아요."

"예, 얘기는 들은 적 있어요. 우리보다 몇 년 선배예요. 전우성이라고."

"간재영감 아들, 전우성이 다닌다는 데가 행안부여?"

동탁은 알고 있을 법한데 처음 듣는 듯한 표정으로 물었다.

"응, 행안부여. 몰랐어? 고향에는 잘 안 내려와. 어쩌다 내려와도 바로 올라가버리고. 그리 갖고 율지댁이 많이 서운해한 모양이더라고. 나도 쩨깐했을 때 보고 줄포로 내려와 살면서도 한번을 못 봤어야."

"명절 때는 간재영감이랑 율지댁이 서울로 올라간다는 말도 있던데?"

"근다고 허더라고."

"근디, 너 그거 아냐?"

"뭘?"

"사람들이 전우 어르신을 간재영감이라 부르는디, 간재 선생의 후손이 아녀. 간재 선생 있잖아? 구한말 큰 유학자, 을사오적을 참수하라 상소하고 너거 난산리에서 몇 년 살다가 왕등도로 들어간."

"응, 알아. 근데 나는 그 말을 아무리 생각해도 이해를 못하겠어."

"뭔 말을?"

"간재가 왕등도로 들어간 까닭 말여. 첫날 간재영감도 말했지만, 어지러운 세상에 도가 행해지지 않으니 뗏목을 타고 바다로 들어가겠다, 고 한 공자 말을 따른 것이거든. 세상이 어지러운데 공자는 왜 바다로 들어가겠다고 했을까. 왜 간재는 그것을 따랐을까? 난산리에서 몇 년 머물다 줄포항에서 배 타고 왕등도로 들어갔잖아."

"야, 그걸 무식한 나한테 물어보냐? 니가 알아내서 나한테 알려줘야지?"

"너한테 물어본 거 아니고 그렇다는 것이거든!"

"삼보일배랑 똑같은 생각이었을까요?"

듣고 있던 서영이 물었다.

"세상이 어지러워 바다로 들어간 거랑 저처럼 마음이 어지러워 삼보일배를 하는 거랑."

"어쩌면 그럴 지도요. 그래도 그 뜻은 잘 헤아릴 수가 없네요."

"친애하는 혁진아. 지금은 깜깜한 밤이야. 별조차도 헤아릴 수 없는데 그 무슨 공자님 말씀을 헤아리려고 해. 내 얘기나 마저 들어라잉?"

혁진의 말에 태클을 걸며 동탁은 자신이 하려던 말을 마저 한다.

"금방 하던 얘기, 간재 선생과 이름이 같아서 마을 사람들이 전우 어르신을 간재영감이라고 불렀대야. 간재는 전우 선생의 호잖아. 진짜 간재 전우 선생은 담양 전씨고 율지댁의 전우 어르신은 천안 전씨야."

"아하, 나는 왜 간재영감이라고 하나 했어. 간재 선생의 후손이 아니다는 것은 알고 있었지. 그런데 저번에 간재영감이 왜 송시열 이야기를 꺼냈지? 송시열이 너네랑 아무 관계 없는 거야?"

"글쎄? 그때 우리 본관을 물어봤잖아잉? 난 솔직히 문중이나 족보에 관심 없어. 지금은 형제들끼리도 잘 안 보고 사는 세상야. 송시열 묘가 우리 파산리 바로 앞 고부 신흥리 용회마을에 있어. 대밭에."

"간재영감이 말한 그 송시열 선생 말야?"

"그렇지. 우리 논이 그짝에도 있으니 내가 자주 댕기지. 그 이야기 들은 지 20년도 더 지난 것 같은데, 그 마을 노인들이 이야기를 해주더라고. 내가 송씨라는 걸 알고서. 조병갑이 고부군수 하기 전, 송시열이 관아에서 재무담당을 했으니 부자였겠지. 옛날 사람들이 한양에서 내려왔다 혀서 한양양반, 한양양반 했다던데, 한양에도 오르락거리고. 고종 때 민비 있잖아, 명성왕후. 민비랑도 잘 알고 지냈나 봐. 흥선대원군에게 쫓겨났을 때 고부로 데리고 오려고 했었다고 하던데, 들은 지가 하도 오래된 이야기라 잘은 모르겠다만, 하여튼 그랬다고 허더라고. 그 송시열 묘가 용회마을 대밭에 있다는 거지."

"간재영감이 말한 송시열은 17세기 사람인데?"

"그래? 간재영감이 정읍 쌍화차의거리 근처에 유허비가 있다고 했잖아, 바로 그 사람. 제주도 귀양살이하다 다시 서울로 끌려가는 도중 유허비가 있는 그 자리에서 사약 받아 죽은 것으로 알고 있는데? 정읍에서 죽어 용회마을에 묻혔겠지."

"뭔소리야, 지금? 우암 송시열 선생 하면 송자(宋子)라고 부를 정도로 조선시대에 대단했던 유학자이고 정치가였는데? 그런 양반이 추레하게 대밭에 묻혀 있겠어? 정읍 유허비 있는 자리에서 사약 마셔 죽은 건 맞는데 그 우암의 묘는 충청북도 괴산에 있어. 용회마을에 묻혀 있는 송시열은 어디 송씬지 모르겠다만, 우암 송시열은 너하고 같은 은진 송씨인 걸로 알고 있어. 동명이인이고만."

"긍가?"

동탁은 한순간에 멋쩍어했다. 혁진은 말이 나온 김에 우암 송시열을 언급하지 않을 수 없어 동탁과 서영 둘을 번갈아 보면서 좀 더 자세히 이야기한다.

"조선시대 동인(東人)과 대립해 인조반정으로 집권한 서인(西人)의 영수로 맹활약을 한 인물이 바로 송시열이야. 노론으로 분파되는 서인은 조선 후기 내내 권력을 장악했어. 나라를 일본으로 팔아먹은 을사오적 이후 친일파는 물론 오늘날 수구 기득권의 깊은 뿌리라 할 수 있지. 보수라고도 할 수 없어. 송시열이 살았던 17세기는 정치적으로 엄청난 격변기였어. 농업 생산력이나 상공업이 발달해 신분제 철폐니 뭐니 하는, 근본적인 변화의 물결이 요동을 쳤지. 송시열이 생애 내내 치열한 당쟁에 휩싸였던 것도 격변기의 한가운데 있었기 때문이었어. 송시열은 주자학을 신봉했어. 중국 송대의 주희가 주자학을 만든 것은 사대부계급의 이익을 대변하려 했던 것이기에 당연히 송시열은 시대적 변화의 요구를 억누른 채 농민과 백성을 위한 정치가 아니라 사대부를 위한 정치, 서인과 노론을 위한 정치에 목숨 걸고 싸웠지. 그들에겐 백성들을 위한 나라는 없었던 거지. 그 사상적 기반이 예학(禮學)이었고 송시열은 예학이라는 수구사상의 선동가가 된 것여. 지독했어. 주자와 다른 유교 해석을 하는 사람들을 사문난적(斯文亂賊)이라 낙인 찍어 매장했고, 자신의 생각만을 정도(正道)라 하고 자신과 다른 생각들은 모두 가짜뉴스 취급해 사도(邪道)로 몰아붙였거든. 남인에 칼을 간 송시열, 치졸하고 소인배적인 행동, 정치공작과 보복은 예나 지금이나 똑같아. 지금의 집권여당은 말하자면 그 후예들이라 할 수 있지. 그나마 예학에 기반을 둔 옛날의 노론은 의리와 명분이라도 중시했지. 지금은 그런 것도 없어. 사악해."

"존경하옵는 혁진 선생! 송시열 선생은 내가 잘 모르겠다만, 그리도 나랑 같은 은진 송씨 어르신인데 너무 까대는 거 아녀?"

자신의 성향이 보수적이고 대선 때 공을 찍은지라 사악해, 라는 말에 언짢은 생각이 좀 들었으면서도 혁진의 말마따나 공 정부가 나라를 워낙 망치고 있어 달리 할 말이 없는 동탁은 겨우 체면 살리는 한 마디로 지루한 혁진의 말을 막았다.

자신의 발언으로 대화가 또 삼천포로 빠진 걸 깨닫고 이번에는 혁진이 다시 서영에게 고개를 돌려,

"그러니까 행안부에 다닌다는 율지댁 아들 전우성이 우리를 미행하라고 지시를 내렸다는 것인가요?"

"네, 그렇게 생각해요."

"정말 기가 막히다! 한 동네 사람이."

혁진이 어이없어하는 동안 동탁은 선수 치듯 두툼한 목소리로 서영의 생각을 기정사실화한다.

"이제사 퍼즐이 맞춰지네. 행안부에서 우리가 삼보일배하는 것을 알게 된 배후를. 율지댁이 아들에게 말했고만. 우리 난산리 떠나올 때 율지댁도 만나고 간재영감도 저녁에 봤잖아."

그러나 혁진은 의아스러워한다.

"그런데 서영 씨, 율지댁 아들이 행안부에 다닌다고 해서 미행 지시를 내렸다고 단정할 수는 없잖아요?"

"율지댁이 저한테 한 말이 있었거든요."

"뭔 말요?"

"작년 11월 22일 유가족 입장 발표 기자회견이 있었던 직후였어요. 율지댁이 우리 집으로 찾아와 행안부에 아들이 근무하고 있다, 높은 자리에 있다, 이태원 참사 유족 관련 업무를 한다, 아들에게서 곧 전화가 올 테니 잘 받아달라, 그리고 아들이 하자는 대로 하면 좋을 것이다,고 말씀하시더라고요."

"그래요? 그래서 전화가 왔었어요?"

"네. 다른 유가족들한테는 비서관이 연락하는데 저한테는 특별히 자신이 한다면서요."

"그 형이 부모님하고는 달라 어릴 적부터 남의 일에 무관심한 스타일이었는데."

"오버하고 폼 잡는 것은 좋아했지."

혁진과 동탁은 유년시절의 기억을 떠올리며 말했다.

"아들이 저한테 전화하더니 그러더라고요. 장관님이 직접 유가족을 만나 뵙고 싶어 한다고."

"행안부 장관이 여러 유가족들과 함께 보자는 것은 거절하면서 집 근처 카페에서 한 가족씩만 만나려 했다고 지탄받았잖아요?"

"네. 유가족들이 한 자리에 모여 입장 발표를 하자 뭔가 구실을 만들어 유가족들을 떼어놓으려 한 속셈이었죠."

"그래서 뭐라 대답했어요?"

"유가족 전체와 만나지 않으면 개별적으로 만날 이유가 없다고 했어요."

"장관이 줄포까지 온다고 그래요?"

"그럴 리가요. 제가 우리 딸네 집에서 머물고 있다고 생각한 모양이어요."

"자꾸 궁금한 게, 서영 씨가 난산리에 사는 것은 어찌 알았을까요?"

"우리 딸이 이태원에서 사고당한 거 알고 율지댁이 먼저 아들에게 전화해 잘 좀 해달라고 신신당부했나 봐요. 나중에 안 일이지만요."

"그래요? 우리 첫날에 난산리 버스 승강장에서 율지댁과 만났을 때 서영 씨하고 좀 서먹한 것 같던데요?"

"율지댁이, 자기 아들 하자는 대로 하면 자기 아들한테도 좋을 거고 해서, 속상해서 그 뒤로는 율지댁을 안 만났어요."

"캬아, 그 와중에 아들을 챙기려 하다니."

이야기를 가만히 듣고 있던 동탁이 두 눈을 크게 뜨며 말했다. 혁진은 아무말이 없다.

멀리서 개짖는 소리가 들려온다. 눈이 또 내리나 보다.

15일째 아침, 화호리에서처럼 많은 눈은 아니지만 제법 눈이 쌓였고 바람도 분다. 일행은 일배는 하지 않고 걷기만 하기로 했다. 동탁은 가까운 군산 시내에 나가 차에 부착할 현수막을 만들어 오기로 했다.

"문구는 뭐라고 하지?"

동탁의 물음에 혁진과 서영은 서로 얼굴을 바라본다.

"서영 씨, 생각해보셨어요?"

"글쎄요."

"이태원 참사 희생자 유가족 삼보일배 행군, 어때?"

동탁이 제안했다.

"유가족 전체가 삼보일배를 한다는 느낌이 들어."

"네, 맞아요. 제가 유가족 전체를 대표하는 것도 아니고. 율희 이름을 넣고 싶어요."

"율희는 당사자고 삼보일배는 엄마가 하니까 율희 엄마, 라고 넣으면 어때요?"

"그려? 글면, 이태원 참사 희생자 유가족 율희 엄마 삼보일배,는?"

동탁이 자기 의견을 수정했다. 잠시 고민하던 서영이 제안한다.

"이건 어때요? 율희야 미안해 엄마가 말할게."

"좋은데요? 느낌이 팍 와닿아요, 메시지가 분명하게."

듣자마자 혁진이 공감을 표해줬다. 서영은 차 안의 배낭에서 '어머니'를 꺼내오더니,

"이 책은 막심 고리키라는 러시아 작가가 1906년에 쓴 소설 '어머니'예요. 저녁마다 이 책을 조금씩 읽어 엊그제 다 봤는데, 제가 밑줄 그

어놓은 부분을 한번 읽어볼게요."

서영은 찬바람으로 펄럭이는 책의 밑줄 친 페이지를 찾아내 큰 소리로 읽는다.

"우리 모두는 홍역을 앓고 있는 거야. 강한 사람은 좀 덜하게, 대신 약한 사람은 좀 심하게. 홍역이란 놈은 인간이 자신을 발견한다손 치더라도 그 안에서 아직 삶이나 자신의 위치를 제대로 보지 못한 때에 바로 우리의 형제들에게 고통을 주게 된다네. 자네 혼자만 이 세상에서 유일하게 먹음직스러운 먹이라고 생각하니까 모든 사람들이 자네만 집어삼키고 싶어 하는 것처럼 느껴지는 거야. 시간이 좀 지나면 자네는, 다른 사람들의 가슴 속에 들어 있는 왠지 좋아 보이는 영혼이란 것도 자네 영혼의 한 조각이나 별반 다를 게 없다는 걸 알게 될 거야. 그럼 한결 마음이 가벼워질 걸세. 휴일 교회 종소리에 묻혀 자네가 가지고 있는 작은 종의 소리가 들리지 않으면 종루에 올라가 보게! 거기서 좀 더 귀 기울여보면, 자네의 종소리는 훌륭한 화음을 이루어 들리고 있다는 걸 알게 될 걸세. 교회의 종소리도 없이 자네만의 종소리를 들으려고 집착하다 보면 오래된 교회의 종이 자네 종소리를 제 둔탁한 소리로 집어삼키고 마는 거야. 마치 파리를 기름에 빠뜨리듯이."

서영은 다시 책을 덮으며,

"'어머니'는 이번에 짐을 챙길 때 눈에 띄더군요. 어머니,라는 말이 와닿았나 봐요. 오래전에 사놓고 읽었었지만, 이번에 다시 읽으니 새로운 느낌이 들어요."

"저도 30년 전께 읽었던 소설이지만 완전히 다 까먹고 있었어요."

혁진이 아는 체를 하자 동탁이,

"완전히 다 까먹을 걸 뭐하러 읽지?"

"얌마, 밥은 뭐하러 처먹냐, 다시 배고파질 걸?"

"긍가? 하여튼 난 책은 딱 질색이야."

"누가 너더러 책 읽으래? 야, 그래도 책을 읽으니 서영 씨한테서 좋은 문구도 나오잖여?"

서영이 웃으며 말한다.

"책을 안 보는 시대가 되어버렸지만, 그래서 앞으로는 책을 읽은 사람이 시대를 더 앞서 나가지 않겠어요? 책 속의 세계들은 인간의 뫼비우스 띠와 같은 현실이잖아요. 깊고 넓게 세상을 조망하고 현실의 인간을 탐구하니까요. 책 속에는 인류가 발견하고 경험하고 상상한 무한한 이야기와, 지혜와, 지식이 담겨 있거든요. 제가 어젯밤 삼보일배 행군을, 저 자신을 향한 대화에서 세상을 향한 대화의 시간으로 바꾸겠다고 한 것도 솔직히 이 책 '어머니'가 영향을 끼친 부분도 있어요. 젊어서 배운 글자마저 까먹고 밑바닥 인생으로 비참하고, 무지하고, 무기력하게 살아가던 어머니, 이름이 뭐였더라. 러시아 사람 이름은 기억하기도 어려워. 아, 뻴라게야 닐로브나. 공장에 다니며 러시아 차르 정권에 맞서 투쟁하는 노동자 아들 빠벨 블라소프의 영향으로 사회현실에 눈을 뜨고 세상 변화에 적극적인 행동가로 변신해요. 행동은 곧 말하는 것이기도 하죠. 평범하고 순박하던 여자가, 그 어머니가 뒤늦게나마 자신의 말을 하기 시작했어요. 저는 이게 가장 가슴 뭉클하더군요."

웃으면서 시작한 서영, 차가운 바람에도 아랑곳 않고 봇물 터진 듯 웬일로 일장연설을 한다.

"물론 그렇다고 제가 뻴라게야를 흉내내겠다는 것은 아니어요. 제가 제 말을 할 수 있다는 게 얼마나 소중한 일인지 알게 되었어요. 율희는 이름도 얼굴도 없이 사라져버렸어요. 국가가, 이놈의 정부가 한 짓이에요. 그게 말이 되나요? 그게 율희에게 너무 미안하고, 이제는 이름도 말하고 얼굴도 말하고, 무슨 꿈을 가지고 살아왔고, 왜 죽임을 당했는지, 그 죽임은 어떻게, 어떻게, 뭐라고 표현해야 할지 잘 떠오르지 않지만 아, 우선 수습,이라고 할게요. 죽임이 어떻게 수습이 되었는지도 알아야 하겠고, 또한 말해야겠어요. 저의 추모는 이제 슬픔,이 아니라 말하는 것,으로 시작하려고요. 참, 동탁 씨?"

"네."

"현수막에 제 딸 율희 얼굴사진도 크게 넣어주세요. 카톡으로 보내드릴게요. 우리 이쁜 율희!"

"알았고만요."

서영은 떨리는 목소리이면서도 차분하게 계속 말을 이었다.

"삘라게야도 말하기 시작하면서 두려워하더군요, 저도 사실 두렵기도 해요. 행동하겠다는 것도 아니고 겨우 고작 세상을 향한 대화를 하겠다는 태도 전환에 불과한데도 말이에요. 뭘 알아가야 할지도 잘 모르겠지만요, 이 세상은 알아간다는 것만으로도, 두려움이 앞서요. 어젯밤 저는 사실 충격이 컸어요. 밤새 잠을 못 잤고요. 나 자신을 알아가려고 시작한 삼보일배인데도 미행이나 당하는 죄인이 되었어요. 딸 시신을 찾으려고 여기저기 물어도 누구 하나 시원하게 답해주던가요? 그 혼란스러운 상황에서 일을 처리하는 당사자들도 우왕좌왕하며 잘 모를 수 있어요. 그래도 성의껏 노력해 제대로 알려주려고는 해야죠. 우리나라 사람들 원래 안 그렇잖아요. 그런데 그때는 왜 그랬을까요. 뭔가 숨기고 고장난 기계처럼 돌아가지 않으니, 마치 옛날에 몰래 산 나무하는 나무꾼을 밤새도록 산속에서 빙빙 돌려대는 도깨비에게 조리돌림당하는 처지였지요. 죄인된 기분이었어요, 죄인! 서울이며 평택이며 온갖 장례식장을 다 찾아다녀야 했고. 그때도 함께 다녔던 혁진 씨가 잘 알잖아요? 대통령이라는 작자는 뇌진탕,이라는 대못 박는 소리를 하질 않나, 경찰은 마약을 의심해 부검하겠다고 덤벼들질 않나. 아, 미안해요. 제가 격해져 횡설수설하네요."

"아녀요, 괜찮아요. 하실 말씀은 하셔야 정신건강에 좋습니다."

화호리에서는 눈을 피하던 찰스, 이젠 애써 피하지는 않고 살짝 쌓인 눈을 밟으며 일행의 주변을 맴돈다. 눈을 피하려 해도 텐트를 다 철수해버렸으니 피할 곳도 없다. 찰스를 한번 쳐다보던 서영, 다시 일행을 향해,

"제가 뭔 말을 하다 흥분했죠? 음, '어머니' 책 읽어주다 아, 하여튼 저의 이런 상태가, 홍역일까요? 차라리 홍역이라면 좋겠어요. 저의 딸 종소리 하나만 듣는 것으로도 가슴 미어지는데 그 모든 영혼들의 종소리를 다 듣는다는 건 가혹한 처벌이거든요. 그 158명의 슬픔들을 제정신으로 어찌 듣고 맨정신으로 어찌 견뎌낸대요? 놀러 가서 죽은 사람들을 왜 국가가 책임지냐는 비난보다도 더 두려운 것은, 이 말은 차마 제가 하지 못했는데요, 딸년 공 찍어 놓고 공한테 잘도 죽었다,고 조롱당하는 일이에요. 종루에 올라 세상을 향해 목소리를 내려면 딸년의 종소리를 울려주어야 하잖아요. 딸년이 공 찍었다는 걸 말하지 말아야 하나요? 세상을 향해 말하고 싶어도, 무엇을 말해야 하고 무엇을 말하지 말아야 할지, 가려내야 해요? 세상을 향해 한 걸음 나아갈수록 세상은 저에게 손가락질하면서 달려들 게 뻔해요. 그래서 솔직히 두려워요. 저 사람들, 아무말도 하지 않으면 아무일도 안 일어난다잖아요. 이건 협박 아녀요?"

혁진과 동탁, 들어보지 못했던, 공 찍었다는 딸 이야기가 나오자 당혹스러웠으나 찬바람이 몰아치기 시작해 일행은 일단 움직이기로 했다. 동탁은 군산 시내로 떠났다. 현수막 문구는 생각보다 쉽게 정해졌다. 혁진이 두 사람의 의견을 모아 큰 글씨로 율희야 미안해 엄마가 말할게,로 하고 그 아래 부제로 이태원 참사 희생자 유가족 율희 엄마 삼보일배 ○○일째,로 하면 좋겠는데요?, 하니 모두 좋아했다.

혁진과 서영은 나포면사무소 앞에서 706번 지방도를 벗어나 농로를 타고 금강 변의 자전거길로 들어섰다. 안내판을 보니 금강 종주 자전거길,이라고 써 있다. 서쪽으로는 수 km 거리에 금강 하구둑이, 내륙 동북쪽으로는 100여 km 거리에 대청댐이 있다. 둘은 별다른 말이 없이 걷기만 했다. 눈발이 살짝 날리면서 잠잠해지던 찬바람이 다시 세게 몰아쳤다.

바람을 막아주려고 혁진이 강 쪽으로 붙어 나란히 걸으며 걱정되어,

"강가로 나오니 바람이 더 쎄네요. 괜찮아요?"

"네, 전 춥지 않고 시원해요. 엉켜진 마음의 벽이 허물어진달까요. 제가 어릴 때부터 한겨울에도 밭길 따라 엄마 따라다녀서 그런지 단련이 된 편이어요."

"몸이 참 튼튼하신 것 같아요."

"이제 마음도 튼튼해지려고요. 혁진 씨 고마워요."

"몸도 튼튼 마음도 튼튼 암만요, 그래야지요."

천천히 걷던 발걸음을 멈추고 서영은 몸을 틀어 강을 넌지시 바라보다 갑자기 외친다.

"율희야~! 율희야~! 율희야~!"

서영이 복받쳐 목청껏 외치는 이름 율희,는 강을 넘고 산을 넘어 사

방팔방의 세상으로 흩뿌려졌다. 그리고 다시,

"율희야~ 율희야~ 율희야~! 미안해~ 엄마가 말할게에~!"

혁진은 짠해졌다. 눈물이 저절로 흘러나오는 것은 서영도 어쩔 수
없다. 그리고 한참, 멍하니 강 건너를 바라보더니 몸을 돌려 혁진에게,

"혁진 씨, 제가 시 한 편 암송할게요."

"네? 네에."

산산이 부서진 이름이여!

허공 중에 헤어진 이름이여!

불러도 주인 없는 이름이여!

부르다가 내가 죽을 이름이여!

심중에 남아 있는 말 한마디는

끝끝내 마저 하지 못하였구나.

사랑하던 그 사람이여!

사랑하던 그 사람이여!

붉은 해는 서산마루에 걸리었다.

사슴의 무리도 슬피 운다.

떨어져 나가 앉은 산 위에서

나는 그대의 이름을 부르노라.

설움에 겹도록 부르노라.

설움에 겹도록 부르노라.

부르는 소리는 비껴가지만
하늘과 땅 사이가 너무 넓구나.

선 채로 이 자리에 돌이 되어도
부르다가 내가 죽을 이름이여!
사랑하던 그 사람이여!
사랑하던 그 사람이여!

"김소월의 시 '초혼'이네요?"

"남편을 잃었을 때도 이 시를 읊곤 했는데 율희를 잃고 나서는 가슴 깊이 더 파고들었어요. 저절로 외워졌어요."

"…"

"저는 정말 이해를 할 수 없었어요. 추모기간에 아무것도 못하게 하고, 희생자 이름과 얼굴도 못 알리게 했어요. 성수대교, 삼풍백화점 무너지고 세월호 침몰하고, 이전에 대형사고 났을 때 그러지 않았잖아요? 언론에서 알아서 희생자 이름, 나이, 성별, 안치병원 등등을 다 보도해주고, 그래서 국민들도 소상히 알게 되고 추모도 해주고 그랬잖아요? 분향소엔 위패도 영정도 없이 국화다발만 덜렁! 국민적으로 합의한 것도 아니고, 공 정권이 일방적으로 막은 거 아닌가요? 틀어 막으면 다 끝난다고 생각하는 모양이죠? 나중에 더 큰 화가 될 수 있다는 걸 모르는 모양이죠? 인재(人災)에 인재가 겹쳐, 제 발 저린 도둑놈들이죠. 진실은, 한겨울에 꽁꽁 묻혀 있다가도 새봄을 맞이하기 위해 땅을 뚫고 불쑥불쑥 솟구치는 새싹들과 같잖아요? 참으로 이상한 나라가 되었어요. 개인정보라고요? 그건 다른 문제죠."

말없는 강물은 속절없이 사람의 마음을 뒤집어놓고 있다.

"참사 희생자들의 이름, 얼굴, 그 사연들을 하나하나 구체적으로 드러나지 않도록 하면, 사람들은 참사 희생에 대한 감각이 심리적으로 둔해져요. 자기에게 닥친 비극이 아니니까, 그저 강 건너 불구경하는 식이다가 잊혀지겠죠. 내 자식이 그랬다면?, 내가 희생당했다면?, 을 상상하고 오싹해지는 일이 있을까요? 슬픔과 아픔을 공감하고 기억하려는 사회적 치유 또한 이슈가 되지 않겠지요. 우리들의 의식에서도 희미하게 사라지고. 나쁜 놈들이 이걸 노리잖아요."

듣기만 하던 혁진이 서영의 말에 힘을 보태려고 확신에 찬 말을 하는 듯하다가 제 생각은 그렇다는 거죠, 라고 무의식적으로 덧붙인다. 혁진의 꼬리내리는 말투에 불만이면서도 그러거나 말거나 서영은 계속 이어간다.

"뉴스 보니깐, 지난 달에 새로 생긴 시민언론이라고 하던데, 거기서 희생자 명단을 공개했잖아요?"

"한 유튜브 언론에서 같이 발표했죠. 그런데 웃기는 게요, 희생자 명단을 공개했다고 경찰이 압수수색을 했어요. 공무상 기밀누설, 개인정보보호법 위반이라는. 어처구니없는 정권이죠."

"최소한 이름이라도 알아야 진정한 애도가 있지 않겠느냐며, 그것도 딱 이름만 공개했잖아요? 그런데 그걸 비난하고 나온 사람들, 저는 정치적 의도로밖에 안 보여요. 의도된 정부와 언론 프레임에 놀아나는 거 아닐까요? 물론 순수히 유족의 허락이 전제되어야 한다고 주장하는 사람 말도 일리는 있어요. 또 진짜 희생자의 이름을 밝히고 싶지 않은 유가족도 있을 수 있어요. 그런 분들 입장은, 존중해요. 하지만 달리 생각해보세요. 이름 밝히는 걸 왜 나쁘게 보는 거죠? 무슨 죄를 지었나요? 놀러 간 게 죈가요? 억울하게, 참혹하게 죽어간 사람들, 그분들 이름을 공개하는 게 당사자의 가족들에게 부끄러움이나 수치심을 주나요? 당사자를 욕되게 하나요? 아니면 어떤 손실을 주나요? 제 상식으로는 죄인이 아니고서는 그 희생자의 이름을 밝히는 걸 거부할 까닭이 없다는 거예요. 유가족의 생각이라고 해서 죽어간 당사자의 생각과 똑같을까요? 다를 수 있잖아요? 저도 율희를 잃고 이렇게 나섰지만 제가 율희의 뜻대로 움직인다고 장담할 수 없어요. 율희는 율희대로의 이야기가 있으니까요."

"그래도 유가족 입장은 존중해줘야 하는 거 아닌가요?"

"당연하죠. 존중해야죠. 제 말의 요지는요, 유가족이 아니라 희생자 당사자의 입장을 더 존중해야 한다는 거예요. 유가족끼리도 엄마나 아빠, 형제, 친척 각각의 생각이 다를 수 있어요. 죄인이 아니라면 희생자들은 자신의 이름이 정당하게 밝혀질 권리가 있어요. 그래서 살아 있는 자들은 아무개 여기서 어떻게 억울하게 죽었다, 라고 밝혀줘야죠. 이것이 희생자를 기억하고 교훈을 얻는 사회적 의례, 아닌가요? 이걸 무시한다면 앞으로는 무슨 사고에서건 죽은 사람 이름을 언론에서 일체 공개하면 안되는 거죠. 지금 국가는 사회적 의례,라는 네비게이션을 빼버린 설국열차가 되어버렸어요."

"그렇다면 당사자의 입장은 어떻게 알아내죠?"

"사실 죽어버린 당사자의 입장은 들을 수는 없어요. 우리는 문제해결의 방법을 다른 차원에서 찾아보아야 해요. 말할 수 없는 사람에게서는 답을 찾을 수 없다는 건 말할 수 있는 사람들의 이기적인 폭력인 거죠. 말할 수 없는 사람들을 위해서 존재해 온 인간의 문화가 사회적 의례죠. 그래서 제가 사회적 의례,라고 말한 거예요. 사회적 의례,란 어떤 사람이 살아 현존하나 죽어 부재하나 언제나 늘 그렇게 해온 관습이죠. 대형참사로 죽어간 희생자들에 대해 사회적으로 희생자들의 이름과 얼굴을 기억하고 추모하는 것이 의례화되어 있다면, 그 누구라도 그 희생자가 혹시나 자기 자신이 되었을 때도, 죽어가는 그 몇 초의 극한상황에서 인생의 숱한 장면들이 광속도로 스쳐가면서도 살아있는 사람들이 자기를 기억해주겠구나, 하고 그나마 위안을 삼을거예요. 죽음조차 억울한데 자신의 이름마저 사라져버린다면 그처럼 황망한 것이 또 있을까요. 그러니까 죽어버린 당사자의 입장은 이미 살아있을 때 말해놓은 셈이죠. 사실 사회 자체가, 지금까지 쭈욱 그래왔던 것처럼, 앞으로는 참사가 또 일어나서도 안되겠지만 재앙이란 게 언제 어떻게 터질지 모르는 일, 더구나 이번처럼 사회안전망을 개무시하는 작자가 또 대통령이라도 된다면, 아니 이번 임기 내에 유사사건이 또 발생이라도 하게 된다면, 누가 어떻게 개죽음 당할지 모르는 일이고요. 그 누가 나는 아니다, 라고 자신할 수 있을까요?"

"생각이 놀랍네요. 어떻게 그렇게까지 생각을."

"제가 좀, 생각이 예민해졌어요."

사회적 의례,라는 고급진 언어를 사용하면서도 개무시, 개죽음,이라는 정제되지 않은 말조차 서영의 입에서 거침없이 튀어나오자 혁진은 내심 놀랬다. 서영의 입이 거칠어졌다기보다는 사태의 본질을 숨기지 않고 직설적으로 드러내고 있다고 느껴졌다. 서영의 실존적 본능이 예감되었다.

청년시절부터 혁진은 인간적 실존이란 어떤 면에서는, 표현되는 언어의 수위 속에 숨겨진 숨바꼭질 놀이라고 생각하곤 했다. 그따위 개똥철학을 생각해냈던 것은 혁진이 청년시절 실존주의에 빠졌을 때 대여섯 살의 경험을 기억하면서였다. 동네 저수지에서, 1947년 순경들이 수장당했던 그 저수지 기슭에서 혁진은 또래들과 동네 형들 몇몇이서 멱감는 물놀이를 했었다. 그저 물이 좋아 튬벙튬벙대다가 순간 기슭에서 슬며시 안쪽으로 미끄러지면서 온몸이 수면 아래로 잠겨버린 상황이었다. 그때 순간적으로 위기를 느낀 혁진은, 발버둥치지 않고 침착하게 곧바로 두 손을 번쩍 들어 올렸다. 누군가 자신을 구제해줄 것이라는 생각을, 그 어린 나이에 일촉즉발의 물속에서 생각해낸 것이다. 수면 위로 올려진 두 손을 발견한 동네형이 끌어내 혁진은 살아날 수 있었다. 불과 몇 초 사이에 일어난 일이었다. 이때 혁진의 두 손마저 수면 속에 잠겼다면 혁진은 살아나지 못했을 것이다. 그렇듯 저수지의 수위처럼, 언어의 수위는 누군가 살아남기 위해 늘 조정 당하거나 혹은 누군가 살아가기 위해 강공으로 수위를 높이기도 하므로, 그것은 곧 인간의 실존조건이 되었다고 혁진은 생각했던 것이다.

사실 혁진으로서도 서영의 주장에 반박할 구석이 없다. 생각이 크게 다르지 않기 때문이다. 그보다도 개무시, 개죽음,이라는 언어의 표현 수위는 이전 서영의 삶에서 들을 수 없었던 실존적 환경의 변화를 스스로 발포하고 있는 것임을, 혁진은 직감했다. 서영에게 다가온 지독한 현실이다. 혁진이 놀라운 건, 어제 미행당한 사건 이후 서영의 생각이 적극적으로 촉발되고 있다는 점이다. 삼보일배를 하기 전에도 서영은 슬퍼할 뿐이었고 삼보일배를 하면서도 예민한 사안들에서 혁진보다도 더 속을 잘 드러내지는 않았었다.

"서영 씨 말 다 맞아요. 두려워 말고 힘내세요."

서영은 자신의 생각을 거침없이 쏟아내고서야 비로소 응어리진 마음이 풀어지는 듯했다. 한참을 말없이 걷다 이왕 서영이 속을 다 드러

내놓고 있는 마당에 혁진이 궁금하여,

"근데 아까, 율희 이야기하셨는데, 정말 공 찍었대요?"

"네. 율희는 저랑 평상시에도 이야기를 많이 하고 지냈거든요, 친구처럼. 대통령 선거 때도 전화로 카톡으로 이야기를 많이 나눴지만 결국 율희는 공을 선택했어요. 분명 공 지지자는 아니었는데도. 제가 선거 때 밭갈이하는 성격은 아니지만 딸 하나 갈지를 못했네요. 본인의 선택을 강요할 수도 없었고요."

"왜 공을 찍었대요?"

"율희는 공무원이었잖아요. 정치 커뮤니티나 유튜브를 많이 할 수도 없고 정치에 관심도 크게 없었으니 어그로꾼에 휩쓸리거나 진실된 정보를 제대로 접할 기회도 적었어요. 이미 물려받을 집도 있고 직장생활을 하는 터라 부동산 정책이나 청년 일자리 문제 같은 것에는 예민하지 않았어요. 자기 삶에 충실한 스타일의 딸이었으니까요. 공에 대해 신뢰한 것은 아니었지만 다른 후보는 대장동이니 뭐니 시끄럽고 하니 쩍벌 행태에 혐오하면서도 결국 공정,이라는 말을 믿고 공을 찍은 거죠. 대통령도 감옥에 보낸 검사 출신이니 공정하다고 믿은 거죠. 사리분별 잘하는 애였는데, 그 생각만 하면 홧병날 것 같아요. 공정을 외친 후보였으니 세상을 공정하게 할 거라고 믿었을 테고. 그런데 대통령이라는 작자는 우습게도 그 좁디좁은 공간 하나조차도 공정하게 대처하지 못했으니, 아니 공정하게 안했으니, 딸년은 자기 함정에 자기가 걸려들었던 셈이죠."

"대통령이 그런 것까지 다 챙길 수는 없잖아요?"

"그런 것까지요? 그런 것,이라니, 혁진 씨가 그렇게 표현하시다니!"

"아이고, 제 뜻은 그게 아니고요."

"알아요, 혁진 씨 마음. 그래도 그런 것,이라 표현하니 좀 그러네요. 그런 것,에는 159명의 생명이 담겨 있단 말예요."

마음을 다독여주느라 꺼낸 말이 되레 서영을 불편하게 했다.

"미안해요."

"아녜요, 제가 너무 예민했어요. 사실이 그렇죠. 대통령이 그런 일까지 일일이 다 챙길 수는 없죠."

서영은 그런 것,을 그런 일,로 고쳐 표현했다. 혁진은 바람결에도 용케 그 표현의 차이를 알아듣고,

"윗물이 맑아야 아랫물도 맑다,고 하잖아요."

"뭐라고요?"

거센 바람이 갑자기 휘몰아치는 바람에 서영은 혁진의 말을 잘 알아듣지 못했다.

"윗물이 맑아야 아랫물도 맑다,고요!"

"그런데요?"

"대통령이라는 작자가 저러하니 서울시장, 구청장, 행안부 장관, 경찰청장 들이 다 그 모양이죠. 시장이나 구청장은 선출직이니 그렇다 치고, 그렇다 하더라도 워낙 같은 똥색들이니. 행안부 장관이나 경찰청장은 다 저를 보필할 자기 닮은 놈들만 앉혀 놓은 거 아녜요? 국민은 안중에도 없고. 그러니 살려달라고 절규하는 그 아우성에도 경찰들 배치는커녕 대통령 보호하겠다고 싹 빼돌려버리고, 법무부 장관 놈은 기회는 이때다 하여 마약범 잡겠다고, 그런 거 아녜요? 전 그렇게 생각해요. 대통령의 입에서 뇌진탕,이라는 말이 괜히 나왔겠어요? 희생자가 휴대했던 물통까지 마약 검사를 했어요. 사람 살리는 데엔 나 몰라라 했던 놈들이."

"이젠 혁진 씨가 흥분하시네?"

"사실 맞아요. 그 좁디좁은 공간조차 공정하게 하지 않았다는 것요. 그 윗대가리 놈들이 한 통속으로 그런 셈이니 결국 대통령이 한 짓이나 마찬가지죠. 사후에 책임도 묻지 않는 태도에서 여실히 드러났잖아요. 제정신인 사람이라면 분노하지 않을 수 없죠."

혁진의 흥분은 가라앉지 않았다.

"그래도 율희가 투표할 때 설마 대통령의 본분마저 망각할 거라고 어찌 생각했겠어요? 아무리 나쁜 대통령이라도 상식선이 있는 거고 인지상정이라는 게 있는 건데, 당선되고 나선 폭주하는 설국열차가 되어 상상조차 할 수 없는 짓들을 저지르고 있으니, 율희가 아니 그 젊은이들이 모두 그 희생자잖아요. 아니 대한민국 국민이 모두."

자신보다 더 격해지는 혁진의 말에 귀 기울이면서도 서영의 시선은 사선으로 보이는 강 건너 풍경으로 향했다. 뒤따라오던 찰스는 아예 몸을 돌려 강물을 주시한다. 저쪽 건너편은 1km는 훨씬 넘는 먼 거리로 보인다. 서영은 마을들을 감싸고 있는 눈 쌓인 산하의 풍경이 참으로 평온하게 느껴졌으나 이 강을 건너기 위해서는 휘몰아치는 거센 바람과 맞서야 한다는 현실이 먹먹했다. 도도하게 흐르는 강물의 큰 줄기를 보니 자신의 삼보일배 길이 한없이 가늘어 보였다. 아무도 걷지 않은 자전거 종주 눈길 위에 족적을 남겨놓고는 있지만 그나마 내리는 눈발이 발자국을 소리 없이 지워가고 있는지라 가늘어진 삼보일배 길마저 자연의 위세 앞에서 속절없이 사라져가고 있다. 그래도 따뜻한 동행자가 있으니 안심이라는 생각이 들어 혁진을 슬며시 바라보려는데 똥바위지게길,이라는 푯말이 눈에 들어와 피식 웃고 말았다.

"갑자기 왜 웃어요?"

"저기요, '똥바위지게길,'이라고 써놓은 게, 이름이 웃기잖아요."

혁진은 멈춰 서서 이정표에 새겨진 나머지 푯말을 소리내어 읽었다.

"걸어서 55분?"

"우리가 저 길과 만날 수 있을까요?"

"글쎄요. 화살표 표시가 우리가 걷고자 하는 길 쪽으로 되어 있지 않고 내륙 쪽으로 표시되어 있는데요?"

"그러네요."

몇 걸음 더 걸으며 혁진이 주변을 살펴보니 어느덧 작은 마을에 들어와 있었다. 주차장이 있고 캠핑장이 있으며 민박집 따위들이 있다. 슬로우공동체,라고 이름 붙여진 안내판은 일대의 옛 지명들을 소개하고 있다. 나룻터,는 흔한 말이니 그렇다 치고 당꼬쟁이, 삼바시, 뒷짝백이와 같이 알 수 없는 지명들이 강변 쪽으로 위치해 있다. 어업조합, 소금판매집, 빈민을 구제한 집, 시래기해장국집, 객주집, 말 마차집, 해산물장터, 기싸움놀이터, 재인의 집 들이 들어서 있었던 것으로 보아 제법 큰 포구였던 모양이다. 포구에 자리잡았던 근대적 삶의 흔적들은 바람처럼 사라졌고 해진 이름들만 겨우 남아 있다. 이름마저 불리지 않으면 역사에서는 곧 사라져버릴 것이다.

"여기가 웅폰데요? 옛 지명으로는 곰개라고 했던."

이때 혁진이 전화가 울린다. 동탁의 전화다. 군산 시내에서 지금 출발한다고 한다. 눈으로 뒤덮인 마을은 집집이 구별하기가 어려우나 지은 지 오래되어 보이는 어느 집 처마밑 기둥에는 고 유양숙님댁,이라는 안내판이 부착되어, 매년 명절에 백미 15가마로 지역주민과 잔치를 열고 15년 동안 무료로 식사를 제공하던 시래기해장국집,이라고 써 있다. 혁진과 서영은 시래기국밥집을 찾아 나선다.

9 혼체

　웅포에서는, 식당마다 내놓는 메뉴가 우어회다. 우어는 멸치과의 바닷물고기다. 사오월에 바다에서 강으로 올라오므로 금강 하류 일대에서는 이때가 향토음식인 우어회 철이다. 우어회 맛이 궁금하지만 제철이 아닌지라 맛을 볼 수 없었고 시래기국밥을 하는 식당도 찾지 못해 일행은 칼국수로 점심을 먹은 뒤 다시 걷기 시작했다. 오후에도 자전거길로 걷는다. 서영은 어제 저녁 이후 딸 율희가 애타게 그리워졌다. 오전에 혁진과 대화하면서 더 그랬다. 어느 때부터인가 하늘은 잿빛구름으로 뒤덮이더니 눈보라와 함께 거센 바람이 휩몰아치기 시작했다. 잿빛구름은 천둥 번개와 함께 먹구름으로 변신하고 혁진은 어디론가 말없이 사라지고 사방이 칠흑같이 어두워졌다. 그리고 언제 그랬냐는 듯 눈보라, 거센 바람, 천둥 번개도 사라지더니 어둠을 타고 강 수면 위로 알아볼 수 없는 기이한 형체들이 물안개에 휩싸여 윙윙 몰려오고 있다. 공포스러운 분위기다. 그러나 서영은 공포를 느낄 수 없이 오히려 기이한 형체들을 맞이하며 경계가 모호한 물 위에 올라섰다. 알 수 없는 어떤 힘이 서영을 움직였다. 게다가 금강 하구둑에 막혀 바다로 회귀하지 못해 희생된 수천, 수만 마리의 우어 혼령들이 떼로 나타나 서영이 밟는 물 위를 받쳐주고 있다. 서영은 자신이 강물을 딛고 서있는지조차 알지 못하며 기이한 형체들에 홀려 있다. 기이한 형체들은 마치 가위를 누르는 귀신같기도 하나 하나같이 얼굴이 없으며 발도 없이 우우우~웅! 소리를 내며 물 위를 붕붕 떠다닌다.

우우우~웅! 우우우~웅! 우우우~웅!

"너희들은 도대체 무엇이냐? 요괴냐, 귀신이냐?"

가까이 접근하려고 성큼성큼 걸어가나 그들이 물러서지 않음에도 결코 가까워지지 않는 거리에서 서영은 당혹하여 물었다.

우리도 알 수가 없다. 인간은 우리를 귀신으로 보일 것이다.

그중 하나가 답했다.

"왜 얼굴도 없고 다리도 없느냐? 저런, 팔도 없구나!"

슬픈 일이다.

"슬픈 일이라니?"

우리도 당신과 같은 인간이었다. 우리는 죽임을 당했다. 그런데 인간들이 추모를 한답시고 우리의 얼굴을 없애버렸다.

"그게 도대체 무슨 말이냐?"

인간들이 추모를 하면서 우리의 영정을 올리지 않아 얼굴들이 사라져버린 것이다.

"믿을 수 없는 일이다. 너희들이 죽임을 당했다니, 어디서 그랬다는 것이냐?"

이태원이다, 서울.

서영은 귀를 의심하고 다시 물었다.

"어디라고?"

서울의 이태원 말이다.

서영은 까무러칠 뻔했다.

"정녕 이태원이란 말이냐?"

그렇다. 우리는 2022년 10월 29일 핼러윈 축제가 열리는 이태원 거리에서 죽임을 당했다.

서영은 정신줄 놓은 듯 휘청거렸으나 어떤 신기의 힘으로 오뚝이처럼 일어섰다.

"그게 정말이냐? 그때 나의 딸도 죽었다. 내 딸도 여기 있겠구나."

그건 정말 안된 일이다. 안타깝게도 찾을 수 없다.

"그게 무슨 말이냐?"

우리는 우리 자신이 누구인지도 모른다. 이 또한 우리를 추모할 때 이름을 다 제거해버렸기 때문이다. 이 얼마나 무모한 짓이냐.

"오, 맙소사! 무서운 일이구나. 너희들은 그러니까 몸뚱아리만 있는 혼체(魂體)로구나, 혼체. 인간계에서 이름을 제거했다고 혼체 자신들의 이름을 잃어버리다니! 이름은 망자와 산자를 연결하는 끈이 아니더냐. 인간은 탯줄로 태어나 기뻐하고 이름으로 죽어 애도하는 법이다."

그렇다. 우리는 이름 찾아다니며 제삿밥도 얻어먹고 다니지 않느냐. 지금 당신의 인간사회를 지배하는 자는 귀신 섬기는 법도 모르는 악인이더구나.

"그 악인이라는 자는 산 사람 섬기는 법도 모르는데 어찌 귀신 섬기는 법을 알겠느냐? 코끼리, 침팬지, 돌고래, 얼룩말, 기린, 늑대 따위의 동물조차도 다 아는 망자에 대한 애도의 예의조차 모르는 악인이다. 그 예의를 아는 자라면 애초 너희들을 죽음으로 내몰지 않았을 것이다. 난 내 딸을 찾아야 한다."

찾을 수 없다. 우리는 이미 인간이 아니다.

"그렇지만 나와 이렇게 대화를 나누고 있지 않느냐? 꼭 찾아야 한다."

불가능하다.

"얼굴도 이름도 없으니 내가 내 딸을 알아보지 못한다 해도 내 딸은 날 알아볼 것이다."

얼굴이 없고 눈도 없는데 보이겠느냐?

"보이지도 않는다고?"

나도 당신이 보이지 않는다. 당신의 소리를 혼체의 감각으로 들을 뿐이다. 그러나 귀가 없기 때문에 누구의 목소리인지조차 식별할 수 없다.

"입도 없을 텐데 말소리는 어떻게 내느냐?"

나의 울림이 말소리로 들릴 것이다. 남자 여자 구별도 없다. 우리는 인간의 신체구조와는 완전히 다르다. 신체에 대해서 자꾸 이것저것 묻지 마라. 나도 자세히는 알 수 없다.

"아, 애통터지는구나, 애통 터져! 그런데 너희들은 왜 여기에 떠돌고 있느냐?"

우리가 죽었을 때 인간들이 우리를 죄인으로 이미 낙인찍었기 때문에 저승사자들은 우리를 명부로 데려가지 않고 곧바로 지옥으로 데리고 가버렸다. 이미 이름과 얼굴도 없어져 염라왕의 심판을 받을 수도 없었다. 이 얼마나 억울한 일이냐. 우리가 끌려가 떨어진 곳은 염부주(炎浮洲)라는 지옥의 세계였다. 그곳은 허공의 세계로 뜨거운 불길이 타오른다. 타지도 않고 소멸되지도 않고 오로지 삶아지는 고통만이 존재하는 지옥이다. 하늘과 땅을 향해, 아니 하늘도 없고 땅도 없으니,

우리를 구원해주는 그 무엇도 있을 리 없더라.

"죄는 무슨 죄, 도대체 무슨 죄를 지었단 말이냐?"

아무 죄도 짓지 않았다. 여기 있는 누구 하나라도 죄를 알지 못한다. 우리가 인간으로 있을 때 악업을 저지른 혼체도 없고, 부처같이 말하며 뱀같이 음흉한 혼체도 없고, 장부를 속여 횡령한 혼체도 없고, 선량한 사람을 속인 혼체도 없고, 생명을 함부로 도살한 혼체도 없고, 주가 조작을 한 혼체도 없고, 경력을 속인 혼체도 없고, 죄를 뒤집어씌운 혼체도 없고, 무고로 허위고소한 혼체도 없고, 이놈 저놈 붙어먹은 혼체도 없고, 그러기에는 우리는 너무 젊어 있었다. 다만 염부주로 끌려갈 때 저승사자들끼리 속삭이는 말을 들은 것은 있다.

"그게 무어냐?"

토박이 귀신들도 널려 있는데 서양 귀신들과 접신하려 했다는, 인간들이 뒤집어씌운 죄 말이다. 저승사자들도 그게 의아스럽다고 하더라. 귀신의 세계에서는 그런 구별이 없다.

"아, 머리가 어지럽다. 나도 더는 듣고 싶지 않다. 염부주에 갇혀 있어야 할 너희들이 왜 여기에 있느냐 말이다."

염부주에서 탈출했다.

"탈출했다고? 말도 안되는 소리."

인간계에는 말도 안되는 일들이 비일비재하지만 그곳에서 말도 안되는 일은 상상할 수조차 없다. 상상이란 것 자체가 존재하지 않는다. 오로지 고통의 시간만 존재하는 불구덩이에서 단 0.0001초라도 상상할 수 있겠는가. 그래도 우리는 탈출했다.

"무슨 말인지 모르겠다."

오로지 고통의 시간만 존재하는 불구덩이 지옥, 염부주에는 매우 단순한 철의 원칙이 있다. 그것은 인간계에서 죄를 짓지 않은 혼체가 실수로 불구덩이에 빠질 경우 고통을 전혀 느끼지 못하게 한 것이다. 그런 일은 백년에 한 번 정도 일어난다고 한다. 그런데 우리 159위(位)의 혼체들에서 동시에 그런 일이 일어나 염부주는 난리가 났다. 우리를 잘못 인도한 저승사자들은 가차 없이 불구덩이 지옥으로 떨어졌고 염라왕도 이 사태에 책임을 지고 자진하여 불구덩이 속으로 뛰어들었다.

"도대체 알 수 없는 일들이 일어났구나. 다행이다, 그나마 다행이야. 우리 딸은 어디 있을꼬."

우리들은 불길에 뎁힌 혼체를 식히려고 염부주에서 탈출해 이곳 삼도천(三途川) 강물로 찾아와 이렇게 붕붕 떠 있는 것이다. 혼체를 다 식힌 상당수는 어디론가 사라졌다. 당신의 딸은 여기 우리들 중에 있을 수도 있고 이미 다른 세계로 갔을 수도 있다. 이름도 얼굴도 잃어버렸으니 우리는 구천을 헤매게 될 것이다. 인간계에서 우리들의 억울함을 풀어줘야만 극락의 세계로 갈 수 있다.

"오, 내 딸아! 억울함은 당연히 풀어줘야지. 당장은 내 딸을 찾고 싶다."

우우우우~웅!

서영은 이리저리 움직이며 웅성거리는 기이한 형체들을 살펴보았다.

한 가지 방법이 있기는 하다.

"방법이 있단 말이냐?"

우리의 혼체는 인간계에서 자신이 경험했던 일들을 기억할 수 있고 그 기억들을 나처럼 울림으로 말소리를 낼 수 있다.

"그게 정말이냐? 가족의 이름을 기억할 수 있느냐?"

가족이든 누구든 인간의 이름은 기억할 수 없다. 여기에 있는 우리 혼체들이 당신 앞에서 각자의 행장(行狀)을 울려주면 당신 딸을 알아낼 수 있지 않겠느냐? 우리 혼체는 남녀 성별도 구별할 수 없으므로 행장을 들으며 당신이 판단해야 한다.

"행장이라니?"

죽은 자가 평생 살아온 이야기다.

"오오, 그럴 수만 있다면. 내 딸은 기어코 찾아야겠다. 가만, 네가 내 딸일지도 모르겠다."

서영과 대화를 나누던 기이한 형체는 짙은 물안개 틈사이로 떠 있는 다른 혼체들을 불러 모아 지금까지의 이야기를 전달하면서 딸을 찾고 있는 이 인간에게 각자의 행장을 들려주자고 제안했다. 모든 혼체들은 기꺼이 동의했다. 그리고 누구 하나도 빠지지 말고 다같이 서로의 사연을 들어보자고 했다. 맨 먼저 서영과 이야기를 나누었던 기이한 형체부터 시작해 뒤이어 혼체들의 행장이 이어질 것이었다.

나는 충청남도 당진에서 태어났어. 호기심이 많고 활동성이 강한 당찬 여장부였지. 초등학교 때는 가수가 되겠다는 꿈을 가지기도 했어. 대학에서 지리교육을 전공했으며 부전공으로 체육학을 공부한 덕에 체육회에서 인턴으로 일하여 첫 월급을 받아 부모님께 선물하기도 했지. 부모님은 아주 좋아했어. 그 뒤 거주지를 더 넓은 세상인 서울로 옮겨 어느 구청 문화센터에서 알바를 하고 자격증 공부를 하며 취업을 준비하고 있었지. 나는 핼러윈 축제에 친구와 함께 참여했어. 백설공주 옷을 차려입고 사과를 들고 아주 신나게. 그 동영상을 룸메이트 친구가 찍었는데 엄마가 보았는지는 모르겠어. 그날 내가 죽게 된 과정은 잘 기억이 나지 않아. 엄청난 인파로 혼미했었어. 죽은 나의 모습은 처참하더군. 머리는 헝클어졌고 얼굴엔 온통 깨알 같은 피멍 투성이었어. 그런 나의 모습을 보며 엄마는 얼마나 오열했을까 싶어. 엄마에겐 난 사랑한다는 말을 참 많이 했어. 엄마는 날 지켜주고 버팀목이 되어주며 희생을 많이 했거든. 엄마는 용기를 불어넣어 주며 세상살이를 알려주고 어떻게 살아야 할지를 가르쳐 주었어. 참으로 사랑과 경이로움으로 가득한 멋진 세상을, 엄마한테 많은 걸 배웠지. 엄마는 내가 부르면 항상 달려왔어. 어느날 나는 내 배꼽을 만지다가 작고 웃기게 생긴 배꼽이 엄마와 나를 이어주는 소중한 것으로 생각한 적이 있어. 한번은 텔레비전에서 나온 카라반을 보고 거기서 자보면 참 좋겠다고 말한 엄마의 말을 귀담아듣고 엄마 생일 때 엄마를 기쁘게 해드리려고 카라반을 이용한 적이 있어. 그런데 시설이 엉망이고 난방이 되지 않아 엄마를 고생시켜 드려 참으로 죄송했었어. 나는 또 다른 기회를 만들어 엄마를 기쁘게 해드리고 엄마와 함께 오래오래 살고 싶었는데, 스물일곱의 나이로 인간계와 결별을 당하고 말았네. 엄마는 너무 슬퍼할 거야. 엄마, 사랑해. 정말 고마워. 나 없어도 아빠랑 동생이랑 행복하게 잘 살아야 해.

우우우우~웅!

첫번째 혼체의 행장이 끝나자 다른 혼체들은 다같이 응원의 몸소리를 내주었다. 혹시나 기대했던 서영은 아쉬워했다. 엄마의 역할을 다 해주지 못한 자신을 자책하면서도 첫번째 혼체에게 절망하지 않도록 격려해주었다. 두번째 혼체가 나섰다.

하!

두번째 혼체는 이 세상에서 가장 억울하다는 듯한 의성어를 괴성처럼 내뱉고서는 한참을 망설였다. 우우우우~웅!, 동료들의 응원소리에 겨우 말문을 열었다.

17살, 난 17살의 나이로 인간계를 떠났네. 겨우 고등학교 2학년인데 말이야. 아빠는 나에게 대학을 가지 않고 취업하면 나중에 힘들게 살아야 한다며 대학에 가라고 했지만, 난 돈을 빨리 벌고 싶었어. 아빠가 너무 고생하시거든. 늘 아빠의 뜻을 잘 따랐지만 취업만큼은 내 생각을 굽히지 않았어. 그 대화가 아빠와 나눈 마지막 대화였어. 아빠는 마트에서 일하고 퇴근하고는 오토바이 배달 일을 했어. 아침 일찍 나가 새벽에 들어오니 집에서 내가 아빠 노릇을 해야 했어. 친척 결혼식에도 내가 다녔고, 두 살짜리 막내는 바쁜 엄마를 대신해 내가 돌봐줬어. 막내는 나보고 아빠, 아빠 했어. 코로나 시국 때 태어난 막내를 걱정해 마스크도 철저히 하고 다녔어. 막내가 자꾸 눈에 밟혀. 막내는 커서 날 기억할까. 기계 다루는 일도 좋아해 가전제품이 고장 나면 내가 손보고 부모님 휴대폰 앱도 내가 다 깔아드렸지. 그날은 내가 엄마에게 친구네 집에서 자고 간다고 문자를 보낸 게 마지막이었어. 친구들과 함께 이태원에 갔었거든. 친구네 집에서 자고 있을 아들이, 설마 이태원에 가 놀고 있으리라곤 꿈에도 생각 못했을 텐데, 엄마 아빠에게 너무 죄송해. 사람들도 난 참 착한 아이라고 했었어. 착하게 살아도 억울하게 빨리 죽게 만드는 인간계는 공정하지가 않아. 정말 억울해! 내가 없는 빈자리가 허전하고 슬프겠지만, 우리 가족들 당당하게 살아가길 바래. 화이팅!

우우우우~웅!

"참으로 안타깝구나. 정말 어린 나이에."

안타까워 발을 동동 구르는 서영 앞으로 나선 세번째 혼체가 행장을 시작했다.

남동생이 제대하면 제주도로 가족여행을 하기로 했었는데, 나의 죽음으로 약속을 지키지 못해 안타까워. 내가 죄인이라면 그게 죄야. 엄마, 아빠, 반려견 도토리와 함께 재작년 강릉으로 가족여행을 갔었어. 우리 집은 부산인데 내가 서울서 직장을 다녔었거든. 나는 그 자리에서 나의 꿈을 발표했어. 난 어릴 때부터 영화를 참 좋아했어. 특히 프랑스 영화. 프랑스에 유학해 영화를 공부하고 싶었지, 가정형편으로 이룰 수는 없었지만. 그래도 난 꿈을 포기하지 않았어. 나중에 영화 배급회사에 취업하고 10년 뒤엔 창업하겠다고 했어. 자격증 공부도 열심히 하고 영어 공부도 열심히 했거든. 난 창업해서 무척 바쁠 것이라고 너스레를 좀 떨면서 부모님 빚도 다 갚아주겠다고 선언했어. 그랬는데 이 모양이 되었으니, 내가 죄인이라면 그게 죄야. 내가 부산집을 떠나 인천으로 취업했을 때 엄마는 살살 다니고 코로나 조심해, 라고 했었어. 난 걱정하지 마, 서울 생활 너무 재밌어, 허망하게 안 죽어, 라고 했었는데, 허망하게 죽어버렸네? 내가 죄인이라면 그게 또 죄야. 난 서울에 살면서도 잘해 먹는 걸 보여주려고 엄마에게 요리법을 전화로 묻곤 했어. 뚝배기에다 김치찌개 해먹을 때 뚝배기에 바로 기름쳐 볶아도 돼?, 쌀은 백미랑 현미 비율을 어떻게 해?, 이렇게 말이다. 파스타, 김치찌개, 돈가스덮밥… 그렇게 해서 만든 요리들은 사진으로 찍어 엄마에게 보내곤 했지. 난 딸이면서도 좀 무뚝뚝한 성격이었어. 그래도 술을 입에 대지 못하는 엄마를 대신해 아빠랑 술잔을 기울이곤 했어. 안주거리를 사가지고 가서. 그날은 살겠다고 차도로 떠밀려 내려갔는데 경찰이 인도로 다시 밀치는 바람에, 그렇게 질식해 나의 모습은 처참해졌지. 엄마 아빠, 퉁퉁 부어오른 내 얼굴을 알아보기나 했을까. 엄마 아빠, 내 이름을 밝혀줘, 내 억울함을 풀어줘.

　우우우우~웅!

"너의 엄마 아빠가 억울함을 반드시 풀어 줄 것이다. 아니, 우리가 할거야."

서영이 대답해줬다. 서영은 혼체 한 위 한 위 행장을 시작할 때마다 제 딸이 아닌가 싶어 신경을 곤두세웠다. 혼체들도 자신의 엄마일지도 모른다는 애틋한 심정으로 자신들의 이야기를 쏟아내었다. 자신의 딸이 아님이 확인되어도 서영은 끝까지 행장을 들어주었다. 몸소리를 울리는 혼체들이나 듣는 서영이나 다같이 간절하다. 그 간절함은 인간계에서는 들어보지도 못한 절묘한 음색과 가락으로 변신해 강 위로 넘쳐 흐른다. 수십명의 혼체들이 앞다투어 나서자 이제 몇 번째인지도 헤아릴 수 없게 되었다.

나 카자흐스탄에서 온 대학원 유학생. 국제관계학 석사논문 제출 앞두고 참사 당해써. 카자흐스탄의 서부도시 악토베에서 태어나찌. 악토베는 석유와 가스 회사들 많은 공업도시야. 할아버지는 석유회사의 창업주고 아버지는 엔지니어야. 어머니는 의사. 잘사는 가정환경에서 자란 나 외국어 잘해. 한국어 공부해써. 공부 마치고 한국 살라고 바빴지. 한국 정말 좋아해. 한국 문화유산 찾는 활동하고 여행에도 많은 시간 써. 여행, 배움, 동물은 나를 설명하는 키워드야. 유기동물보호센터에 기부도 하고 반려동물로 앵무새 키운 적 이써. 문화, 역사, 철학 공부 많이 해꼬 음악 아주 좋아해. 피아노 배우고 베이스 기타 배워찌. 케이크, 쿠키, 차, 도자기컵, 디저트, 우유… 좋아해써. 차는 디저트가 꼭 있어야 해. 디저트 파는 카페를 운영하는 게 나의 꿈이어써. 나 동화책, 이상한 나라의 앨리스,를 가장 좋아해는데 한국이 이상한 나라가 되어버려써. 정부 경찰이 일을 안해써. 난 한국은 안전하고 위험한 일도 일어나지 않을 거라 믿어꺼든. 친구와 저녁 먹고 이태원 메인도로를 걷는데 인파가 너무 마나. 집으로 돌아가려다 휩쓸려 함께 간 친구와 헤어지게 되면서 의식 일허. 순간 벌어진 일이어써. 고향에 언니 이써. 나보다 육살 마는 언니야. 나가 아가 때 기어다니는 법, 걷는 법을 가르쳐줘써. 작년 여름 고향에 깜짝 방문했을 때 언니는 한국에 다시 보내고 싶지 안타고 그래써찌. 언니 말 들을 걸 그랬나? 난 이방인이고 싶지 아나써. 한국서 하고 싶은 거 너무 마나써. 나 시신 나 고향 악토베에 잘 도착해쓰까. 엄마 미안.

외국인 혼체여서인지 몸소리가 특이했다.

우우우우~웅!

"머나 먼 외국에 와서 이런 일을 당하다니, 정말 슬프구나. 너의 고향으로 잘 돌아가길 빈다."

다음 혼체는 혼체들 사이를 오가며 누군가를 찾는 듯했다.

안 보여, 안 보여. 보여도 알 수는 없어. 정말 슬퍼. 나는 사랑하는 사람과 결혼하여, 아이들과 음식을 맛있게 먹으며 즐겁게 여행하는 것이 꿈이었어. 그날 나는 사랑하는 사람과 함께 이태원을 찾았어. 내가 사랑하는 사람도, 결혼하고 싶은 남자로 나를 참 좋아했었거든. 소박한 꿈이었지. 안타깝게 그녀도 참사를 당한 것 같아. 그녀를 지켜주지 못해 너무 미안해. 죽자마자 이름도 얼굴도 없어지고 기이한 형태로 변해버렸으니 그녀를 알아볼 수도 없었고 곧바로 저승사자의 인도를 따라야 했어. 아, 여기 무리에 있을지도 모르겠어. 그런데 안 보여, 안 보여. 그녀의 몸소리가 안 보여. 나도 행장 이야기들에 바짝 긴장하고 있어. 나도 그녀를 찾아야 해. 나의 소박한 삶, 그렇다고 나만의 삶만을 추구한 것은 아니었어. 고등학교 때는 애들이 날 영웅 취급했어. 내가 반장일 때 일진 애가 힘없는 친구에게 빵셔틀을 시키길래 그 일진 애 얼굴에 돈을 집어던지며 네 손으로 직접 사먹어, 라고 했다가 한 바탕 싸움이 붙었지. 그래서 애들이 나한테 박수를 쳐준 거야. 또 난 축구부를 만들어 힘이 약한 애들을 일부러 가입시켜 불량한 아이들로부터 보호를 해주었지. 내가 내 입으로, 아니 내 울림소리로 이런 말을 하려니 참 민망하네. 직장도 잘 다니고 있었어. IT 개발업자로 회사에서도 내 능력을 인정받아 새로운 프로젝트가 시작될 때마다 항상 참여했지. 중학교 때부터 컴퓨터를 조립해주며 용돈을 벌었으니 어릴 때부터 그쪽으로 소질이 있었나 봐. 이야기를 하다 보니 내 자랑질만 했네. 우리 엄마가 담근 김치는 제일 맛있었어. 김치를 자주 담가줬던 엄마, 이번 겨울에도 김장김치에 수육 먹자고 아빠하고 통화했었지, 참사 이틀 전에. 전주집에 내려가 엄마와 드라이브하고 쇼핑하고 밥 먹고 차 마시며 수다를 떨던 날들이 행복했었어. 나 없는 세상을 엄마는 어떻게 살아갈까. 잘 살아갈 거야. 인간으로 태어나 짧은 생애, 잘 살았어. 그런데 어디 있는 거니, 나의 사랑?

행장을 마치자마자 이 혼체는 다시 다른 혼체들 무리 속으로 나의 사랑, 나의 사랑, 외치며 파고들었다. 다른 혼체들도 따라서 외쳐 주었다.

나의 사랑, 나의 사랑, 나의 사랑…

무리들을 헤치고 나온 또 다른 혼체의 행장이 시작되었다.

나는 사랑하는 아내, 초등학교에 다니는 두 아들을 둔, 마흔여덟의 성실한 아빠였어. 아내와는 한번도 싸우지 않은 금실 좋은 부부였고 아이들을 무척이나 좋아했어. 아내는 내게 항상 잔잔한 호수같이 흔들림이 없는 편안한 사람이라고 말해줬어. 나는 한 방송사 산하 콘텐츠 스튜디오의 창립멤버이자 전략기획실장으로 일하면서 투자 업무를 주로 했어. 업무는 차가운 머리로 처리했지만 직장 동료들에게는 다정하고 따뜻한 가슴으로 대할 줄 아는 사람이었어. 해외 출장을 자주 다녔어. 그럴 때마다 나는 나중에 줄 아이들 선물을 미리 챙겨 사오곤 했어. 아이들과 함께 영화 '스타워즈'를 보고 나서 창고에 미리 사다 놓은 스타워즈 장난감을 내놓으면 아이들은 엄청 좋아했거든. 첫째가 크면 같이 하려고 준비해놓은 레고 장난감 따위들. 내가 메모해두었는데, 아들은 읽었을까. 첫째에게 전수해주고 싶은 것이 많다, 나의 상상그림, CEO, 너무 크지도 작지도 않은 회사에서 비전 있고 종업원을 위할 줄 알고… 그렇게 메모해놨지. 아이들을 감성과 상상력의 보고인 미술전이나 박물관에 자주 데리고 다녔어. 그런데 큰아이가 작년에는 이젠 미술관에 가기 싫다고 하여 그림을 이해하려 하지 말고 아빠가 못 볼 것 같은 색깔을 찾아 달랬더니 그 뒤부터는 아이가 전시회에서 그림을 열심히 보는 모습을 보고 뿌듯했어. 내가 그날 이태원에 갔던 것은 옛 동료들 몇몇과 정기모임이 있어서였어. 매달 이태원에서 만났거든. 4명이 모였는데 밤 10시가 안되어 모임이 끝나, 2명은 택시를 타고 집으로 향했고 나랑 동료 한 사람은 지하철을 타려고 이태원역으로 걸었어. 이태원 거리는 사람들로 꽉 찼고 그 장면들을 휴대폰에 담았어. 그러다 인파에 휩쓸려 동료와도 찢어져 결국 죽임을 당한 거야. 아, 나의 사랑하는 아내, 아이들.

우우우우~웅!

"오, 너는 이태원에 놀러 간 것도 아니었구나!"

강물은 흐르지 않고 멈춰 있으되 안개를 따라 우아래로 진동하자, 서영은 불안감이 들고 초조해졌다. 진동을 뚫고 나온 혼체 역시 불안한 색을 띠었다.

나는 경상북도 안동에서 일란성쌍둥이로 태어났어. 나보다 5분 늦게 인간계에 태어난 나를 형님,이라 부른 동생이 있어. 동생이 날 형님이라고 부른 것은, 우리가 다섯 살 때 내가 먹던 귤을 빼앗아 먹자 엄마가 그렇게 시켜서였지. 형님 호칭은 동생이 날 부르는 애칭이 된 거야. 껌 하나라도 나누며 모든 것을 함께 하고 대학까지도 같은 학교에 다녔던 우리는 친구처럼 단짝으로 지냈어. 심지어는 군대도 강원도 양구로 함께 갔었어. 나는 군생활을 빡세게 해야 한다고 하여 수색대를 지원하니 동생도 내 뜻에 따라 같이 생활했지. 행군을 마치고 편의점에서 낄낄대며 나눠 먹던 컵라면 맛은 잊을 수 없어. 대학에서 동생은 작업치료과를 공부하여 작업치료사가 되었고, 나는 간호학을 공부하여 간호사가 되었어. 재미있었던 일은 만우절 때 서로 과를 바꿔서 수업을 듣기도 하고 과 모임도 바꿔치기한 일이었어. 우리가 처음으로 떨어져 생활한 건 동생이 대구에서 작업치료사 일을 하면서였어. 장애 있는 아이들이 일상생활을 할 수 있도록 도와주는 일이었지. 난 안동의 의료원에서 병동간호사로 일했어. 아프리카로 봉사활동을 떠나는 게 꿈이었지만 가족의 만류로 접어야 했고, 더 많은 일을 배우기 위해 서울의 대형병원 수술실 간호사로 자리를 옮겼어. 간호사는 나이 들어 일하기 어려우니 훗날 원격의료 쪽 일을 목표로 디지털헬스 분야 공부하려고 대학원에 진학했어. 동생도 서울로 옮겨 나랑 자취를 같이했어. 서른 살의 우리는 캠핑을 즐겼어. 그날도 원래 우리는 지인과 셋이서 캠핑을 가기로 했는데 취소되었어. 둘이 시간을 보내며 백화점에서 부모님 선물 사고 집에 들어가기 아쉬워, 마침 핼러윈이기도 하여 세계음식거리 구경할 겸 해서 이태원으로 향한 것이었어.

혼체는 잠시 멈칫했다.

음, 그 다음이 기억이…

뭔가를 기억해내려고 한참을 괴로워하더니,

아, 이제 생각난다. 이태원에 도착했을 때가 밤 9시 30분께였어. 생각보다 엄청난 인파였어. 인파에 밀려 해밀튼호텔 골목길로 쓸려 갔어. 동생과는 2~3m 정도 떨어지게 되었어. 동생은 숨쉬기도 힘들어 하는 모습이었어. 동생을 크게 몇 번 불렀으나 동생은 대답을 하지 못하는 상태였어. 그 짧은 거리에도 다가가지 못해 다급해 하던 내가 되레 정신을 잃었지. 내가 죽기 35초 전 나는 분명 살아 있었어, 동생이 증인이야, 그렇게 된 거였어. 내가 죽임을 당하기 직전 동생 이름을 몇 번씩이나 불렀는데도, 그 이름이 무엇이었는지 지금은 전혀 알 수가 없네. 내 이름도 마찬가지고. 동생은 분명 살아났을 거야. 걱정이 되는 게, 부모님이나 내 위 형과 누나가 날 놓아주고 행복하게 살아야 하는데, 나랑 똑같은 동생을 보며 나로 착시하여 정신충격이라도 받지 않을까 우려가 커.

우우우우~웅!

혼체들의 격려소리는 그치지 않고 계속되었다. 모두가 억울하고 비통한 죽음이었음에도 이들의 행장 이야기들은, 인간계의 청천벽력의 슬픔과 깊은 애도의 감정과는 달리 담담하게 울려 퍼졌다. 새로운 혼체가 앞으로 나왔다.

난 27살에 인간계와 결별 당했어. 결별 당한 거야. 나라고 해서 유별난 삶을 살았겠어? 가족이 있는 청주를 떠나 서울로 와서 내 꿈을 펼치기 위해 엄청 노력했지. 정직원 취업을 위해 컴퓨터 활용능력 자격증 학원과 토익학원에 다녔어. 활동적이었던 난 미술관 처돌이일 정도로 미술 관람 마니아였고 춤추는 일, 등산, 러닝도 좋아했지. 지인들

생일 챙겨주고 사람들 이야기 들어주며 공감해주고, 기록은 나의 삶이었어. 그래서 블로그와 유튜브 채널도 운영한 거고, 내가 가장 아끼는 물건은 다이어리였어. 내 인생이 모두 담겨 있거든. 내 인생의 비망록으로 쓸 생각이었는데 그럴 기회조차 갖지 못한 거네.

"너 혹시 내 딸 율희가 아니냐? 내 딸이랑 비슷해. 가족이 청주에 사는 게 맞는 거니?"

안절부절못하던 서영이 혼체의 몸소리를 끊고 다급하게 물었다.

청주에 살아.

"아, 아니구나!"

기대만큼 서영은 실망했다. 혼체는 다시 자신의 행장을 이어갔다.

난 인간사회에 도움이 되는 사람이 꿈이었어. 내 블로그에 분명히 그렇게 밝혀 놓았지. 그런데 그 꿈을 이루기도 전에, 27살의 나이밖에 안 먹었는데 그 누군가가 나를 인간계에서 떼어낸 거야. 해야 할 일이 많은데 말이야. 할머니 집 대문에는 국가유공자의 집,이라는 마크가 붙어 있어. 할아버지 덕분에 내가 좋은 세상에 살고 있었던 걸 잘 알았던 거지. 태풍 피해지역에 내려가 복구 봉사활동을 하기도 했었어. 나는 더 많이 사회를 위해 일할 시간이 필요했어. 인간사회는 날 필요로 하지 않나? 그날은 룸메이트와 함께 이태원을 찾았지. 작년에 나는 버킷리스트로 자격증 따기, 핼러윈 분장하기, 겨울바다 보기로 적어 놓았었어. 핼러윈 분장을 하여 이태원을 찾았는데 그게 마지막일 줄이야. 겨울바다는 보지도 못했어. 인파에 휩쓸려 고비를 넘겼다고 생각했을 때 친구가 보이지 않았어. 전화를 걸어도 받지 않아 난 다시 해밀튼호텔 옆길로 들어섰지, 아비규환의 난리이면서도 아무말도 할 수 없었던 나도 그뒤 어찌 됐는지 기억이 안 나. 아나운서가 나의 어릴 적

꿈이었어. 뉴스 앵커는 나의 죽음을 어떻게 보도했을까? 기상캐스터 이력서도 준비했었어. 그날 일기는 참 맑은 날이었어. 그래, 깨발랄했던 나, 하늘의 별이 되었네. 아빠, 나 죽기 며칠 전 아빠 생일선물로 점퍼 사드렸잖아. 이번 겨울 많이 추울 텐데 따뜻하게 입어. 엄마, 넘 슬퍼하지마, 난 행복했어, 사랑해.

우우우우~웅!

"너의 운명 또한 기구하…"

서영의 대답이 채 끝나기도 전에 한 혼체가 다른 혼체들 앞으로 비켜 나와 행장을 한다.

나는 어려서부터 책과 아주 친했어. 걷기도 전에 책이 곧 장난감이었다고 엄마가 말해주었지. 책을 많이 읽었어. 글도 잘 썼지. 중학생 때는 학교 선생님이 국어의 보석,이라며 내가 쓴 글의 팬이었을 정도야. 책을 많이 읽다 보니 삶의 지혜를 터득하게 되고 뭐든 혼자 알아서 잘하곤 했어. 초등학교에 입학하고 일주일 만에 학교에서 배울 게 없으니 검정고시 보겠다,고 해 엄마를 놀래켰어. 내가 좀 당돌했나 봐. 진학할 고등학교는 내가 혼자 정해 엄마에게 통보하는 식이었어. 내 의지가 확고했거든. 집에서 가까운 특성화고등학교였어. 무역을 하고 싶었어. 수학을 되게 싫어했지만 무역을 공부하려니 회계 공부를 안 할 수 없어 나의 정신세계가 고생 좀 했지. 그렇지만 장학금을 받을 정도로 열심히 했어. 대학도 집에서 걸어 15분 거리로 정했어. 세 군데나 붙었거든. 일본어도 독학으로 공부해 과외도 해줬어. 새로운 일을 벌일 때는 일이 성사되고 나서야 가족에게 알렸어. 아플 때는 문제 없는 걸 알고 나서야 뒤늦게 가족에게 말하곤 했어. 걱정 끼치기 싫었거든. 엄마는 그런 나에게 무소식이 희소식,이라고 했어. 그런데 그 무소식이 아주 슬픈 소식이라니! 엄마, 미안해. 나랑 밤새 이야기를 많이 나누며 내 조언을 잘 들어준 오빠. 내 덕으로 프로그래머가 되었다고 생각하는 오빠야. 내게 일 생기면 무조건 달려왔던 오빠였어. 나더러 누나 같다며, 우리 가족에게 밤하늘의 별 같은 천사라고 했어. 올해 대학원에 진학하고 돈을 많이 벌어 5년 후 서른다섯 살이 되면 생일선물을 돈으로 주겠다고 엄마에게 약속했는데, 어쩌지?

우우우우~웅!

혼체들 수십 위가, 찰나의 순간인지 수 시간에 걸쳐서인지 헤아릴 수조차 없이, 각자의 행장 이야기를 쏟아내는 내내 서영은 지치지 않고 경청하고 빠짐없이 위로의 말을 전했다. 마침내 재회한 혼체들이 있었다. 인간계에서 열렬히 사랑했던 두 혼체가 그랬고, 절친이었던 두 혼체가 그랬다. 동일한 공간, 동일한 시간 내에서 운명이 달라졌던 일행들이 숱했지만 그들 중에서도 사(死)의 운명조차 같이한 이들이다. 그들의 기쁨과 슬픔은 이루 말할 수 없이 울려 퍼졌다. 서영은 그들의 재회를 슬프게도 기뻐해주었다.

난 이태원에 친구를 만나러 갔는데, 기억이 잘 안 나. 죽음 이후 가는 곳은 사랑이야. 사랑 이후 가는 곳도 사랑이야. 죽음 이후 가는 곳은 사랑이야. 사랑 이후 가는 곳도 사랑이야. 죽음 이후 가는 곳은 사랑이야. 사랑 이후 가는 곳도 사랑이야. 죽음 이후 가는 곳은 사랑이야. 사랑 이후 가는 곳도 사랑이야…

다 끝났나 싶었는데 마지막으로 나타난 혼체는 자신의 행장을 풀지 않은 채 주문 같은 말만 되풀이하면서 다시 무리 속으로 사라졌다. 시나브로 주변은 더 어두워지고 물안개는 혼미해졌다. 처음 서영과 이야기를 나눈 기이한 형체의 혼체가 서영을 위로해주며 자신들의 억울함을 꼭 풀어달라고 신신당부했다. 서영이 어찌해야 할 바를 모르고 주춤거리고 있을 때 몸을 다 식힌 혼체들은 일제히 물안개 너머로 빠르게 사라졌다. 서영은 사라지는 마지막 혼체를 멍하니 바라보더니 끝내 주저앉았다. 간절함이 무위가 되었다. 서영을 떠받치고 있는 우어 혼령들이 속절없이 출렁인다.

"서영 씨?!"
몸을 뒤로 돌려보던 혁진은 다급하게 소리를 질렀다. 아침부터 코가 맹맹해지기 시작한 혁진의 목소리, 금강 거센 바람을 쐬면서부터 더 둔탁해져 마치 다른 사람인 듯했다. 서영이 강 허공에 대고 손짓을 해댔으며, 발은 이미 물속을 향하고 있었다. 움찔한 서영, 멍하니 주변을 둘러보니 자전거길을 걷다 길에서 이탈하고 있는 자신을 보았다. 강물 위에는 하얀 눈이 검게 흩뿌린다. 몽유병(夢遊病), 아니 유몽병(遊夢炳) 증상이었는지 꿈인지 생시였는지 알 수 없는 일이었다. 서영은 제자리에 멈춰서서 강을 바라보다 다시 혁진을 향해 무심코 말한다.
"여기 인간계 맞죠?"
"네?"
"혁진 씬, 어디 갔다 왔어요?"
"네???"

　일행이 웅포면 웅포대교를 따라 금강을 건너니 충청남도 부여군 양
화면이었다. 이어서 충화면, 구룡면, 은산면을 거쳐 청양군 장평면 구
룡리에 도착했을 때는 벌써 삼보일배 행군 27일째로 음력설 전날이었
다. 설날 아침은 출발 전에 율희의 명복을 비는 예를 갖추고 화산리 보
건진료소 앞에 도착하니 오후 1시가 다 되었다. 보건진료소 앞에서 동
탁의 부인이 기다리고 있었다. 오후에는 쉬기로 해 목사의 양해를 구
하고 인근 교회의 앞마당에 텐트를 먼저 쳤다. 목사는 이태원 참사 희
생자의 한 유가족 일행이라는 말에 깜짝 놀라면서도 무슨 일엔가 경황
이 없이 바삐 움직이며 설날이라 예배가 오후에 있으니 기도드리겠다
는 말만 간단히 덧붙였다. 점심은 동탁의 부인이 준비해 온 떡국과 갈
비찜이다.
　"올해는 춥기도 더 하고 바람도 날마다 불어 고생들이 더 심하시겠
어요."
　떡국을 한 숟갈 뜨며 동탁의 부인이 걱정스럽게 말을 꺼냈다.
　"나야 운전병이니까 괜찮아. 혁진이나 서영 씨가 살이 좀 빠졌어."

"진짜요. 서영 씨는 더 그런 것 같아요. 괜찮으세요?"

"괜찮아요. 남자가 둘이나 있잖아요? 아, 우리 찰스까지 셋이네. 하하하."

"제수씨가 왔다 갔다 고생이 많아요. 빨래에 반찬거리에. 떡국이 참 맛있어요."

"서방놈이 없으니 더 편해요."

"하하하."

일행은 다시 오랜만에 웃었다. 서영은 미행당한 사건 직후에는 자신의 이야기를 많이 쏟아내더니 금강 변에서 이상한 소리를 한 이후 말수가 적어지고 뭔가 깊은 생각에 빠진 듯해, 혁진도 말 붙이기를 조심스러워했다. 그 이상한 소리라는 것은 여기 인간계 맞죠?, 였다. 서영이 실성도 하지 않고 뜬금없이 내뱉은 말이라 황당하다는 생각이 들었으면서도 그게 무슨 말이냐고 되묻지도 못하고 혁진의 뇌리에 내내 남겨 있었다. 서영 역시 침묵으로 일관했다. 자신의 기이한 대낮 경험을 혁진이 믿지도 않을 뿐더러 말을 꺼내봤자, 물론 혁진이 그럴 사람은 아니라는 생각이 들면서 혹시라도, 정신 나간 소리 하지 말라며 이상하게 쳐다볼지도 모를 일이었다.

"이 서방놈이 곧 그리울…"

동탁은 그리울, 이라는 자신의 말에 아차 싶어 얼른 화두를 바꾼다.

"근데 마을에는 별일 없지?"

"겨울에 뭔 별일 있겠어? 삼보일배하는 사람들 걱정들 많이 하지. 서영 씨를 젤 걱정들 하셔."

"전 괜찮다고 전해주세요."

"아, 그리고 난산리 율지댁, 병원 갔다 오다 엉덩방아를 또 찧어 전주 큰 병원으로 실려 갔다고 그래요."

"네? 언제요?"

서영과 혁진이 동시에 물었다.

"며칠 되었나 봐요."

"큰 병원요? 이번에는 크게 다치신 모양이네."

혁진은 동탁이 따라준 청양 막걸리를 걱정스럽게 마시고 안주로 떡국을 먹으며 말했다. 다시 동탁의 부인이 혁진을 보며,

"혁진 씨가 읍내의 읍지 맡아 하시죠?"

"네."

"줄포까지 말이 돌던데요? 읍지 하다가 센터장님이랑 싸우고 도망갔다고."

"그래요? 기금 모은 거 들고 튀었다고는 안 그러던가요? 하하하."

"그런 말은 없었는데, 이런 말씀 드려도 될지 모르겠는데요."

"말씀하세요, 들으신 말 그대로."

"센터장님한테 대들었다고 싸가지 없는 놈이라고 하기도 하고, 읍지 가지고 돈 벌어 처먹을라고 그런다고 하기도 하고, 지 멋대로 하려 한다고도 하고."

서영과 동탁은 혁진에게 시선을 돌렸다. 격분한 것은 혁진이 아니라 동탁이다.

"센터장님? 작년에 끝났으니 이젠 센터장도 아니지. 지가 뭔데 이래라저래라 해? 위원장도 실무 총괄 일하는 사람한테 이래라저래라 못하는 법여! 세상이 지금 어느 세상인데 갑질에 꼰대질이야! 사람 명예훼손에 아주 나쁜 사람 만들고… 애엄마가 들은 거 다 그 양반이 만들어 낸 말여. 아주 트러블 메이커야, 트러블 메이커! 지역사회에서 존경받

을라면 그렇게 행실해서는 안되지."

동탁은 행군하면서 읍지 관련하여 혁진에게 자세한 내막을 들을 수 있었다. 저녁 식사 후 서영이 자기 텐트로 돌아가면 바둑판을 펼쳐 놓고 막걸리 한 잔에 혁진과 온갖 이야기를 했다. 읍내 지인들에게서도 강만호가 어떻게 떠들고 다니는지 전화로 익히 들어왔다. 줄포를 나선 이후에도 혁진은 더 많은 악담들을 들어왔다. 이미 예상했던 일이다. 읍내 출생에 읍장을 역임하고 퇴직한 모 인사는 작년 군 의원 선거 때 출마를 고민하였으나 최종적으로 포기한 이유를 혁진에게 말해준 적이 있다. 그는 공무원으로 같이 근무한 적이 있어 강만호를 아주 잘 알고 있는 사람이다. 자신이 군 의원 후보로 나서면 선배랍시고 이런저런 조언들을 해줄 것이 분명하고, 선거에 당선이 되면 이래라저래라 주문이 많을 게 불 보듯 뻔하며, 자신의 말을 들어주지 않으면 뒤통수치고 다닐 것 또한 명약관화한데 그 뒤통수 악담을 감당하기가 너무 괴로울 것이, 눈에 다 보인다는 거였다. 강만호의 공직 인생이 그래왔다는 것이고 그에게 달라붙는 몇몇을 빼고는 고개를 절레절레하는 사람들이 많다.

혁진은 어쩌면 나약한 실존주의자일지도 모르지만 응, 하라면 응, 하는, 비위 상하게 타협하는 성향은 아니다. 근본을 묻고 따지며 세상의 이치를 갈구한다. 고집스럽다는 말은 들어도 독단지는 않고 타협하더라도 원칙을 고수한다. 강만호의 언행은 욕이 저절로 나올 정도로 분노를 크게 유발하고 있으나 감정적으로 대응하지도 않는다. 또한 당신은 기득권자야, 라고 정의로운 척하지도 않으며 언행 자체의 내용을 근거로 하여 논리적으로 대응해왔다. 몇 번이고 읍지 일을 때려치울까 고민하다가도 편찬주간으로서 끝까지 책임져야 한다는 입장이었다.

어쨌거나 그 고통은 컸다.

혁진은, 삼보일배는 어쩌면 자신의 번잡스러운 고통을 이겨내기 위한 방도라고 생각했다. 강만호와 막상 정면돌파하겠다고 마음 먹었음에도 세상일은 내 맘대로 되는 것도 아니기에 자신에게 엄습하는 고통과 분노의 지연을 감당할 시간이 필요했다. 작년 7월로 센터장 직에서 물러났으니 이제 힘 떨어졌다며 무시해도 될 것이라고 엄기택이 언질 준 바 있으나, 혁진이 보기에 어림도 없다. 강만호가 그동안 깔아놓은 밑밥이 하루아침에 말라버릴 일도 없거니와, 그와 사이가 안 좋은 후배세력이 읍내의 새로운 기득권으로 득세하고자 그들 사이에 모종의 딜을 꾀한다는 이야기를 들었다. 그 후배세력의 대장격인 자는 건설업체 사장으로 강만호가 뒤통수치기의 달인임을 익히 알고 있고, 혁진을 잘근잘근 씹어먹는 혓바닥의 화술을 잘 지켜보고 있을 뿐만 아니라, 조합장이나 도시재생센터 센터장을 지낸 만큼 이용가치가 많다는 점을 간파하고 있었다.

화무십일홍(花無十日紅)이라, 꽃은 붉은 채 열흘을 가진 못한다. 권력, 하늘 무서운 줄 모를 것 같지만, 오래가지 못한다는 이야기이다. 참으로 고상해 보이는 이 한자성어는 시중의 현실어로 번역하면 5년짜리 대통령이 겁대가리 없다,다. 대통령이 된 공이 선거 때 현직 대통령을 향해 퍼부은 악담이다. 화무십일홍이라? 천만의 말씀. 강만호의 그림자는, 퇴임한 뒤에도 사람들이 붙여주는 센터장님!,이라는 호칭으로 길게 늘어져 왔다. 그 그림자 끄트머리에서 반대방향으로 삼보에 일배, 삼보에 이배를 행하며 혁진은 앞그림자들을 헤치며 먼 길을 떠나온 것이다.

"공통 같은 자가 용산에만 있는 게 아니어요. 제 이야기는 이쪽 귀로 듣고 저쪽 귀로 흘리세요."

"공통이라면."

"공 대통령요."

동탁의 부인으로서는 알아들을 수 없는 말을, 동탁의 부인을 쳐다보며 내뱉은 혁진은 막걸리를 한 잔 더 따르며,

"청양 막걸리, 깔끔하고만! 세상일도 좀 이렇게 깔끔하면 을매나 좋을까. 동탁이도 한 잔, 혁! 설 첫날에 분노 게이지 올라가는 이야기는 그만허게잉?"

"그랴~"

그때였다. 밖에서 웅성거리는 소리가 들리더니 두꺼운 외투로 온몸을 감싼 흰머리 할머니 한 명이 텐트 안을 불쑥 들여다보며 다짜고짜,

"오떤 여자인규?"

일행은 어안이벙벙하다.

"네? 무슨 말씀인가요?"

서영이, 난데없이 들이닥치려는 흰머리 할머니를 쳐다보며 물었다.

"성님, 애상나게 애그런디유."

또 다른 할머니가 뒤쪽에서 뭐라고 한다. 텐트 안을 구경하려는 듯 얼핏 내미는 얼굴을 보니 파마를 해 더 젊어 보인다.

"이, 내가 애상 바쳐 글유. 오떤 여자인규?"

"어떤 여자라뇨?"

대충 말을 알아들은 서영이, 흰머리 할머니 앞으로 다가가며 되물었다.

"이 여자인규? 목사님이 예배당서 말씀 다 허셨시유. 내가 다 애상 바친당게유."

212

"성님, 예배시간 다 되었구먼유. 이 양반들 인자사 밥때여, 밥 먹게 냅두게유."

"우덜 애기가 죽고남서 을매나 놀랬던지 내가 밥을 못 먹었잖어. 밥알만 봐도 곤두셨다니께."

"성니~임!"

"내가 배운 것이 암것두 읍서두 평생 넘덜한티 아순 소리 안허구 살었는디, 그란디 집안 장손이 왜 죽은 겨?"

서영에게 무슨 말인가를 하고 싶어 하는 흰머리 할머니를, 파마머리 할머니가 겨우 데리고 갔다. 서영이 제자리에 앉으며,

"이게 무슨 상황인 거죠?"

서로가 바라보며 난데없는 상황에 이해가 안 간다는 표정들이었다. 동탁이 우스개소리로,

"테레비에서 봉게, 충청도 사람들은 속마음을 잘 드러내지 않는다고 허잖여. 누가 옆집에 낫 빌리러 갔어. 경상도 사람들은 곧바로 느그 집 낫 있나, 해. 충청도 사람들은 안 그래. 낫 빌리러 가서 낫 이야기를 안해. 주인이 어쩐 일이랴? 물어도 뭐 어쩐 일은, 놀러 온 겨. 딴소리만 하다가 그냥 집으로 발길을 돌려. 다시 주인이 톤을 높여 어쩐 일이여?, 하니 그때서야 애엄마가 낫을 빌려오라 허는디 낫이 없겠지 있겠어?, 한다는 거야."

넉살스럽게 말을 해야 웃기는 상황이 연출되나 동탁이 그런 소질이 없어 사람들은 건조하게 듣고 있다.

"안 웃겨?, 요? 개그맨 이봉원이 그랬던가 최양락이 그랬던가, 잘 기억은 안 나네. 저 할머니 텐트 안으로 들어오면서 따지듯 오뗜 여자냐고 물었잖어. 말씨는 완전 충청도 사투리이면서 충청도 사람같지 않

게, 성질 되게 급허고만. 애상바친다,는 말이 우리 줄포말로 애성바친
다,겄지?"

고개를 갸우뚱하던 혁진이,

"그런 것 같은디, 충청남도 말이 전라북도 말이랑 비슷헌디 또 다르
네. 맥락을 모르니까 애매하네요. 저 할머니 따지러 온 게 아녀, 절박
해보였어. 예배 보러 왔다가 목사님한테 우리 소식을 듣고 여기에 왔
나 봐. 어떤 여자를 찾는디 어떤 여자,가 누구인지는 모르겠고, 할머니
장손이 얼마 전에 죽어 애성바쳐 온 것 같은디."

"목사님 말씀 듣고 왔다고 헝거 봉께, 찾는 여자가 서영 씨인 모양이
고만. 글치 않고서 난데없이 왜 여기 와서 어떤 여자를 찾느냐고."

"긍게, 죽었다는 장손이 이태원에서 죽었는가벼? 그래서 속상해 혹
시 서영 씨를?"

"예배 끝나고 다시 오겠고만."

마저 식사를 끝내고 동탁의 부인은 빨래감을 챙겨 떠났다. 한참 후
예배를 마친 목사가 혼자 왔다. 흰머리 할머니의 장손이 30대 초반으
로 이태원 참사에서 희생당했으며, 서영의 일행이 여기에 텐트를 쳤다
는 소식을 듣고 깜짝 놀라 불쌍히 여겨 천막으로 찾아와 무슨 말이라
도 나누고 싶어 했던 심정이었는데, 여기 있는 사람들이 말을 못 알아
듣더라고 전했다.

"할머니 말씀이 사투리가 심하기도 하고 맥락도 없이 뭐라고 하시니
까 무슨 말인지 잘 알아듣질 못했어요. 할머니는요?"

서영이 물었다.

"집으로 가셨습니다. 여기서 한참 떨어진 낙지리에 사시는데, 그 집
둘째아들이 어머니가 걱정된다고 어제 내려온 모양입니다. 죽은 장손

은 첫째아들네고요, 첫째아들은 안 내려왔답니다. 둘째아들이 데리러 와서 어딜 가야 한다고 바삐 금방 그 차 타고 갔습니다."

"장손이 죽었으니 심정이 오죽할까요."

혁진이 응대했다.

"추운 겨울인데도 매주 일요일하고 수요일 새벽기도에 꼬박꼬박 오셔서 기도드리고 이야기 나누고 합니다. 기도로 치료를 하십니다. 처음엔 실성도 하셨다는데 요샌 좀 진정이 되어가고 있습니다."

"할아버지는요?"

"일찌감치 돌아가셨다고 합니다. 슬하에 3형제를 두어 장차남은 서울과 대전에 살고, 마흔 다 되어 낳은 늦둥이 막내아들하고 둘이 삽니다. 막내아들도 교회에 같이 다니는데 오늘은 둘째형님네 조카들하고 집에 있느라 못 왔다고 합니다. 여기 오신 다른 할머니 한 분 계셨죠? 같은 동네 분으로 친자매보다 더 가까이 지내십니다. 교회도 그 할아버지 분이 매번 차로 모십니다."

"막내아들도 나이 좀 들었을 텐데, 결혼을 안했나요?"

"말을 못합니다. 알아듣기는 다 합니다. 정신적으로 좀 부족하고요. 그래서 할머니가 애지중지하며 살펴주고 있는데, 당신이 돌아가시면 어찌하나 걱정이 크십니다. 저도 이 교회에 온 지 몇 년 안되었기에 들은 말입니다만, 그 막내아들을 임신했을 때 그 할머니가 동네 사람들이 개 잡는 모습을 보고 나서 잘못되었다고 하기도 하고, 또 누구는 그 막내아들이 어렸을 때 큰지렁이한테 오줌을 쌌는데 그 지렁이가 독을 쏘아 잘못되었다고 하기도 합디다."

"지렁이한테요?"

동탁이 뜨악해 되물었다.

"네, 큰지렁이."

"별일이네요."

"임신 중에 개 잡아먹는 모습을 보면 아이가 잘못된다는 말은 저도 들은 적이 있습니다만, 지렁이한테 오줌 쌀 때 꼬추에 독을 쏜다는 말은 처음 들었습니다."

"저희도 처음 듣습니다."

"그나저나 어디서 오시는 길입니까?"

"전라북도 줄포입니다."

"아, 줄포요. 옛날에 포구로 유명했었죠."

"줄포를 아시는군요."

"젊었을 때 한 번 가봤습니다. 내소사 가면서. 하여튼 춥고 먼 길에 고생하십니다. 보통 일이 아닌데, 저도 참으로 안타까운 마음입니다. 이 나라가 어찌 되는지. 제가 저녁이라도 대접해드리고 이야기도 좀 듣고 싶은데, 먼 곳에 가봐야 할 일이 있어서, 지금 출발해야 합니다."

"아이고, 괜찮습니다. 이렇게라도 마음 써주시니 고맙습니다."

"아무쪼록 남은 여정 무사히 마치시길 늘 기도하겠습니다. 어머님은 건강 잘 챙기셔야 합니다."

목사는 서영을 한 번 더 바라보며 애틋한 마음을 전하고 텐트 밖으로 빠져나갔다. 동탁도 담배를 피우러 밖으로 나간다.

"혁진 씨?"

서영이 혁진을 불렀다.

"예?"

"아까 그 할머니, 돌아가셔서도 눈을 감지 못하겠어요. 막내아들에 대한 걱정이 크셔서. 그런데, 사후세계는 있을까요?"

서영은 금강 변에서 경험한 기이한 일을 에둘러 꺼냈다.

"전 없다고 봐요. 인간이 만들어낸 믿음의 세계일 뿐이죠."

"단호하군요. 사후세계가 있다면 우리 율희가 한번쯤 찾아왔을 텐데, 꿈에서도 안 나타나요."

"단호한 것은 아녀요. 제가 없다고 봐요, 라고 했지 없어요, 라고 단정해 말한 것은 아니잖아요?"

"그런가요? 믿음의 세계일 뿐,이라고 말한 것은 단호한 표현이잖아요?"

"제 말이 앞뒤가 안 맞는군요? 그럼 없어요, 라고 할게요."

"그게 아니라, 부조리해요. 사후세계는 인간이 만들어낸 믿음의 세계일 뿐,이라고 단정하면서도 이미 없다고 봐요, 라고 전제하여 그 단정을 확정하지 못하도록 하는 태도가 부조리하다는 것이죠. 가만히 보면 혁진 씨 말법이 그런 경향이 있어요."

"제가 그렇던가요?"

"그럴 때가 좀 있어요."

말꼬리를 잡는 대화인 듯하면서 자연스럽게 화두가 바뀌고 있다.

"제가 좀 한 부조리한 인간이잖아요. 말은 뻔지르르하면서도 행동은 하지도 못하는."

"ㅎㅎㅎ 혁진 씨 지레 겁 먹나 봐요? 제가 말하려는 것은 혁진 씨의 겸손에서 나오는 부조리라는 거예요."

"겸손에서 나오는,요?"

"스스로는 단정하면서도 다른 사람들에게는 단정하여 말하지 않는, 그 태도가 겸손이 빚는 부조리 아닐까요?"

"어쩐지 설득이 되는데요? 하하하."

뭔가 잠시 생각을 하다 서영이 문득,

"그 반대로 오만이 빚는 부조리가 있어요. 스스로는 단정하지 못하면서도 다른 사람들에게는 단정해 말하는 부조리요."

"오, 그럴듯한 생각인데요? 겸손이 빚는 부조리, 오만이 빚는 부조리라. 어떻게 그런 생각을 다 하셨어요? 요즘 혜안이 깊어져요. 원래 그러셨나?"

"지금 막 그런 생각이 들었어요. 혁진 씨와 대화를 나누면서. 그런데 또 이런 생각이 드네요. 부조리는 참사다!"

참사,라는 말에 혁진은 섬찟할 뻔했다.

"이태원 참사, 할 때의 그 참사는 아니죠?"

"모르겠어요. 하여튼 부조리는 참사,라는 생각이 들어요."

혁진은 바로 핸드폰을 꺼내 검색한다.

"참사. 한자로 참혹할 참(慘),에 일 사(事),를 써요. 말 그대로 참혹한 일이죠. 참(慘) 자는 애처롭다, 아프게 하다,의 뜻도 있어요. 부조리는 참사다,도 이태원 참사와 같은 한자말이겠네요. 그런데 참사의 사,를 죽을 사(死)로 쓰기도 하네요. 비참하게 죽음,의 뜻으로요."

"그러면 이태원 참사,의 참사는 비참하게 죽음,의 뜻으로 써도 되겠군요? 그렇죠, 비참하게 죽었죠. 정부가 노골적으로 참사,라는 말을 거부한 까닭이 거기에 있네요. 비참하게 죽도록 내버려 뒀으니까. 참혹한 일,이라고 해도 마찬가지고요."

"서영 씨 뜻대로라면, 그게 또 부조리 참사이기도 하겠어요. 참혹한 일 혹은 비참한 죽음을 참사,라 하지 못하도록 통제하고 통상의 말 사고(事故),라고 부르게 하는 강요 자체가 부조리이고, 그래서 그게 부조리 참사라고요."

"제가 요새 혁진 씨 조언대로 저녁마다 핸드폰으로 기사와 유튜브를 검색해 공부했어요. 그동안 경황이 없고 제정신이 아녀 못 챙겼던 참사에 대해 이제 자초지종 많이 알게 되었어요. 지난 번에 제가 말을 해야겠다고 했잖아요. 말을 하려면 알아야 하니까요. 알아도 대충 아는 게 아니라 세밀하게 알아야 하고요. 진실은 부지런해야 알 수 있고 용기가 있어야 말할 수 있겠다는 생각이 들었어요. 겉으로 보이는 느낌만 가지고 판단하는 게 얼마나 편협되고 위험할 수 있는지…"

"네, 맞아요. 게으르면 진실을 알 수가 없고 용기가 없으면 진실을 말할 수 없지요. 놈들은 철저히 그 점을 이용한 거죠."

서영은 뭔가 곰곰이 생각하더니 다시 말을 잇는다.

"정부의 사후 수습 태도에서 나타난 부조리 참사,라면 이태원 참사는 이미 예고된 참사이기에 이미 예고된 부조리 참사이기도 하겠지요. 십만이 넘는 군중의 집결이 예상되는 상황인데도 경찰과 행정은 의도적으로 방조하였다는 의심이 들 수밖에 없죠. 초저녁 6시 34분, 압사위험을 언급하며 최초의 112 신고가 접수된 시각이에요. 신고자는 압사당할 것 같아요, 너무 소름 끼쳐요, 지금 아무도 통제 안해요, 그렇게 처절하게 신고했어요. 잇달아 접수된 신고가 무려 수십 건이나 되었어요. 그리고 10시 15분에 10명 정도의 압사사고가 발생했다는 최초의 신고가 접수되었어요. 최초 112 신고 시각과 최초 압사사고 신고 시각의 시간은 무려 3시간 45분이라는 긴 시간이었어요. 이 시간이면 목포에서 출발한 고속버스가 서울에 도착할 수 있는 시간이죠. 수십 건이나 신고되었는데도 출동은 고작 4건에 불과해요. 압사 위험이 있다고 했는데도요. 이 기나긴 시간 동안 경찰은 도대체 무얼 한 거죠? 최초 신고를 받고 경찰들 즉각 출동하여 인파 통제만 했더라도 참사는 막아냈을 거 아녀요? 서울경찰청장 집무실에는 서울 어느 구역이든 직접 볼 수 있는 CCTV가 설치되어 있고 112 신고 소리를 들을 수 있는 무전기가 16대나 설치되어 있어요. 그날 청장은 집무실에 12시에 출근하여 저녁 8시 33분께 퇴근했어요. 촛불시민들의 용산집회가 끝난 뒤 가버린 거죠. 참사 1시간 전에 이태원 인파 관련 보고를 받고도 아무런 조치를 안 취했어요. 소름이 끼쳐요. 파출소 직원들이 달려나가 해결될 일이었나요? 여기에 경찰청 차원에서 지시된 어떤 비밀이 있는 게 분명해 보여요. 하나는 촛불시민으로부터 대통령이라는 권력자를 보호하겠다는 과잉된 태도였고, 그래서 경찰들을 용와대로 배치한 거잖아요? 저는 그렇게 생각해요. 물론 촛불시민은 평화적으로 집회를 하였을 뿐인데 말예요. 그리고 다른 하나는 마약사범 단속이라는 성과에 꿰맞추려다 보니 경찰을 이태원에 투입하면 안된다는 계획된 시나리오였겠죠. 저는 그렇게 생각해요. 소름 끼쳐요. 그리고나서 그 결과는 어떻게 되었죠? 참혹했잖아요. 사태의 수습과정도 참혹했잖아요? 죽은 젊은이들 부검부터 하겠다고 덤벼들어 두 번 죽이려 했던 정권, 심지어는 희생자의 물병도 검사했다면서요? 만일 마약의 흔적이라도 나왔다면 희생자들을 마약에 미쳐 죽었다고 몰고 갔을 거 아녀요? 미친 거 아녀요? 그게 국가의 책임자들이 할 일이 아니잖아요? 참사 이전이나 이후 모두 부조리로 이어지고 있어요. 권력의 부조리가 낳은 참사! 저는 이렇게 단정할 수밖에 없어요. 그러나 그 물증들이 완벽하게 드러나 있지 않으니, 혁진 씨 말마따나 제 말도 단정하여 말하지 못하고 제 생각인 양 말해야 되네요. 그리고 보니 혁진 씨의 화법에서처럼 저의 화법에서도 부조리 참사가 일어날 수밖에 없네요?"

"흠, 난제가 있어요. 공 정부처럼 막가파 권력자들이 저지르는 악행의 부조리하고 우리가 일상생활에서 말할 때 일상의 부조리하고, 무슨 관계가 있을까요? 오만이 빚는 부조리 참사와 겸손이 빚는 부조리 참사는, 둘 다 언어라는 위장도구를 통해 일어나죠. 너네는 오만이 빚는 부조리 참사고 우리는 겸손이 빚는 부조리 참사,라고 하는 것도 내로남불, 오만한 발상이죠. 이 두 참사는 언어 속에 섞여져 교묘하게 보통 사람들의 생각 속으로 스며들어요. 그걸 막가파 권력자들이 교묘히 악용하죠."

"예를 들면요?"

"지난번 미행당한 일이 있은 후 서영 씨가 말했잖아요. 희생자의 이름 공개를 비난한 문제요. 세월호 때 희생자 공개로 문제가 된 적이 있나요? 이번 참사 때만 유독 문제가 됐잖아요. 정부에서는 막아놓고, 정부를 옹호하는 언론이 지난 참사들에서는 지들이 다 공개해놓고도 이번에는 이름 공개는 나쁜 짓이라고 자가당착으로 우겨대니, 일부 사람들은 그 프레임에 빠져 이름 공개한 시민언론을 비난했잖아요? 희생자 명단 목록이 있으면서도 없는 척 단언하다 들통난 행안부 장관 같은 짓거리는, 명단을 공개하고 추모를 적극 지원할 책임이 있는 정부의 공직자가 궤변을 늘어놓으며 참으로 오만한 부조리를 보여준 거죠. 정부와 언론이 설치한 프레임에 빠져 희생자 이름 공개를 비난하는 보통 사람들, 알바들인지 정말 보통 사람들인지 모르겠으나 이들 역시 부조리한 논리에 갇혀 있죠. 서영 씨의 말마따나 억울하게 죽임을 당한 사람들은 자신의 이름이 세상에 기억될 권리가 있는데도 개인정보,라는 차단장치로 당사자의 그 권리를 막으며 비난하는 게 부조리인 거죠. 이들의 논리에는 희생자는 없어요. 희생자가 없으니 당연히 가해자도 없겠죠. 그게 부조리 참사의 핵심 아니겠어요?"

"말들이 어려워 나는 끼지도 못하겠네."

동탁이 들락날락하더니 막걸리 한 병을 더 까며 한마디 했다.

"이야기를 하다 보니까 그렇게 됐어. 한 잔 더하게?"

"오늘은 명색이 명절 설날이잖냐. 그런데 이야기들이 너무 진지해서 술맛이 날라나 모르겠네? 설날 기념 대국 한 판 어때?"

"조오치."

혁진과 서영의 대화는 동탁이 끼어들면서 이야기 흐름이 끊기고 신변잡기로 바뀌었다. 이들이 머무는 곳은 산마을 들어가는 입구에 자리 잡고 있으며, 명절날인데도 한적하다. 어둠이 이슥해지면서 바둑알 놓는 소리가 산속으로 자그맣게 울려 퍼진다.

설 이튿날, 일행은 가뿐한 마음으로 출발했다. 낙지리를 지나면서 누구인지 알 수 없는 남자 한 명이 삼보일배에 끼어들었다. 그는 두툼한 파카를 입고 방한용 모자와 귀마개, 마스크, 그리고 장갑까지 꼼꼼하게 다 챙겨와 어떠한 말도 하지 않은 채 서영의 뒤를 따라 서영이 하는 대로 그저 삼보일배를 따라 했다. 일행은 이 낯선 남자가 누구인지 당연히 궁금했지만 일단은 가던 길을 멈추지 않고 그대로 나아갔다. 남자의 삼보일배 행동은 중심을 잡지 못하고 자꾸 뒤뚱거리곤 했다. 이를 지켜보던 동탁은 마치 바보 영구를 보는 것 같아 웃음을 참지 못하다가 차를 멈춰 세운 채 몇 차례씩이나 요령을 가르쳐주었다.

한참 후 낙지터널 앞에서 휴식을 취하며 서영이 어디 사는 누구인지 물었지만 남자는 입을 꾹 다문 채 아무말도 하지 않는다. 모자와 마스크 사이로 흘러나오는 남자의 눈빛, 아주 슬픈 표정이다. 동탁은 그에게 따뜻한 차를 한 잔 건네주며 남자의 슬픈 눈빛을 보더니,

"혹시 어제, 그 할머니 막내아들 아닐까요?"

뭐가 짚이는지 서영이 혁진에게 물었다.

"그러고 보니까 그렇기도 한 것 같은데요? 그러니까 우릴 따라왔겠죠?"

"어떻게 알고?"

"어제 할머니가 이야기를 해줬겠지."

남자가 일행의 대화를 듣더니 고개를 두어 번 끄덕였다.

"맞네, 맞아!"

"어떡하죠?"

서영이 걱정되어 물었다.

"뭘요?"

"이분요, 몸도 불편할 텐데 계속 따라오게 할 수는 없잖아요?"

남자는 서영과 혁진의 대화를 들으며 고개를 가로저었다.

"우릴 따라오겠다는 뜻인데요? 이분도 조카를 잃었으니."

"집에서 할머니, 아니 엄마가 아세요? 여기 온 거?"

서영이 물으니 남자는 고개를 다시 가로 젓는다.

"어떡하죠? 그래도 집에는 알려야 하지 않겠어요?"

서영의 말에 남자는 주머니에서 핸드폰을 꺼내 보이며 비로소 뭐라고 말을 한다.

"어어어어엉, 어어어어!"

무슨 말인지 통 알아들을 수 없다. 터널 옆에서는 계곡물 흐르는 소리가 들려온다. 그때 트럭 한 대가 일행 차량에 바짝 붙여서더니 우스꽝스럽게 대비되는 노인 둘이 내린다. 한 노인은 꺽다리고 또 한 노인은 땅딸보다. 운전석에서 먼저 내린 꺽다리 노인이 씩씩거리는 기세로 다가오더니 다짜고짜,

"당신네덜이 우덜 전기 쓴 사람덜인규?"

무슨 말인지 직감적으로 알아차린 혁진이 자리에서 벌떡 일어나며,

"안녕하세요? 저희가 전기를 좀 썼습니다. 죄송합니다. 말도 없이 사용해서요."

"이 사람덜 클날 사람덜 아닌규? 도둑전길 썼잖유?"

"죄송합니다. 그래서 저희가 죄송하다는 말씀과 함께 전화번호를 적어 계량기 안에 메모지를 넣어놨습니다만."

"전화를 혀도 전화를 안 받어 여그 찾아오느라고 써빠지게 고상혔슈. 저 짝이 정산면으로 가서 한참을 찾다 읎어서 읍내 쪽으루 가보느라고 이 짝으루 왔슈. 이번에 전기세가 하도 많이 나와 계량기가 고장났다냐 하고 차일피일 미루다가 아까참에 계량기 확인허러 가봉게 이 종이쪼가리가 있드… 엉? 우리 찐따 아닌규?"

꺽다리 노인은 서영 일행을 바라보며 목소리 높여 한참 설명하다 말고 얼핏 남자를 보고 아는 체 한다.

"찐따 맞지? 고개 좀 들어봐!"

"어버버버버!"

남자는 꺽다리 노인 쪽으로 고개를 들어 보이며 무슨 말인가를 했다.

"야, 찐따! 니가 여그는 먼 일인규?"

"아는 분이세요?"

서영이 물었다.

"알기만 허간유~. 야 이름은 박영치여유. 내가 지금은 구룡리에 사는디 전에는 찐따가 사는 낙지리에 살었시유. 야랑 한 동네서 동고동락했고만유. 여그가 지금은 터널로 뚫렸는디, 이 터널이 뚫린 지가 한

224

이십년 밖에 안댔슈. 내가 참 부끄런 말이지만서도 젊었을 적이 낙지리서 머슴일을 혔어유."

"머슴이간디, 다 새경 받고 일 혔는디? 옛날에는 다 그렇게 혔어야."

땅딸보 노인이 친구의 자존심을 세워주려는 듯 말을 거들었다.

"이 사람은 나허고 한 동네 사는 친구야아. 이 터널 우가 옛날에는 청양 읍내로 가는 고갠디 까치내고개라고, 이 짝은 안그리 보여도 저 짝은 골짜기가 갱장히 가파러. 사람덜 넘어 댕기기가 힘들었슈. 내가 이 고개 우로 산나무허러 솔찬히 댕겼고만유. 나무허러 댕길 적에 이 찐따가 늘 날 따라댕겼어유. 찐따가 왜 찐따냐믄, 말도 못허고 쪼까 사람이 부족혀야, 그래서 찐따,라고 동네 애덜이 놀렸어유. 애덜이 놀리고 형게 나만 따라 댕겼어유. 근디 찐따야, 날도 추운디 이 양반덜은 왜 따라 왔는규?"

"어버버, 버버버버! 버버버, 버버."

꺽다리 노인은 박영치의 말을 알아들었다.

"이 찐따 놈이, 사람이 참 착혀유. 작년 가실에 서울 이태원이서 젊은 아구덜 많이 죽었을 때 이 찐따 조카도 죽었어유. 이 찐따가 생긴 건 이래 생겼어도 조카들을 너무 좋아해유. 그 죽은 조카도 찐따 삼촌을 잘 따르고 그랬는디 죽어버렸응게 야가 을매나 속상허겄슈. 찐따가 저한티 잘해주믄 한없이 잘 따라유. 조카 때미 마음이 아파 당신네들 따라 여까지 왔다고 허는고만유. 근디 어떻게 당신들을 따라왔대유? 낯슨 사람 절대 안 따라가는디?"

혁진이 그때서야 어제 교회 나온 할머니 만난 이야기랑 자신들의 이야기를 모두 자초지종 풀어놓았다.

"그러유? 몰랐고만유."

"그러잖아도 이분 어떻게 해야 하나 고민하고 있을 때 어르신이 오신 거예요."

"우덜이 델꼬 가야지유."

"버버버버버!"

"나 참, 싫다고 허네유. 어쩐대야, 야 고집이 보통내기가 아녀유."

"그러지 말고 야 집에 전화히바."

땅딸보 노인이 말했다.

"그러면 쓰겄고만."

꺽다리 노인이 전화를 걸었다. 한참을 통화하고서 끊었다. 할머니의 말소리가 밖으로 흘러나왔지만 일행은 무슨 말인지 잘 알아들을 수가 없었다.

"할머닌가 봐요? 그분 말씀, 어제도 교회에서 저희더러 뭐라고 하시는데 통 알아들을 수가 없었어요."

"같은 동네 살었는디도 이 할머니는 사투리가 워낙 심혀유. 지금은 시상이 다 통해 갖고 사투리를 심허게들 안 쓰는디. 집이서도 갑자기 없어져서 동네방네 다 찾아 다니고 난리났다고 허는고만유. 아침밥 먹고 말도 없이 사라져, 전화히도 통 안 받고. 인자 어디 있는디 알았응게, 이놈 허고 싶은대로 허라고 내비 두라 허네유. 저녁때 델로 오겠대유."

"그래요? 그러면 그렇게 알겠습니다."

혁진이 대답을 마치자 서영이 궁금해,

"어르신, 이분이 지렁이한테 쏘여 말을 못한다는 게 사실이에요?"

"그런 야그는 으뜨케 아신규?"

"어제 교회에서 목사님이 말씀하시던데 믿기지 않아서요."

"목사님이 그짓말이야 허겄유? 잘 못 아신거겠쥬. 날적부터 말을 못 혔어유. 야가 지렁이헌티 쏘인 거는 맞어유. 지렁이가유 보기에는 대가리도 없고 다리도 없어 부드런 놈 같기도 허고 영문없이 아스팔트 도로 위에 나와서는 말라 죽어버려 심 하나 없는 놈 같은데, 알고 보믄 독헌 놈이여유, 독헌 놈. 맹독을 품고 사는 지네도 잡아 먹어버린당게유? 흙 속에 숨어 있다 지나가는 지네 꼬랑지에 독을 뿜고 몸의 육즙을 빨아들여유. 그러면 지네가 어떻게 되겄슈? 껍데기만 남기고 잡아 먹혀버리죠."

"이, 난 한번도 못 봐서 안 믿겨야?"

땅딸보 노인도 처음 듣는 말인 듯 의아해했다.

"이 세상이 말이야, 같은 디서 살아도 안 보이는 사람헌티는 안보이는 모양여. 땅속이서 나는 찌르렁 소리 있잖여? 그 소리도 다 지렁이 노랫소리여. 노래도 부르고 독도 쏘고 히서 지 살길 찾고, 그러는 겝여. 찍소리 못허고 땅이서 기어댕기면서 나약허게 사는 것 같여도 안 그려야? 관심 가지고 잘 살펴보믄 다른 시상이 있당게."

"하기사 그려이? 자넨 가만히 봉게 남들허고 달러. 갱장이 세밀헌 거까장 잘 알드만!"

"그것도 다 이 찐따 놈헌티 배웠당게. 야가 우리가 보질 못허는 시상을 보는 눈이 보통이 아녀. 남덜은 바보라고 놀려댔지만 그것이 아녀. 가만, 시방 먼말 허다가… 아, 긍게 야가 쩨깐혔을 때 비오고 나서 커다란 그시랑헌티 오줌을 싸버렸어유. 그시랑도 밟으면 꿈틀댄다고 허잔유. 짜디 짠 오줌을 지 몸헌티 퍼부으면 가뜰이 가만 있겄슈? 지네도 잡아먹어버리는 놈덜인디, 지 몸속에 있는 독을 오줌발 타고 쏴버리는 거쥬. 그리 갖고 꼬추가 팅팅 붓고 오줌 쌀 적엔 바늘에 찔른 것처럼 따갑고 아렸던가벼. 맞지?"

꺽다리 노인은 땅딸보 노인에게 말하다가 서영한테 말하다가 다시 박영치한테 고개를 돌려 확인하니 박영치는,

"버버법버."

대답을 한 뒤 눈물을 글썽인다.

"맞다고 허네유. 오매, 울긴 왜 우는겨? 지 찌깐헐 땐디 기억은 하고 있고만유. 야가 말을 못허는 것은 동네 어른들이 누렁일 두들겨 패 잡을 적에 해필 그때 밭매러 갔다가 지 오매가 봐버린 모양인디, 아마 그리서 그맀다고는 헙디다유. 시상 일이란 것이 참 그럽디. 지 오매도 개 잡을 적에 애밴 여자가 보믄 안댄다는 거 들어서 알고 있었을 거 아녀유? 애 뺐을 적에 조심헌다고 힜을 판인디 사람일이랑게 지 맘대로 대는 거 아니잖아유? 우연히 지나가다가 봐버린 거고, 그 순간의 우연이 지랄맞게도 사람 배려버려꼬만유. 다 하늘의 뜻이라 생각히야지 으쩌겄소. 아, 아줌니 내 말은 그것이 아니고유."

꺽다리 노인은 아무 생각 없이 박영치 일을 이야기하다가 서영을 의식해 말꼬리를 내린다.

"괜찮습니다, 어르신. 그런데 어르신은 이분 말을 다 알아들으시나 봐요?"

"내가 낙지리에 살었을 적에는 맨날 붙어 살었이유. 지 오매 빼고는 나허고 젤 붙어 있었이유. 야가 나보다도 더 불쌍히씨유. 내가 야 말은 다 알아듣지유. 말귀도 마음이 가야 알아듣는고만유. 낙지리 동네 사람들도유, 야는 말도 못허는 벙어리 바보다 험서 업신여겨 말귀를 닫아버린 게 야 말을 못 알아듣는 거쥬."

"어이, 개미 겨가는 소린 그만허고 인자 가자고. 이 양반덜도 바쁘겄

고만. 전기 쓴 거는 으떡헐쳐? 올 적에는 신고를 허네 어쩌네 난리를 피우드만."

"전기를 썼으믄 을매나 썼겠어? 전기세가 하도 올라서 헌 소리지."

박영치의 출현이 있은 후 그 다다음날 경찰이 일행을 추적해 왔다. 청양 읍내를 지나 오후 늦게 운곡면 위라리에 접어들 무렵이었다. 우로는 그리 높지 않은 산지로 이어졌고 좌로는 황량한 들판이 기다랗게 이어졌다. 경찰차가 일행 앞을 가로막았다. 두 명의 경찰이 일행에게 다가왔다.

"청양경찰서에서 나왔습니다."

일행 모두는 드디어 올 것이 왔다, 생각했다.

"그제부터 오늘 아침까지, 박영치 씨와 함께 계셨죠?"

"네."

"박영치 씨가 오늘 자살을 했습니다."

"네?"

일행은 깜짝 놀라 할말을 잃었다.

"몇 가지 조사를 할 것이 있어 왔습니다. 협조 부탁드립니다."

"언제, 어디서요?"

서영이 물었다.

"오늘 오전 8시 50분경 칠갑대교에서 뛰어내렸습니다."

"칠갑대교요? 여기에 대교도 있나요?"

서영이 또 물었다.

"칠갑저수지를 건너는 대교입니다. 마침 지나가는 차량이 있어 운전자가 뛰어내리는 모습을 직접 목격했습니다."

칠갑저수지는 어제 텐트 친 곳에서 산 안쪽으로 있다. 하늘이 빙빙

돌고, 서영은 눈을 지그시 감는다.

그저께와 어저께, 아무일 없이 동행했었다. 저녁마다 할머니가 데리러 왔으나 박영치는 끝내 버텼다. 그리고 아침에 말도 없이 사라졌다. 큰 텐트의 두 남자 틈에서 잠을 잤으나 아침에 일어나 보니 없어진 것이다. 주변을 수색하고 오던 길을 되돌아가 보아도 보이지 않아 낙지리에서 수소문 끝에 흰머리 할머니의 집을 찾아내 박영치가 사라졌음을 고하였다. 작은아들네는 아직 대전으로 가지 않고 있었다. 할머니는 놀래는 기색이 없이 야가 어디 간규?, 하며 전화를 걸었다. 전화를 받지 않았다.

"이, 야가 이럴 때가 있어. 때대믄 올겨!"

그 무렵이었다. 박영치가 칠갑대교를 뛰어내린 시각이.

경찰은 박영치 관련해서 몇 가지 확인을 한 후 별건으로 삼보일배에 대해서도 동향을 파악했다. 경찰차가 떠나자 일행은 삼보일배를 중단하고 즉시 낙지리로 갔다. 눈물조차 나오지 않아 더 힘들어하는 할머니는 몸져누워 있었다.

박영치의 자살은 서영에게 충격이었다. 엎친 데 덮친 격으로 이틀 후에는 율지댁마저 갑작스레 병사했다는 소식이 전해졌다. 문자 부고를 받은 혁진이 전화로 확인해보니 2차 고관절 골절로 인한 패혈증이 원인이었다. 딸의 소식을 전해 듣고 달려오다 엉덩방아를 찧은 게 화근이었으니 서영으로서는 마음이 아프지 않을 수 없다. 게다가 율지댁의 아들 일로 불편한 관계에 놓여 있었던지라 더욱 그러하다. 불편한 관계를 풀지 못한 게 한이 되었다.

"혁진 씨?"

"네?"

"고백할 게 있어요."

예산군 대술면 장복리를 지나치면서 동탁이 길을 잘못 들었다며 잠시 멈춰 있을 때였다. 아산시와 평택시의 복잡한 시가지 경유를 피하려고 궐곡로타리에서 화산리 쪽으로 방향을 잡기로 했는데 장복리 쪽으로 길을 든 것이다. 동탁이 전화 통화를 하느라 길 방향을 알려주지 못한 탓이었다. 일행은 멈춘 김에 버스 승강장 옆에서 아예 휴식을 취했다.

"49재를 지내고 저도 율희의 뒤를 따르려고 했다고 했잖아요. 저 혼자 어찌 살아가야 할지 비통했거든요. 이상하게 친정엄마가 꿈에 나타나 저를 어디론가 데리고 가지 뭐예요? 저는 엄마를 자꾸 부르면서도 따라가지 않았어요."

"친정엄마 꿈을 자주 꾸셨어요?"

"아뇨. 아주 잊고 있었죠."

"꿈에 귀신을 따라가면 사람이 죽는다던데, 그래서요?"

"꿈을 깨고 나서 이상하게 살아야겠다는 생각이 들었어요."

"엄마가 서영 씨를 살렸군요."

"그런 모양이에요. 그리고나서 떠오른 생각이 삼보일배 길을 나서자 한 것이죠. 찐따 분이 자살한 것이 마치 제가 자살을 한 심정이에요."

그때 차 안에서 핸드폰 지도를 살펴보던 동탁이 문 열고 나와,

"여기서 방향을 틀어야겠는데? 이 길로 쭈욱 가다 원래 우리가 가고자 하는 길로 틀려면 꼬부랑길로 고개 넘어가야 해서 하루가 더 늘어나."

"그려? 그러면 어디서 틀건데?"

"여기서 바로 왼쪽으로 들어가면 마을길이야. 마을을 통과하면 애초

에 우리가 방향을 잡은 도고온천역 쪽으로 가는 길이야."

일행은 방향을 틀어 마을로 들어섰다. 중풍이라도 있는 건지 거동을
힘겹게 하는 한 노인이 보건소에서 나오며 삼보했다 일배하는 낯선 일
행을 유심히 살펴본다. 마침 그 앞을 지날 때 서영은 화장실을 이용했
다.

서영이 자신이 꿨던 꿈 이야기를 꺼낸 것은 마음이 착잡하고 복잡해
져서였다. 살기 위하여 삼보일배를 시작하려고 결심했을 때만 해도 마
음이 좀 편해지려니 생각했었으나 삼보일배 과정이 뜻하지 않게 순탄
치 않은 고행의 길이 되자 자신 스스로도 고뇌에 빠지지 않을 수 없었
다. 마을을 벗어나 점심을 먹고 난 후 서영의 이야기는 계속되었다.

"율지댁은 참으로 허망하네요. 저하고 풀어야 할 일도 있는데."

"세상사 모르는 일인가 봐요. 연세는 많이 들었어도 정정하셨잖아
요? 어쩌면 요양원 안 들어간 것만 해도 다행이긴 해요. 병들고 하면
어쩔 수 없이 감당하기 어려워 자식들이 요양원으로 보내긴 하는데,
노인분들은 죽으러 가는 곳이다, 날 버린다, 생각들 하시니 들어가고
싶지 않아 하죠. 저희 어머니는 다행히 요양원 생활하지 않고 집에서
돌아가셨잖아요? 어머니도 요양원을 끔찍하게 생각하셨고, 저도 어머
니를 요양원으로 보내야 할지도 모른다는 생각이 들 때면 미쳐버릴 것
같더라고요. 자식으로서 도저히, 인생의 마지막 거처지를 그곳으로 내
몰 수는 없겠더라고요."

"야, 말마라!"

옆에 있던 동탁이 끼어들어 자신의 경험을 이야기한다.

"답이 없다, 답이 없어. 우리 어머니가 파킨슨병으로 요양원에 들어
가서 돌아가셨잖아. 요양원에 들어가기 전에는 나허고 애엄만 맨날 싸

웠어, 애엄마가 고생을 너무 많이 했지. 어머니를 요양원에 보내고 나니 또 맘이 안 좋아. 어머니가 고집이 엄청 쎄, 나이 들고 병나고 하니까 더 그러시더라고. 말이 맞는 말씀을 하셔야 수긍이라도 할 텐데 완전히 땡깡을 놓으니 사람 돌아버리지. 면회를 한번씩 가면 어머니 얼굴을 차마 바라볼 수가 없더라고. 자식들헌테 모든 걸 다 해주고 싶어 하셨던 어머니의 따뜻한 얼굴이 그리워 간 건데, 우릴 따라오고 싶어 안달이시고 그 원망의 표정, 지금도 안 잊혀, 눈물이 나. 그렇게 돌아가셨지 뭐."

"율지댁은 패혈증으로 갑작스럽게 돌아가셨으니 자식분들이 허망해하겠죠?"

"호상이더라도 허망해하지 않는 자식이 있겠냐마는 모르긴 해도 우성이 형님은 부모님을 잘 안 찾고 혀서 그렇게 슬퍼하지도 않을 것이네요."

"함부로 말하지마라잉. 사람 속은 모르는 것인게."

"야, 싸가지가 다 보이는디 뭐. 서영 씨한테도 한 짓거리 보면, 아이고 나 참."

동탁이 의외로 목소릴 높여 말했다.

"우리도 조문을 가야 하지 않나요?"

"가지 않는 게 좋아요. 가서 전우성 씨 마주칠 텐데, 서로 난처해지잖아요."

"우리가 난처할 게 뭐 있어, 미행하라고 한 그 형님이 뻘쭘해지지."

혁진의 반발에 속으로 뜨끔해지는 동탁은 궐곡로타리를 지나칠 때 전우성과 통화했던 내용을 떠올렸다.

"황망하시겠습니다, 형님. 조문 못 가 죄송해요. 아시다시피 조문할 상황도 아니고요… 예, 예. 윤서영 씨는 형님 어머니와 불편해진 상태였어요. 형님 어머니는, 형님에게 협조를 잘하면 딸 문제 처리에 도움받을 수 있을 것이라는 식으로 윤서영 씨에게 말씀하신 것 같아요. 근데 그렇게 말씀하시면서 형님한테도 좋을 것,이라고 속내를 드러내신게 안 좋았던 모양이어요, 윤서영 씨가 느끼기로. 자식 잃어 경황이 없는 사람을 이용해 아들을 챙긴다는 거였어요… 예, 예. 이거는 팩트고요, 게다가 형님이 미행 지시까지 한 사실을 알고 있으니. 그건 그렇고요, 저한테 미리 언질을 해주셨어야지 저는 그것도 모르고 실수할 뻔… 아, 예, 예. 다 이해는 하죠."

동탁은 태연하게 행군을 시작하자고 했고, 서영은 박영치의 일이 머리에 자꾸 맴돌았다.

박영치는 큰조카 장손과 동갑내기였다. 삼촌과 조카가 어릴 적부터 아주 친하게 지내 마을 사람들의 장손 칭찬이 자자했다. 장손은 바보 찐따 삼촌을 무시하지 않고 삼촌 대우를 잘 해주면서도 친구처럼 놀았다. 찐따,라고 놀려대는 동네 아이들은 우아래 할것 없이 냅두지 않았다. 박영치가 큰지렁이에 오줌을 갈긴 뒤 요도에 문제가 생겨 고생한 것도 동네 아이들이 부추킨 탓이었다. 그 일을 알게 된 장손은 삼촌을 놀려주는 데 가담한 아이들 도시락에 지렁이 한 마리씩 넣어 놓아 기겁하게 했다. 박영치는 평생 큰조카의 응징을 잊을 수 없었다. 그날 노인이 그 이야기를 꺼낸 것이 자살의 화근이 되었을지도 모른다. 그날 이후 박영치는 조카의 죽음에 대한 슬픔이 깊게 충동된 모습이었다.

"죄송해요, 할머니. 저희가 잘 챙기지 못했어요."

"끄응… 댁들이 먼 잘못을 힜겠시우. 우덜이 데꼬 왔어야 혔어."

혁진과 동탁은 마당에서 서성였고, 서영은 안방에 앓아누운 채 넋이 빠져 있는 할머니를 겨우 위로하고 있었다. 장손의 죽음을 차마 입 밖으로 꺼내지도 못하는 상태에서 잇달아 막내아들마저 잃어버린 할머니는 장례식장엔 가지 않고 방안에 누워 파마머리 할머니의 도움을 받으며 간신히 숨을 쉴 뿐이었다.

"끄응… 그려 잘 간겨 이눔아, 막내가 눈에 밟혀 나 으찌께 죽을꼬 혀꼬만 알아서 잘 가버렸네이."

원망하다 숨통이 막혀 한참을 쉰 뒤에,

"휴~ 불쌍헌 놈, 사람새끼로 태어나 평싱이 짐승처럼 말 하나 못허고. 끄… 이 못난 애미 부덕한 탓이여."

막내에게 가진 평생의 한을 내뱉는 듯했다. 심장을 후벼 파는 말이 섞인 숨소리는 방안으로 떠돌며 한숨이 되었다. 할머니의 두 손을 꼭 잡아주는 서영은 달리 할말이 없었다. 자신의 슬픔이기도 했다. 율희를 잃은 자신의 슬픔만 컸던 서영에게 삼보일배의 과정에서는 어느덧 동종의 슬픈 이야기들이 모여지고 모여졌다. 때로는 감당할 수 없을 정도로 슬프고 아프게, 때로는 자신의 슬픔과는 또 다른 고통의 감정들로서 그것들을 헤아릴 수 없는 채. 그 슬픈 이야기들은 방안의 벽면 여기저기에 걸려 있는 빛바랜 가족사진들 속으로 스며들고 있었다. 저 안에 장손도 있고 막내아들도 있을 터인데, 사진들은 무심한 표정들이었다.

"이, 시방 이 방이, 우리 성님이 결혼허서 평싱을 산 방이유. 영치허고 말유. 영치도 이 방에서 난겨. 이 방에서 나고 지 오매랑 여기서 지낸겨. 근디 으찌께 그 먼 저수지까장 가서 죽었는가 말이여. 성님이 더 가슴 아픈기, 그리서 그려. 영치 옷들도 여기 다 있잖유 이? 근디 참 슬픈 일이, 우리 성님이 자기 죽고 나서 말 못허는 영치가 걱정여 글이라도 알아야 살 것 아녀, 험서 인자사 글을 갈쳐준다고 날마다 글을 갈 친겨. 저어기 공책이 영치가 글씨 쓰던 것이유."

파마머리 할머니는 한쪽 구석 작은 상 위에 아무렇게나 놓여 있는 초등학생용 공책을 가리켰다. 연필과 지우개도 널브러져 있었다. 박영 치가 한글을 배운다고 하자 조카 장손이 사다 준 학용품들이었다.

"할머니가 글을 아셔요?"

"성님이 똑똑혀. 가난힜어도 악착같이 글을 배운 모양여. 읽기만 허 간? 씔 줄도 안댜."

"대단하시네요. 글은 언제 가르쳤어요?"

"이, 작년에 갈치다가 장손 죽는 바람에 어영부영 못헌겨."

"네에."

대화는 이내 뚝 끊겼다. 한참 후 인사를 하고 방을 나와 일행과 함께 청양 읍내의 장례식장으로 가 박영치의 명복을 빌어주었던 서영이었다.

동탁의 재촉에 궐곡리에서 일행은 다시 출발했다. 길 좌우로 깊은 산 들이 이어져 있어서인지 바람이 더 거세게 분다. 서영은 대술면 화산 리를 지나고 아산시 도고면 농은리로 나아가면서도 깊은 고뇌에 빠졌 다. 이태원의 그날 상황을 뒤늦게 잘 알게 되었음에도 서영은 매번 처 음으로 돌아가 고민을 수없이 하고 질문을 끝없이 한다. 질문을 잊지 않기 위한 몸부림이다. 그 몸부림 탓이었을까. 오는지 가는지조차 모 를 정도로 생리통이 거의 없거나 근래 들어 생리조차 건너뛰던 서영, 선장면을 지나면서부터 아랫배가 쑤셔오더니 급기야 통증이 심해져 사 흘을 쉬어야 했다. 누군가 자궁을 휘어감아 뜯어가는 느낌이었다.

11 공화국

49일째 저녁에는, 아산만방조제를 지나 아산호의 쌀조개섬 입구에 자리를 잡았다. 34번과 39번 국도가 교차하는 인주면 공세리 나들목에서 34번 국도가 다시 43번 국도와 만나는 둔포면 신남리 나들목으로 가는 길은 4차선 도로인지라 이를 피해 일행은 인주의 백석포리에서부터 아산호 수변으로 들어가 농로를 따라 이동해왔다. 1973년 아산만방조제를 쌓으면서 안쪽은 안성천의 흐름이 막혀 아산호로 정착했다. 백석포는 안성천 하류의 맞은 편 경기도 평택 신흥포로 건너는 나루였으나 지금은 이름만 남았다. 수변은 황량한 간척지 농로로 이어져 칼바람이 불었으나 강추위에도 이미 단련이 된 일행인지라 바람을 타고 넘는 지혜를 터득했으니 그리 걱정하지는 않았다. 쌀조개섬은 섬 모양이 쌀조개와 닮아서 지어진 이름이다. 아산만방조제가 구축되면서 생긴 섬으로 저지대 농경지를 이루고 있다. 입구는 쇠사슬로 막혀 있다. 아산호를 따라 끝없이 이어지는 낮은 방조제는 낚시꾼들이 몰리는 곳인데 쌀조개섬 주변으로 어지럽게 대대적인 공사를 하고 있다. 국토관리청에서 시행하는 하천 정비사업이다. 캠핑터와 낚시터들도 없어진 흔적이 역력했다. 막 도착한 한 낚시꾼은 갈아 엎어진 워킹 포인트를 살펴보며 황망해 하더니 칼바람의 틈새로 소리를 크게 질러 댄다. 호수는 야트막하게 얼어 있고 갈대와 부들이 뒤섞인 주변은 눈이 조금씩 쌓여 있다.

찰스는 서영의 텐트에서 잠들었는가 했는데 눈을 떠보니 벌써 일행을 앞질러 쌀조개섬으로 들어가고 있다. 쌀조개섬은 어젠 분명 농경지로 보였는데 지금은 거대한 생태숲으로 변모해 있다.

어서 오십시오. 여기서부터는 **온갖** 동물 자유의 나라 **온갖동물공화**_겸국입니다. 우리 공화_겸국에 오신 것을 **환영**^{개탄}합니다.

키 작은 잡초들이 우거진 구릉을 넘자 꽤 깊어 보이는 강이 바로 눈앞에 펼쳐지며 강변 따라 숲속의 오솔길 경계선에 우뚝 선 나무표지판 글귀가 희한하게 눈에 띄고, 천지개벽이라도 한 모양으로 찰스는 인간이 써놓은 듯한 글귀를 읽을 수 있었다. 수천년 동안이나 인간과 친구가 되어 온 영특한 고양이였지만 인간은 고양이에게 글을 가르쳐 줄 의사가 전혀 없었으며 고양이 또한 구차하게 글 따위를 필요로 하지 않았다. 찰스는 꿈인가 생시인가 했다. 뿐만이 아니다. 글귀에 쓰인 말의 뜻까지도 통상적인 수준에서는 자신도 모르게 이미 알고 있었다. 이를테면 온갖,과 동물공화국,과 같은 말들, 그러나 검국,과 같은 신조어 류는 무슨 뜻인지 알 수 없다. 찰스가 가볍게 뛰어오른 나무표지판은 갈빛 쪽나무로 만들어 단단해 보이긴 하나 많이 낡아 방치된 데다 그 위에 새겨진 글자는 누군가 손을 댔음을 알 수 있다. 온갖,과 공화,

238

와 환영,자를 지웠고 검,자와 개탄,을 새로 써넣었다. 최근의 일로 보였다. 찰스는 검국,이라는 말이 궁금해진다.

"동물검국?"

혹시나 하는 생각으로 뒤돌아보았지만 인간 일행이 따라오는 기색이 없다. 찰스는 지금까지 걸어왔던 길과는 전혀 다른 세계로 빨려들고 있음을 강하게 느꼈다. 오솔길 안쪽 모퉁이를 지나 굵고 길게 뻗은 전나무에 설치된 초소가 심하게 파손된 모습으로 보이고, 신령스러운 기운을 내뿜는가 싶더니 대낮의 숲속은 곧장 어두운 악마의 빛으로 둔갑해 가위 누르듯 찰스를 짓누른다. 인간이 요물이라 부르는 고양이 찰스마저 어김없이 공포에 시달린다. 몸이 굳어지던 찰스는 크게 소리친다.

"냐~앙, 냐~앙, 냐~앙!"

식은땀을 흘리며 계속 소리친다.

"오~옹, 오~옹, 오~옹!"

한참 후 몸이 서서히 풀리며 가까스로 악마의 빛을 물리친 찰스는 어느새 오솔길 안쪽으로 깊이 들어선다. 생전 보지도 못한 방울뱀 같은 게 꼬리에 달린 여러 개의 고리들을 달그락거리며 바위틈 사이로 빠르게 기어들어 가고 있다. 달그락 소리에 놀라 그 모습을 멀끄러미 바라보다 찰스는 또 한번 깜짝 놀란다. 겨울에 뱀이? 주변을 둘레둘레 살펴보니 겨울이 아니다. 겨우 1cm도 안되는 작은 분홍색 꽃들이 묵은김치가 말라비틀어진 것 같은 해진 낙엽 부스러기들 위로 피어 있다. 숲속 전체가 녹음으로 우거진 것은 아니지만 날이 퍽 따뜻하다. 어떻게 겨울을 벗어나 있는지는 알 수 없고, 신령스러운 기운은 여전하다. 조금 더 가다 보니 왼쪽으로는 강이 계속 이어지고 바다 냄새가 살짝 묻어난다. 물가에서 생선 썩은 고약한 냄새가 나 다가가 보니 물푸레나무 주변에 똥덩어리가 군데군데 있다. 바로 앞 물 위에 어미수달과 새끼수달이 물놀이를 하고 있다. 어미수달은 등을 물속으로 향하게 하고 자신의 배 위에 새끼를 올려놓고서 꼭 안은 채 물 위를 둥둥 떠다니고 있다. 천하에 이런 태평도 없다. 이들의 귀여운 모습에 둥그런 눈을 부릅뜨고 골똘히 지켜보던 찰스의 눈빛을 알아차린 새끼수달이 잽싸게 물속으로 숨어 들어가자 어미수달, 몸을 일으켜 주변을 살펴보다 찰스를 발견했다.

"너 못 보던 고양이네? 어디서 왔을까?"

수달이 말을 하는 것을 보고 찰스는 깜짝 놀란다.

"나?"

"너 말고 또 누구 있니?"

"나 말이구나. 그런데 너 말을 할 줄 아네?"

"뭔 뚱딴지같은 소리, 어릴 적부터 말할 수 있었는데? 너도 지금 말하고 있잖아?"

"어? 정말 그렇네? 나도 말하고 있네? 이럴 수가, 나도 몰랐어. 아까 글을 읽을 때도 내가 말할 수 있다는 사실을 전혀 느끼지 못했어."

새끼수달이 어미수달의 목덜미를 부여잡으며 물 밖으로 빠져나온다.

"너, 참 이상한 소리를 다 하네? 말을 할 수 있다는 것을 몰랐다니! 벙어리였니?"

"아냐, 우리 고양이도 그렇고 동물들 모두가 말이라는 것을 할 수 없는 존재였거든. 여기 동물검국의 숲속에 들어오면서였던 것 같아, 내가 말할 수 있었던 것이. 인간이 쓰는 글도 읽을 줄 몰랐는데 이 숲속

들어오는 길 초입에 세워진 나무표지판 글귀를 나도 모르게 읽게 되더라고!"

"너 장난하는 거지? 뻥치지 마!"

"장난 아냐. 나도 뭐가 뭔지 당초 모르겠어."

"어처구니없구만. 그리고 나무표지판 글귀는 인간이 쓰지 않았어. 우리 땅에는 인간이 살지 않아. 우리 온갖동물공화국 동물이 쓴 거야."

"온갖동물공화국? 온갖,과 공화,가 지워지고 동물검국,이라고 써 있던데?"

"너 혹시."

"혹시?"

"아니지?"

"뭐가 아냐?"

"못 보던 고양이인데, 밀정 아냐? 생김새도 꼭 음흉하게 생겨가지고."

찰스, 까르르 웃는다.

"나 밀정이요 하는 밀정이 어딨니? 내가 어디서 왔는지 잘 기억이 안 난다만, 하여튼 밀정은 아냐."

새끼수달이 어느새 뭍에 올라 찰스의 꼬리를 장난치듯 만지작거린다. 어미수달이 교육시킨 피아식별법 테스트를 하고 있는 중이다. 곧이어 새끼수달, 어미에게 방긋 웃어 사인을 보낸다. 밀정이 아니니 염려 놓으라는 신호다. 새끼수달은 피아식별에 서툴렀지만 찰스의 꼬리움직임을 감지하여 적대적이지 않은 온도를 느낄 수 있었다. 조금 전어미와 새끼가 물 위에 둥둥 떠다니면서 어미는 여러가지 지혜를 가르치고 있었다. 어미도 찰스의 꼬리 움직임을 보고 밀정은 아니라는 걸 느끼고는 있었지만 시국이 시국인지라 일단 경계를 하지 않을 수 없다.

어미수달은 물속으로 들어갔다 곧바로 나오더니,

"동물검국, 그거? 나쁜 놈들, 공총 놈이 총지도자로 선출되면서 완전히 검사왕국으로 만들어버렸어."

"잠깐, 공총은 뭐고 총지도자는 뭐지?"

"온갖 동물들을 대표하는 우리 공화국의 지도자를 총지도자,라 불러. 공총은 공 총지도자의 약자고."

"아하."

"깔때기그물거미라고 부르는 놈이 있어. 검산데, 공총 놈 똘마니야. 그놈이 얼마나 악독하냐면 세상에서 가장 위험한 검사 중 한 놈이거든. 수사할 때도 아주 공격적이어서 증거가 없으면 송곳니로 손톱 따위도 우습게 구멍 뚫어 독으로 처발라. 그러면 온몸이 마비되어 기소되기도 전에 고통스럽게 죽어가지. 죄가 없어도 자기네들 맘에 안드는 동물이 있으면 아무리 멀리 떨어져 있어도 쥐도 새도 모르게 잡아다 처단해버려. 그 체포 기법이 풍선타기 기술이라고, 높은 곳에 올라 긴 거미줄을 여러 가닥 자아낸 다음 돛 모양을 만들어 바람을 타고 날아다니며 잡아가. 덩치가 큰 코뿔소나 사자 같은 맹수도 그놈한테 걸려들면 살아남지 못해. 공명정대해야 할 검사 놈이, 악명 높아. 이 모든 게 공총 놈의 흉계야."

동물검국,이라는 말이 나오니 더 없이 평화롭고 온화하며 모성애가 지극한 어미수달이 갑자기 흥분했다. 찰스는 자기도 모르게 몸을 오싹 움츠리며 뒷다리 사이로 꼬리를 감춘다. 이에 놀란 새끼수달, 찰스한테서 떨어져 어미에게 헤엄쳐 다가간다. 어미수달은 말을 계속한다.

"우리 수달들 수십 마리도 그놈한테 잡혀가 죽을 뻔했어. 동물농장에 전기가 많이 필요하거든. 요즘은 가공공장이 발달하고 농가마다 냉동고나 건조기 따위들이 필수품이어서 전기를 많이 써. 그래서 강변에 핵발전소를 짓겠다는 거야. 핵발전소가 가동되면 사고 위험은 물론 수온이 크게 상승하여 생태계 교란이 일어나. 우리 수달은 살 수가 없어. 그래서 핵발전소 반대 집단시위를 했어. 농장의 동물들이 처음엔 우리더러 종족이기주의라고 비난하더니만 핵발전소의 실상을 알고 나선 우리를 지지해줬어. 여론이 돌아선 거야. 원자력 전문 동물들은 절대 사고가 안 난다고 떠들어댔지만 그게 속임수라는 게 들통났거든. 사고가 터지면 우리 공화국 동물들은 살아갈 수도 없고 기형으로 변해 참담해져. 여론이 돌아서자 위기를 느낀 공총의 똘마니 깔때기그물거미가 가만 있었겠어?"

"와아~, 소름! 어쩐지 숲속의 기운이 공포스럽더라니. 그런데 공총이라는 동물은 무슨 동물야?"

"응, 듣보잡 동물. 개돼지,라는 희한한 동물이지. 어디서 나타났는지, 과학문명이 발달하다 보니 기후변화가 심각해지면서 출현한 변종동물이래."

"개돼지?"

"그래, 개돼지!"

"개하고 돼지면 원래 있던 동물들이잖아?"

"아니, 개돼지 한 종이야."

"그런 게 다 있어? 상상이 안 가는 걸?"

"몸집은 커다란 돼지야. 말할 때 도리도리하는 습관이 있어. 천성인가 봐. 정신분석학자 물까치라켓벌새 박사에게 들었는데, 개돼지가 도리도리하는 것은 조물주가 만든 세상의 진리,와 자기네 종족이 생각하는 세상의 진리,가 다를 때 나타나는 정신분열 증상이라나 뭐라나. 그 증상이 심해 표독해지면 도리도리하는 속도가 빨라져 숨도 가파라지고 말도 앞뒤 안 맞게 씨부렁대고. 어디 그뿐인가, 몸은 발정난 돼지 꼬라지에 얼굴이 개의 얼굴로 변한다는 거야. 늑대 닮은 개 있지? 그래서 박사는 개돼지라고 불렀어. 우리는 물까치라켓벌새 박사의 말을 신뢰할 수밖에 없는 것이, 동물 심리분석이 탁월하거든."

어미수달은 앞발 물갈퀴로 엄지척을 하더니,

"정신분석학자 물까치라켓벌새 박사, 우리 수달족이 핵발전소 반대 시위 과정에서 깔때기그물거미 검사에게 걸려들어 아주 혼났을 때 이곳에 와서 집단심리 치료를 해준 적이 있어. 벌새족 종족이름이 벌새,인 것은 날개짓이 무척 빨라 벌처럼 윙윙 소리를 낸다 하여 붙여진 이름야. 그런데 영어를 쓰는 인간들은 벌새를 hummingbird,라고 하거든. 흥얼거리는 새,라는 뜻이지. 벌새는 긴 부리로 꽃에서 꿀을 따먹는 것을 좋아하는데, 어떤 벌새는 꽃모양에 따라 부리를 구불구불 휘어들어가게 해서 꿀을 따먹을 정도야. 꿀을 딸 때 얼마나 흥얼거리면 부리마저 휘어질까. 물까치라켓벌새 박사도 보통이 아니거든. 혀로 흥얼하는 게."

"혀로?"

"응. 기가 막혀. 거기다가 두 갈래로 갈라진 혀끝을 꽃에 집어넣어 꿀로 가득 채운 다음에 다시 혀끝을 입안으로 끌어당겨 꿀을 쏟아내. 그런 식으로 혀를 내밀었다 당겼다 반복하면서 꿀을 따먹지. 물까치라켓벌새 박사의 혀는 부리보다 두 배나 더 길고 투명해서 자신의 마음을 다 내비치는 듯하여 상담받는 동물이 마음이 안정될 정도야. 나도 그런 느낌을 받았으니까. 박사는 두 개로 갈라진 그 긴 혀끝을 심리치료 기관으로 활용해."

"너도 치료받았어?"

"응."

"이젠 괜찮아?"

"응."

"그래도 무섭겠다, 그 개돼지라는 공총이."

"겁나 무섭겠지? 그런데 그게 또 아냐. 총지도자질 하면서도 술에 쩔어 살다 보니 얼굴은 붓고 불그죽죽, 머리는 부스스, 바지는 거꾸로 처입어, 고주망태한 꼬라지이니 무섭기는커녕 옛날에 코미디하던 동물 영구 같은 거야. 영구짓하는 게 괜히 웃음이 나오잖아. 그런데 그게 더 무서운 거야. 능구렁이 수십 마리 삶아 먹은 바보영구 같아, 주도면밀한 바보이면서도 속을 안 보여 뭔 짓을 하려는지 통 감을 못 잡았지. 공총의 집무실을 용와대라는 성채로 만들어 그 경계는 아무도 접근하지 못하게 했는데, 우리 동물들에겐 사건의 지평선,이라는 이름으로 소문났었지. 그 성채 안에서 공총 놈이 우리 공화국 시스템을 뿌리부터 교란시켜 하나하나 처먹고 있었다는 거야."

소문났지,가 아니고, 소문났었지? 처먹고 있다,가 아니고 처먹고 있었다? 이 대목에서 찰스는 어미수달의 화법이 과거형이라는 걸 눈치챘다. 처음 듣는 사건의 지평선,에 대해 묻고 싶었지만 그럴 여유는 없다.

"지난 일이야?"

"바로 얼마 전까지. 탄핵으로 끌어내리는 중이야."

"우와~ 정말? 대박이다!"

새끼수달 혼자서 물에서 놀게 내버려 두고 어미는 뭍으로 기어 나와 찰스에게 온갖동물공화국의 이야기를 들려준다. 온갖동물공화국은 쿠데타를 일으켜 장기독재를 한 폭군 멧돼지 갈라파를 몰아낸 동물,들이 헌법을 고쳐 새로 세운 나라다. 갈라파는, 지역별로 선출된 대의원 동물들이 중앙광장에서 합동연설을 마친 각 총지도자 후보들에게 보내는 박수소리의 크기로 총지도자로 추대하게 했다. 원래 전 동물들의 자유투표에 의한 직접선거를 통해 총지도자를 선출하였으나 갈라파가 정권을 잡은 뒤 혁신이라는 이름으로 헌법을 개악하고 관련 법을 폐기해버렸다. 갈라파는 여당인 동물자유당과 관변단체인 동물자유수호총연맹을 통해 각 지역들의 토착세력까지 장악하고 있었으므로 계속된 연임은 누워 떡먹기였다. 갈라파는 독재자이긴 했어도 가난한 농촌을 빈곤에서 벗어나게 하여 농촌 동물들로부터 지지를 크게 받았다. 그러나 동물형 민주주의,를 주창하면서도 민주주의를 파괴하고 잘살아 보세,를 외치면서도 동물들을 국가 생산라인의 일하는 기계로 착취해나가는 거대한 음모가 있었다. 동물들의 저항이 거세졌다. 저항세력을 감옥으로 보내며 탄압한 갈라파는 그러나 양심적인 경호실장 백호랑이의 구국결단 총탄으로 스러졌다. 동물들은 백호랑이를 영웅으로 추앙하고 시대에 맞게 헌법을 고쳐 총지도자 직선제를 부활하여 온갖동물공화국을 새롭게 출범시켰다. 온갖동물공화국은 독재정치를 성찰한 결과 권력이 아니라 법에 의해 나라가 바로 설 수 있도록 하는 장치로 법치주의에 철저히 기반하였고, 특히 세상을 심판하는 정의의 사도로 인식된 검찰에 절대적인 권한을 부여하였다. 독재정권에 맞서 싸우던 청년 반달가슴곰의 목이 경찰의 물 고문 와중에 욕조 턱에 눌려 질식사했을 때였다. 뭇 동물들의 엄청난 저항으로 세상이 요동을 치자 위기에 몰린 경찰이 책상을 탁,하고 치니 억,하고 죽었다,고 거짓발표를 하였다. 수사지휘권이 자신들에게 있음에도 당시 무소불위의 권력을 휘두르던 경찰에 밀려 있던 검찰이 부검을 강행해 진실을 밝혀냄으로써 수사권력의 주도권을 틀어쥘 수 있었다.

"이것이 결정적인 실수였어. 검찰에 절대적인 권한을 부여한 것."

"흠."

찰스는 흥미롭게 경청한다. 어미수달은 강물에서 평화롭게 사는 나약한 동물에 불과했지만 핵발전소 반대 시위에 참여한 경험이 있어서인지 시국 문제의 본질을 잘 꿰고 있다. 더구나 검찰 조사를 받으면서 없는 죄를 지은 것처럼 몰아가는 강압적 태도에 분개했었다.

"독재정권 때 내성화된 정치검찰의 DNA를 청산했어야 했는데 그러지 못해 특수통 검사동물 놈들이 권한을 악용하고 동물들을 속였던 거지. 보통의 동물들은 당해보지 않고서는 그 세계가 얼마나 부패했는지를 알 수가 없어. 이유도 없이, 어떻게 당하는지. 검사 나리들께서 설마 그럴 리가 없지, 막연히 공정하고 정의롭겠지 하는 생각, 그러다 보니 내막을 알지 못한 채 검사동물들이야말로 법 없이도 살 수 있는 존재라 생각한 거야. 우리 강가에 사는 참 착한 사슴이 한 마리 있어. 그 사슴을 가리켜 주변의 동물들은 법 없이도 사는 동물이야, 라고 덕담을 해주곤 하거든. 법 없이도,는 덕담을 말할 때 쓰는 관용어야. 그런데 검사동물 놈들은 교활하게도 스스로를, 법 없이 사는 공정과 정의의 수호천사라 떠들어 온 거야. 법 없이도,에서 도,를 빼버린 거지. 아, 다르고 어, 다르다는 속담이 엄연히 있고 법 없이도,와 법 없이,가 천지 차이인데도 우리는, 아무런 이상한 눈치도 채지 못하고 무법자를 뜻하는 법 없이,를 법 없이도,로 들어 온 거야. 검사동물들이 우리는 법 없이 산다,고 떠들어대면서 온갖짓을 다할 때조차 우리는 법 없이

도 산다,로 알아들은 거야. 어리석게도 집단착시였지. 아, 그러면 잘못 알아들은 우리 보통의 동물들이 잘못한 건가? 그래, 그렇다 쳐. 검사 뽕 맞은 보통의 동물들이 그렇게 믿어왔으니… 아냐, 아냐. 교묘하게 기술을 부리며 비리와 악행을 저질러 온 그놈들이 나쁜 놈들이야. 그 놈들은 사실, 스스로를 무법자,라고 지껄여 오며 대놓고 비리와 악행을 저지른 거잖아, 나 참."

어미수달의 말이 무슨 말인지 알 것 같으면서도 와닿지 않는 찰스,

"예를 들면?"

찰스의 물음에 어미수달은 높고 맑은 하늘을 잠시 바라보다 다시 고개를 돌려,

"그나마 양심 있는 한 검사 출신 동물이 내부고발 책을 쓴 게 있어 그걸 탐독해보니 검사들의 내면세계가 보이더라고. 책 제목이 뭐였더라, '내가 검찰을 떠난 이유'였던가, 하여튼 그래. 그 책을 보니 이런 일이 있었어. 깔때기그물거미 이야기를 아까 했지만 그놈에 버금가는 놈, 흡혈박쥐족 검사 한 놈이 야당 의원을 표적으로 삼았어. 이 검사는 여당 편이어서가 아니라 철저히 자기 출세를 위해 제멋대로 표적수사를 한 거지. 그 의원을 도와준 모 기업 대표를 소환조사하고 수차례 압수수색으로 탈탈 털어, 적외선 감시장치를 동원하며 네 발로 기어다니면서 미행까지 해봤으나 아무것도 나오지 않았어. 표적으로 삼은 의원과의 불법 관련성은 말할 것도 없었고. 뇌물죄로 하나만 불어주면 뒷일은 자기가 다 알아서 처리한다고 조작 협박도 했지. 공포에 떨며 웬만하면 하나 만들어버릴 텐데, 사실이 아닌지라 그 대표는 검사의 요구를 들어줄 수 없었지. 조사받을 땐 피의자 신문조서가 진술내용과 달라 고쳐달라고 했어. 그랬더니 흡혈박쥐족 검사 놈이 뭐란 줄 아니?

분명히 이렇게 말했어. 벽보고 서 있으면 생각날 거야, 그런 거야. 그러면서 검사 놈은 몇 시간 동안 검사실을 비워버려. 그러고선 흡혈박쥐족 검사는 수만 페이지에 달하는 수사기록을 작성해, 아니 암호와 같은 언어들로 가득찬 조서문학 한 편을 창작해, 걸면 걸리는 횡령배임죄로 기소했어. 공총 놈이 그랬어. 죄가 있건 없건 누구든 표적 삼아 기소 한 번 때려 피의자의 삶을 파탄 내는 것은 일도 아니라고. 엄청난 변호사 비용으로 가정파탄은 말할 것도 없다고 했지. 잔인한 놈들. 또 공판과정도 지랄 맞았지. 무죄가 뻔하고 기록이 방대하고 복잡해 보이던 이 회사 대표 사건은 공판검사들마저 회피했어. 공판부 검사는 6개월간 근무하고 다른 데로 가면 끝이니까 다른 검사에게 사건을 미루는 폭탄 돌리기를 하는 거야. 필요로 하지도 않는 증거를 신청하여 재판부에 기일 연기를 요청하고 의견서를 낸다 하여 또 기일 연기를 요청하는 편법으로, 처리를 늦추고 늦추다 인사이동하며 도망쳐버린 거야. 피고인은 시간고문으로 생고생해. 시간이 길어지면 길어질수록 더. 기소해서 무죄 확정 나올 때까지 4년 걸렸어. 무죄 선고 후 공판검사는 무죄분석 보고서라는 걸 작성했어. 무죄 사유를 들어야 할 것 아냐? 법원과의 견해차니 증인의 진술 번복이니 하는 따위들을 들었지. 요따위로 누구에게도 문제되지 않을 사유들을 적당히 든 거지. 엉터리 기소 사건으로 고통받고 파탄난 동물은 있으나 그 누구 하나 책임지는 검사는 없었지. 책임지기는커녕 그 흡혈박쥐족 검사 놈은 그 뒤로 승승장구 승진했어. 법 없이, 무법자로 사는 놈들이지. 저거들한테는 스스로 법령의 거울을 절대 비추지 않아. 그 야당 의원은 공총과 각을 세우는 야당을 분열시키는 발언을 자주했었는데, 알고 보니 이유가 있더라고. 언론들은 소신 발언이라고 치켜세워주고."

"그 기업 대표는 어떤 동물이지?"

"글쎄, 잘 기억이 안나."

"심지가 참 곧아. 그런데 너희 나라 진짜 개판이네?"

"창피해. 게다가 당시 총지도자 동물조차 살아 있는 권력도 예외 없이 수사하라 강력히 요청했고, 이에 부응하기라도 한 듯 검찰총장으로 임명된 공은 여야 가릴 것 없이 강력한 대선 후보들에 대해 비리 혐의를 씌워 범죄자 낙인을 찍으면서 보통의 동물들에게 인기가 최고조에 달해 결국 총지도자가 될 수 있었던 것이지."

어미수달의 이야기를 들으면서 찰스는 의아한 게 한둘이 아니었다.

"민주공화국 나라에서 어떻게 그게 가능했을까?"

"그거라니?"

"개돼지나 깔때기그물거미 따위 검사동물들이 무법자로 행세하여 온갖 악행을 저질러도 보통의 동물들은 되레 검사들을 공정과 정의의 수호천사라 믿었고 강력한 총지도자 후보들을 악의적으로 제거한 검찰총장을 총지도자로 뽑아준 일 말이야."

"그게 미스테리야. 그나마 뒤늦게라도 진실을 알게 되었으니 다행이지, 공총 놈이 결국 독재체제를 완전히 구축했더라면 어쩔 뻔했어, 천만다행이야. 앞으로 밝혀야 할 진실은 더 많아."

물속으로 들어갔던 새끼수달이 이때 고개를 물 위로 쳐들며 어미에게,

"옴마아, 쩌거 쏘게 이사한 도무들 만아, 마나, 쩌쪼게 가."

찰스가 어미수달에게 무슨 말이냐고 묻는다.

"물속에 저쪽으로 가는 이상한 동물들이 많다고 그러는 거야."

"아가라 아직 처음 보는 동물들이 많은가 보네."

"오후에 공총 놈 탄핵심판이 있는 날이야. 의회에서 탄핵이 가결되

어 직무는 정지되었지만 헌법재판소와 탄핵심판위원회의 최종결정이 남아 있거든. 우리 동물들 세계에서는 초미의 관심사야. 우리 아가가 말하는 이상한 동물들이란 먼 바다에서 소식 듣고 구경가는 동물들일 거야. 참, 그런데 너는 도대체 어디서 왔길래 아무것도 모르고 있지?"

"크흠. 진짜로 어디서 왔는지 생각이 안 나."

"기억상실증이라도 걸렸나?"

"난 멀쩡한데?"

"푸훗! 너 아까 밀정이 나 밀정이요, 하는 놈 봤냐고 그랬지? 반사! 안 멀쩡한 놈이 나 안 멀쩡해, 하는 바보가 있을까? 그건 그렇고, 앞으로 어디로 갈 건데?"

"글쎄? 모르겠어. 이쪽에서 왔으니까 저쪽으로 가야 하지 않겠어?"

어미수달이 찰스 입 주변 수염에 코를 갖다 대고 킁킁거리며,

"길냥이는 아니네, 인간의 냄새가 나. 넌 지금 주인을 잃어 주인 찾고 다니는 거야."

"끄응, 내가? 인간에 대한 기억도 안 나는 걸."

"기억상실증이 분명해 보여!"

"그래? 기억상실이라. 너의 말대로 기억상실이 맞다면, 말을 할 수 있는 능력이 생기면서 기억을 상실해버린 것 같거든?"

"흠."

잠시 고민에 빠져 고개를 갸우뚱하던 어미수달이 기억상실증, 기억상실증, 소리가 나는 숲 쪽을 바라보더니,

"아, 마침 저기 앵무새 프루들이다!"

찰스가 걸어 온 오솔길 숲 전나무 가지에 앉아 이들을 바라보며 회색빛으로 치장한 제법 큰 앵무새 프루들이 계속 외친다.

"기억상실증, 기억상실증, 기억상실증…"

"프루들! 프루들?"

프루들이 소리를 멈추고 이들에게 날아와 물푸레나무 가지에 앉으며,

"왜 부른 거니?"

"언제부터 거기 와 있었어?"

"금방 왔어. 그런데 이 친구는 처음 보는 고양인데?"

"응, 나도 아까 여기서 첨 봤어. 자기는 어디서 왔는지, 어디로 갈 건지 모르겠다네?"

"바보네. 난 바보 고양인 첨이야. 우리 앵무새족에도 늙어서도 말을 옹알이 정도밖에 못하는 바보새가 더러 있긴 해."

"이 고양이는 바보는 아닌 것 같아. 프루들, 넌 말을 아주 잘하잖아."

"그렇지, 동물의 세계에서는 말을 제일 잘하기로 소문났지. 그런데?"

"당연히 너에게도 기억이라는 정신세계가 있는 거지? 이 고양인 우리의 숲속으로 들어와서 이상한 경험을 한다는 거야!"

"이상한 경험?"

"우리 숲속에 들어오기 전까지는 말을 할 줄 몰랐다는 거야. 나랑 만나 갑자기 말하기 시작했다는데? 더 이상한 것은 말하기 시작하면서부터 기억을 상실했다는 거야. 그래서 어디서 왔는지, 어디로 갈 건지조차 모른다는 거고."

"그럼 바보는 아닌 게 확실해. 정신분석하는 물까치라켓벌새 박사한테서 얻어들은 이야기로 추정하자면, 아마도 정신세계에 이상이 온 듯해."

찰스가 깜짝 놀라 어미수달과 프루들의 대화에 끼어든다.

"내가 정신병을?"

"아니, 아니, 정신병 말고. 아님 진짜 정신병일지도."

프루들이 알쏭달쏭하게 말을 하였고 어미수달이,

"그럼 물까치라켓벌새 박사한테 가서 상담을 받아보도록 하는 게 어떨까, 프루들?"

"물까치라켓벌새 박산 지금 바빠. 오후에 탄핵심판이 있어 중요한 의견 진술자라 준비 중인 것으로 알고 있어."

"오~, 박사는 충분히 그럴 자격이 있지."

가만히 듣자 하니 찰스는 이들 사이에서 진짜 바보가 된 듯한 느낌이 들었지만 무시하고 화두를 조금 전으로 돌려,

"앵무새야, 아니 너 이름이 프루들? 프루들아, 말을 아주 잘하기로 소문났다며? 기억이라는 것을 가지고 있는 거 맞아?"

"당근이지. 우리 인사부터 하자. 난 프루들, 넌?"

"난, 어쩌지? 이름이 기억 안 나네!"

어미수달과 프루들이 동시에 놀라며 한 목소리로,

"이름도 기억을 못한다고? 세상에나!"

찰스가 혼잣말로 도대체 난 뭐지?, 라고 중얼거렸고 프루들이 이를 알아듣고는,

"너? 고양이잖아! 이젠 네가 고양이라는 사실조차 기억을 못하는 건 아니지? 그리고 너희들이 자꾸 물어보는데 난 기억이라는 정신세계가 당연히 있지. 기억이 없이 어떻게 말을 할 수 있겠어?"

어미수달은 자신이 언제 물었는지 잊어버린 것처럼 프루들의 말에 맞장구친다.

"그래, 맞아. 넌 그 어느 동물보다도 기억력이 뛰어날 거야. 아까 네가 혼자 기억상실증,을 자꾸 되뇌인 것처럼, 다른 동물들이 말하는 것

을 그대로 따라 말하기도 하잖아. 심지어는 천둥 번개 치는 소리나 바람소리까지도."

무슨 생각이 났는지 영리한 찰스가 앵무새의 두뇌 크기를 앞발 하나로 재어보며,

"그런데 참 이상해. 머리가 아주 작아. 내 주먹보다도 작아. 뇌 용량이 쥐알만하게 아주 작은데 어떻게 기억이라는 걸 할 수 있지? 신박해."

"뭐야, 날 의심해?"

프루들이 기분이 상했는지 찰스 앞발을 쪼다 갑자기,

"고양이 너, 기억이 뭔지 알아?"

"잘 모르겠는데?"

"너의 머리통은 그렇게 커가지고선, 기억이 뭔지도 모르면서 뇌 용량으로 기억을 따져?"

쌀쌀맞은 말투이긴 하나 맞는 말이다. 찰스는 풀이 꺾인 채,

"미안해, 미안해. 그런데 정말 기억이란 건 어떤 거지? 내가 지금 여기에 있다는 것만 알 뿐야."

이때 몸속에서 뚜두두, 하는 기계음소리가 나자 당황한 앵무새 프루들이 아무말 없이 어디론가 날아간다. 뚜두두 소리를 앵무새의 정상적인 소리로 들으며 갑자기 프루들이 날아가는 걸 대수롭지 않게 생각하는 어미수달과 달리, 찰스는 본능적으로 수상한 느낌적인 느낌을 감지했으나 기억이란 게 뭔지도 모르는 자신의 딱한 처지에 눌려 아무말 하지 않는다. 뭍으로 올라와 어미 꼬리에 아무렇게나 누워 있던 새끼 수달이 고개를 슬며시 들며 어미를 채근한다.

"앙가? 앙가?"

새끼를 쳐다보는 어미수달이 에구, 귀여운 우리 아가, 하더니 다시

찰스를 바라보며,

"우리 아가가 광장에 빨리 가고 싶은가 봐. 너 오기 전에 광장에 놀러 가기로 약속했거든. 탄핵심판 판결을 하는 중앙광장 말야. 아이들에겐 참교육의 현장이 될 거야. 나도 사실은 무척 궁금해, 어떻게 판결이 날지. 공총 놈의 죄상이 뻔히 드러나 우리가 이길 거라고 말하는 동물들도 있고 헌법재판관 9수나 공총 놈이 임명해 기대하긴 힘들다고 말하는 동물들도 있어."

"그럼 완전 탄핵된 건 아니었네?"

"그렇지. 내가 아까 말했잖아. 최종결정이 남았다고. 같이 갈래?"

"당근이지. 보고 싶어, 나도 그 장면들을!"

찰스와 새끼수달을 등에 태우고 어미수달은 강물 따라 구불구불 한참을 오른 뒤 강변 옆 중앙광장에 도착했다. 오늘 같은 축제의 날에, 날을 잘못 잡았는지 맑은 하늘에 먹구름이 몰려와 있다. 행사를 시작하려면 아직 1시간이나 남았다. 이미 도착한 거북, 문어, 오징어, 악어, 복어, 고래, 상어, 수달, 해파리, 게, 조기, 광어, 고등어, 참치, 새우 따위의 수중동물들이 제각기 강변에 자리잡아 수다들을 떨고 있다. 이곳 강은 인간의 땅에 축조된 하류의 방조제로 인해 바다와 통하는 물길이 막혔으나 산란철이 되어 강물을 타고 상류로 올라가야 하는 힘센 장어들이 구멍을 크게 뚫어 여러 해양동물들이 별탈 없이 오갈 수 있도록 해놓았다. 수달 가족은 강변 옆 언덕배기에 자리잡고, 찰스는 광장으로 나아간다. 광장은 큰 숲속을 벗어나 도심지 주택, 상가, 농장, 학교, 공공시설, 도로, 초원지대, 야산, 공동묘지, 농공단지, 비닐하우스, 태양광시설 따위들이 혼재된 구릉들의 한가운데 강변 옆에 위치하고 있다. 광장 일대는 축제의 장을 이루어 수만의 동물들이 흥분의 도가니에 빠져 웅성거린다. 암수의 어른 동물들뿐만이 아니라 청소년과 아이 동물들도 적지 않다. 이 나라에 조상 대대로 거주해 온 토종 동물들과 외국에서 건너온 이주 동물들을 비롯한 온갖동물공화국의 주권자들은 물론 열대지방에서부터 극지방에 이르기까지 세계 각지에서 몰려든 구경꾼 동물들, 기자 동물들이 천태만상을 이루고 있다.

인간의 세계에서 길들여진 소, 말, 돼지, 닭, 오리, 개, 고양이, 염소, 낙타, 토끼 따위들, 야생의 원숭이, 코뿔소, 하마, 사자, 독수리, 박쥐, 두루미, 올빼미, 캥거루, 곰, 나무늘보, 늑대, 호랑이, 사막여우, 코끼리, 기린, 도마뱀, 천둥오리, 개미, 벌, 거미, 진드기, 두꺼비, 다슬기, 펭귄 따위들 같은 흔한 종족들, 그리고 소등쪼기새, 호아친, 앨버트로스, 스컹크, 에뮤, 미어캣, 피라냐 따위들같이 잘 알려지지 않은 갖가지 종족들도 대거 참석해 서로 뒤섞여 있다. 갖가지 동물들이 세계 각지에서 몰려들 수 있었던 것은 크게 두 가지 관심사에서다. 독재자와의 투쟁 끝에 이루어진 민주주의 공화국이 어떻게 극국 즉 검찰국가가 되어 야만의 시대로 되돌아갈 수 있었는지 그 미스테리한 수수께끼에 대한 궁금증이 그 하나다. 그리고 또 하나는 다시 이성의 시대가 지배하는 민주주의 공화국을 회복할 수 있을지에 대한 기대감이다. 유튜브 등 전 지구촌에 실시간 소통이 가능한 소셜미디어가 발달한 덕으로, 세계의 관심이 고조되다 보니 공총 탄핵을 전후해 보통의 동물들조차 분노하며, 믿기지 않는다는 듯 서로에게 묻기 시작했다. 소셜미디어는 난리가 났다.

"도대체 어떻게 하여 이 나라가 이 지경이 되었는가."

이미 헌법을 위반하고 법치주의 근간을 뿌리째 흔들어 온 여러 대형

악재들로 인한 공총의 탄핵 마일리지가 초과했음에도 움직이지 않던 의회였다. 결국 탄핵소추의 기폭제가 된 것은 총지도자 배우자인 이른바 여왕 벌거숭이두더지쥐의 국정농단을 문제삼은 온갖동물들의 촛불집회 힘이었다. 온갖동물공화국 헌법은 특별히 그 배우자가 이유를 막론하고 국정에 개입한 경우,라는 항목을 총지도자에 대한 탄핵사유의 하나로 명시해놓았다. 이는 선출되지 않은 자가 부당하게 권력행사를 하는 일체의 행위를 하지 못하도록 방지하여 민주주의 질서를 지켜내기 위해서였다. 그러잖아도 자기 종족 내에서 여왕,이라 불리우는 벌거숭이두더지쥐가 키가 겨우 10cm도 채 안되는 작은 신체임에도 그 수백배나 되는 거대한 몸집을 가진 개돼지 공총과 결혼을 하게 된 이력이나 과거에 대한 구설수가 난무했다.

벌거숭이두더지쥐는 끔찍하게 못생겼다고 보는 동물들도 있고 정말 매력적으로 생겼다고 보는 동물들도 있다. 이 종족은 여왕, 남편 여럿, 경비병 부대, 일꾼들로 신분이 나뉘어 개미와 같이 엄격한 계급사회를 이루고 있으며, 수십 수백 마리가 한 땅굴에서 뭉쳐 산다. 그러한 특성이 있다 보니 공총이 일하는 집무실에 일꾼 벌거숭이두더지쥐들이 수십 마리씩 떼거지로 직원으로 일하고 있으면서 공총의 지시는 따르지 않고 여왕의 지시만 따르니 나랏일이 제대로 돌아갈 리 없었다. 공총의 똘마니이나 여왕 벌거숭이두더쥐에게 꽉 잡혀 있는 깔때기그물거미가 철저히 보안을 유지하려고 애썼지만, 낮말은 새가 듣고 밤말은 쥐가 듣는다는 동물세계의 속담처럼, 탐사전문 유튜브 기자 로드러너가 그 실체를 폭로하여 여왕의 국정농단이 세상에 드러났다. 로드러너는 뻐꾸기족의 일종으로 거의 날지 않고 땅에서 살도록 적응했으며 날렵하여 매우 빠르게 움직이는 동물이다.

주권자 동물들이 끼리끼리 모여 각종 현수막과 손 알림판으로 다양한 구호들을 외치는 가운데 이들의 주장은 공총 탄핵!, 국정농단 심판!,이 대세다. 이들과는 대립각을 세우며 탄핵 무효!, 공총 무죄!,를 외치는 일단의 무리들도 상당수 있어 여차하면 양 진영 간의 폭력사태도 일촉즉발에 처할 상황이다.

총지도자 공 및 배우자 벌거숭이두더지쥐의 국정농단에 대한 주권재민 숙의민주주의 대회 및 탄핵심판의 날 — 온갖동물공화국 헌법재판소 · 탄핵심판위원회

광장의 무대에 펼쳐진 대형 현수막 글귀다. 글귀를 길게 적어 행사의 성격을 잘 알 수 있도록 했다. 특이한 것은 헌법재판소와 탄핵심판위원회가 공동으로 주관한다는 점이다. 찰스는 숙의민주주의,가 무엇인지, 그리고 왜 헌법재판소와 탄핵심판위원회가 공동으로 주관하는지, 궁금해졌다. 무대 주변을 둘레둘레 살펴보니 뒤편으로 의료진, 기자단, 행사본부, 행사 안내, 대기실, 사회단체, 음료장 등의 부스들이 마련되어 있다. 장사치들도 제각각의 먹거리들을 준비해와 번개시장을 열었다. 행사본부 부스에 찾아가니 몇몇의 동물들이 행사를 준비하고 있다. 찰스는 그중 덩치가 큰 황소에게 말을 건넨다.

"바쁘시겠지만, 한 가지 물어봐도 될까요?"

"네, 어서 오세요."

찰스는 수달과 대화를 할 때와는 달리 여기서는 자기도 모르게 존칭어를 쓴다. 황소 또한 존칭어로 대답한다.

"무대 위에 쓰인 글귀에 숙의민주주의,라고 적혀 있던데 그 말이 무

슨 뜻이지요?"

"온갖동물공화국의 동물이 아니신가요?"

"네."

"아, 그렇군요. 온갖동물공화국 동물이면 다 아는 말이라서요."

"네, 멀리서 왔습니다."

"반갑습니다. 와주셔서."

"네, 수고하십니다."

"숙의민주주의는 심의민주주의라고도 합니다. 간단히 말해서요, 공공사안을 놓고 전문가 중심이 아니라 보통의 주권자 동물들 중심으로 참여하여 토론하고 합의에 도달하는 민주적 절차를 뜻하지요. 숙의(熟議)란 것이 충분히 생각하고 쟁점화하여 판단한다는 말이랍니다. 해당 사안에 대한 정보를 충분히 제공하고, 참가자들 모두에게 판단의 기회도 동등하게 제공합니다."

"매우 민주주의적인 방식이군요."

찰스는 민주주의에 대해 잘 알지도 못하고 관심도 별로 없으면서 분위기상 치켜세워 평가해줬다.

"네, 그렇죠. 아는 만큼 보인다는 말이 있잖아요? 아는 만큼 말한다는 뜻이기도 하겠죠? 누군가 어떤 사안에 대해 의견을 말한다는 것은 그 사안에 대해 충분히 알고 있느냐가 크게 결정될 수 있기에 사전에 해당 정보를 충분히 제공한답니다."

"그렇다면 참가자들은 어떻게 정하고 오늘은 그 수가 몇이나 되죠?"

"석 달 전 의회에서 공총 탄핵소추안이 가결되었을 때 탄핵심판위원회 사무국에서 곧바로 주권자위원 모집공고를 냈어요. 탄핵심판위원회는 상설기구로 공직자 탄핵 관련 업무를 관장하지요. 참가 신청자들

전체를 놓고 지역별, 암수별, 연령별, 동물종족별, 직업별 등을 고려하여 가급적이면 균형을 맞추려 하고요 추첨을…"

"추천요?"

때마침 일단의 동물 무리들이 탄핵 무효!,를 외치며 지나가는 바람에 황소의 말을 잘 알아들을 수 없어 찰스가 재차 확인하면서 그 무리들을 얼핏 보니, 강변에서 어미수달과 이야기를 나눌 때 잠시 나타났다 부리나케 사라진 회색빛 앵무새도 끼어 있었다. 잠시 딴생각을 할 때 아뇨, 추첨요, 라고 황소가 말한 바를 찰스는 또 알아듣지 못하고,

"뭐라고요?"

"추첨이라고요!"

"복불복이겠군요?"

"가장 민주적이죠."

"그래요? 흠."

"그래서 우리는 추첨방식을 통해 주권자위원을 결정해요. 이번 탄핵심판 때는 사안의 중대성에 비추어 총 99수랍니다. 두 달 전부터 외부와 연락을 차단한 합숙생활을 하며 정보를 제공하고 여러 번에 걸쳐 토론을 해온 것으로 알고 있어요."

"참가자 중 집안에 별고라도 생길 때는 어떻게 하죠?"

"본인이 판단해서 도중하차할 수는 있어요. 다만 절대 보안유지라는 각서를 쓰죠. 그럴 일은 거의 없어요. 이번에도 없었고요."

"민주적으로 한다면서 보안유지는 왜 하는 건가요?"

"주권자위원들의 토론과정이 심판 전 외부에 알려지게 되면 왜곡될 우려가 크기 때문이죠. 토론과정 전체 영상은 심판 결정 이후에 편집 없이 그대로 다 공개해요."

"오늘은 주권자위원 투표만 하게 되나요?"

"먼저 헌법재판소의 표결 절차가 있어요. 총 11수로 구성된 헌법재판소 재판관은 탄핵사안에 대해 순전히 위헌성 여부만을 판단하죠. 이게 선고는 아니랍니다. 우리 온갖동물공화국은 의회에서 가결된 탄핵소추안만을 가지고 탄핵하려 하지는 않아요. 의원들에 의해 1차로 탄핵이 가결되면 헌법재판소는 위헌성 여부를 판단하는 표결을 하게 되고, 최종적으로는 탄핵심판위원회의 주권자위원들이 심판 결정을 한답니다. 주권자위원은 위헌성 여부와는 별도로 적합성 여부를 판단해요. 그러니까 헌법재판관들이 설령 위헌성이 없다고 판단하더라도 주권자위원은 부적합 판단을 하여 해당 선출직의 여러가지 부당한 권력행사가 더이상은 지속되지 못하도록 선출직을 박탈할 파면 권한이 있어요. 이는 헌법재판관의 권위에 의존한 결정보다도 공화국의 주권자 민의를 더 중시한다는 뜻이랍니다. 반대로 헌법재판관이 위헌성이 있다고 판단하더라도 주권자위원은 이를 뒤집을 수 있는 권한이 있어요. 다른 동물나라에 없는 제도죠."

"그래서 헌법재판소와 탄핵심판위원회가 공동으로 주관하는 거군요? 그러면 굳이 헌법재판소의 표결 절차는 불필요하잖아요?"

"그런가요?"

친절하고 정확하게 설명해주던 황소는 찰스의 질문에 막힌 듯 잠시 고민하다가,

"그렇지는 않아요. 우리 온갖동물공화국의 총지도자 탄핵은, 부끄럽게도 이번이 세번째예요. 최초의 탄핵은 노총이라 불린 총지도자였는데 그가, 우리 공화국 동물들이 총선에서 여당을 압도적으로 지지해줄 것을 기대한다,고 발언했고 또 여당이 표를 얻을 수만 있다면 합법

적인 모든 것을 다하고 싶다,고 발언해 물의를 빚어 결국 탄핵 위기에 처한 적이 있어요. 그때 헌법재판소에서는, 노총이 공직선거법상 공무원의 정치적 중립의무를 위반하는 등 헌법과 법률을 일부 위반했다,고 판단했어요. 헌법재판소의 역할은 거기까지지요. 그러나 탄핵심판 위원회의 주권자위원들은, 헌법재판소의 판단을 중시하되 그 정도의 위반 사안으로는 탄핵이 될 정도로 중대하지는 않다,고 판단해 탄핵을 기각했어요. 자, 이 정도면 설명이 되었나요?"

"헌법재판관들이 적합성 판단도 동시에 해주면 간단할 일을."

"특히 총지도자에 대한 탄핵심판은 중대사안이므로 효율성으로만 처리하지 않겠다는 취지인 것으로 알고 있어요. 헌법재판관들은 현 총지도자가 임명한 경우도 있고, 또 판사의 오랜 경력이 지혜로울 수 있으나 매우 보수적이고 뒷구멍으로 호박씨 까는 일들이 종종 있어 자칫 암암리에 정치적일 수 있기에 이를 경계하는 거죠."

뒤편에서 두 동물의 대화를 듣고 있던 갈색사다새가 황소 옆으로 불쑥 다가오며 말했다. 갈색사다새는 50cm나 되는 길고 커다란 부리를 뽐내며 목주머니를 활용해 일을 척척 해내곤 한다. 게다가 시력이 뛰어나고 물 위를 날다 물속으로 곧바로 휙 들어가는 기막힌 재주가 있어 수중동물들의 편의시설 점검을 끝내고 막 도착한 것이다.

"오우, 갈색사다새 씨, 벌써 다녀왔어요?"

"옙! 안내 대화가 좀 지루하군요, 황소 씨. 하하하."

"아, 이분은 우리 공화국 동물이 아니라서 자세히 알려줬어요."

"네에. 탄핵 축제의 날에 우리 온갖동물공화국에 오신 걸 환영합니다."

"네, 네. 감사합니다. 너무 친절하십니다."

"황소 씨가 몸집은 이래도 해맑고 상냥하거든요."

이어 찰스와 갈색사다새가 논점을 정리하며 말을 이어간다.

"그러면 헌법재판관은 헌법적 판단만 하고."

"탄핵심판위원회의 주권자위원들은 정치적 판단, 즉 파면 여부를 결정하는 거죠. 주권재민의 사상을 실현한다는 취지에서."

"아까 헌법재판관이 정치적일 수 있다고 우려했는데요 그건 주권자위원도 마찬가지 아닌가요?"

"달라요. 전문가지만 직업관료라 할 수도 있는 헌법재판관이 탄핵대상과 보이지 않는 고리로 연결되어 있어 정치적으로 되면 탄핵 자체가 불순해지잖아요. 이를테면 자신을 임명한 사람을 탄핵할 수 있나요? 그러나 주권자위원은 일회적으로 추첨해서 선출되는 무작위 동물들로 구성되기 때문에 전체로 보면 현실정치와 연결될 확률은 거의 0에 가깝죠. 그 수도 아홉 배나 더 많고요. 주권자위원이 정치적 판단을 한다는 것은 특정 정치세력, 그러니까 현실정치를 의미하는 것은 아니죠. 주권재민을 실현하는 삶의 정치를 말한답니다. 공화국의 동물들은 주권자위원들의 판단을 더 신뢰하지요."

마침내 탄핵심판의 시간이 왔다. 하늘에는 여러 조류떼들이 공중곡예를 펼치고 수십의 온갖 동물들이 춤추며 어우러진 풍물패가 한창 신나게 길놀이를 벌이는 동안 무대에는 헌법재판관들과 주권자위원들이 엄중하게 자리에 앉았다. 기린 자매의 사회로 독재정권에 싸우다 희생된 영령들에 묵념하는 동물의례를 마치고 탄핵심판위원장 검독수리의 개회 선언 이후 본 대회에 앞서 어린이 동물들의 귀요미 퍼포먼스가 시작된다. 귀요미 퍼포먼스는 각 동물들 특성에 따른 아이들의 귀여운 모습을 선보이는 몸짓행위를 말한다.

첫번째로, 자이언트판다 아이 혼자 느릿느릿 등장한다. 육식동물이었으나 주식이 대나무로 바뀌면서 거대하게 커지고 둥글둥글해진 머리, 그 머리만으로도 무대에 나타날 때부터 충분히 깜찍하며, 거기에 큰 머리를 둥글리며 뒤뚱뒤뚱 느릿느릿 장난치다가 찡찡거리는 울음소리, 그 쩌는 고음이 난타전이라도 하듯 장내를 뒤흔드니 귀요미의 완전체를 보여주는 것 같아 광장의 동물들 모두가 환호하며 박수갈채를 보낸다.

두번째로, 벌새떼 아이들이 눈 깜짝할 새 등장한다. 아주 작은 몸짓으로 모든 새들 중에서, 특히 인류라는 영장동물이 달성한 현대 항공기술로도 구현할 수 없는 가장 뛰어난 비행능력을 보유한 조류다. 어깨관절을 축으로 회전이 가능한 날개짓이 무려 초당 60회이다 보니 퍼덕퍼덕,이 아니라 오토바이처럼 부우우웅!, 소리를 낼 정도로 빠른 속도감이 관전 포인트다. 어른들처럼 후진비행, 전방위비행, 급선회 들을 선보이려다 아이들 모두가 갑자기 공중에 머문 채 코를 골아 광장의 동물들, 어이없는 표정으로 깔깔거린다. 찰스도 한참을 웃으며 혼잣말로,

"뭐 저따위 얼라들이 다 있어. 정말 너무 귀여워!"

세번째로, 슬로우노리스 아이 혼자 등장한다. 온몸이 갈색류 털 그리고 등에 짙은 줄무늬, 작은 체구, 둥그렇게 왕눈을 떠 장난감인 체하며 무대 위를 맴돌며 본능적으로 모성애를 자극해 광장의 동물 아이들이 더 좋아한다.

네번째로, 사막여우 아이 세 마리가 여러가지 소리를 내며 등장한다. 작은 체구로 굉장히 큰 울음소리를 내 광장을 들썩이다가도, 고양이처럼 꾸루루룩거리는 기묘한 소리를 내다 개처럼 짖어대며, 마침내

모기소리까지 감지하고 얼굴보다 더 커 사냥도구로 썼던 귀를 쫑긋 귀여움을 떨면서 옛 사냥꾼의 타고난 천성을 보여주니, 수컷동물들이 자지러지며 껑충껑충한다.

다섯번째로, 코끼리 아이 한 마리가 등장한다. 거대한 몸체로 성장할 것이지만 아직은 어려, 무려 4만 개 근육들의 조합으로 뼈 없이 움직이는 코를 다루는 법을 익혀야 살아남을 수 있어 물을 빨고 뿌리고 하는 연습을 하다 긴 코를 주체 못해 무대 위에서 넘어지고 만다. 동물들이 일어나, 일어나,를 외치며 용기를 북돋워 주고 대기실에서 깜짝 놀란 어미 코끼리가 무대로 달려간다.

여섯번째로, 펭귄 아이들 십여 마리가 합창하며 등장한다. 물속에서는 날아다니듯 헤엄치나 뭍에서는 짧은 다리로 더디게 걸어야 하는 팔자임을 아는지 아직은 걸음걸이가 숙련되지 못해 불안정하게 아장아장 뒤뚱거리면서도 옹알이인지 노래인지 끝까지 다 불러 박수갈채를 받는다.

일곱번째로, 바닷새 앨버트로스 아이 세 마리가 날아든다. 앨버트로스는 평생 700만 km를 날아 세계여행을 하는데, 지구를 무려 180번이나 돈다. 심지어 어미새는 과거에는 새끼에게 줄 먹이를 구하러 1,000km나 떨어진 곳으로 비행했을 정도다. 하루 24시간 일주일 내내 하늘을 날다 보면 몽유병 환자처럼 날면서 자곤 한다. 아이 세 마리는 비행 버릇으로 길들여져 무대 위를 무한정으로 나는 날갯짓을 하려다 기린 자매의 만류로 겨우 제자리로 되돌아간다.

여덟번째로, 수컷 망아지 한 마리가 어미와 함께 등장한다. 인간에게 오랫동안 길들여진 종족인지라 인간이 돌보지 않으면 자연상태에서는 생존하지 못하는 처지임에도 지능이 뛰어나고 희노애락의 감정

을 소유했다. 어미는 용감하게도 인간계를 탈출해 자유의 나라 온갖동
물공화국에 망명했다. 어미는 인증이라도 하듯 나는 자연동물이다,를
외치고, 뒤따라 걷는 망아지는 방귀를 뿡,뿡,뿡 뀌다 저도 모르게 몸속
에 숨겨진 생식기가 불쑥 튀어나와 길게 커지는 바람에 얼굴이 붉어져
동물들이 폭소를 자아낸다.

　이 밖에도 여러 동물들이 차례차례 어미들의 안내로 무대에 올라 자
기 종족들만이 갖는 귀여운 장기들을 선보였다. 한 시간에 걸친 귀요
미 퍼포먼스가 우레와 같은 박수갈채로 마무리되자 퍼포먼스 준비위
원장 강돌고래가 강변 물가에서 무선 마이크를 통해 퍼포먼스를 마련
한 취지에 관해 설명하였다. 그 모습과 목소리는 대형 스크린을 통해
광장 곳곳으로 울려 퍼진다.

　"온갖동물공화국 동물 여러분, 세계 각지에서 찾아주신 동물 여러
분, 그리고 어린이, 청소년 동물 여러분. 우리 아이들의 귀여운 퍼포먼
스, 관람 잘 하셨지요? 여러분들이 보신 것처럼 아이들이 별도로 연습
을 하지는 않았습니다. 아이들의 모습, 생긴 그대로의 모습만 봐도 얼
마나 귀엽고 깜찍합니까? 얼마나 사랑스럽습니까? 이 아이들이 잘 자
라 행복하게 살아갈 권리가 있으며, 우리 어른들은 이 아이들의 공동
체 온갖동물공화국을 지켜낼 의무가 있습니다."

　"옳소!"

　"맞습니다!"

　"아이들은 우리의 희망이다!"

　강돌고래는 광장에 울려 퍼지는 동물들의 환호에 고무되어,

　"오늘은 곰 총지도자에 대한 탄핵심판을 하는 매우 엄중한 시간입니
다. 우리는 고통을 받아왔고 희생을 당해왔습니다. 공화국이 아닌 겸

국독재의 치하로 돌변해 이게 나라냐, 지탄받을 정도로 나라의 질서와 시스템이 무너져 엉망이 되어 왔습니다. 안보, 외교, 경제, 교육, 국방, 언론 몽땅 다 무너지고 있습니다. 온통 다 제멋대로입니다. 국정을 농락해 온 공총은 더이상 우리의 지도자가 될 수 없습니다. 심판받고 처벌받아야 마땅합니다."

흥분된 동물들이 외친다.

"공총 탄핵!"

"국정농단 심판!"

엄중해야 할 자리에 동물들의 반응이 너무 흥분되고 있어 이를 가라앉히려고 강돌고래는 몸을 빙글빙글 돌려 공중으로 솟아오르는 발레 쇼를 보여주다 다시 제자리에 안착하여 익살스러운 개그 표정을 지어 말한다.

"존경하고 사랑하옵는 우리 온갖 동물 여러분! 다 큰 저도 이렇게 귀요미짓을 잘 할 수 있답니다."

와하하하, 신나게 웃는 동물들을 향해 강돌고래는 콧수염을 날리며,

"그러나 무엇보다도, 우리는 우리 스스로 반성하고 성찰하지 않을 수 없습니다. 개돼지 공을 총지도자로 선출한 우리의 죄, 너무나 큽니다. 우리의 미래를 생각합니다. 자유롭고 행복해야 할 우리의 동물 아이들이 개돼지농장이라는 지옥에서 노예처럼 살아갈 뻔했습니다. 우리의 고귀한 온갖 동물 자유의 나라,라는 말에서 온갖,을 삭제한 동물 자유의 나라,라는 말을 우리가 비토하는 것은 공총이 외치는 자유가 개돼지 공만의 자유를 말하기 때문이 아닙니까? 159수 청년 동물들이 아쿠아리움 수중공간에서 대형참사를 당하도록 방치하고 그 누구도 책임지지 않으면서, 그 공총의 관료들은 뻔뻔스럽게도 자신들이 할

일들을 다 했다며 비웃음마저 지어 보였습니다. 공총이 자본가들의 편을 들어 동물권을 폐지하고 노동자 동물들의 노동시간을 확대하여 짐승보다 못한 처지로 만들어나갈 때, 우리 아이들이 동무 동물들의 따뜻하고 정겨운 한마디 말조차 듣지 못하고 무한경쟁의 늪으로 빨려들어 남 등쳐먹는 기회주의자 개돼지 동물로 평생을 살아가야 할지 모른다는 생각이 들 때, 저는 수중학교에 다니는 딸아이를 보니 숨이 막히고 억장이 무너졌습니다. 슬프고, 절망했습니다."

이 대목에서 광장은 엄중해졌고, 광장 끄트리께에서 여전히 탄핵 무효!를 외치는 일단의 무리들 외에는 모두가 공감하는 분위기로 고요한 기운이 흐른다. 폭력행위로 유도되지 않으려고 일단의 무리들에 아무런 대꾸도 하지 않는 동물들의 세심한 노력도 엿보인다.

"이 자리에 참여한 우리 아이들, 청소년 동물들, 참으로 잘 왔습니다. 나라를 팔아먹어도 공총을 지지하겠다는 넋나간 동물 여러분들, 이 광장에서 공총 탄핵 무효!를 외치고 있는 넋빠진 개돼지 동물 여러분들, 우리 귀여운 동물 아이들의 모습을 지켜보니 어떻습니까? 그래도 아무런 감정이 안 생깁니까? 피가 끓지 않습니까? 꿈꾸는 아이들의 미래를 생각해, 무엇이 옳은지를 잘 헤아려주시길 바랍니다. 귀요미 퍼포먼스에 참가한 우리 동물 아이들에게 한번 더 뜨거운 박수 부탁드립니다. 감사합니다."

중립을 지켜야 할 퍼포먼스 준비위원장 강돌고래가 자신들을 가리켜 넋빠진 개돼지,라 일컫고 누가 보아도 심판을 거듭 촉구하는 메시지로 발언을 하게 되자 이에 맞서 저 멀리 떼거리 무리들이 야유성 발언을 계속 외쳐댔다. 그러나 광장에 몰려든 뭇 동물들의 박수갈채와, 공총 탄핵! 구호에 묻혀버렸다. 이어 헌법재판관들이 자리에서 일어나선서를 하는 법대에 모든 이목이 쏠리고 있다.

재판관들은 의회에서 탄핵소추안이 도착한 이래 이미 내부적으로 충분히 검토를 해왔기에 복잡한 절차 없이 단순하게 11수가 각자 위헌성 여부만을 표결로 표현하면 된다. 원칙적으로 보면, 헌법재판관은 땅을 지키는 열두 신장(神將) 즉 십이지신(十二支神)이라 하여 쥐, 소, 호랑이, 토끼, 용, 뱀, 말, 양, 원숭이, 닭, 개, 돼지 등 12수의 동물들로 구성하게 되어 있다. 그런데 공총이 막무가내로 용의 서식처를 자신의 집무공간인 용와대로 개조하는 바람에 뿔난 용이 승천하여 지상에 존재하지 않으므로 11수가 된 것이다. 용 대신 이무기를 넣자거나 물속에 사는 거북을 넣자는 의견도 있고 하늘을 나는 동물을 넣어야 한다는 의견도 있어 현재로선 논란 중이다. 11수의 재판관 중 8수 이상이 위헌 의견을 표명해야 위헌으로 판단한다. 전자개표로 진행되기 때문에 무효표는 나올 수 없고 기권 또한 하지 못하게 되어 있다. 수석재판관 닭 판사는 야외인데도 법복이 통풍이 잘 안되고 무거워서인지 아니면 사안의 중대성으로 식은땀이 흘러서인지 아무도 모르게 날갯짓을 살짝씩 하면서, 넥타이의 무궁화 무늬가 비뚤어지지 않도록 손을 댄 후 마이크를 잡는다.

"친애하는 온갖동물공화국 동물 여러분. 지금부터 의안명 총지도자 공에 대한 탄핵소추안, 의안번호 2023011에 대해 표결을 하도록 하겠습니다. 의회에서 제출한 탄핵소추안을 보면 탄핵사유는 총지도자 공 및 배우자 벌거숭이두더지쥐의 국정농단,입니다. 우리 헌법은 총지도자의, 특별히 그 배우자가 이유를 막론하고 국정에 개입한 경우,에 탄핵사유가 된다고 명시하고 있습니다. 이 헌법 조항에 따라 위 탄핵소추안을 표결합니다. 자세한 내용은 이미 헌법재판소 홈페이지에 발표했으므로 이 자리에서는 핵심요지만 말씀드리겠습니다. 우리 재판관 전원은 이 사건을 공정하고 신속하게 해결하기 위해 사건 접수 이후 70여 일간 매일 재판관 평의와 함께 준비기일 및 변론기일을 20회 열었습니다. 또한 증거조사된 자료만 해도 30,000여 쪽에 달합니다. 총지도자 공 및 배우자 벌거숭이두더지쥐의 국정농단은 배우자에 의해서 주도되었습니다. 총지도자 공은 배우자 벌거숭이두더지쥐의 농단에 대해 아무런 제재를 하지 못하거나 관련 정보를 제공하는 방식으로 공모하였음이 밝혀졌습니다. 이에 탄핵소추안 3개 사안에 대해 우리 재판관 전원은 다음과 같은 입장으로 결론지었음을 알립니다. 첫째, 총지도자 공의 집무실을 새로 이전하고 리모델링하는 데 배우자 벌거숭이두더지쥐가 주도하였을 뿐만 아니라 그 배후로 역술동물이 개입하였음을 확인하였습니다. 이 과정에서 불법 수의계약 등 업체선정 문제가 크게 있었으며, 1조 원대에 달하는 혈세가 낭비되었음이 인정됩니다. 둘째, 총지도자 공의 배우자 벌거숭이두더지쥐는 법무부 장관 깔때기그물거미를 움직여, 여야 가릴 것 없이 자신의 권력 구축에 방해가 되는 수많은 정치인들 및 몇몇 기자들에 대해 수사권을 남용하여 협박하거나 기소하도록 요청한 사실이 인정됩니다. 이는 우리 온갖동물공화국을 검국의 나라로 만들겠다는 총지도자 공과 법무부 장관 깔때기그물거미의 국정 음모에도 부응하는 것으로 보입니다. 셋째, 배우자 벌거숭이두더지쥐가 외교 무대에서까지 총지도자 공의 위치를 은근슬쩍 차지하는 장면들을 동물 여러분들께서도 여러 차례 뉴스로 목격한 바, 이는 외교 결례를 떠나 자격이 없는 자의 방정맞은 언행으로 국격을 크게 훼손하였음이 인정됩니다.”

광장의 동물들은 일시에 환호성을 질렀다. 닭 재판관은 광장 동물들

의 들뜬 환호성에 무반응한 채 엄중한 목소리로,

"곧바로 표결에 들어가겠습니다. 익명입니다. 소추 사안이 3건이므로 각 건별로 표결하도록 하겠습니다. 재판관들께서는 본인이 의사봉 1회를 두들기면 즉각 단추를 눌러주시기 바랍니다. 단추는 합헌과 위헌 2개 중 하나만 선택하게 되어 있습니다. 그리고 광장에 계신 온갖 동물 여러분들께서는 전광판을 지켜봐 주시기 바랍니다. 사안별로 의사봉을 두들기도록 하겠습니다."

광장 전체는 일시에 고요해지고 긴장이 맴돈다. 수석 재판관의 발언으로 볼 때 공의 위헌성은 확정되거나 다름없다. 그러나 공이 임명한 헌법재판관이 9수나 되는 상황이다 보니 위헌으로 나오기 힘들다는 소문이 자자해 동물들은 바짝 긴장해온 터다. 설령 헌법재판관들이 합헌으로 결정한다 하더라도 주권자위원들의 최종결정이 남아 있어 꼭 잘못된 것이 아닐 텐데도 재판관들의 표결에 긴장하는 것은 일말의 사법정의를 기대하기 때문이다. 공총 정권 하에서 헌법재판소뿐만 아니라 일반 법원의 사법정의가 유린당해 왔다. 수사권을 가진 검찰이 자신들의 뜻에 어긋나게 판결을 하게 되면 해당 판사조차 탈탈 털어버린다는 소문이 자자했고, 검사의 공소장을 판결문에 그대로 베껴 쓰는 판사도 있다. 특수통 검사들은 공총이 검찰총장을 할 때부터 판사들 평판 정보를 작성하여 판사들 성향에 따라 대응하였다. 압수수색 영장이 무차별적으로 남발되는 것도 자기편으로 보이는 판사가 영장심사 당직자일 때 영장 신청 날을 잡기 때문이다.

이윽고 닭 재판관이 1안 집무실 이전 사안!, 하며 의사봉을 두들기자 동시에 전광판 첫번째 줄에 글자가 떴다.

위헌 5표, 합헌 6표.

기대 밖 결과로 동물들의 한숨소리가 광장으로 퍼지고, 다시 닭 재판관이 2안 수사권 남용 사안!,하며 의사봉을 두들기자 동시에 전광판 두번째 줄에 글자가 떴다.

위헌 4표, 합헌 7표.

동물들의 한숨소리가 더 커지고, 마지막으로 닭 재판관이 3안 외교 농단 사안!, 하며 의사봉을 두들기자 동시에 전광판 세번째 줄에 글자가 떴다.

위헌 1표, 합헌 10표.

갈수록 가관이었다. 참혹했다. 닭 재판관이 표결 결과를 발표하며 의사봉을 3회 두들기자 일단의 무리들은 으라찻차!, 환호의 함성을 질러대는 한편, 이와 대조적으로 대다수의 동물들은 아예 할말을 잃어 잠시 정적에 휩싸이더니 이내 난리가 났다. 어떤 동물은 분통해 눈물마저 글썽거렸다. 하늘을 뒤덮은 먹구름은 비라도 내리칠 기세다.

"좃또 불안하더라니, 어떻게 표결 결과가 저따위로 나오나."

"에이 씨발, 재판관 놈들도 한통속이었네. 저것들 뭔 짓인지 모르겠고만. 입장 발표할 때는 위헌인 것처럼 포장하더니 표결에서는 영 딴판여. 대놓고 뺄짓허네. 저것들 몇 초 사이에 잊어버린 거 아녀, 닭대가리가 위헌으로 말한 거?"

"검국이 참 대단해, 깔때기그물거미 새끼가 손 써놨고만!"

"탄핵심판위원회는 다르게 나올 것여."

"배신자들, 영혼 없는 판사 나부랭이들 같으니라고!"

그 와중에 붉은목벌새는 광장 뒤쪽에서 자신의 긴 혀를 법대에까지 내뿜어 재판관들을 위협한다. 두 갈래로 갈라진 붉은목벌새의 혀 끄트머리로 위협을 당하자 잠시 지그시 감은 두 눈을 뜨더니 의외로 눈물

을 글썽이며 닭 재판관이,

"동물 여러분 진정들 하시기 바랍니다. 여러분들이 지켜봐 주신 바와 같이 우리 재판관의 의견은, 합헌 우세로 집계되었습니다. 공 총지도자의 국정농단에 대해 우리 재판관들은, 위헌 여부만을 판단했을 뿐입니다. 오늘 표결은 익명으로 처리하였지만 위헌 및 합헌 판단에 대한 기명 의견은 헌법재판소 홈페이지에 공개하도록 하겠습니다. 여러분들께서는 곧 있을 탄핵심판위원회의 선고를 차분하게 지켜봐 주시기 바랍니다."

사실 광장의 동물들은 주권자위원들을 신뢰하기 때문에 탄핵심판위원회의 선고에 기대를 해 크게 절망한 것은 아니었다. 다만 자신들이 여왕,이라고 비아냥거리는 벌거숭이두더지쥐의 국정농단을 대다수가 합헌이라고 몰아주고 있는 재판관들의 정신세계에 분노했던 것이다. 잠시 휴식을 취한 후 기린 자매의 안내로 탄핵심판위원장인 검독수리가 마이크를 잡았다. 그는 무대 위에 자리한 98수의 주권자위원들을 일일이 거명한 뒤 합동선서를 하게 한 다음 탄핵심판의 포문을 열었다.

"우리 온갖동물공화국은 동물평화 사상과 함께 주권재민, 즉 이 나라의 주권은 보통의 동물들에 있지 권력자에게 있지 아니하다는 사상을 헌법의 가장 중요한 가치로 삼고 있습니다. 이에 따라 숙의민주주의를 중요한 절차로 시행하도록 명시했습니다. 이번 탄핵심판의 경우도 숙의민주주의의 절차에 따라 저를 포함해 주권자위원 99수는 해당 사안에 따른 충분한 자료들을 검토하고 토론하면서 각자의 입장을 정리해왔습니다. 조금 전에 있었던 헌법재판관들의 위헌성 표결은 참담한 결과를 보여줘 동물 여러분들의 분노가 있었지만 우리 위원들의 적합성 표결은 다른 결과를 보여주리라 믿습니다. 적합성 표결에 따라 탄핵 가결이 되면 그 즉시 공총은 파면됩니다. 적합성 판단은 공총의 탄핵 사유인 배우자와의 국정농단 공모에 제한하지 않고 공총의 국정 운영능력 전반에 걸친 판단으로 확대할 것입니다. 또한, 법률적 위반 여부를 넘어 지금까지 공총의 국정행위에 대한 헌법정신의 수호 여부를 판단할 것입니다. 우리 주권자위원들의 표결에 앞서 먼저, 전문가분들의 진술 발언이 있겠습니다. 정치학자 동물은 관련 규정에 따라 배제했습니다. 진술 발언은 우리 동물들의 주권의식을 반영해 공총의 국정운영이 우리 온갖동물공화국에 미친 결과에 대한 분석을 보고합니다. 저희 주권자위원들의 합의에 따라 정신분석학자 물까치라켓벌새 박사님, 과학자 거북 교수님, 철학자 미어캣 교수님 세 분을 차례로 모시겠습니다. 주어진 시간은 각각 10분입니다. 박수로 맞이해 주시기 바랍니다."

첫번째로, 정신분석학자 벌새 박사가 마이크를 잡는다.

"친애하는 동물 여러분, 이 자리에 선 것을 영광으로 생각합니다. 과거의 우리 동물세계는 서로 먹고 먹히는 야만적인 먹이사슬 생태계가 진리였습니다. 다행스럽게도 우리 조상들은 이성적 동물로 진화해 온 결과 평화로운 동물들의 공화국을 건설할 수 있었고, 성현들께서 인,의,예,지,를 뭇 생명이 마땅히 갖추어야 할 윤리적 성품이라고 설파하였습니다. 그리고 이들 네 가지의 단서가 되는 것을 사단(四端)이라 하였습니다. 이는 우리 온갖동물공화국의 헌법에서 채택한 상생평화 생태계 협약입니다. 첫째는 타인의 불행을 아파하는 마음인 측은지심(惻隱之心)으로, 이는 곧 인(仁)의 단서입니다. 사심을 극복하고 규범을 지키는 것이 인입니다. 둘째는 부끄럽고 수치스럽게 여기는 마음인 수

오지심(羞惡之心)으로, 이는 곧 의(義)의 단서입니다. 부끄러움이 없으면 정의도 없습니다. 셋째는 다른 동물에게 양보하는 마음인 사양지심(辭讓之心)으로, 이는 곧 예(禮)의 단서입니다. 서로의 관계를 중시합니다. 넷째는 옳고 그름을 가리는 마음인 시비지심(是非之心)으로, 이는 지(智)의 단서입니다. 우리 온갖동물공화국 보통의 동물들은 이 사단에 바탕해 인의예지를 뭇 생명의 본성이라 하여 삶의 윤리로 지혜롭게 이어오고 있습니다. 그러나, 그러나 말입니다. 오늘날 정치하는 작자들은 이러한 네 가지 마음을 내팽겨치는 것을 처세술의 자랑거리로 일삼고 있습니다. 특히 공총은 배우자 벌거숭이두더지쥐와 야합하여 이 네 가지 마음을 철저히 비웃기라도 하듯 국정을 운영해왔습니다. 아쿠아리움 참사가 벌어져 159수의 희생자들이 발생했는데도 책임지거나 전혀 아파하지 아니하고, 외교현장 지근거리에서 외국의 총지도자를 가리켜 이 새끼 좃됐네, 라고 거침없이 욕하는 장면이 뉴스에 버젓이 나왔는데도 이 사람 좋겠네, 라고 했다고 거짓말로 우겨대 전혀 부끄러워 하지 아니하고, 국정원이나 감사원 등 분산된 권력과 정보를 자기네 손아귀에 집중케 하여 권력을 양보하는 마음이 전혀 없으며, 사법권 행사를 공정하게 옳고 그름의 시비를 가리는 데 쓰지 아니하고 사유화하여 비판 동물들에 대한 탄압에만 사용하고 있으니, 이러한 안하무인의 국정농단, 아니 국기문란 사례들이 한둘이 아니라 아주 일상화되었습니다. 그 결과로 어렵게 이루어놓은 상생평화 생태계가 엉망진창으로 망가지고, 공총을 빨아주는 후안무치한 악동(惡動)들이 되레 자신들을 비판하는 상대를 가리켜 후안무치하다고 하니 선과 악이 뒤바뀌는 심리적 전이현상, 정신세계의 분열양상이 참담하기 그지없습니다. 우리 사회의 공동선이 비참하게 무너져 내리고 있습니다.

이런 일에 공총이 공공연하게 앞장서 왔습니다. 이런 일은 여러분들이 바로 조금 전에도 목격하였습니다. 입장문 발표에서는 제정신이다가 결정적인 표결에서는 제정신이 아닌 헌법재판관들의 부조리 행태는 양심이라곤 하나도 찾아볼 수 없고, 공동선을 파괴하는 댓가로 오로지 자기네 이해에 따라 권력을 좇는 정신분열의 늪에 빠지고 있다는 것을…"

벌새 박사가 발언을 이어가는 와중에 광장에서는 스멀스멀한 기류가 감지되었다. 바닷새 앨버트로스는 세상이 흉흉해져 자기 아이들이 뱀상어에게 잡아먹힐지도 모른다는 끔찍한 생각이 들었고, 흰개미 무리들은 벌새 박사의 발언을 듣는 둥 마는 둥 태연하게 돌멩이를 주워 등을 긁고 있는 느림보곰을 쳐다보며 싸한 기운을 느꼈다. 또한 벌새 박사의 발언을 지지하며 아우우우우우! 울부짖는 늑대의 환호소리를 듣고 주변의 순록, 도마뱀, 사향소 따위 숱한 동물들은 자라보고 놀란 가슴 솥뚜껑 보고 놀란다고 괜히 심장이 벌컥해졌다. 무안해진 늑대는 배고픈 척 간식으로 챙겨온 산딸기를 급히 먹다 사레들어 바보같이 아,우,우,우,우,우! 헛기침해댔고 도마뱀은 후다닥 순록 뒤로 숨어버렸다. 하룻밤에 수십 킬로그램을 먹어대기도 하는 수컷 하마는, 육식에서 채식으로 진화하는 다른 동물들의 식성 변화로 자신의 먹거리인 풀이 부족하던 터에 과거의 먹이사슬 생태계를 그리워하는 눈치를 하다 암컷 하마에게 싸대기를 맞는 바람에 느닷없이 생똥을 싸질러댔다. 그런 반면 탄핵 반대 무리에서 왕처럼 행세하는 아프리카 암사자는 탄핵 무효! 구호를 제대로 외치지 않고 해찰하는 얼룩말 엉덩이에 주둥이를 대고 위협했다. 왕도마뱀은 벌새 박사의 발언에 짜증이 나는지 자기 종족인 또 다른 왕도마뱀 꼬리를 보며 군침을 삼켰다.

심리적으로 혼란스러워진 광장의 일부 동물들을 이리저리 살펴보며 등장한 두번째 발언자는 과학자 카멜레온 교수다.

"친애하는 동물 여러분, 마음의 평온을 되찾으십시오. 공총 무리의 교란을 빌미로 우리가 흔들릴 수는 없습니다. 공총은 결코 우리의 원인이 될 수 없습니다. 제가 여러분께 호소하고 싶은 말은 인과성의 법칙입니다. 우주를 지배하는 자연원리인 인과성의 법칙은 신조차도 거스를 수 없습니다. 동물사회에서도 마찬가지입니다. 모든 것에는 원인이 있고 원인에는 반드시 결과가 뒤따릅니다. 따라서 원인과 결과는 관련되며 인과엔 방향이 있어, 인과성의 법칙이 있기에 우리는 향후 행보를 예측하며 준비를 할 수 있습니다. 사회적 안정감과 정치적 신뢰성은 그에 바탕합니다. 그러나 공 정권은 이를 사정없이 파괴해버렸습니다. 지난해 여름 엄청난 폭우가 쏟아져, 아스팔트 틈 사이의 땅속에서 사는 가난한 가위개미떼들이 지하방에서 몰살당하는 어처구니없는 일이 발생했습니다. 여러분들도 잘 아실 겁니다. 가위개미는 땅속에다 농장을 짓고 나뭇잎을 짓이겨 퇴비를 만들어 영양분을 공급하는 균류 양식농을 합니다. 이 균류는 세상 어느 곳에도 없으며 가위개미가 꾸준히 돌봐야 합니다. 그런데 이 균류는 어미들이 먹으려는 게 아니라 새끼들을 먹이려는 것입니다. 물난리로 균류가 소실되는 것을 막고자 안간힘을 쓰던 가위개미떼들을, 순식간에 쏟아져 들어온 물 홍수가 휩쓸어버린 겁니다. 새끼들조차 말입니다. 시가지 한복판에서 하수구가 막혀 벌어진 일입니다. 동물들의 안전을 보살펴야 할 공총은 이 날 무엇을 했습니까. 폭우가 내리기 직전 개미떼들의 분주한 움직임을 보면서도 강 건너 불구경하듯 널러날랄 퇴근한 공총은 술 마시기 좋은 날이라며 폭주를 해 곯아떨어졌다고 합니다. 그 다음날 뒤늦게 출근한 공총은 또 무엇을 했습니까. 가위개미 희생자 현장에 가서는, 겨우 살아남은 몇 마리 새끼에게 너덜한 균류를 먹이고 있는 어미 개미를 보며 위로를 해주기는커녕, 개미들이 양식하는 균류로 막걸리를 빚어 먹으면 맛있겠다는 천하의 개소리를 해댔습니다. 홍수가 나려 하면 대응대책을 세우도록 해야 하고 수해 희생이 있었으면 따뜻하게 손을 잡아주는 것이 동물상정(動物常情)의 인과성일 텐데, 그런 매뉴얼조차 폐기해버렸습니다. 이게 어디 총지도자로서 할 일입니까. 사실 국정운영이라는 표현조차 민망합니다. 무능하고 무책임하고 막가파식으로 폭주하며 정치가 없이 오로지 권력만을, 그것도 남용하여 행사해 우리 동물들에게 공포와 불안감을 조성해왔습니다. 검찰청의 수사권을 견제할 목적으로 신설된 경찰청 국가수사본부장 임명에 대해 시중에선 당연히 인과관계의 논리상 경찰 출신을 기용하리라 설왕설래했습니다만, 어이없게도 검사 출신을 기용하는 맥락 없는 결과로 나타났습니다. 이뿐이 아닙니다. 친애하는 동물 여러분, 아직도 야만동물로 남아 있는 물고기 윔플피라냐를 기억하십니까? 윔플피라냐는 이빨을 드러내 웃는 듯한 표정을 지으며 소름끼치게도 먹잇감을 보면 무서운 속도로 달려들어 잡아먹어버립니다. 그 먹잇감은 무엇에게 잡아먹히는지조차 모를 지경입니다. 심지어는 서로 잡아먹기도 합니다. 과거 정권에서 공정언론 사냥기술자로 활동했던 아마존 출신의 그 윔플피라냐를, 공총은 눈 하나 꿈쩍 안하고 방송통신위원장으로 임명해 언론 장악의 마수를 뻗치고 있습니다. 공정과 상식을 외치며 당선된 공총이 아니었습니까? 그런데 그렇게 외치던 것이 원인이 되어 공총 스스로도 공정과 상식에 맞게 처신을 해야 그 언행의 결과가 일치되는 거 아닙니까? 친애하는 동물 여러분, 공총이 우주 만물의 진리인 인과성의 법칙을 동물사회에서 없애는 진짜 저의는 무엇일까요. 개돼지 전체주의를 꿈꾸고 있다는 진단도 있습니다. 이는 밝혀져야 합니다. 그러나 오늘은 일단 인과성의 법칙이 정의의 이름으로 굳건하게 살아 있음을 증명하길 기대합니다. 그리고 우리의 현안과제가 있습니다. 우리 민주주의 공화국은 민주화 투쟁에 힘입어 헌법을 개정하고 제도와 법령을 정비하여 민주주의 시스템을 마련했으나, 치명적인 맹점이 있었습니다. 사악과 무능으로 본성을 드러내며 공총이 나라를 아작낼 수 있었던 것도 그 맹점을 뚫고 위장해 선출된 결과 아니었습니까? 공만 축출하면 되는 일이 아닙니다. 그 맹점을 정확히 분석해 이제 다시, 유권자 개개 동물들의 자유로운 선택 차원과는 별개로 총지도자 후보 자격 검증장치와 같은 고도의 민주주의 시스템이 마련되어야 한다고 봅니다. 여러분들은 어떻게 생각하십니까?"

지루한 발언임에도 광장의 동물들은 반대파를 제외한 모두가 엄중하게 경청하고 박수를 보냈다. 시간은 빠르게 흘러, 마지막으로 철학자 미어캣 교수가 연단에 선다.

"친애하는 주권자 동물 여러분. 헌법재판소의 재판관들은 공총에게 합헌이라는 면죄부를 주었습니다. 그러나 표결 결과 위헌으로 드러나지 않았다고 하여 탄핵하지 않을 이유가 없습니다. 이미 앞에서 많은 분들이 말씀해주셨고 우리 아이들이 잘 보여주었습니다. 여기에 저는 철학자로서, 아니 굳이 철학자라는 이름을 붙이지 않더라도 나라를 파탄내고 보통의 동물들을 작살내온 파렴치하고 무능한 폭군 공총을 반드시 심판해야 마땅하다고 봅니다. 여러분 또한 그렇다고 생각하지 않으십니까?"

광장의 동물들은 우레와 같은 박수로 대답한다.

"저는 진실의 문제를 말씀드리겠습니다. 흔히 역사의 진실은 밝혀진다고 말합니다만 사실 잘 밝혀지지 않는 게 또한 역사의 진실입니다. 문제는 공이 정권을 잡은 이후 역사의 진실을 밝히는 것조차 헛된 노력이 될 것이라는 암울한 상황이 만들어졌다는 점입니다. 역사의 진실을 밝히는 진실화해위원장과 사무국장을 검사 출신으로 갈아치워 기존의 현장 입증된 사실관계 자료를 다 폐기하고 역사의 사실관계조차 다 조작하고 있거나 분탕질치고 있습니다. 각종 사건들의 진실도 많은 팩트가 오리무중이 되고 있습니다. 검찰청과 경찰청을 자기 수중으로 장악한 공 정권의 음모입니다. 진실을 괴담으로 만들고 거짓을 과학으로 둔갑시키는 악다구니로 게거품 무는 정부여당 홍위병들, 감성을 자극하는 제목장사와 프레임 조작으로 자기네들 할말만 하는 쓰레기 언론들, 선전선동하며 가짜뉴스 돈벌이에 추파를 던지는 유튜버들, 그 실체를 알지 못하는 악성댓글 알바들, 종교인을 자처하는 광신도들, 공의 허수아비이며 공 권력의 비호 아래 막무가내 집회로 난동질하는 묻지마부대들, 그리고 긴가민가하면서도 이들에게 먹혀들어 가는 순진한 동물들, 이들은 각자의 방식대로 움직이면서도 악으로 선을 쳐내고 허위로 진실을 분탕질하는 공 정권의 거대한 초연결 그물망으로 움직입니다. 엄중해야 할 오늘 이 자리에서도 저들은 저렇게 분탕질하고 있습니다. 저는 무섭습니다. 카멜레온 교수께서 말씀하신 바 인과성의 법칙마저 무시하듯, 진실 자체가 침몰하려 합니다. 진실이라는 게 존재해봐야 쓸모가 없어지고 오로지 힘의 크기로만 모든 게 결정되는 정글사회로, 새로운 악마의 논리로 회귀되는 게 무섭다는 것입니다. 그 결과는 어떨까요? 우리 동물의 세계가 약육강식으로 서로를 약탈해오던 야만의 시대를 거쳐 이제 서로 평화와 공존과 공감의 시대로 나아가고 있는 이 시대에, 동물생태계는 다시 약탈의 시대로 처참하게 되돌아가고 말 것입니다. 보시다시피 저는 귀엽게 생긴 미어캣입니다. 보송보송 털이 난 데다가 커다란 눈, 앙증맞은 작은 앞발, 귀여운 우리 미어캣은 약탈의 시대로 돌아가면 약탈당하지 않기 위하여 하루종일 일어서서 망보는 일을 해야 하며 살아남기 위하여 다시 포악해질 수밖에 없습니다. 이 광장에 나와 계신 곤충, 도마뱀, 작은 새, 거미, 전갈들의 선조들이 우리에게 희생당했습니다. 또한 우리 미어캣족도 몇몇 동물족과 마찬가지로, 불과 얼마 전까지만 해도 엄격한 계급구조를 이루어 몇 마리만 특혜를 누리고 나머지는 열심히 일하면서도 공평하게 나누어 먹지 못해 비루하게 살았습니다. 약탈의 시대로 돌아가면 다시 계급구조로 돌아가 공정하지 못한 처지가 될 뿐만 아니라 지옥의 아수라장이 될 게 불 보듯 뻔합니다."

이 대목에서 광장 중간께에 앉은 전갈족 무리들이 꼬리를 치켜세워 살랑거리며 평화의 표시를 하였다.

"아, 전갈 여러분들 고맙습니다. 여러분들을 보니 생각나는 게 있습니다. 전갈족은 우리 동물사회 생태계를 위하여 새롭게 연구되어야 합니다. 무슨 말이냐면요, 제가 철학자로서 생물학 교수들과 협동작업을 하며 동물들의 생명관계론을 연구하다 보니 전갈족의 놀라운 생태를 발견할 수 있었습니다. 1년 내내 곤충 한 마리만 먹어도 살아남을 수 있다는 것입니다. 남극대륙을 제외하고 모든 대륙에 살고 있는 전갈족은 몸 스스로 물질대사를 늦춤으로 이게 가능합니다. 우리 동물계는 약탈의 시대에 서로를 잡아먹어야만 생존할 수 있었고, 지금은 신사협정으로 채식이나 제조고기 위주로 혹은 고가의 단백질 합성품으로 식사를 하고 있습니다만, 옛 먹이사슬 습관을 버리지 못하는 야만동물들이 신사협정을 위반하여 불법으로 살생하는 일들이 간혹 있는 것으로 알고 있습니다. 그러나 전갈의 물질대사 활동을 연구하여 모든 동물들에 적용하면, 모든 동물들이 1년에 한 번만 먹고도 살 수 있는 엄청난 먹이혁명과 몸의 혁명이 일어날 수 있습니다. 그런데 자본가 동물들은 돈벌이에 눈멀어 식용 귀뚜라미 단백질의 대량생산에 열을 올리고 있습니다. 당연히 전갈족 연구는 하지 않지요. 돈이 안 나오니까요. 여기에도 진실이라는 것이 사회적으로 허용되어서는 안된다는 논리가 지배해나갑니다. 진실은 권력과 거대자본의 적입니다. 이는 동물권 차원에서도 들여다보아야 합니다만, 단적으로 말해 식용 귀뚜라미를 양식하여 잡아먹게 하는 일은 참으로 야만스러운 일입니다. 이는 인간이 저지른 동물농장 이상의 나쁜 발상입니다. 콩 정권의 음흉한 최종목표는 카멜레온 교수도 우려한 바 개돼지 전체주의로, 진실이라는 말 자체는 물론 기억의 세계조차 아예 없애려 한다는 소문이 돌고 있습니다. 나아가 기억유전자 자체를 제거하려고 생명공학계에도 검사 출신의 동물을 파견했다고 합니다. 저들 역시 기억은 진실을 전파하는 힘임을 알고 있으니까요. 이것은 온갖동물공화국을 개돼지농장으로 만들려는 콩과 깔때기그물거미의 흉계의 하나입니다. 콩 정권을 심판한 이후에도 진실의 문제와 관련해서라도 우리에게는 동물들의 관계론적 사유가 불가피합니다."

미어캣 교수를 마지막으로 박수갈채로 진술발언이 마무리되었다. 검독수리는,

"온갖동물공화국의 온갖 동물 여러분. 오늘에 있기까지 너무 힘든 길을 오셨습니다. 여러분들의 용기와 지혜, 뜨거운 열기와 함성, 감사합니다. 드디어 기다리고 기다리던 99수 주권자위원들에 의한 탄핵심

판의 시간이 왔습니다. 이미 아시겠지만, 공총은 오늘의 탄핵심판 사유인 국정농단 이상의 매우 중차대한 범죄를 저질러 왔습니다. 국기문란 혐의, 매국행위 혐의, 검국독재 구축 음모에 대해서는 주권자 여러분들의 강력한 요구에 힘입어 현재 국정조사와 함께 특검 수사가 광범하게 별도로 진행되고 있습니다. 특히 이웃나라의 핵 오염수 방류를 허용하여 우리 공화국뿐만 아니라 전 지구촌 해양생태계에 불가역의 위협을 가하는 데 앞장서고 있으며, 그 나라의 군국주의 야욕으로 하여금 우리의 영토를 침범할 수 있도록 길을 터주고 있는 매국행위도 주목하고 있습니다. 이러한 범죄행위의 실체와 목적이 증거를 통해 곧 드러나리라 봅니다. 그 결과는 더 기다려봐야 할 것 같습니다. 오늘은 총지도자 공 및 배우자 벌거숭이두더지쥐의 국정농단에 대해 탄핵하는 자리입니다. 무대에 계신 주권자위원 분들께서는 단추를 누를 준비를 하시고 제가 다섯을 세면 동시에 탄핵 찬성에는 O를, 탄핵 반대에는 ×를 선택해주시기 바랍니다."

검독수리는 광장에 모여든 수많은 동물들을 골고루 주시한 뒤 엄중한 표정으로 5, 4, 3…을 크게 외쳤다. 곳곳에 설치된 대형 전광판에 집중한 모두의 시선들이 일시정지하고, 마침내 주권자위원들의 표결 집계가 나오려는 찰나, 전광판을 내리치기라도 할 기세로 어두침침하게 하늘에 꽉찬 먹구름을 뚫으며 천둥과 번개가 요란해졌다. 깜짝 놀란 찰스는 몸을 벌떡 일으킨다. 주변을 둘러보니 텐트 안 어둠뿐이다.

인간 서영은 침낭 속에서 기척도 없이 세상 모르게 잠들어 있다.

12 사람들

일행은 평택국제대교로 안성천을 건너고 안중읍, 향남읍, 봉담읍, 매송면을 거쳐 군포시로 진입했다. 안양과 과천을 거치고 남태령을 넘어 서울 시내로 들어갈 계획이다. 사당역과 동작역을 지나 동작대교를 건너면 용산공원이고 바로 이태원으로 갈 수 있다. 아산시에서 평택시로 진입할 때부터 수도권의 더 복잡해진 도로망으로 길잡이하기가 녹록지 않고 군포시에서부터는 시내권을 피할 수도 없어 동탁은 이내 투덜거리기 시작했다. 공간이 확 트인 시골에서 쿨하게 운전하던 동탁에게, 매우 복잡한 미로의 세계인 수도권 도시 도로망에 접어들면서 현기증이 밀려온 것이다.

해가 벌써 서쪽 수리산과 아파트 사이로 기울어가고 있을 즈음 군포소방서 앞 사거리에서부터 정체 모를 방해 차량이 한 대 나타나 확성기를 통해 악담을 퍼부어대기 시작했다. 녹음된 악담은 서영 일행은 물론 인도의 한적한 행인들, 도로 위의 차량들, 주변의 아파트들을 향해 무한 반복되었다. 방해 차량은 한쪽에는 국가전복 종북세력 모조리 작살내자!, 라고, 다른 쪽엔 놀러 가서 죽은 자들 왜 국가가 책임지냐!,

라고 쓰인 문구의 현수막이 부착되어 있다.

"여기 시체팔이 하는 사람들이 있습니다. 이태원 사고, 누구의 책임입니까. 놀러 가서 죽은 자들, 국가의 책임입니까…"

도시 주민들을 향해 무차별 발포하며 서영 일행의 눈과 귀에 내리꽂는 차량 방송은 자극적이며 섬찟했다. 돌연 등장해 퍼부어대는 저주에 가까운 악담은 서영의 가슴에 칼을 꽂으며 순간 철렁이게 했다. 전혀 그럴 생각이 없는데도, 자신이 마치 십자가를 들쳐 매고 고난의 행군을 하는 예수라도 된 느낌이 들자 서영은 헛웃음을 지으며 묵묵부답한 걸음 한 걸음 나아간다. 시체팔이라니? 진지하게 열 받는 사람들은 동탁과 혁진이다. 운전하는 동탁은 동탁대로, 삼보하고 일배하는 혁진은 혁진대로 뜬금없이 나타난 저놈들과 한바탕 해야 하나 고민을 하기 시작했다. 그러나 그럴 필요가 없어졌다. 산본역에 이르렀을 때 구세주가 나타났다. 어디서 왔는지 어떤 할머니와 중년여성, 둘이 냉큼 도로 위로 나가 방해 차량을 막아서며 운전자에게 시비를 건다.

"니들 지금 뭐라카노? 뭐, 시체팔이?"

칠순은 넘어 보이는 할머니의 목소리는 카랑카랑하며 스피커 소리를 압도한다.

방해 차량의 중년 운전자가 열 받은 표정을 지으며,

"왜 남의 차량을 막고 반말로 지랄이십니까, 예? 할머닌, 가던 길 쭉 가세요."

"뭐, 지랄? 니는 왜 저 사람들을 막아서고 지랄을 해쌌노?"

"막은 적 없어요. 우리도 가고 있다고요. 천천히 가고 있는 걸 막은 게 할머니지!"

"여기 시체팔이하는 사람들이 있습니다. 이태원 사고, 누구의 책임입니까. 놀러 가서 죽은 자들, 국가의 책임입니까…"

악담하는 방송 소리는 계속 반복되었다. 혁진과 서영은 자신들 앞에서 갑자기 벌어진 싸움으로 나아가지 못하고 제자리에서 멈칫하더니 곧장 방해 차량으로 향했다. 찰스도 따라갔다. 할머니에 이어 중년여성이 가세해 한바탕 붙을 기세다.

"삼보일배하는 유가족 앞에서 이게 지금 무슨 짓입니까?"

"누구 앞에서 무슨 짓을 하든 말든, 우리의 자유요, 자유!"

"자유? 니가 뭐 공가 놈 따까리고? 니가 지금 이분들 방해하고 있잖아! 그기 자유가?, 패륜이지!"

할머니가 버럭 성난 목소리로 일갈하자 방해 차량 운전자와 조수석에 앉아 있던 젊은이가 씩씩거리며 차 문을 열고 밖으로 나왔고, 싸움을 키우고 싶지 않은 중년여성은 낮은 목소리로 말한다.

"이 사람들이 지금 국가가 책임지라며 삼보일배하고 있나요?"

"그러면 왜 삼보일배를 해요? 삼보일배해서, 뉴스 나오고 해서 국가에 책임 물으려는 거잖아요?"

젊은이가 따졌다.

"삼보일배를 하든 말든 국가에 이미 책임이 있지, 없어요? 국가가 나서서 안전조치를 취해주지 않았으니 당연히 그 책임을 물어야지요."

"여기 시체팔이하는 사람들이 있습니다. 이태원 사고, 누구의 책임입니까. 놀러 가서 죽은 자들, 국가의 책임입니까…"

설전의 와중에도 방송이 계속 요란하게 반복되었다. 중년여성은 눈살을 찌푸리며 운전자에게 한마디 하자 운전자는 위세에 눌려 겨우 방송을 껐다. 젊은이가 맞섰다.

"그 사람들, 아니 그분들, 놀러 간 분들이잖아요. 그렇다고 그분들

조롱하려는 마음은 1도 없어요. 이태원에서 사고 났을 때 누가 박수치며 좋아했겠어요? 저도 참으로 가슴 아픈 일이라고 생각해요. 안타깝죠. 근데 말이죠, 장례비, 사망 보상금, 이런 이야기들이 왜 나오는 거죠? 공장에서 일하다 죽은 사람들이나 천안함으로 순직한 군인들하고 이태원에서 핼러윈을 즐기다 죽은 사람들하고 죽음이 같다고 볼 수 있나요? 다르잖아요."

"장례비? 유가족 분들 누가 나서서 장례비 달라고 했나요? 내 자식 잃어 넋나간 상태에 어떤 미친 부모가 장례비 이야기를 하죠? 정부가 왜 장례비를 먼저 꺼냈겠어요. 유가족들을 시체팔이꾼 악마로 몰며 당신 같은 사람들과 이간질시키는 짓거리라는 거, 모르시나요?"

젊은이는 자신에게 불리하다 생각을 했는지 말길을 살짝 튼다.

"놀자고 막 몰려든 사람들, 경찰이 있다고 통제가 잘 될까요? 경찰이 투입되어 일방통행하게 하고 골목길로 들어가지 못하게 한다고 하여 사람들이 잘 따라줬을까요? 네, 알겠습니다, 가지 않겠습니다, 하고 고분고분 말이죠. 그러기는커녕 밀어!, 밀어!, 서로 소리치며 뒤엉켜 힘으로 밀어붙이고 난리쳤잖아요. 그러면서 안으로 더 밀치고 들어가 사고를 당했으니 본인들 책임이잖아요."

"작년, 재작년은 경찰이 질서를 잡아줘서 아무런 사고도 안 났잖아요. 그런데 정권이 바뀌고 이번에는 사람이 죽어 나갈 판인데 경찰은, 국가는 딴짓하고 있었잖아요. 생일잔치하며 놀고 있는 당신네 집에 강도가 들왔어요. 그래서 경찰에 신고했어요. 그런데 경찰이 출동을 안해 당신네 가족 누군가 살해당했어요. 그럼 그 책임은 경찰에게 전혀 없나요?"

중년여성과 젊은이가 도로 위에서 설전이 오가자 추운 날씨인데도 행인들이 발걸음을 멈추고 모여들었다.

"우리는 생일잔치하다 강도당할 일이 없어요. 우리는 집도 없어서 가족들이 뿔뿔이 흩어져 살아요."

"가족들이 뿔뿔이 흩어져서 이런 방송이나 하고 다니는 모양이죠?"

"이보슈, 여편네가 되어서 젊은이 말하는 거 이죽거림 써? 이 젊은이 말이 맞고만. 안전은 자기 스스로들 잘 지켜야지, 어디다 대고 나라에 돈 달라고 해? 나랏돈이 당신네 쌈짓돈여?"

"당신은 또 누고? 와 끼어들어 우리 딸애한테 삿대질해쌌노?"

누군지 모를 행인 노인이 불쑥 끼어들어 중년여성에게 삿대질하며 훈계하자 지켜보던 할머니, 언성을 높여 쏴붙였다.

"우리가 돈 달라 캤나? 이분들이 돈 달라 캤냐고?"

이때 한 청년이 앞으로 나선다.

"저는 정치 1도 모르는 평범한 사람입니다. 그런데 궁금증이 참 많습니다. 서울의 경찰이나 용산구는 10만 명이나 넘는 인파가 모여들 것이라고 알고 있었음에도 왜 대비를 하지 않았을까, 6시 34분부터 시작된 112 신고는 왜 무시되었을까, 마약 수사 인력은 왜 그리 많이 투입되었을까, 왜 도로 교통정리가 늦어져 구급차가 사고현장 진입에 어려움을 겪었을까, 이런 상식적인 궁금증입니다. 국정조사 청문회가 있었습니다. 현장과 일선의 직원들 상당수는 왜 증인에서 제외되었을까, 그러니까 이태원역 일대에서 교통정리를 하던 교통경찰관, 최초 112 신고를 받고 현장에 출동했던 경찰관, 마약 수사를 목적으로 이태원에 투입되었던 형사들, 구청 당직 직원들, 대통령실 집회를 직접 관리했던 기동대원 등 말입니다. 이들을 다 증인으로 세워 증언들만 제대로 모아 연결해도 진실의 실마리는 풀릴 거라는 생각이 듭니다만, 정부

여당이 이들을 막은 것으로 보입니다. 경찰과 구청 같은 데는 수사 중이라는 이유로 중요자료 제출을 거부했습니다. 이 일련의 것들은 도대체 무엇을 뜻할까요. 왜, 왜, 왜?"

청년은 주변을 둘러보더니 말을 계속 잇는다.

"지나가다 들어보니 이태원 참사 유가족 분이 삼보일배를 하시네요. 유가족 분이 누구신지 모르겠는데, 아 저기 이분들이군요. 추운 날 고생하시는 분들께 인지상정, 박수로 먼저 격려를 해드리도록 합시다."

청년은 싸움판으로 격화될 것 같아 분위기를 부드럽게 만드느라 박수를 유도했다. 주변에 몰려 있던 행인들이 시큰둥하는 몇몇을 빼고는 힘찬 박수로 응대했다. 두어 명은 무리에서 빠져나가 제갈길을 가버린다. 혁진과 서영이, 박수 치는 사람들을 향해 고개를 크게 숙여 인사를 한다. 청년은 말을 이어간다.

"유가족 분께 여쭈어보겠습니다. 어디서부터 오셨을까요?"

설전이 오가다 갑자기 인사 자리가 되는 듯해 불편한 기색이면서도 서영은,

"감사합니다. 저는 이태원 참사로 희생을 당한 우리 딸, 함율희의 엄마입니다. 전라북도 줄포에서부터 삼보일배를 했습니다."

"전라북도요? 엄청 멀지 않나요? 엄동설한에! 오늘이 며칠째인가요?"

"작년 12월 49재 지내자마자 출발했어요."

"우와, 그러면 두 달이 넘었는데요? 아니 어떻게, 여러분 뜨거운 박수 한번 더 부탁드립니다."

"얼떨결에, 얼떨떨합니다. 생각지도 못한 자리가 마련되었네요. 지나가시는 분들에게 도로 위에서 이렇게 인사까지 드리리라곤⋯ 이게

다 저희에게 뜨거운 관심을 가져주신 이 차량의 두 분 덕입니다. 박수를 치신 김에 이 두 분께도 박수를 부탁드립니다."

서영의 재치있는 발언이었다. 박수받게 될 상황에 부닥친 방해 차량 운전자와 젊은이는 어이없어 뻘쭘한 표정으로 차안으로 들어가려 하자 청년이 막아선다.

"아이고 두 분 도망가지 마시고 잠깐 여기 계셔보세요."

"왜 붙잡고 그래? 의문의 참패를 당한 듯해 기분이 영 찝찝하고만."

운전자는 똥씹은 표정이었다.

"그러니까 왜 패하셨는지는 알고 가셔야 할 것 아녀요?"

운전자와 젊은이는 마지못해 다시 돌아섰다.

"단도직입적으로 유가족 분께 여쭙겠습니다. 삼보일배를 하시는 이유가 뭡니까?"

"글쎄요. 한 마디로 말하기가 그렇네요. 여기까지 두 달 넘게 오면서 여러 가지 많은 경험을 하고 생각을 많이 했습니다. 삼보일배를 하면서도, 나는 왜 삼보일배를 하는 걸까, 스스로도 수없이 질문해왔지만 쉽게 헤아려지지 않네요. 세상사가 그렇듯 그 답은 하나이지는 않습니다. 생각도 많이 달라지거나 더 많은 생각들과 함께 하고 있습니다. 저희는 이태원까지 가는 게 목표입니다만 이태원에 도착해서도 답을 얻을 수 있을지는, 장담할 수 없습니다. 다만 확실한 것은 우리 율희를 기억한다는 것이고, 또 확실한 것은 저는 말해야 한다는 것입니다. 그래서 확실한 것은 진상규명을 정확히 해 국가와 관련자들에게 책임을 분명 물어야 한다는 것이지 국가에 보상비를 받자고 이러는 것은 아니라는 점입니다. 시체팔이라고 했나요? 책임자를 정확히 가려내 엄중하게 처벌을 한다면 시체팔이?, 백번이라도 하겠습니다."

서영은 담담하게 말했고 사람들은 우렁차게 박수갈채를 보낸다.

"그러고 보니 깜박했습니다. 저기, 할머니와 여성분, 두 분께 감사드립니다. 이 두 분은 이 차량을 막아서서 항의하신 분들입니다. 대단들하십니다. 감동했습니다."

서영이 소개를 하자 중년여성이 자청해 앞으로 나와 인사말을 한다.

"반갑습니다. 이분은 저희 엄마입니다. 저희는 경상남도 거창에서 왔습니다."

경상남도 거창,이라는 말에 탄성과 함께 박수가 터져 나왔다.

"어제 인터넷 기사에 떠 이분이 삼보일배한다는 걸 알았습니다. 마음이 짠했습니다. 엄마와 저는 누가 먼저랄 것도 없이 이분의 삼보일배에 동참하기로 하여 오늘 아침에 출발해 왔습니다. 신문기사를 보고 대략 위치를 추정했지만 저희가 워낙 길치라 그런지 몇 시간씩이나 이 근처를 찾아 헤매다 겨우 만나게 되었습니다. 저희 엄마는 저와 달리, 사실 욕도 못하고 쌈도 할 줄 모르는 분입니다만, 아까 무슨 용기로 차량을 막아서서 항의했는지 모르겠습니다. 감정이 격해지면 한번씩 튀는 발언을 하셔서 저도 오싹해지는 때는 있습니다. 세월호 때, 팽목항에 나타난 당시 교육부 장관이란 자가 현장에서 라면을 끓여 먹는 장면을 보시더니 이럽디다. 저 미친 새끼, 네가 만약 물속에 빠져 죽었다면 저 새낄 죽이뿔고 나도 확 휘발유 처발라 죽어버릴끼다. 정말 오싹했습니다. 저희 엄마가 맞나 얼굴을 다시 쳐다보니, 정말 평범한 일상의 얼굴인지라 기가 막혔습니다. 저런 얼굴에서 어떻게 그런 험한 말이 나올 수 있나, 우리가 사는 현실이 그런가 봅니다. 이분도 뵈니까 그런 생각이 듭니다. 참 고운 얼굴이신데 험한 길 오셨습니다. 오늘부터 저희도 힘을 보태겠습니다."

다시 박수가 터져 나왔다. 도로 위 1개 차선에 멈춰선 이들 때문에 교통이 번잡해졌다. 교통경찰이 오더니 이동을 요청했다. 경찰청에서는 진작에 삼보일배 정보를 실시간으로 보고받아 왔을 터인데 무슨 까닭에서인지 서영 일행을 건드리지는 않았다. 지금 지하철 산본역 앞에서 소동이 일어난 것은, 며칠 전 향남에서 매송으로 넘어올 때 우연히 근처를 지나던 한 일간지 기자가 일행을 알아보고 취재를 해 기사를 썼기 때문이었다. 그 기사로 삼보일배 소식이 인터넷에 퍼졌다. 방해 차량이 나타난 것도 이 때문이었다. 방해 차량은 슬그머니 빠져나갔으며, 거창모녀만 남고 행인들도 각자 제갈길로 흩어졌다. 시간이 이미 늦어진 터라 동탁과 혁진은 차안에서 텐트 자리를 알아보고 있었다. 바로 인근 공원에 자리를 잡기로 했다.

차에서 내리려던 차, 혁진의 핸드폰이 울려 퍼졌다. 엄기택으로부터 온 전화다. 그는 고생이 많다, 도와주지 못해 미안하다, 언제 마치느냐,고 물었다. 그리고 읍지를 빨리 끝내야 하지 않겠느냐, 삼보일배 마치면 편찬주간 고집만 피우지 말고 타협해서 모양새 있게 일을 마무리하는 게 좋겠다,고 했다. 강만호가 계속 악성루머를 퍼트리고 다녀 자신도 힘들다는 것이다. 편집방향의 원칙을 고집,으로 받아들이는 엄기택의 태도에 대해 혁진은 시장통 할머니의 이야기를 빼는 것이 타협,이냐고 맞섰다. 엄기택 자신도 문인이면서 공공의 적이라 할 수 있는 강만호의 안하무인 태도에 굴복하는 듯해서 기분이 영 좋지 않다. 그리고 삼보일배를 통해 마음을 다스려가고 있는 마당임에도 자신을 계속 모략하고 있다는 강만호의 이야기를 듣고 혁진은 분노가 솟구쳤다.

그때 한 젊은 여성이 인도로 나온 서영을 알아보았다.

"엄마!"

"어머! 이게 누구야? 세주 아냐?"

"네, 저 세주예요."

세주가 하얀 마스크를 벗으며 말했다.

"네가 왜 여기서 나와?"

서영과 세주는 반가움을 밀치고 서로 껴안고 눈물을 펑펑 쏟아낸다. 그렇게 한없이, 말없이, 서럽게 울기만 한다. 곁에 있던 거창모녀는 이들의 사연을 알지 못하면서도 괜히 눈물을 글썽거렸다. 찰스는 사람들 사이를 헤집고 다니며 주변을 맴돈다. 교통경찰은 동탁에게 차를 빨리 빼달라고 재차 요청했고 혁진은 먼저 공원으로 이동하라며 차에서 내렸다. 혁진은 서영을 껴안고 슬프게 울고 있는 젊은 여성을 찬찬히 바라보았다. 울음을 그치고 서로 바라보려 할 때 혁진이 두 눈을 찡그리며 젊은 여성을 한참 주시하더니,

"너, 세주 맞지?"

젊은 여성, 아니 세주는 혁진을 바라보며 놀란 표정으로,

"서, 선생님?"

"응, 세주가 맞구나!"

"네, 진쌤~ 저 세주예요."

"아이구, 이놈의 자식아!"

혁진과 세주는 반가움과 슬픔이 교차하는 복잡한 표정으로 서로를 바라보며 부둥켜안았다. 거창모녀는 뭐가 뭔지 어리둥절하며 서로를 쳐다볼 뿐이다. 혁진은 어안이 벙벙해 하는 서영을 바라보며,

"제 논술 제자예요."

"네? 정말요? 우리 율희 대학 절친인데?"

혁진의 제자라는 말에 놀라워하는 서영은 세주를 바라보며 말했다.

놀랍기는 혁진도 마찬가지다.

"오, 이럴 수가."

"그런데 두 분은 어떻게?"

세주 역시 놀라지 않을 수 없었다.

"응. 시골, 같은 동네 살아."

"네? 전라도 줄포요?"

"응. 어떻게 아네?"

"율희랑 놀러 온 적이 있었거든요."

서영이 대신 대답했다.

"그래? 같은 동네에 내가 산다는 걸 몰랐었구나."

"알 수가 없었죠, 선생님."

"야 임마, 내가 논술 갈칠 때 내 고향이 줄포라고 했잖아?"

"알구, 선생님. 까마득히 잊고 있었죠. 고향으로 내려가실 거라곤 생각도 못했고요."

그때 동탁에게서 전화가 왔다.

"응~… 그래? 그러면 오늘은 찜질방으로 가자. 씻기도 하고. 저녁은 식당에서 먹게. 우린 식당을 찾아갈 테니 넌 찜질방으로 가서 다시 전화해."

"찜질방으로 갈 거예요?"

서영이 물었다.

"네, 그게 좋겠어요. 요 근처 공원에 자리를 잡으려고 했는데 전원 연결이 어려운가 봐요."

"저녁은 저희가 쏘겠습니다. 따뜻한 삼겹살 괜찮죠? 영양 보충해야죠."

이들의 우연한 삼각조우를 흥미롭게 지켜보던 거창모녀의 중년여성이 제안했다. 일행은 삼겹살 집을 찾아 발길을 옮겼다.

삼겹살 집에서는 세주의 등장이 핫한 화두다.

"엄마, 너무너무 죄송했어요."

세주는 서영을 오래전부터 엄마,라 불렀다.

"왜 죄송이야? 너 미국에 유학간 걸로 알고 있었어."

"네. 작년 가을에 들어왔어요. 그날…"

세주는 고개를 숙이고 잠시 머뭇거린다.

"그날 율희를 만났었어요. 이태원에서."

"뭐라고? 그럼 너랑 같이 있었던 거니? 이태원에서?"

"네."

서영은 까닭 모르게 머리가 지근거렸다. 혁진, 동탁, 거창모녀 모두 서영과 세주의 대화에 주목하였다.

"넌 다행히도 무사하구나. 다치지는 않았었니?"

"정신 차리고 보니 병원이었어요. 갈비뼈 골절에, 호흡 곤란으로 의식을 잃었다는데, 석 달만에 깨어났어요."

"석 달만에? 너도 고생했구나."

"의식이 들자마자 율희 소식이 궁금했는데, 핸드폰을 분실해 연락할수 없었어요. 나중에 새로 개통한 핸드폰으로 검색해보니 희생자 명단이 있어서 율희 이름을 보고, 한동안 정신줄 놓았어요. 진작에 엄마를 찾았어야 했는데, 계속 치료를 받았어요. 어제 엄마 소식이, 인터넷에 떴길래 깜짝 놀랐어요."

세주는 고개를 떨구며 눈물을 흘린다.

"제가 그날 만나자고만 안했어도. 흑흑."

"너의 잘못이 아니다."

서영이 세주의 두 손을 꼬옥 잡아준다. 삼겹살 익어가는 소리가 식당 안을 들쑤시고 있다. 서영 주변을 맴돌며 배가 고픈지 계속 냐옹거리는 찰스를 불러 동탁이 고기를 몇 점 던져준다. 대화가 끊어지자 옆테이블에 앉아 있는 거창모녀의 중년여성이 세주를 바라보며,

"이분이 좀 진정하는 동안 제 이야기를 해볼게요. 저는 장민희라고합니다. 가수 임재범 커뮤니티 회원으로 활동하고 있어요. 그날따라임재범 공연이 올림픽공원에서 있었고 그날따라 아주 오랜만에 공연보러 거창에서 서울까지 올라갔어요. 뒤풀이 마치고 가락동에 있는 이모집에 가서 퍼져 있는데 자정쯤 되어 카톡이 자꾸 날아오는 거예요. 이태원이 난리가 났다고, 커뮤니티 회원이 아수라장된 현장사진 짤을보내온 거였어요. 깜짝 놀라 저는 달려가 사람들 응급처치라도 해주고싶었어요. 병원에서 일한 적이 있어 자격증이 있거든요. 그런데 갈 수없는 거예요. 술을 마시진 않았어도, 아니 술을 끊었어요. 저는 한때술독에 빠져 살곤 했는데, 공가 놈 당선된 날 아예 딱 끊었어요. 자려고 수면제를 먹은 상태라 운전을 하면 안되어 발만 동동 구르다 말았어요. 세월호 때는 어땠냐면요, 세월호 침몰 터지기 일년여 전에 제가그 세월호를 타고 제주도로 이사를 갔었지요. 인천에서 저녁 6시 30분에요. 그 까만 밤바다 느낌이 저한테도 생생한데, 그 세월호를 탄 아이들이 참사를 당하고, 소름 돋았어요. 세월호 침몰 직후 제주도에서 다시 나왔는데 그때 공교롭게도 제일 친한 친구가 사는 안산으로 갔어요. 도시 입구에 수없이 휘날리는 노랑리본과 현수막을 보니 미치겠더라고요. 차에 싣고 간 제주소주 세 박스를 열흘 만에 다 마셔버렸어요. 제가 나중에 세월호 단식하던 분, 광화문광장에서, 유민아빠 김영

오 씨를 보니, 슬픔을 온몸으로 뿜어내더라고요. 사람에게서 보기 힘
든 슬픔, 얼마나 슬프면 저럴 수 있지, 굶어도 저럴 수 있구나, 하는 생
각이 뇌리에 박히더라고요. 세월호와 이태원 참사가 저의 우연찮은 동
선들과 겹쳐지면서 어떤 저주받은 느낌이 팍 왔어요. 인연이 또 이렇
게 되니 유가족 분과 함께 하게 되네요."

"고맙습니다. 함께 해주셔서."

"엄마, 저도 함께할 거예요."

눈물을 그친 세주가 말했다.

"몸 괜찮겠어?"

"네. 다 나았어요."

혁진이 옆 테이블의 거창모녀에게 묻는다.

"어머님은 연세가 많으신데."

"네, 지는 운전하며 뒤따르고, 딸이 저 대신 몸빵할낍니다."

몸빵,이라는 말에 사람들이 가볍게 웃었다. 중년여성이 다시,

"고기들 드세요. 많이들 드시고 힘내시라고 저희가 팍팍 쏠 테니까
요."

"소주 하나 시켜도 될까요?"

"그럼요. 제가 시킬게요."

같은 테이블에 앉은 동탁이 제안하자 장민희가 소주, 맥주, 사이다
를 주문했다. 그러자 혁진이,

"저희는 삼보일배하면서 막걸리를 계속 마셨어요. 이동 동선지역에
서 생산하는 시골의 막걸리 맛도 좀 느끼고 하루의 피로를 막걸리로
풀면 몸이 훨씬 가벼워지거든요. 삼보일배라고 해서 비장하기보다 즐
거운 마음으로 세상과 대화하자는 게 저희의 뜻이었고요, 그런 마음에

서 막걸리가 한 역할을 해줬어요. 시골길은 그럴 수 있었어요. 그런데 술은 인제 오늘까지만 하고 수도권 도시로 진입했으니 내일부터는 일절 금주를 해야 할 것 같아요. 이미 다 공개가 되었으니, 아까 방해 차량 보셨잖아요? 어떤 사람들이 나타나 해코지할지도 모르고, 술 처먹으며 삼보일배합네, 한다고 공격하며 보도할지도 모르니까요. 동탁이 괜찮지?"

"아, 그럼. 아까 방해 차량하고 한번 싸울 준비를 하는데 고맙게도 이분들이 짠 하고 나타나시더라고요. 당사자보다도 제삼자가 대적해 주는 게 좋거든요."

"오늘 참 일이, 전혀 생각지도 못한 상황이 되었네요. 여기 서영 씨 딸 율희의 친구 세주도, 제가 오래전에 서울에서 논술을 가르칠 때 제 자였어요, 이렇게 만날 줄이야, 세상이 참 좁아요. 그리고 멀리 거창 산골에서 저희와 동참하겠다며 올라오신 두 분, 그리고 아까 산본역에서 시민들 반응까지, 우연하게 만나게 된 상황이네요. 저희는 사실 애초에 조용하게 하려고 했었거든요. 지금까지 조용하게 해왔고요. 의도치 않게 일이 커지네요. 앞으로는 어떤 돌발상황이 벌어질지도 모르겠어요. 경찰이 막을지도 모르고. 긴장해야겠어요. 서영 씬 어떠세요, 생각이?"

"사실 당혹스럽기도 해요. 제가 보기에도 일이 커질 것 같아요. 저는 엊그제 우연히 마주친 기자와 인터뷰한 것도 깨달은 바 있어 했거든요. 말을 해야 한다,고요. 우리가 차량에 현수막을 부착한 것도 처음부터 그런 것은 아니고 오다가 결정을 한 거였어요. 희생자 분들의 행장, 아니 이야기를 듣다 보니 사연들이 다 구구절절,했어요. 우리 율희도 마찬가지일 거예요. 저는 율희한테 약속을 했어요. 이젠 엄마가 말하겠다고요. 마냥 슬픔에 빠져 있는 것은 율희도 원하는 바가 아닐 거예요. 혹여 무슨 일이 일어나도 제가 다 감당을 해야지요."

서영은 하마터면 혼체들 이야기를 할 뻔했다.

거창모녀 할머니가 박수를 치자 모두 따라 쳤다. 혁진이 다시,

"그날 세주가 율희와 같이 있었으니 서영 씨도 세주 이야기를 더 듣고 싶은 게 있을 테지만 이따가 마저 듣기로 하고요, 거창모녀 분들 이야기 좀더 들었으면 해요."

"어떤 이야기요?"

장민희가 물었다.

"그러니깐, 산골에서 사시는 분들이 여기까지 오셔서 알지도 못하는 사람들 일에 동참하겠다는 게 쉬운 일이 아니잖아요? 삼보일배 같은 어려운 일에. 더구나 거긴 경상도인데, 쫌 그렇잖아요, 정서적으로. 아, 경상도 분들을 무시하려는 것은 아니고요, 놀랍기도 하고 고맙기도 하고 해서요."

혁진의 말이 무슨 말인지 알아들었다는 듯 장민희는 고개를 끄덕이며 말을 시작한다.

"저희 모녀는 거창에서 수제 돈가스집을 하며 평범하게 살아가는 사람들입니다."

"그러면, 영업하셔야 되잖아요?"

"정리하려고요. 신선하고 좋은 재료를 사용하여 맛이 참 좋습니다만 시중보다는 약간 비싼 편이라 그런지 손님이 많지는 않아요. 그래봤자 하나 팔아야 겨우 이,삼천 원 남아요. 약간 비싸다 보니 손님들이 많이 찾지는 않아서 더 지탱하기가 힘들어요. 한 2년 했고요, 그전에는 주막을 했어요. 주막에 오는 사람들, 참 징글징글 질리더라고요. 저도 술

300

엄청 퍼마셨지만, 그래도 사리분별은 하거든요. 화딱지 나서 우울증과 불면증으로 힘들었어요. 그래서 주막을 접고."

"이 기집애가 한 성깔한답니다. 지 기준에 맞지 않으면 견디질 못해에. 저번 대통령 선거 때 장사는, 모르는 사람들한테는 정치색 드러내지 말고 장사만 해야 한다, 좁은 지역에서, 하며 제가 그렇게 말렸다 아입니까. 아이 데리고 온 손님한테 아이 생각해서라도 투표 잘 하셔야 한다, 이렇게 늘어놓으니 손님이 뚝 끊겨버렸어에. 돈 못 벌어도 좋으니 할 말은 해야 한다느니 어쩌느니 하면서에. 주막에 오던 사람들도 저녁 늦게 돈가스에 술 한잔 하려고 찾아오면 단칼에 쫓아버려에, 돈가스집이 무슨 술집이냐고. 그 말이 맞긴 맞지에."

거창모녀 할머니는 진득하게 일하지 못하는 딸에게 불만을 털어놓는 듯했으나, 둘이 워낙 투덜투덜 다투는 정으로 살아온지라 장민희는 모친이 뭐라 하든 들은 체를 안한다. 다 익은 삼겹살에, 소주 마실 사람은 소주 마시고 맥주 마실 사람은 맥주 한 잔씩 곁들인다. 세주는 사이다를 따랐다. 장민희는 이야기를 이어간다.

거창모녀 할머니 아니 장민희의 모친 김미애는 거창 옆의 함양 사람이다. 함양과 서울 두 곳에서 양조장업을 하던 지역 유지의 딸이었다. 서울에서 미술대학을 다니던 김미애는 처녀의 몸으로 덜컥 아이를 임신해 엄한 집안으로부터 자식 취급을 받지 못했다. 그렇게 낳은 아이가 장민희다. 설상가상으로 아이의 아빠가 김미애를 버리게 되어 김미애는 졸지에 부잣집 딸에서 험난한 세상을 헤쳐나가야 하는 운명의 처지가 되었다. 그나마 뒤로 도와주던 친정어머니가 세상을 뜨자 그마저 뚝 끊겼다. 김미애는 화랑을 운영하고 그림을 대여하며 먹고살았으나 1997년 IMF가 터지면서 빚더미에 눌러앉았다.

"한때는 한 2, 3년 똥구녁이 찢어지게, 빡세게, 남들이 상상 못할 정도로 가난했어요. 진짜 배고픔이 무엇인지, 또래들이 절대 이해하지 못하죠. 우리 세대는 안 그렇잖아요. 그래서일까요, 소년공에 검정고시 출신인 지난 모 대선 후보에 만프로 공감해요. 저 역시 가난에 부닥쳐 고등학교는 중퇴했고, 나중에 검정고시를 봤죠. 전 생존을 위해 살아왔어요. 직장을 다니며, 일도 이것저것 여러가지, 저녁에는 호프집 알바에. 그런데, 지나고 보니까 신기해요. 가난하게 사는 사람들이, 가난하게 사는 사람들을 팔아먹는 정치집단을 지지하고 자빠졌어요. 그러니 나라 꼬라지가 이 꼬라지 아니겠어요? 그게 비통해 제가 술을 끊은 겁니다. 그리고 보면 저도 참 신기합니다. 친구들과 달리 혼자 빡세게 가난하게 산 게 억울하지는 않았어요. 생존을 위해 일하고 먹고사느라 바둥거리는 판에 제정신을 차리고 있다는 것이, 참 신기해요."

장민희는 어려서 한때 조선일보를 미친 듯이 즐겨 보았다. 특별한 이유가 있어서가 아니었다. 단지 가성비가 좋아서였다. 같은 값에 다른 신문들보다 쪽수가 제일 많았고, 특히 주말판 섹션은 도서, 출판, 문화 따위의 콘텐츠가 풍부하게 제공되어 읽을거리가 많아 푹 빠졌다. 칼럼들은 재미있는 이야기들로 자연스럽게 빨려들게 했다.

"알고 보니 그 이야기꾼들은 수구꼴통들이었어요. 그럴듯하게 썰을 풀어내면서 정치적인 것들을 살짝 섞어 버무려, 마치 깔끔하고 싱싱해 보이는 채소들이 알고 보니 농약빨인 것처럼, 세뇌를 당한 것이죠. 푸하핫. 특히 동독 아니 루마니아던가요? 독재자 차우셰스쿠가 비참하게 최후를 맞은 기사는 아주 흥미롭게 읽었어요. 그것들이 뇌리에 남아 있어요. 제가 선거권을 갖기 이전, 고등학교도 중퇴한 청소년 시절에 말이죠. 조선일보에 미치도록 빠져든 이후에 신기하게도 저는 정치관이 확실해지기 시작했어요. 아이러니하게도 수구꼴통이 아니라 그 반대로. 제가 정말 좋아하는 정치인은 김대중이에요."

장민희가 모친 김미애로부터 어떤 정치적 영향을 받은 것은 아니었다. 김미애 역시 부자짓 딸로 남부러울 게 없었으며 그 집안사람들이 다 그렇듯 아주 보수적이었다. 김미애의 동생 즉 장민희의 이모나 이모부는 서울의 부유한 기득권으로 조카에게 아주 잘해주면서도 정치 이야기는 어떠한 말도 통하지 않는다. 장민희는 그들 앞에서는 아예 정치 이야기를 꺼내지 않는다. 굳이 정치 이야기가 아니더라도 이태원 참사와 같은 사람의 생명을 바라보는 시각조차 가진자들의 논리로 쩌들었다. 참사가 있던 다음날 아침 이모집에서 이태원 참사에 대해 이야기를 꺼냈다가 본전도 못 건져 그 이후 이모네와는 아주 손절한 상태다. 1970년에 대학에 들어간 김미애는 정치와 사회에 아예 무관심했고 고단한 서민들이 살아가는 삶의 세계를 알지 못했다. 그러던 그녀의 세상 보는 눈이 보수적인 시각에서 벗어나기 시작한 것은 30대 후반 무렵, 그녀의 딸이 중학생 때, 교통사고로 병원에 입원했을 때였다. 부러진 뼈가 붙지 않아 3년을 입원생활해 절망적이고 지루하던 터에 눈에 반짝인 게 있었으니 1988년 국회의원 노무현이라는 청문회 스타였다. 광주시민 학살자 전두환을 몰아치는 텔레비전 생방송에서 노무현의 활약은 그녀에게 커다란 충격과 감탄을 주었다. 그녀는 뛰는 심장으로 노무현 국회의원실에 편지를 보냈고 노무현은 사인을 한 답신을 보내줘 감동을 크게 받았다. 그뒤 그녀의 일상에서의 변화는 천주교에 눈떠 세례를 받으면서부터였다. 나눔의 집 활동을 하고 우연한 기회에 비전향 장기수 후원회 활동을 했다. 단순히 친목질 위주의 취미생활 정도였다. 사람들 만나는 것을 즐기지는 않았다. 그러면서 정치와 사회를 보는 세상의 눈은 맑게 빛났다. 어느덧 정치적으로는 진보적인 세계관으로 바뀌었다. 자신의 생각이 알게 모르게 변하면서도 김미애는 딸에게 천주교를 권하거나 성당 이야기조차 하지 않았다. 딸 장민희는 엄마와는 전혀 상관없는 기회로 천주교 세례를 받았다. 서울 친구집에서 잠시 머물 때 일요일에 무료하여 인근에 있던 성당에 나가 보던 것이 계기가 되었다. 딸이 천주교 세례를 받게 되었다고 전하자 김미애는 펑펑 울면서 성당에 찾아갔다.

"제 딸은 진짜 혼자 컸어예. 참 용하게도 사회를 보는 눈마저 혼자 컸어예. 대학도 못 보내고. 제가 처음 듣는 이야기도 하네요."

딸의 이야기를 듣던 김미애는 눈물을 살짝 글썽거리며 말했다.

"말이 쓸데없이 길어 진짜 죄송합니다. 마지막으로 한마디만 더 할게요. 제가 삼보일배 동참하기로 한 것은 아무것도 안하면 암 걸릴 것 같아서죠. 제가 2016년과 2017년에, 유방암에 걸려 두 번이나 수술했어요. 저는 세월호 때문에 암에 걸렸다고 생각해요. 술만 주구장창 마셨어요. 술을 끊으면 몸이 더 나빠지니, 예전 같으면 엄마는 미친년,이라 했겠지만 그때는 저의 진정성을 믿으시는 건지 왜?, 이러시더라고요. 실제로 제 경험상으로는 그래요. 술을 먹으면 수면제를 안 먹게 되고, 그러면 몸이 더 좋아요. 술을 안 먹으면 수면제에 의존해야 해요. 그래서 그렇게 술을 마셨던 거예요. 그러나 공가 놈이 당선된 이후 술을 끊어버리니 심지어는 잘 때 술 마시는 꿈을 꾸게 되고 다음날에 눈 떠 보니 숙취가 생겼는지 두 눈이 벌겋게 작살나 있더라고요. 깜짝 놀라 정신과 의사에게 상담하였더니 환장하게도 술에 진심인 경우 그럴 수 있다, 하더라고요. 사실 술이 그리워요. 하지만 공통 권력에서 절대 안 마십니다. 저는 아무것도 가진 것이 없어요. 그러나 생존의 수단은 가지고 있어요. 자격증도 겁나게 많아요. 요샌 국가자격증도 따려고 공부하고 있어요. 정말 중요한 생존수단은 정치적인 눈이에요, 세상을 바라보는 정치적인 눈. 그 눈마저 없다면 아주 병신처럼 살아갈 거예요. 저에게 정치적인 눈은 좌빨의 눈이 아니고 상식이 판단해주는 평범한 눈입니다. 이러한 눈이 없다면 그게 어디 사람일까요, 개돼지지! 저는 자유로운 영혼으로 살아왔고 또 그렇게 살아갑니다. 달팽이처럼 굴러다니며. 그 나침반이 곧 정치적인 눈이더라고요. 그래서 오늘 이렇게 달팽이처럼 굴러왔어요. 환영해주어 감사드려요."

모두가 박수를 보낸다.

밤이 완전히 어두워졌다.

여기저기 테이블에 앉은 손님들이 일행 쪽으로 간혹 눈길을 돌린다.

"살아온 삶이 파란만장하시군요. 조선일보를 보면서 수구꼴통, 보수의 늪에서 벗어나 상식의 눈을 가지시다니, 대단하십니다."

"따님도 대단하시지만 어머님도 훌륭하시네요. 두 분께 감사드려요. 삼보일배 식구가 늘어나니 든든합니다."

혁진에 이어 서영은 거창모녀에게 감사의 말을 전하고 세주를 향해,

"우리 세주, 이야기할 수 있겠니?"

"네. 제가 세상 보는 눈을 뜰 수 있었던 것은 순전히 여기 계신 이혁진 선생님 덕이 커요. 논술을 배우면서 세상을 배웠죠."

혁진이 머쓱해 한다. 세주는 천장을 한 번 바라보고 사이다를 한 모금 들이키며 서영을 바라보더니,

"저희 아빠가 지금, 법무부 장관이에요."

폭탄발언이었다. 모두가 믿을 수 없다는 듯이 눈이 휘둥그레지며 세주에게 시선을 집중했다. 서영은 몸이 얼어붙는 듯했다. 세주는 그 사

실을 입에 담기가 죽도록 싫었지만 그렇다고 감추는 것은 도리가 아니라고 생각했다. 서영에게만 귀띔으로 말할까 하다가 혁진도 걸리고 차후 일이 더 꼬일 수도 있어 아예 일행 모두에게 밝히기로 마음 먹은 것이다.

"저야 아무것도 아니지만 매우 민감한 일이라서요, 이 일은 다른 사람들에게 절대 새나가지 않았으면 좋겠어요. 믿고 말씀드린 것이니 꼭 부탁드려요."

세주의 폭탄발언으로 사람들은 충격을 받은 탓인지 무겁게 고개를 끄덕인다.

"아빠가 법무부 장관이라니, 그러면 너 논술 시작할 때 나한테 배우지 말라고 한 검사아빠가 지금 법무부 장관이란 말이냐?"

"네, 맞아요. 죄송해요."

"네가 죄송할 일은 아니지."

세주는 말을 계속 잇는다.

"제가 율희를 만난 그날 아침, 아빠하고 부녀의 연을 끊었어요."

사람들은 또다시 놀랜다.

"부녀의 연을 끊다니?"

서영이 물었다.

"제가 아빠의 말을 난생처음으로 거부한 게 선생님 논술에서 빠지라고 할 때였어요. 아빠와 싸워 제가 이겼죠. 아빠는 매우 못마땅하게 생각했어요. 선생님이 학원에서 논술을 가르치셨으면 아마 그 학원 작살났을 거예요. 전 그때부터 아빠라는 사람의 생각을 의심하기 시작했고 위선자로 보기 시작한 것 같아요. 아빠는 자랑질이라도 하듯 집에서도 자신의 검사 생활 이야기를 많이 했어요. 세상 사람들 모두를 죄인으로 엮어낼 수 있다며 개자랑질하는 게 역겨웠죠. 제 눈에는 검사들이 범죄자들로 보였어요. 그 꼴이 보기 싫어 미국으로 유학을 떠나버렸는데, 귀국 뒤에도 유능한 후배 검사가 있다며 선보라고 자꾸 채근하길래 그 시간부로 아빠하고 연을 끊어버린 거예요. 율희를 만난 그날 아침에요. 제가 워낙 이태원을 좋아했지만, 그날은 아빠라는 귀신을 내쫓고 싶어 이태원에서 만나자고 한 거였어요."

"우리 율희는 그날따라 나한테 문자 하나도 안 보냈는데…"

"아마 바빴을 거예요. 그날은 율희가 참 이쁘게 차려입고 나와 아주 신나게 놀았어요. 흰 티셔츠에 청바지, 그리고 스틸레토 하이힐, 정말 멋지고 이뻤어요. 골목길을 돌아다니다 저녁을 먹고 이야기를 나누고, 인생샷을 찍자며 카페에서 나오는데, 사람들이 엄청 많은 거예요."

"인생샷?"

"네. 찍지도 못했죠."

삼겹살 탄내가 진동한다. 찰스는 다른 테이블 손님에게서 고기를 얻어먹고 있다.

서영은 말할 것도 없고 혁진과 동탁, 거창모녀도 세주의 한 마디 한 마디에 숨죽인다.

"골목길 밖으로 빠져나오려 안간힘을 썼어요. 율희는 하이힐 구두마저 벗어 두 손에 쥐고 맨발로. 그러나 움직일 수가 없었고, 저항할 수 없는 거대한 해일과 같은 압박이 사방에서 밀려오니, 비명마저 지를 수 없는 지경이었어요. 숨이 막히기 시작했어요. 율희와는 몇 걸음 거리로 떨어져 있었고, 율희가 저 있는 쪽을 보며 간절한 눈빛으로 뭔가 외치려 발버둥치는 듯했고, 저는 그 말소리를 알아들으려 겨우겨우 몸을 틀려 했어요. 그 순간 율희가 서 있는 상태에서…"

세주는 말을 잇지 못했다. 한참 후에야,

"축 늘어지는 것 같았는데, 그 뒤론 저도 아무런 기억이 안 나요."

"그럼 우리 율희가 넘어져 밟혀서가 아니라 서 있는 상태에서 그랬다는 말이니?"

"아마도요."

사람들은 또다시 놀랐다. 서영은 눈을 지그시 감았다. 거칠어진 입술이 떨렸다. 조용히 눈물을 흘린다. 세주는 서영을 짠하게 바라보다 눈가에 고인 자신의 눈물을 닦으며,

"그날, 율희가 저에게 문자로 남긴 말이 있어요. 이태원에서 만났을 때 무슨 뜻이냐고 물으니 피식피식 웃기만 했는데, 그 말이 지워지질 않아요."

"무슨 말인데?"

"사랑 이후에 가는 곳도 사랑이다!"

"사랑 이후에 가는 곳도… 사랑이다?"

"네, 엄마."

서영은 충격을 받아 곧바로 실신했다.

다음날 아침, 하루 쉬어야 하지 않겠느냐고 사람들은 만류했지만 서영은, 어제 영양보충도 해서 괜찮다고 활짝 웃으며 말했다. 전날 밤 응급실로 실려갔으나 곧 깨어나 큰일은 없었다. 다행인지, 진눈깨비가 제법 내려 오전엔 걷기만 하기로 했다. 맨 앞에 혁진, 그 뒤에 서영, 세주, 장민희가 따랐고 김미애 차와 동탁 차가 뒤따른다. 차가운 시멘트 고층건물들에 부딪쳐 곧바로 녹아 사라지면서도 경칩을 맞이해 새싹 틔울 준비를 하다 움츠러든 가로수에 떨어지는 진눈깨비는, 아직은 앙

상한 나뭇가지에 조금씩 쌓여가며 대열이 갖춰지는 듯한 삼보일배 풍경에 추위를 덮으며 훈훈함을 보태준다. 어디서 나타났는지 경찰 차량이 동탁 차를 뒤따른다. 그저 뒤따르기만 한다.

"그래서 사랑 이후에 가는 곳도 사랑이다,를 무슨 뜻으로 말했는지 생각해보았니?"

서영은 뒤따라 걷는 세주에게 옆으로 오게 해 말을 건넸다.

"제가 의식을 회복해 입원해 있을 때는 당장 율희, 아니 엄마를 찾아 나서야겠다고 생각했는데도 몸이 좋지 않은 상태였고, 제가 자유롭게 움직일 수가 없었어요."

"당연히 아빠는 알고 있었겠네?"

"네."

"그래서 이름 공개도 막고 영정도 없이 추모하게 했을까?"

"그랬을 수도 있고, 잘은 모르겠어요. 아빠는 제가 의식을 회복해 있을 때는 딱 한 번 면회 왔었는데, 저한테는 아무것도 묻지 않고 아무런 대화도 나누지 않았어요. 저도 대화를 나누고 싶지도 않았고요. 병실에 들어선 아버지 표정은 몹시 화난 기색이었고, 전 얼굴을 돌려버렸으니까요. 아니, 부녀의 연을 끊었다 해도 어떻게 딸자식이 죽다 살아났는데 화난 얼굴로 첫 대면을 하려 해요? 정나미가 뚝 떨어지죠. 병원은 제가 이태원 생존 환자라는 사실을 완전히 감추고 치료했고 의사와 간호사들마저도 이태원,이라는 말을 입 밖에 내지를 않았어요. 병실 바깥에서는 어떤 놈들이 지켜서고 있더라고요. 24시간 내내, 퇴원할 때까지."

"지독한 놈들이구나!"

"잔인한 놈들이죠. 제 자식이 이태원 생존자인데도 철저히 숨기고 거기서 뭔가를 찾아내려고 안달을 했으니, 저도 그 자리에서 확 죽어 버렸어야 했는데…"

"그런 소리 말아라, 끔찍하다."

"아뇨, 진짜로요. 저도 한동안 괴로워서 견디질 못했어요. 율희의 그 마지막 모습, 입이 있어도 말조차도 못해 절규하던 모습이 눈에 선해요."

그때 K 방송국 카메라맨이 나타나 일행을 촬영하려고 하자 이를 발견한 장민희가 달려가 두 손으로 제지를 한다.

"찍지 마세요! 찍지 마!"

일행은 계속 걷는다. 카메라맨과 기자가 따진다.

"왜 취재활동을 막으세요?"

"왜냐고? 당신들이 잘 알지 않나요? 지금 이런 장면을 찍어, 삼보일 배한다더니 편하게 걸어가더라, 이딴 식으로 보도할 거 아녀요?"

"지금 걸어가고 있는 거 맞잖아요. 우리가 허위보도하는 것도 아니고."

"기자님, 지금 보시다시피 눈발이 내리쳐 바닥이 질퍼덕한 상황이잖아요. 무슨 말인지 모르겠어요?"

"알겠는데요, 그럼 저희가 시간도 없고 하니 촬영할 동안만이라도 엎드려 주실 수 있나요?"

"나 참, 당신들은 원래 그렇게 취재를 해요? 왜곡보도를 그렇게 해요?"

화가 난 장민희가 쏘아붙이자 기자가,

"저흰 왜곡보도 안합니다."

"지금까지 당신네 방송사가 해온 게 있는데, 부정을 해요? 지금 이

상황, 이 시간에 걸어가는 것은 사실,이죠. 그런데 걸어가는 사실,을 영상으로 내보내면서 삼보일배를 이렇게 하고 있다 하면, 사실보도를 하는 것 같으면서도 실상은 왜곡보도인 거죠. 교묘하게, 당신들은 늘 그래 왔어요."

장민희는 단호하게 말했고 기자는 아무 대답도 하지 않는다.

"오후에 진눈깨비가 개면 삼보일배할 거예요. 그때 찍으시든가 하고요, 지금은 절대 안돼요."

일행은 뒤쪽을 힐긋 보면서 앞으로 계속 나아간다.

서영과 세주는 다시 대화를 이어간다.

"나도 살아남으니 너도 살아남아야 한다."

"고마워요. 저는 엄마의 진짜 딸이 될 거예요."

세주는 서영의 손을 꼬옥 잡는다. 자동차 소리에 말소리가 잘 들리지 않을 때도 있으나 이들은 개의치 않는다.

"사랑 이후에 가는 곳도 사랑이다, 병실에 있으면서 내내 이 말 생각만 했어요. 도대체 무슨 말인지 헤아리기가 어려웠어요. 헤아릴 수는 없어도 그래도 뭔가 와닿기는 해요. 엄마랑 저에게 남겨준 말일까요?"

서영은 웅포를 지나면서 겪은 이야기를 차마 꺼낼 수 없었다. 그 혼체들을 만난 것이 현실세계도 아니었고 그렇다고 현실이 아닌 세계도 아니었던 것도 같고, 꿈이었던 같기도 하고 꿈이 아니었던 것 같기도 하고, 경험할 수 없는 여전히 몽롱한 경험, 혁진에게 꺼내지도 못 했듯이 세주에게도 꺼낼 수 없는 그 기이한 이야기들.

서영은 어제 실신해서 깨어난 이후 웅포의 그 혼체가 자신의 딸 율희임을 확신했다. 그러나 풀리지 않는 의문이 들었다. 왜, 자신의 행장을 소상히 들려주지 않았을까, 내가 엄마인 줄 알아챘을까, 엄마인 줄 알았다면 왜 날 피했을까, 알아채기 어려웠을 텐데…

서영은 세주에게 되묻는다.

"언젠가 답이 얻어지지 않겠니?"

"율희가 숙제를 내주고 갔네요."

점심때가 되면서 진눈깨비는 그쳤다. 향후에는, 그래봤자 며칠 남지 않았는데, 텐트를 치지 않고 찜질방에서 자기로 했다. 도심 공간에서 전기를 끌어들이는 것이나 밥을 해먹는 것이 여의치 않아서다. 거창모녀와 세주는 후원금을 보탰다. 점심을 먹으면서 장민희는 방송국 카메라맨을 막은 이유를 설명해줬고 일행은 모두 잘했다고 했다. 그참에 혁진의 제안에 따라 일행을 보호하는 일은 장민희가 맡아서 하기로 했다. 오후가 되어 안양시 인덕원에서 과천시로 넘어갈 때 이태원 참사 유가족 십여 명이 응원 현수막 두 장을 들고 찾아와 동참했다. 서영과 껴안으며 인사를 간단히 나눈 뒤 선두에서 둘은 인도 쪽으로, 둘은 안쪽 차도 쪽으로 현수막을 펼쳐 들고, 나머지는 본류에 합류해 앞으로 나아간다. 청년 한 명은 북을 들고 나타나 맨 선두에 서서 북을 치고 삼보일배 호흡을 맞춰주며 길잡이 역할을 기꺼이 한다. 이틀 새에 사람들이 동참하고, 역할에 따라 얼떨결에 삼보일배군의 형태로 대열 진영을 제대로 갖추면서 기세가 짱짱해졌다. 뒤따르는 경찰차는 어딘가로 보고를 계속한다.

다음날은 일반 시민들도 몇 명이 가세했다. 그동안 조용하던 줄포에서도 난산리와 시내 사람들 몇몇이 마지막 날 상경해 합류하겠다고 연락이 왔다. 서영의 삼보일배 소식은 인터넷신문이나 유튜브 언론에서 크게 이슈화하고 있고 텔레비전, 라디오, 신문 등 레거시 미디어에서도 보도하기 시작했다. 서영이 인터뷰하는 일이 잦아졌다. 며칠 새에

서영은 예상하지 못했던 동참의 행렬과 사회 이슈화로 힘을 얻으면서도 자신이 감당하기에 판이 커지고 있어, 한편으로는 우려했다.

"죽은 율희한테도 내가 말을 하겠다고 굳게 약속했는데, 막상 무슨 말을 해야 할지 잘 모르겠어요. 기자들이 물어보는 대로 대답하긴 했지만."

"서영 씨, 걱정하지 마세요. 우리가 전혀 생각지도 못한 상황이 벌어지고 있지만, 이것은 도도한 물결이에요. 진실을 기억하고 진실을 말하고자 하는. 지금까지 해왔던 것처럼 담담하게 나아가면 되지 않을까요? 어제 오늘 합류한 사람들은 알아서 각자의 역할을 할 테니까요. 서영 씨는 느낀 대로 해야 할 말을, 세상에 말하면 돼요."

혁진은 서영에게 용기를 북돋워 줬다.

저녁, 찜질방에서 서영과 세주는 혁진과 둘러앉아 이야기를 나눈다. 함께 했던 사람들은 내일을 기약하며 각자의 집으로 돌아갔다. 장민희는 한가한 곳으로 들어가 누군가와 통화하고 있다.

우려하기는 세주도 마찬가지다. 엊그제 법무부 장관이 자신의 아빠임을 밝혔던 것은 일행이 몇 명에 불과해 별 문제가 없을 거라는 생각이 들어서였지만, 갑자기 늘어난 대열로 자신의 신분이 드러나 입장이 곤란해질지도 모른다는 기우에서다. 아버지를 걱정해서가 아니다. 서영의 삼보일배 행군에 차질이 생길 수도 있어서다.

"선생님, 기억하세요? 저희에게 내줬던 숙제, 진짜 어려웠던 논술 문제?"

듣고만 있던 세주가 혁진에게 물었다.

"뜬금없이, 어떤?"

"나는 말할 수 있다,와 실존주의,가 어떻게 연결될 수 있는지 써오라고 했었잖아요?"

"우와, 그렇게 어려운 문제를 내줬단 말야? 선생님이 너희를 정신적
으로 학대를 했구나! 나는 말하고자 하는 것만 생각해도 어려운데, 거
기에 실존주의라니!"

서영이 혁진을 바라보며 끼어들어 말했다.

"제가 머리 터지는 줄 알았어요."

"에이, 내가 그렇게 어려운 주제를 내줬을 리 있나, 기억을 잘 못하
는 거 아냐?"

"천만에요, 제가 그 논제 때문에 고민하느라 하룻밤을 꼬박 새우고,
선생님이 권력의 문제로 연관해서도 생각해볼 수 있다 하셨는데, 그건
더 어려운 문제였죠. 그래서 전, 그 두 가지는 전혀 연결이 안된다고
간편하게 써냈어요!"

"그래? 잘했고만! 그 덕에 미국 가서 공부도 해왔잖아, 그런데?"

"그땐 선생님께서 실존주의를, 뭐였더라? 아, 앞그림자! 실존주의
를 선생님 자신에게 나타난다는 앞그림자로 설명을 하신 기억이 있어
요. 그래서 말할 수 있다,는 언어의 문제이고 실존주의,는 앞그림자라
는 사물 형상의 문제이므로 연결이 안된다, 뭐 그런 뇌피셜로 대충 서
너 줄 쓰고 만 것 같은데요. ㄲㄲㄲ"

"흐흠. 앞그림자는 나의 지독한 현실이었으니, 지금도 그렇고. 그래
도 기억할 건 다 기억하네?"

"전 그 논제를 잊을 수가 없거든요. 머리가 터졌으니까. 마치 인생의
짐이라도 짊어진 것처럼. 전 두 문제가 연결이 안된다고 쓰긴 썼지만,
사실은 연결이 된다는 생각에 빠져들었고, 여태 살아오면서 그 답을
찾아왔어요."

"오매? 언제적 이야기를 아직도 고민한다냐? 나처럼 연식이 된 세대
도 아니고 새로운 감각으로 살아가야 할 젊은 세대가 말야."

"실존주의는, 전 카뮈에 빠졌었어요."

젊었을 때 읽었던 카뮈를 어렴풋 떠올리며 서영이 불쑥 말했다.

"카뮈요? 카뮈 자신은 실존주의자가 아니라고 말했었는데요."

"그래서 선생님은 실존주의를 이야기하면서 사르트르를 찬양했어
요?"

"찬양까지야, 난 그 누구도 찬양 안해."

"선생님은 사르트르에 빠졌었고, 엄마는 카뮈에 빠졌었고, 흠 두 분
다 실존주의자셨군요."

"20세기의 등불들, 사르트르와 카뮈는 같으면서도 달라. 엄청 친하게
지내다가도 그놈의 사상의 차이 때문에 결국 우정이 깨지고 말았지."

"어떻게 달랐어요?"

"내가 지금 그걸 어떻게 기억하냐, 다 잊어버린 걸. 아몰랑!"

"아, 선생님 무책임하게시리. 저에겐 아직도 그 논제가 인생의 논제
로 남아 있단 말예요. 제가 파란만장한 인생을 살아온 것도 아니었고,
금수저였음에도 말이에요. 율희하고도 토론 많이 했어요."

"우리 율희는 철학 이야기 따위는 별로 안 좋아했지?"

서영이 세주를 보며 말했다.

"하하, 저하고 좀 달랐어요."

"21세기에 살아갈, 날도 창창한 젊은 아가 고리타분한 논제에 발목
이 잡혀 있다니, 대단히 부조리허고만? 하하하. 하기사 어떤 인간은
지금이 어느 땐데 1970년대를 살고 있으며 나라를 들었다 놨다 하려
하니, 나라가 망가지고 있지."

"샘이 아까 엄마한테, 할 말을 하면 된다 하셨잖아요?"

"응, 그건 내가 삼보일배를 하면서 그 까닭을 고민하며 생각해낸 거야. 차량에 붙인 현수막 문구 봤지? 율희야 미안해 엄마가 말할게."

혁진에게 물은 것을 서영이 대답했다.

"네, 그 말. 사실은 그 문구를 보면서 선생님 논제가 떠올랐거든요. 엄마가, 말할게. 엄마가 말한다는 것이 실존주의로 어떤 의미일까, 하고요."

"세주야, 내가 옛날엔, 율희가 초등학생 때였나? 그 무렵에 카뮈에 푹 빠져 실존주의를 생각해보곤 했었는데, 지금은 그냥 실존주의니 뭐니 어려운 철학의 굴레에 들어가고 싶지는 않아. 난 그저 우리 율희, 젊은 사람들이 죽임을 당한 사태에 대해 말할 수 있는 것을 말하고 싶을 뿐이야."

"말하고 싶은 것을 말하는 것, 그것은 자유롭게 떠들어댈 수 있는 게 아니잖아요. 아무말도 하지 않으면 아무일도 일어나지 않는다, 개소리를 누가 했죠? 말할 수 없도록 철저히 뭉개버리는 권력과의 싸움 속에서 진실의 조각을 겨우 하나하나 찾아내 말을 해야 하니, 그 말들의 퍼즐을 이어가며 진실을 캐물어야 하는 고단한 상황이 곧 실존의 현실 아니겠어요? 엄마, 혹시 율희가 신었던 하이힐, 유품으로 찾으셨어요?"

"아니. 그걸 어떻게 찾아? 제정신도 아니었는데. 네가 마지막으로 볼 때는 두 손에 쥐고 있었다며?"

"그 하이힐, 율희의 실존이었죠. 이제는 잃어버린. 그 스틸레토 하이힐은, 율희가 그날 입었던 흰 티셔츠, 청바지와 잘 어울려서 정말 멋지고 이쁜 율희의 존재가치를 빛나게 했거든요. 그 율희의 존재가치를 죽음 속으로 몰아넣은 것은 누구죠? 율희라는 이름과 얼굴조차 기억 못하게 하는 망나니 권력자들의 칼춤 앞에서 엄마는 왜 고난의 행군을 해야 하죠? 그렇게 국민의 관심이 컸던 세월호조차 아직 진실을 제대로 밝혀내지 못하고 있잖아요? 이번에는 정부가 더 악독해졌으니 더 힘들겠죠."

세주는 서영과 혁진을 번갈아 응시하며 말을 이었다.

"21세기? 선생님, 21세기는 20세기보다도 더 거대하게 비만해지지 않았나요? 국가권력이. 그래도 사건들의 그물망을 잇는 퍼즐을 맞추다 보면…"

"아, 안돼! 퍼즐이 다 맞춰지면!"

퍼즐,이라는 말이 나오자 혁진은 큰소리로 외쳤다. 찜질복을 입고 이야기를 나누거나 스마트폰을 만지작거리는 주변의 몇몇이 깜짝 놀라 일행을 쳐다보았다.

"네? 퍼즐을 하나하나 맞춰야 진실을 알 수 있잖아요."

세주의 말마따나 인터넷이나 유튜브를 통해 알게 된 단편의 사건들을 하나씩 연결하면서 문제의 본질을 찾아오던 서영, 퍼즐이 맞춰지면 안된다는 혁진의 말이 이해되지 않았다.

"퍼즐이 완성된다는 건, 어떤 아찔한 사건이 더 터져야 한다는 것이잖아. 지금까지 터진 사건만으로도 이 정권의 본질을 꿰뚫는 데는 너무나 충분해. 더 아찔할 일이 일어날 수 있다는 것은 생각만 해도 너무 끔찍해."

"그런 말씀이셨어요?"

"응."

살짝 웃으며 세주가 말을 잇는다.

"선생님, 헷갈리게 말씀하셨잖아용. 선생님 말씀은, 퍼즐이 맞춰지도록 참사가 더 터지길 바래서는 안된다는 뜻이죠? 맞아요. 더이상의 참사는 있어선 안돼요."

"하지만, 불행하게도 참사는 앞으로도 더 일어날 거야, 어떤 형태로든. 나라를 이렇게 제멋대로 망가뜨리는데 참사가 안 일어난다면 비정상이지. 국가의 시스템, 의도적으로 파괴하고 있어. 깽판이야. 거기엔 어떤 뿌리가 있어. 자기네들의 질서를 만들기 위한 거대한 악의 뿌리. 무속, 극우, 마초, 광기, 권력, 탐욕, 이런 것들이 강고하게 뭉쳐져 한 몸이 되는, 이미 그건 괴물이야. 이게 완성된다면, 상상 이상으로 참혹하고 공포스러울 거야. 입 꾹하고 벙어리로 살아가지 않는 이상. 난 그렇게 생각해."

"맞아요. 제 말은 지금까지 일어난 사건들만으로도 퍼즐을 이을 수 있다는 뜻이고, 그 퍼즐 속에 뿌리가 있다는 말이에요. 다 잘하는데 이태원 참사만 빚어진 것은 아니잖아요? 그들에게는 인간에 대한 사랑, 민본의식이 전혀 없어요. 의혹만 제기해도 가짜뉴스라며 수사를 해요. 전방위적으로 무식하고 염치라곤 털끝만치도 없는 공통이 갈라치기와 분노를 조작하면서 새빨갛게 거짓말하고 저렇게 자유롭게 국민들을 힐난할 수 있는 것은, 검찰권력이라는 무소불위의 무기 딱 하나 가졌다는 것인데, 그것들에 달라붙는 언론이나 정치인들, 나라를 팔아먹어도 지지를 하겠다는 묻지마 세력, 그 잡것들에 이 나라가 휘둘려져야 하는 처참한 상황이 너무 안타까워요. 엄마는 인간성을 철저히 파탄내는 이 정치권력의 현실에서, 파리목숨 같은 나약한 존재로 겨우 말해야 하잖아요. 질문 하나 할 수 없잖아요. 선생님의 말씀처럼 이 지독한 현실은 콩 정권에서만의 일이 아니죠. 우리 사회의 문제죠. 콩 정권은 사실 인간의 존엄성이 먹혀들지 않는 이 지독한 현실을 악용하여 탄생한 정부죠. 공포정치는 덤이고요. 어떤 유명작가는 각자도생하라고 그래요. 맞아요, 각자도생해야죠. 근데 하나마나한 소리 아니어요? 잠시만 안타까워하는 감성의 동정심을 넘어, 퍼즐을 연결하며 참사에 근본적인 질문을 해야죠. 누구에게 일어난 일은 누구에게든지 일어날 수 있다,는 공명의 감정을, 아니 이 악마와도 같은 공멸의 감정을, 도대체 누구에게 호소해야 하나요?"

세주가 격해졌다. 횡설수설하는 듯하다가 엄마,를 언급할 때는 감정이 복받쳤는지 울음마저 터뜨렸고, 이내 평정을 되찾았다.

"글쎄?"

서영은 긴가민가했다.

"우와, 우리 세주가 몰라보게 달라졌네?"

"다 샘 덕분이에요."

"미국에 오랫동안 있다 왔다면서, 어떻게 잘 알아?"

"제가 미국에 놀러 갔다 온 게 아니잖아요. 검찰 쪽이야 아빠한테 주워들었고, 실제로도 보이는 게 그렇잖아요? 미국 가서 정치학 공부하면서도 한국의 논문이나 커뮤니티 글, 유튜브도 많이 봤죠. 심지어는 돈벌이에 환장한 극우 유튜브까지."

"정치학 공부했다고?"

"네. 정치적인 문제들을 해결하는 일을 하고 싶어서요. 미국서 변호사 자격증도 따냈어요. 한국에서 변호사 활동을 하기 위해 법률사무 경력도 쌓았거든요."

"오우, 훌륭하네. 역시 내 제자야. 제2의 강남좌파가 탄생하는 거 아냐?"

"너무 거창한데요."

세주는 강남좌파라고 불린 전 법무부 장관이 현 법무부 장관인 자기 아빠한테 멸문지화 당하고 있는 야만적 행태에 분개하고 있었으나, 혁진이 무심결에 내뱉은 말은 그냥 지나치고 싶었다.

"그래, 세주 말처럼 인간성을 파탄내는 지금의 현실, 질문조차 허무하게 만들어버려."

"허무하게 만들어도 계속 질문해야죠. 선생님한테 배운 게 그거예요. 질긴 놈이 이긴다고 그러잖아요?"

"그래. 허무하게 무너져버린 곳에서도 사랑이 있으니…"

혁진은 이태원의 그날을 상상하며 알쏭달쏭하게 말을 내뱉는데, 서영이 이심전심으로 도중에 가로채,

"율희는 이미 허무하게 무너져버린 곳에서 죽었잖아요."

"그게 무슨 말이에요?"

세주가 물었다.

"율희 공을 찍었단다. 어떤 희망을 가지고 찍었을 텐데, 그 희망이 허무하게 무너져버렸음을 증명하는 곳에서 죽어간 거지. 네 말대로 인간성이 파탄당한 거야."

"율희가 공을 찍다뇨?"

"응. 대선 때."

"캬아! 그럴 수가. 샘, 옛날 논술할 때 말씀따나 제대로 부조리인데요?"

부조리,라고 장난으로 말하면서도 세주는 스스로 적잖이 놀랐다. 멘붕이 밀려왔다.

셋이 대화를 나누는 그 시간에, 세주에게 아버지로부터 전화가 수차

례 왔다. 세주는 받지 않았다. 아니 받을 수 없었다. 일부러 전화벨을 무음으로 돌려놓았다. 자신이 삼보일배 일행에 동참하고 있다는 사실을 아버지가 알고 있는 것으로 파악하고 있었다. 애간장 타는 것은 아버지였다. 행여나 딸의 신분이 공개되고 이태원 생존자라는 사실이 드러나기라도 하면 자신에게 돌이킬 수 없는 치명타가 될 수 있어 어떻게든 딸을 일행에게서 떼어놓으려 하나 뾰족한 방법이 없어서일 것이다. 세주는 아버지의 이런 심리상태를 짐작하고 있다. 그러잖아도 공눈 밖에 나는 듯한 느낌이 들어 요샌 깐죽거리지도 못하는 불안한 처지라는 사실도 잘 알고 있다. 이 세상의 권력을 다 가진 듯 오만불손하기가 하늘을 찌르고 별건의 별건 수사를 총동원하고 있음에도 공 정권을 위협하는 세력을 사지로 몰고 가는 성과를 내지 못하고 있다. 모든 걸 수사로 해결하려는 국정운영의 무능이 공 정권 곳곳에서 터지자, 그 틈새 속으로 암암리에 파고든 여권 내의 또 다른 세력과의 힘겨루기는, 속칭 2인자로 알려진 아버지에게도 위협적인 형국이다. 하여튼 불똥이 어떻게 튈지 몰라 서영 일행을 절대 건드리지 말라고 경찰청에 엄중지시,하는 월권을 행사했음도 불 보듯 뻔한 일이었다.

"마실 것 좀 드세요들."

어디론가 길게 통화를 하던 장민희가 음료수를 사가지고 와 내밀었다.

"제가 진보 유튜브 방송을 하는 성악가와 통화를 좀 했어요. 시사평론을 하시는 분이거든요. 그분도 삼보일배하는 거 잘 알고 있더라고요. 그분이 이태원으로 들어가는 날 동참하여 응원해주고 싶다고 그래요, 한강다리 건널 때 노래를 부르면서. 괜찮을까요?"

"성악가요?"

"네, 허락해주시면 유가족 분의 뜻을 세상에 아름답게 울려 퍼지도록 도와주고 싶답니다."

"어머, 감동적일 것 같은데요?"

멘붕에 빠져 있던 세주가 환호를 하고 혁진은 달리 말한다.

"참 고마운 일이지만, 차량 소음에 바람도 많을 텐데 효과가 있을까요, 길거리에서?"

"저는 멋지다고 생각해요. 마지막 날, 장엄하게 장식하겠어요."

서영은 이렇다 저렇다 말은 하지 않고 미소만 짓는다.

"그런데, 고양인 어딨어요?"

장민희가 갑자기 물었다.

"저녁 먹고 동탁 씨가 차 안에 재운다고 하지 않았어요?"

13 이태원, 골목길

3월 10일 마지막 날이다. 오랜만에 날이 맑다.

동작역에서 출발해 동작대교로 한강을 건너 용산공원 우측으로 돌아 시민분향소가 설치되었던 녹사평역을 거쳐 해밀튼호텔 골목길 도착으로, 예상보다 빠르게 73일이라는 기나긴 삼보일배 행군은 마무리된다. 맨 앞 길라잡이 청년에 이어 혁진과 서영, 세주와 장민희, 성악가, 그리고 유족들, 일반시민, 줄포 사람들이 두 줄로 뒤따르니 수십여 명의 행군 대열이 형성되어 그런대로 위엄을 갖추었다. 줄포 사람들은 율희 엄마 힘내, 유가족들은 이태원 참사 피해자 권리보장과 진상규명 및 재발방지를 위한 특별법을 제정하라,고 적힌 깃발을 들었다. 출발 전부터 또 다른 방해 차량이 나타나 방송으로 공격을 퍼부으려 했으나 경찰의 발 빠른 대처로 멀리 쫓겨났다. 경찰은 선두와 후미에서 일행 보호를 한다. 유가족을 비롯해 일행 다수는 태도가 달라진 경찰의 과잉보호에 의아해하고, 세주는 그 속사정을 능히 짐작하면서도 모른 척한다.

동작대교에 접어들면서 성악가의 노래가 울려 퍼졌다. 가끔 두려워져 지난 밤 꿈처럼, 사라질까 기도해, 매일 너를 보고 너의 손을 잡고, 내 곁에 있는 너를 확인해, 창밖에 앉은 바람 한 점에도, 사랑은 가득한 걸, 널 만난 세상 더는 소원 없어, 바램은 죄가 될 테니까… '시월의 어느 멋진 날'이다. 성악 특유의 감성을 불러일으키는 노래는 잔잔하면서도 강렬한 떨림으로 한강을 타고 서울 곳곳으로 휘날린다. 단단하게 단련된 성악가의 근육의 힘은 음악적 율동과 공명하는 소리의 힘으로 발성되면서 세상 속으로 울림을 준다. 빠르게 지나치는 시내버스의 승객들과, 그물망으로 짐을 덮고 달리는 1톤 트럭 기사의 곁눈길에도, 4호선 지하철을 타고 출입구에서 바깥세상을 눈요기하는 몇몇 승객들에게도… 누구는, 일행의 깃발에서 글자를 읽어보려고 고개를 내밀려 하고 누구는, 스마트폰 놀이에 정신이 없어 일행엔 무관심하다. 누구는, 뭔 일인지는 모르면서 쯧쯧쯧 안타까워하고 누구는, 뭔 일인지도 모르면서 개새끼들,이라며 욕해댄다. 그 사람들에는 사람도 있고 개돼지도 있고 개돼지가 되려고 안달하는 이도 있고 개돼지를 비난하는 사람도 있다.

'시월의 어느 멋진 날'은 서영도 즐겨 듣던 노래였다. 이전에는 그런 느낌의 서정적 징후조차 들지 않았지만, 오늘은 제목이 주는 이미지가 묘하다. 성악가의 선곡 의도와는 전혀 다르게, 시월의 어느 멋진 날에 죽었다, 라는 애먼 감정으로 다가왔다. 멋지게, 째내다 죽어버린 율희가 연상되어서다. 그럼에도 동작대교 위, 삼보를 걷고 일배를 하는 걸음걸음마다, 서영은 담담하다. 삼보일배를 시작하던 자신을 되돌아본다. 첫날, 출발하자마자 한바탕 눈물을 쏟아냈던 서영, 그리고는 줄곧 스스로에게 냉정해져 왔다. 냉정해지지 않았으면 먼 길을 올 수 없었다는 것을 잘 알고 있다. 서영은, 출발 전날 광주에 다녀오던 길에, 차

안에서 혁진에게 자신의 심정을 털어놓은 일을 회상했다.

"애아빠 보내고, 또 딸마저 그렇게 보내니, 혼자 도저히 감당할 수가 없을 것 같았어요. 제가 어찌해야 할 바도 모르고, 의지할 사람도 없는 저를 도와주신 혁진 씨에게 할 말은 아니지만, 죽으려고 작정, 했었어요."

서영은 말을 하다 보니 자신의 말 속에 애아빠와 딸에 이어 자신조차 죽음,이라는 단어로 묶여질 수 있다는 것을 순간 느꼈다. 딸년의 49재 때도 얼핏 든 느낌이었다. 죽으려 작정했다는 말을 들은 혁진이 화들짝 놀라 조수석으로 얼굴을 돌려 서영을 바라보았으나 서영 자신은, 정작 정면을 바라보며 침착했다.

"그런 말씀 마세요. 서영 씨 심정이야 오죽하겠어요. 두번 다시 그런 생각, 하지도 마세요."

위로의 말이었다. 그러나 서영은 혁진의 말이 귀에 들어오지 않았고 잠시 무표정으로 멈칫,했다. 죽은 애아빠한테 들었을지 모르겠지만,이라는 단서를 달고, 딸의 죽음 이후 실어증에 걸린 사람처럼 입을 닫았던 서영은 그때 겨우 말문을 열어 자신이 살아 온 이야기를 들려주었다. 죽음,이라는 공통의 운명에 숨겨진 자신의 가족사, 그 능선에서 서영은 서성대고 있었다.

혁진은 서영의 고향이 전남 영광이라는 것을 여러 차례 들어 잘 알고 있었으나 그 이상 들은 바는 없었다. 1966년 군서면 남계리에서 태어난 서영은 아빠가 누군지 모르는 사생아였다. 자신을 낳은 엄마는 1950년 전쟁 때 운 좋게 살아남았다. 엄마는 당시 결혼한 상태로 두 살짜리 아들이 있었다. 엄마의 남편은, 영광이 인민군에게 점령되면서 대한청년단원으로 경찰일을 한 탓에 좌익세력에 끌려가 인근 야산에서 척살을 당했다. 연행자 무리의 한 사람은 남계리 사람이었다. 그는 잠시 할 말이 있다,며 엄마의 남편을 끌고 가면서 몹쓸병으로 앓아누워 있는 시어머니와 갓난아이가 있는 초가집에도 불을 질렀다. 엄마는 먹을 것 구하러 고개 너머 친정에 가 있었던 덕에 목숨을 건질 수 있었다. 한문을 하는 훈장 아버지는 덕망 빼고는 가난하긴 마찬가지였으나 지푸라기라도 잡을 심정으로 친정집을 찾아간 것이다. 마을 인심이 흉흉했다. 전쟁 통에 마을이 온통 쑥대밭이 되고 피비린내가 진동했다. 갓난아이, 아동, 부녀자, 노인 등 무차별하여 남계리 사람들 이백명은 족히 죽임을 당했다. 경찰, 면 직원, 우익단체 간부, 지주 등 소위 우익반동으로 찍힌 사람들은 가차 없이 척살을 당했다. 화근을 없앤다는 구실로, 혹시나 모를 보복이 두려워 죄 없는 갓난아이들까지 희생양 삼았다. 이런 일은 영광 일대에서는 비일비재했다. 졸지에 과부가 되어버린 서영의 엄마는 친정집에서 재가 없이 살았다.

"그렇다면 서영 씨는 어떻게 태어난 거죠?"

혁진이 물었다가 곧 후회했다. 새삼스럽게 서영이 자신의 가족 이야기를 꺼내는 이유가 궁금했지만 혁진은 굳이 묻지는 않았다. 차가 고부천 길로 접어들고 저녁해가 지면서 내부가 냉랭해지기 시작하자 난방 온도를 높였다. 서영은, 엄마는 끝내 아버지를 밝혀주지 않고 알츠하이머병으로 고생하다 요양원에서 죽었다고 했다. 서영은 자신에게 도대체 무슨 탄생의 비밀이 있었는지 모르지만 인생사가 참으로 기구하다고 생각할 수밖에 없었다.

서영의 엄마는 재혼을 안하겠다는 생각을 한 것도 아니지만 세월이 어찌어찌 흐르다 보니, 게다가 남편도 없이 아이를 낳아 키우다 보니 결국 홀몸으로 평생을 지내게 되었다. 늙은 부모를 돌보며 온갖 궂은 일을 해야 했다. 가진 땅이야 남새밭 정도니 이 집 저 집 품팔이를 하다가 나중에는 동네 언니를 따라다니던 것이 연이 되어 참빗, 화장품, 옷, 냄비 따위들을 닥치는 대로 이고지고 이 동네 저 동네 오가며 행상을 하게 되었다. 아버지는 딸년의 행상을 말리며 재혼하라고 성화였지만 밑천은 없으나 외상이 많이 깔려 있으니 손을 뗄 수 없었다. 그러다 스테인리스 그릇으로 많은 돈을 벌었다. 1950년대 이후 색깔이 맑고 녹이 슬지 않는 스테인리스 그릇이 쏟아져 나오면서 사기나 놋그릇을 대신하다 보니 농촌에서도 각광받았다. 머리 위에 이고 등에 지고 다녔는데, 잘 팔렸다.

논길 따라 밭길 따라 막걸리로 목을 축이거나 남의 집에서 하룻밤 신세를 지는 일이 다반사였다. 그 와중에 애를 뱄다. 그 아이가 서영 자신이었다. 집에서는 난리가 났다. 동네방네 아버지가 누구다는 등 풍문이 태풍처럼 휩쓸고 있음에도 끝내 엄마는 애아빠를 밝히지 않고 서영을 낳아 길렀다. 엄마는 갓난아기인 서영을 등에 업고 다니며 행상을 계속했다.

"이제 와서 아버지가 누군지는 궁금하지 않아요. 제가 하고 싶은 이야기는요…"

혁진은 마을에 가까이 이르자 차를 도로 한 켠으로 세우고 서영의 말을 마저 들으려 했다. 이 길은 도로명이 고부동서로라 큰 도로로 보이지만 사실은 농로에 가까운 길이어서 차량 통행이 뜸하다. 혁진은 줄포 난산리에서 정읍으로 다니는 지름길로 애용을 하면서도 길과 이름이 맞지 않아 왜 도로명을 고부동서로라 지었는지 늘 의문이었다고 애써 말했다.

서영은 마저 이야기를 꺼냈다.

"나는 누구인가, 정말 나는 누구인가, 모두 죽고 살아 있는 나는 누구인가, 궁금해요. 엄마를 따라 행상하러 다니고, 엄마는 저를 힘들게 키우면서 고등학교까지 보냈어요. 서울에서 구로공단 빵공장을 다니다 애아빠를 만나 동거를 하고, 신림동에서 꼼장어집을 운영하다 일에 치여 그만두고 여기로 내려온 거예요. 그런데 아비도 모르고 자란 제가 남편 잃고 딸 잃고, 엄마도 없어요. 엄마는 고생고생하다 죽어버렸죠. 이제 오로지 저 혼자예요. 혼자라도 살아야 되는 게 문제가 아니라, 나라는 존재는 어디서 왔고 어디로 가고 있는가, 살아야 할 이유도 없으면서 왜 죽지 않고 살아 있는가, 딸 49재 지내고 나니 문득 이런 물음에 휩싸였어요. 근데 혁진 씨, 표정이 왜 그렇게 고상해져요? 저도 한때 고상해지려고 꼼장어를 팔면서도 책이나 대중강좌에 미친 적도 있어요. 졸업장이 필요해서가 아니라, 철학이든 뭐든 세상을 보는 눈들이 내가 모르는 세계 속에 있다는 걸 깨닫고 뒤늦게 대학을 가볼까 고민도 했어요. 그러다 시골로 내려와 버렸지만. 아 저는 지금 철학적 질문을 하는 게 아니어요. 문밖에서 서성이는 영혼의 소리, 실존의 질문일 뿐, 죽음의 질문일 뿐, 아 그러고 보니 정신분석의 질문인 걸 제가 깜빡했네요. 하여튼 말이죠, 딸년은 이미 죽어버렸어요, 억울하게. 그런데요, 죽어 있지 않은 나는 내가 누구인가를 알아야 딸년이 왜 억울하게 죽어가야 했는지 알 수 있을 것 같아요. 아니, 딸년이 왜 죽어가야 했는지를 알아야 죽지 않고 살아 있는 내가 누구인지 알지도 모르죠. 그래서 당장은 죽어버릴 생각을 포기했죠. 내가 누구인지도 모르면서 죽어버린다는 게 억울한 일이잖아요."

말을 마구 쏟아내다 자신의 말이 좀 꼬이는 듯해 서영은 잠시 멈칫했다. 혁진도 좀 헷갈리는 표정이었다. 당시 자신의 말이 꼬였던 것은,

가족의 때이른 죽음들과 그것을 기억하는 자신의 혼란스러운 정신상
태가 뒤범벅되어 있어서였다고, 서영은 생각했다. 삼보일배를 행군해
오면서 한번씩 뇌리에 스치곤 했지만 생각의 정리가 잘 되지 못했다.
그럼에도 혁진에게 해준 그 말들 속에 뭐라 정리가 잘 안되는 자신의
생각이 맴돌고 있었고, 동작대교를 건너는 이 시간, 또 다른 성악의 소
리가 들려오는 동중정(動中靜)의 고뇌들에 뒤섞여, 서영은 그 처음의
질문으로 돌아가고 있었다. 죽음,이라는.

"아니다. 딸년은 이미 죽어버렸고, 내가 누군지를 정작 딸에게 말해
준 적이 없었던 것 같아요. 그렇게 대화를 많이 나눴으면서도, 그게 참
슬프네요. 나와 딸은, 도대체 무엇으로 연결되어 있었던 거죠?"

혁진에게 물으면서도 정작 자신에게 질문했던 서영이었다. 대통령
이라는 작자는 책임을 회피하기 위해 집무실에서는 참사,가 아니라 사
고,라 했고, 이태원 현장에서는 압사,가 아니라 뇌진탕,이라 하여 조롱
을 초래했다. 서영은 사실 참사,라는 말도 너무 잔혹하고 무거우며, 그
말이 이미 재가 되어 하늘로 날아간 딸을 계속 짓누르고 있다는 느낌
을 지울 수 없어 죽었다,라는 일상적인 말로 바꾸었다. 어찌 보면 죽었
다,라는 일상어가 자신과 딸이 자연스럽게 연결돼 보였다. 자신의 엄
마와도 그랬듯이.

서영은 혁진처럼 말의 표현에 민감하다. 한문을 한 외할아버지의 영
향을 받은 덕인지 어릴 때부터 책 읽고 글 쓰는 것을 좋아해 자연스럽
게 형성된 감성이었다. 아주 어린 시절, 행상하는 엄마를 따라다니며
귀동냥한 촌로들의 토속어들이 이 마을 저 마을, 마을마다 사람마다
조금씩은 다르다는 사실을 감지했다. 어쩌면, 언어감각이 탁월해 자신
의 인지능력으로 커졌을지도 모른다. 초등학교를 졸업하면서 상으로

받은 '양주동 국어대사전'을 중학시절 내내 뒤적거리며 언어의 세계에 푹 빠졌던 경험의 축적일지도 모르겠다.

서영이 꼼장어집을 정리하고 시골살이를 택한 것도 돈에 미쳐 살아 황폐해지느니 마음이 넉넉해지는 삶을 갈구해서다. 하늘과 대지와 바람과, 책을 읽고 글을 쓰며 사람답게 살고자 하는 바람이었으니, 성격은 내성적으로 깊어지는 만큼 책 속의 언어세계 매력에 빠져들곤 했다. 남들과 싸우는 일은 아예 피하며 말꼬리를 잡고 늘어지는 것도 더더군다나 딱 질색이다. 사람들과 쓸데없이 말 가지고 따지고 부딪치는 걸 싫어하나, 겉으로는 그러려니 하면서도 속으로는 각각의 말이 갖는 어감의 차이를 민감하게 구별하는 습관을 가지고 있다.

그러다 보니 사람들이 특정언어를 사용하는 의도를 알아차리는 것에 뛰어난 감각을 지니고 있다. 대통령이 참사,라는 말을 거부하고 사고,라고 말한 것 따위는 어휘력이 딸려서도 아니고 국민들하고 쌈하자고 덤벼드는 프레임임을 잘 알고 있었다. 그런데 압사,라는 말을 부정하고 뇌진탕,이라 말한 것의 속마음에 마약이 연결되고 있다는 생각에 이르게 되자, 끔찍하게 소름 끼치지 않을 수 없었다. 대통령이라는 자가 어벙벙한 척 뇌진탕,이라는 말을 함부로 지껄이는 자유를 만끽하는데도 이를 문제 삼아 언론들이 보도의 자유를 행하는 데는 단 한 군데도 없다는 현실이, 서영은 더 소름이었다.

서영은 불안한 기색으로 다시, 엄마의 남편과 그의 갓난아이가 죽임을 당한 가족사를 떠올린다. 그들뿐만 아니라 고향 마을 사람들에 대한 무자비한 척살, 그것은 좌익세력이 저지른 비극이었고, 그 상상의 장면들에 오버랩되는 그림은 이태원 참사였다. 농촌마을에서 희생시킨 떼죽임과 대도시 골목길에서 희생시킨 떼죽임은 도대체 뭐가 다를

까. 빨갱이들의 의도된 척살과 자유민주주의를 외치며 방치한 참사? 인간해방이라는 가면을 쓴 정치적 이데올로기와 놀이의 본성에 악마를 숨긴 공권력의 사유화? 아니다. 도대체 뭐가 다르냐고 스스로 물은 것은 두 사건 다 본질적으로 같다는 직감에서 나온 질문이다. 엊그제 세주가 표현했듯, 인간의 존엄성이라곤 찾아볼 수 없다는 것이다. 의도적으로 직접 척살했건 방치해서 참사를 일으켰건 그것들이 어떤 의도된 수 싸움의 결과였다면, 그건 인간성의 파괴를 보여준 극단의 형태였음이 분명하다. 갓난아이까지 척살한 건 핏줄로 이어지는 후손의 보복을 계산한 수 싸움이었다. 참사를 전후해 보여준 그들의 행보, 인과성에 어긋난 조각들 또한 그 증거일 테다. 그 증거들을 숨기기 위해, 나왔어야 할 국정조사의 증인들을 내보내지 않은 것이지 않은가.

각설하고, 두 사건의 시간적 편차는 72년. 그러니까 한 인간의 생애사 전체를 차지하는 만큼이나 긴 길이이다. 그 기나긴 시간 동안 자유와 민주주의라는 이름으로 얼마나 많은 역사적 비극,들이 접혀지고 펼쳐지며 현대사를 이루어 왔는가. 그 편차의 주름 속에 얼마나 많은 사람들의 희생이 있어 왔는가. 한 인간이 태어나서 죽을 때까지의 시간 동안 더 많은 인간성의 회복으로 가는 것이 아니라, 되레 방식을 달리하여 더 많은 인간성의 파괴로 나아가고 있지는 않은가. 이는 참으로 이 세계에 저지르는 인간의 역사적인 부조리가 아닌가. 서영은 묻고 또 묻는 자신의 직감에 아찔했다. 묻고 또 묻는 서영은 자신이 철학자도 아니고 역사학자도 아닌 평범한 아줌마,이기에 더 아찔했다.

서영의 생각이 여기까지 미친 것은 평범한 아줌마이면서도 평소에 책을 두루 읽었던 바탕에 삼보일배를 하며 세상에 지혜를 묻고 하늘의 정보를 접하고 땅의 사람들과 대화를 나눴던 덕분이기도 하다. 만일, 자신이 삼보일배를 하지 않고, 그리하여 세상과 대화를 하지 않고 방안퉁소가 되어 슬픔의 곡소리만 높였더라면, 아마도 우울증에 빠져 극단적 선택을 했을지도 모를 일이었다. 73일간 세상을 향해 치열하게 묻고 답을 찾는 동안 서영은, 때로는 그리고 지금도 혼란스러우면서도 생각이 더 많이 진일보해졌고 깊게 커졌다. 그러나 더이상은 자신의 능력 밖이기도 하고 감당할 수도 없기에 생각하기를 그만 멈춰야 한다. 자신의 생각이 깊게 더 커지는 걸 죽여야 한다. 그렇다고 자신의 생명까지 죽이는 것은 아니기에, 부조리라는 말로 얼버무린다. 죽지는 않으면서 죽여야 하는 부조리랄까, 세상과 자신의 간극 사이에 존재하는 부조리랄까. 그렇게 생각하다 자신이 읽었던 '시지프 신화'에서 카뮈가, 인간과 세계를 이어주는 유일한 끈, 이 바로 부조리라고 말했음을 무심코 기억했다.

남편이 죽고 나서 우연히 다시 읽은 책이었다. 카뮈가 한 말의 의미가 정확히 무엇인지 이해하지는 못했어도 뇌리에 꽂혔던 일종의 어록이었기에 기억에 선명하게 남아 있다. 그런데 그 기억에 따르자니, 인간과 세계를 이어주는 게 부조리라면 부조리는 인간과 함께 항상 존재할 수밖에 없지 않은가, 이 의문이 들면서 순간 멍해지는가 싶더니 곧바로 아차, 지금으로서는, 이라는 카뮈의 전제가 누락되었음을 깨달으면서 서영은 천만다행으로 여겼다. 지금으로서는, 이 전제됨으로써 카뮈의 말은 역동성이 있어 보인다. 지금으로서는 인간과 세계를 이어주는 유일한 끈이 부조리라는 것이니 지금 아닌 이후에는 부조리가 아닌 다른 끈일 수도 있다고 생각한 것이다. 인간과 세계를 이어주는 끈이 부조리가 아닌 다른 무엇일 수 있다면, 그 다른 무엇은 무엇일까? 산은 산이요 물은 물이고, 부조리는 부조리이다. 산은 산이 아니요 물은 물이 아닌 부조리는 뒤집어져야 산은 산이 될 수 있고 물은 물이 될 수 있을 것이었다.

두더지를 닮았을까, 더이상 생각이 깊게 커지는 걸 멈췄음에도 다시 또 어느새 생각이 곁가지로 깊게 파고들고 있다는 걸 느낀 서영은 깊게 생각하는 것을, 진짜로 멈췄다. 동작대교를 벗어났다. 삼보일배의 여정도 곧 멈출 것이다.

엄마의 남편이 죽었고, 엄마가 죽었고, 애아빠가 죽었고, 딸년이 죽었다. 그래서 서영 자신도 죽어야겠다고 생각했을 땐, 살 이유가 없다는 분명함,이 그 이유였으나 살아야겠다고 생각하면서부터는 삼보일배를 결정했고, 되돌아보건대 73일간의 행군은 자신의 실존성 그 답을 찾는 지난한 과정이었다. 마지막 날이어서 그런지 서영이 온갖 생각에 미치고 고뇌에 휩싸여 한발 한발 나아갈 때 차량 운전을 하는 동탁은 전우성과 통화를 하고 있다. 차 밖으로 새나갈 일이 없음에도 목소리는 나지막했다.

"형님, 며칠 전엔 엄청난 최고급 정보를 드렸잖아요. 법무부 장관 딸… 예, 예. 그래서 경찰들이 우리한테 터치를 못하고 있는 거죠. 법무부 장관 딸이 삼보일배 마치면서 자기 신분을 밝히고 양심선언이라도 할 기세였는데, 혁진이가 좀더 두고 보자 해서 우선 말려놨당게요… 예, 예. 아, 그럼요. 그 딸이 혁진이 제자잖아요… 예, 예. 저도 혁진이하고 깨벗장구 절친이고 하니 제 입장도 있지만서도… 아, 아. 그렇죠. 형님 말씀처럼 서로 돕고 살아야죠. 저하고의 비밀은 꼭 지켜주시고요, 지난번에 말씀드렸던 제 아들… 아, 예, 예. 형수님 회사에 취업시키기로 했다고요? 그럼 저야 땡큐죠. 감사합니다, 형님… 그럼요, 제 아들이 그래도 송시열 선생 후손인데, 아주 잘할 겁니다. 하하하…

예, 바로 그 송시열입니다… 예, 그럼 들어가세요, 형님!"

서영은 고개를 들어 앞서가는 혁진을 보고 피식, 웃었다. 자기 말로는 지역사회의 기득권자 강만호가 부리는 심술에 반항해 고뇌의 시간을 갖는 기회라고 이야기했지만, 혁진 씨 아니었으면 이 행군에 감히 나설 수 있었을까, 생각한다. 동탁 씨에게도, 세주에게도, 거창모녀에게도, 그리고 함께 해주는 모든 분들에게도 감사하다 생각하며 다시금 마음 속으로 외친다.

율희야 미안해, 엄마가 말할게!

동탁의 차량에 부착된 이 문구를 보고 생존자로서 세주는 처음부터 마음에 찔렸다. 율희야 미안해, 나도 말할게!의 심정이 처절하게 들었던 것이다. 자신은 치료를 핑계로 숨어 있었다. 율희의 엄마를 찾고 거리에 나섰으면서도 공개적으로는 법무부 장관의 딸이라는 사실을 숨기고 있노라니 양심의 가책을 심하게 느껴왔다. 어제 저녁 찜질방에서 일행들이 둘러앉아 담소 나눌 때 자신의 심정을 고백했다. 거창모녀는 이태원에 도착했을 때 양심선언으로 폭로하자고 강하게 주장했고, 혁진은 삼보일배의 본의가 왜곡될 수 있고 너무 성급할 수 있으므로 나중에라도 기회는 있으니 고민을 좀더 해보자고 말했다. 서영은 전적으로 생존의 당사자인 세주의 판단에 맡기겠다고 했다. 결국 세주는 혁진의 의견을 받아들여 고민을 더 하기로 했다. 여전한 양심의 가책에 세주의 발걸음은 불편할 수밖에 없는 심정이다. 서빙고역 근처에서 점심을 먹을 때도 밥이 넘어가질 않았다.

오후 여정의 끝자락, 녹사평역을 거치면서 다시 시작된 성악으로 외쳐지는 소리와 함께 서영 일행은 마침내 이태원역에 도착했다.

여기가 그 이태원인가.

이태원은 서영이 난생처음 와보는 동네다. 처녀시절 가리봉 빵공장에서 일할 때 같은 작업반이었던 한 언니의 엄마가 당시 양공주,라고 불렸던 이태원의 매춘녀였고, 그 언니는 흑인 미군 병사의 피가 흐르는, 당시엔 튀기,라고 불리며 냉대당했던 혼혈인이었다. 완전 흑인의 모습은 아니더라도 입술이 두툼하고 살갗이 까만 데다 머리마저 곱슬이어서 누가 보아도 곧바로 눈에 띄었다. 공교롭게도 둘은 아버지가 누구인지를 모르고 태어나 자랐다. 그 때문인지 둘은 가정환경을 터놓고 이야기하는 사이가 되어 서로 의지하였는데, 공장에서 튀기라고 놀리는 사람이 많아 그 언니는 결국 몇 달 만에 그만두고 말았다. 그 언니는 이른바 양공주 소굴에서 벌어지는 엄마의 매춘 행위는 혐오하면서 이상하게도 이태원 기지촌 문화에 대해서는 어떤 동경심을 가지고 있었으며, 돈을 모아 이태원에서 멋진 옷가게를 차리는 것이 자신의 꿈이라고 얘기하곤 했었다. 서영은 그 언니의 이미지 세탁에도 불구하고 불온한 도시공간으로 뇌리에 박혀 있었던 이태원을, 정녕 불미스러운 사유로 찾아오게 될 줄이야 꿈에도 생각을 못했었다. 그 언니는 꿈을 이뤘을까, 하는 생각이 주마등처럼 스쳐간다.

서영이 이태원에 대해 아는 것은 그게 다였지만 이태원의 역사는 훨씬 숨이 깊다. 이태원은 예로부터 이방인들이 오고 가던 곳이다. 지금이야 서울의 한복판에 있지만 1930년대 전반까지만 하더라도 이태원은 한양의 경계선 바깥, 한강진 나루에서 도성으로 들어가는 길목이었다. 행정상 고양군 한지면(漢芝面)에 속한 이태원리(梨泰院里)였다. 한자 李泰院,으로 표기할 때는 이태원에 사는 사람들이 홍차를 생산했던 것과 연관된다. 고려 때 귀화한 거란족이나 조선 초기에 귀화한 여진족들이 이태원에서 홍차를 생산하며 살았던 것으로 보아 이태원은 귀화인들의 마을이었던 것이다. 임진왜란 때 항복하고 귀화한 일본인들이 거주할 때는 이타인이라 하여 한자 異他人,으로 썼다. 또 한자 異胎院,으로 표기할 때는 임진왜란 때 왜장과 그 부하들이 이태원의 운종사라는 절에서 비구니들을 겁탈해 태어난 아이들 등 왜군들과의 혼혈인들이 거주한 마을의 의미가 있다. '목민심서'와 같은 조선시대의 고전에서는 한자 利泰院,으로 표기했다. 지명에 원(院)이 붙여진 것은 오늘날의 여관과 같은 공무 수행자의 숙박시설이 있어서였다. 이태원은 영남대로로 이어지는 중국 사신들의 길목이기도 했다. 일제시대 때는 한자 梨泰院,으로 썼다. 배나무(梨)가 넘쳐(泰) 붙여진 이름이다. 오늘날 해밀튼호텔 뒤로 배나무가 많았다. 용산은 구한말 이후 일제의 조선 침탈을 위한 군사기지가 있었고, 해방 이후에는 그 자리에 미군이 주둔하면서 일대에 외국인 고급 주택단지가 들어서고 기지촌 문화공간을 이루어 미군의 유흥공간, 미국문화의 배출구로 자리잡았다. 그러던 곳이 1970년대 중반 이후에는 한국인들도 즐겨 찾는 이국적 공간이 되었다. 그 이국성은 이태원 역세권을 중심으로 다국적, 다문화 젊은 이들을 빨아들이는 매력적인 골목상권의 소비공간 상징으로 발달하였다. 이내 2022년 10월 29일 핼러윈 축제로 폭발하는가 싶더니 끝내 아비규환의 참사가 빚어진 것이었다. 일제시대 땐 1914년 조성되고 1936년 이장하여 주택지로 전환한 대규모 공동묘지가 있었으니 아직도 구천을 헤매는 원혼이라도 있는 것일까.

선두가 해밀튼호텔 옆 골목길 앞으로 이끌었다. 물밀듯 밀려왔던 모든 것들이 한순간의 썰물로 빠져나가 서영은 자신이 마치 혼체(魂體)가 된 듯싶다. 일행은 목례로 희생자들에 대한 예의를 갖추었다. 목례를 마친 뒤에야 서영은 비로소 골목길 안을 바라본다. 혼미해질 지경은 아니나 아무것도 안 보인다. 골목길 안쪽 옷가게의 출입문을 열고 문밖으로 나와 두어 걸음 내디딘 채 일행 쪽 사람들을 살펴보는 듯한 흑갈색의 나이든 여성도 시선에 들어오지 않는다. 비명횡사조차 침묵하는 멍한 공간, 이윽고 흰 티셔츠에 청바지, 하이힐 신은 율희의 째내는 모습만이 눈에 들어온다. 한참 후에야 기레기라 불리는 영혼 없는 다수의 기자들과, 이에 맞서 진실을 전하고자 하는 몇몇의 유튜브 방송 기자들, 호텔 벽면으로 길게 붙여진 수없는 추모의 메모지들, 세계 음식거리 골목 안쪽으로 무뚝뚝하게 들어가는 젊은이들, 엄청난 사건을 비웃기라도 하듯 평범한 일상으로 움직이는 골목길이 비로소 눈에 들어오기 시작한다. 그러자 서영은 한 뼘도 안되어 보이는 골목길 공간의 좁은 실체에 놀라워 몸서리쳐지도록 당혹해한다.

이건 정말 말이 안되잖아.

혼자 중얼거렸다. 멍하니 골목길 안을 다시 바라본다. 검찰국가의 그림자가 아른거린다, 혼체들의 앞그림자 너머.

한참 후에야 혁진이 서영에게 발언을 요청했다. 삼보일배 행군을 마무리하는 메시지가 있어야 하지 않겠느냐는 뜻이다. 서영은 고개를 끄덕인다. 골목길 안팎으로 모여든 일행이 불과 수십명에 불과했지만, 서영은 이렇게 많은 사람들 앞에 나서기는 난생처음이다. 사람들은 서영을 기다리고 있다.

"먼저, 저의 딸을 비롯해 이곳에서 희생당한 고인들의 명복을 두 손 모아 빕니다. 삼보일배 길에 함께 해주신 모든 분들께 깊은 감사의 인사를 올립니다. 여기 계신 모든 분들의 노고와 응원으로 무사히 마치게 되었습니다. 무슨 말을 어떻게 해야 할지 모르겠습니다만, 딸에게 보내는 말로 두서 없이 시작하겠습니다."

사람들이 주목하자 멈칫하던 서영은 감청색의 목소리로 말을 다시 잇는다.

　"어째 이런 일이, 충격이다. 정말 좁은 곳이구나. 159명의 목숨을 앗아간 곳이 이토록 좁은 공간이었다니, 우리의 지독한 현실이 너무나 잔인했구나! 슬퍼하지 않으련다. 아무 말도 하지 않으면 아무 일도 일어나지 않는다,고 저들은 힐난하더라. 그래서 절규를 했는데도 이런 끔찍한 일이 일어난 것일까. 생각해보니 그렇구나, 아무일도 일어나지 않았으면 아무말도 하지 않았겠구나. 난, 그렇게 영원히. 난, 너를 잃고나서야 비로소 말을 얻게 되는구나. 기억하련다. 나 윤서영은 이제, 아니 이제야 사랑하는 내 딸 함율희 너에게 그리고 세상 사람들에게 말을 하련다, 똑똑히!…"

14 울돌치숲

난산리 황토 구릉지 끄트머리에는 들판과 인접한 저수지가 있다. 1947년 줄포 면민들이 순경들을 수장시켰다는 그 저수지다. 저수지는, 주변의 야산이 농지로 개발되고 트랙터가 포악스럽게 밭을 갈아대는 통에 늘 빗물에 씻겨 흘러드는 황토로 수심이 얕아지더니 언젠가부터 수련이 가득한 연방죽으로 변했다. 버드나무 암수 몇 그루가 마치 연방죽의 수호신 당산나무처럼 물가를 지키고 있다. 줄풀, 꽃창포, 참개구리, 물뱀, 송사리, 붕어, 가물치, 물방개, 게아재비, 왜가리 따위들이 서식하며 형형색색의 자연미를 펼치는 온갖 자유의 세계다.

나그네의 마음을 뒤흔드는 버드나무 이파리들이 하늘거리는 가을 어느날 이른 아침, 죽은 남편이 꾼도 아니면서 낚시를 한답시고 폼 잡을 때 서영이 그 옆에서 어정대다 우연히 발견한 수초가, 처연하게 이슬을 달고 보라빛 꽃이삭들로 자신을 겨우 드러낸 줄풀,이었다. 고부천 등지에도 널려 있는 줄풀이려니와 줄포라는 지명이 줄풀에서 유래한다고 알려졌는데도 희한하게 줄포 사람들은 줄풀이라는 이름조차 잘 알지 못한다. 줄풀을, 잎사귀가 부들과 닮아 부들로 아는 사람도 있다. 역사를 잊고 사는 사람들이다. 역사를 잊으니 자연도 잊고 있다. 자연을 잊으니 생명도 잊고 있다. 서영은 나중에야 향리지에 언급된 줄풀을 찾아낸 혁진을 통해 그 이름을 알 수 있었다. 서영은 줄풀과 연꽃이 조화를 이루는 이 아름다운 저수지에 감응해 집에서 하염없이 내려다보는 일이 일상이 되었다. 그저 자연의 아름다움만을 주는 곳은 아니다. 저수지에 감응될 때마다 서영은 풀리지 않는 수수께끼, 웅포에서의 일을 떠올리곤 한다.

서영의 집은 그 저수지 위 울돌치고개로 넘어가는 언덕배기에 있다. 고개에서는 고부들판과 두승산, 방장산, 그리고 변산까지 영산(靈山)으로 알려진 사방의 산들을 은은히 건너볼 수 있다. 옛날에, 난산리 아이들이 땔감으로 산나무를 하거나 땡볕에서 풀 매는 밭일을 하며 부모의 눈을 피해 어디론가 도망치고자 수작을 부릴 때 바라보던 산들이다. 혹은 아이들에게는 도피처를 찾는 꿈의 이미지이기도 했을 것이고, 혁진처럼 문학적인 소년에게는 인문학적 상상력을 키워주는 감수성의 진원지이기도 했을 것이다. 참개구리 똥구멍에 보릿대를 쑤셔 넣은 채 입바람 불어 배 통통하게 기절시키거나, 한여름 상수리나무에서 잡아 온 풍뎅이와 흡사한 둥개 다리들을 반토막 내고 180도 돌린 머리를 잡아 날개짓으로 시원한 선풍기 바람을 불게 한 불량한 짓거리들도, 유년시절 어떤 감수성을 키워주었는지는 알 수 없는 일이다.

울돌치 일대는 한 세대 이전에는 연날리기, 깡통차기, 자치기, 술래잡기, 진또리, 야구, 태권도 연습 등 아이들의 놀이터로 애용되었고 벌안,이라 불리었다. 벌안은 여러 기의 묘가 있었으나 지금은 다 파묘해 소나무숲과 이웃해 서영의 텃밭으로 사용되고 있다. 울돌치는 임진왜란 때 의병군이 이곳에서 바위돌을 굴려 왜적을 물리치려 했으나 실패

하자 바위돌이 슬피 울며 사흘 동안이나 피를 흘렸다 하여 붙여진 바위이름이다.

"보통 −치,는 고개를 뜻하는 말이잖아요. 그런데 왜 이 마을 사람들은 울돌치고개,라고 이중으로 부르고 바위를 울돌치,라고 하지요?"

향리지를 살펴보던 서영이 혁진에게 물었다. 마을 사람들은 습관대로 울돌치고개라 말하곤 했으나 말들의 미세한 차이에 예민한 서영이 난산리 땅이름을 살펴보며 의문이 든 것이다.

"논리적으로 따지면 잘못된 말법이죠. 울돌치,는 애초 울돌고개,를 뜻했겠지요. 그러다 오랜 세월이 흘러 어원은 망각하고 사용하는 이름만 남다 보니 언제부턴가 울돌치에 있는 바위를 지칭하여 울돌치,라 불렀겠지요. 그러고 또 고개를 말할 때는 울돌치 바위가 있는 고개라 하여 울돌치고개,라 했겠고요. 사람들의 언어습관이란 게 논리적이거나 문법적이거나 꼭 그러지 않잖아요. 입에 달라붙는 대로 말하는 게 언중들의 현실이니까요. 사람들이 역전앞, 역전앞, 하듯이요."

혁진은 사람들의 언어습관을 강조하며 말했다. 어찌 보면 이런 언어습관은 사람들이 말에 무딘 것처럼 보이나 꼭 그렇지만도 않다는 게 혁진의 생각이다.

혁진은 5년이 지난 이야기를 서영에게 들려 주었다. 글 쓰는 마을 프로그램 때였다. 새벽부터 뽕밭에서 일하다 궁금증이 일어 뒤늦게 참가한 중년 나이의 지희네가 글쓰기반에 참여하여 시를 지었다. 그 첫머리를 엇그제 뽕나무 입이 태어나더니, 라고 썼다. 이에 혁진은 글자의 앞그림자 때문에 안경을 벗고 시를 쓴 A4용지를 두 눈에 가까이 갖다 대고선 무심결에 엇,그제,는 ㅅ받침이 아니라 ㅈ받침 엊,그제,라 해야 옳고 입,은 ㅂ받침이 아니라 ㅍ받침 잎,으로 해야 옳아요, 라고 지적질

했다. 그러자 지희네는 얼굴이 뽈따구스럽게 빨개지며 말하는 것이었다.

"선생님! 엇,은 잘못 쓴 게 맞는 거 같은데요 입,은 아니거든요?"

"예?"

혁진이 되묻자 지희네는 두툼한 입술을 한데 모으며 말을 이었다.

"이파리, 할 때는 보통은 ㅍ받침 잎,으로 쓰는 게 맞긴 해요. 그런데요 저는 그 뜻으로 쓴 게 아니고 제 느낌으로 입,이라고 쓴 거랍니다, ㅂ받침요. 먹는 입, 요오 입의 뜻으로요."

요오 입, 할 때는 오른손 집게손가락을 바짝 내민 자신의 두툼한 입술에 가까이 댔다. 그러자 맞은 편의 재학이 엄마가 격하게 토를 달았다.

"넌 왜 그렇게 무식허다냐? 뽕나무에 사람 입이 어디 달렸다고. 선상님이 틀렸다믄 틀린 줄 알아야지."

"가시내가! 니가 무식허고만. 시가 뭔지나 알고 씨부렁거리냐?"

둘은 다른 마을에서 태어나 이 마을로 시집온 초등학교 동창이어서 남들 보기에 쌈질이라도 하는 마냥 말을 아주 거칠게 했다. 지희네가 듣고만 있던 혁진을 바라보며 다시 말을 이었다.

"그러니까요 제가 왜 ㅂ받침 입,으로 썼냐면요, 뽕나무밭에 가믄요, 이파리들이 사람처럼 바람도 들이마시고 나하고 대화도 나누고 싶다고 막 말을 하는 거예요. 벌레 잡으려고 약을 치면요 쓰아리다, 그러고요. 긍게 이파리,가 아니라 입,이어야죠."

"그럼 니 말처럼 이파리,가 아니라 이바리,냐? 저 가시나 단단히 미쳤고만."

재학이 엄마를 쳐다보며 사람들은 박장대소했다.

"선생님, 무식한 저 가시나 글쓰기반에서 빼버려요."

속 모르게 얼굴이 빨개진 것은 혁진이었다. 자신의 잘못된 맞춤법 관념이, 부끄러웠다. 자연과 생활세계 속에서 느끼고 상상하고 표현하는 창의적인 발상들을 획일적인 맞춤법 관념으로 잣대질하지 말자고 생각해왔건만 가르쳐야 한다,는 일종의 선민의식이 앞서 맞춤법의 덫에 빠져버린 자신이 한없이 부끄러웠다. 어떤 점에서 혁진은 인간의 근원적인 자유를 갈구하는 자유인이다. 인간이 자유롭고자 발버둥치는 이 세계는 지나치게 표준화된 덫에 의해 존재의 집인 언어 표현의 창발성을 억압한다고 생각해왔다. 바꿔 말해, 창의적으로 표현하는 만큼 자유의 공간이 개척된다는 것이다. 언어는 매우 실존적인 현실이다. 상상하는 만큼 그리고 그 상상이 표현될 수 있는 만큼 비례의 법칙에 따라 자유는 더 많이 펼쳐진다. 지희네가 반발할 때 혁진의 뇌세계는 광속도로 움직였다. 사람들이 표준규범에 따라 뽕나무잎,으로만 표현한다면 뽕나무잎만큼만 자유를 구가할 수 있다. 그러나 지희네처럼 뽕나무입,으로도 표현할 수 있다면, 자유의 공간이 두 배 더 커지는 것이다.

그러고 보니 오늘날의 난산리 사람들은 울돌치라는 말도 거의 쓰지 않는다. 사람들의 언어습관에서 울돌치,는 잊어버린 땅이름이고, 그만큼 울돌치 땅에서의 자유를 잃고 있는 셈이다. 혁진과 대화 속에서 무의식적으로 교감이 되었는지, 서영은 그 잃어버린 땅이름에서의 자유를 되찾을 생각이다. 자유는 소유되지 않는다. 상상을 통해, 이름을 통해, 언어를 통해 공유될 뿐이며, 어떤 점에서는 역사 속에서 존재할 뿐이다. 서영에게 자유는 다시 각각이 호명되는 울돌치 주변 생태의 숲으로 이전된다. 울돌치바위 주변으로는 수령이 꽤 되어 보이는 적송들이 작은 소나무숲을 이루고 있다. 소나무숲은 잡목이 자라지 않아 칙칙하지는 않으나 칡넝쿨, 담쟁이, 냉감나무 따위와 숲섶에 꿀풀, 인동, 뱀때왈, 머위, 쑥, 모시 따위가 제멋대로 섞여 있다.

어릴 적 익숙한 이름들이다. 사람들이 유년시절을 그리워하는 것은 어쩌면 잊혀진 자유를 그리워하는 것이다. 이름들을 찾아 미지의 세계를 마음껏 활보할 수 있었던 자유가 아니던가. 서영의 생각이 거기까지 미치다 보니 주변의 것들이 새롭게 보인다.

서영의 집을 사이에 두고 소나무숲 맞은 편으로는 햇볕 잘 드는 예스러운 장독대 항아리들이 탱자나무를 병풍 삼아 까만빛을 발한다. 집을 지으면서 접붙인 귤나무 묘목을 다섯 그루 심었는데 그해 겨울에 얼어 죽고 접본에서 새싹이 돋아나 살아난 것이 알고 보니 탱자나무였다. 귤나무가 새로 돋아나는 줄 알고 자랑질하다 뭣이 귤나무여, 탱자나무고만, 이라고 어깃장 놓은 동네 할머니 덕에 탱자나무라는 사실을 알게 되었다. 당혹스러워하는 서영의 붉어진 얼굴빛에 마음이 동해 그날 밤 일을 치르려고 탱자 가라사대,를 속삭이며 분위기 잡는 남편의 둥그런 얼굴이 탱자로 보이는 바람에 서영이 키득키득거려 뜨거움이 불발되고 말았던 기억도, 그리고 장독대 뒤에 탱자나무가 심어진 사연을 율희에게 이야기하다 서로 큭큭거리던 기억도, 그저 손에 잡히지 않는 추억으로만 남을 뿐이다. 아직 무성해지지는 않았지만 오밀조밀한 줄기와 가시들 사이에 참새 한 쌍이 알게 모르게 새 집을 지어 놓았다.

장독대에 이어 큰달맞이꽃, 접시꽃, 아이리스, 수선화, 달개비, 작약, 포피, 백합, 철쭉, 치자 등 여러 종류의 화훼들과 제멋대로 자란 야생초들이 군집을 이루어 옛살림의 이끼와도 같은 돌확, 수련꽃이 피는 작은 연못과 함께 기다란 정원을 이루고, 그 뒤편 하늘 높이 솟은 자작나무들은 서영이 매칼없이 웃게 만들곤 한다. 예전에 율희가 집에 와 엄마와 농담 따먹기 할 때마다 자작나무 광합성,이라거나 자작나무 타는 냄새,라고 놀려대면서였다. 그 말들이 당초 무슨 뜻인지 알 수 없었으나 자작나무 광합성,은 교묘한 합성사진을 실물마냥 속이려 할 때, 자작나무 타는 냄새,는 댓글 따위로 자작극을 비아냥거릴 때 쓰는 인터넷 유행어임을 실토하자 서영은 그저 젊은 세대들의 고급진 말장난에 감탄했다. 한자 없는 자작나무의 자작,에 한자 自作,을 덧씌운 조롱이다.

마당은 잔디밭이다. 경계는 사람의 냄새가 물씬 나는 둥그런 곡선이다. 질기게 생긴 질경이, 시도 때도 없이 노란꽃을 피워대는 민들레, 흡사 잔디 닮은 잡초, 토끼 없는 토끼풀 따위들이 곳곳에 섞여 있는 잔디밭도 개미들에게는 일종의 몽골의 대초원과 같다. 언젠가 기다란 꽃뱀 한 마리가 허물을 벗으며 지나가다 찰스에게 들켜 혼쭐이 났다. 파초와 수국도 위용을 자랑한다.

집 안팎 곳곳이 남편과 티격태격 싸우던 흔적들이 아직도 눈에 선하다. 잔디밭은 잡초 때문에 가장 많이 싸운 곳이다. 잡초 잡는 제초제를 쳐 깔끔하게 하자며 짜증내는 남편에 맞서 소금을 잔뜩 뿌리면 잡초를 잡을 수 있다는 말을 어디서 듣고 그리하다가 잔디만 몰살시키는 바람에 대판 싸우다 홧김에 서울로 내빼버린 기억이 있다. 싸움은, 날갯짓이 태평양을 건너 폭풍으로 돌변하는 나비효과처럼 아주 아주 사소한 것에서 시작해 불길처럼 번져가기도 하거니와, 옳고 그름의 기준을 가르는 사람의 감정이란 게 참 묘하기도 하다. 이젠 그렇게 싸울 사람조차 없는 서영이다.

칼로 물베기 하는 게 부부싸움이라는 말을 빛나게 하듯 한바탕 싸우고서도 뜨겁게 혀감기를 나누던 곳도 마당 한 켠에 자리잡은 파초 이파리 그늘이었다. 벌써 30여 년 전 듀엣가수 수와진이 불렀던 노래, 불꽃처럼 살아야 해 오늘도 어제처럼, 저 들판의 풀잎처럼 쓰러지지 말아야 해, …를 부르며 집들이 때 차에 싣고 와 지인이 선물해준 파초다. 그 그늘에서의 키스는 느낌이 아주 이국적으로 강렬했다. 파초의 꿈이었을까. 파초 앞에서는 어떤 그리움이 더 자극한다. 서영은 그저 바라만 봐도 좋은 파초 앞에 서면 버릇처럼, 모르는 사람들을 아끼고 사랑하며, 행여나 돌아서서 미워하지 말아야 해, 하늘이 내 이름을 부르는 그날까지, …를 부르다가 혁진에게 들킨 적도 있다. 마치 남편과 키스하다 들킨 느낌이었다.

혁진은 서영이 노래부르는 것을 처음 보았다.

"파초 앞에서 '파초'를 부르시네. 노래를 참 잘 부르시네요."

"깜짝이야, 전화도 없이."

"전화해도 안 받으시도만요."

"아 맞다, 전화길 방안에 놔뒀어요."

"그거 아세요? 파초는 이국적인 느낌이 들잖아요. 그런데, 조선시대 문인들도 좋아했어요."

"그래요?"

"네, 조선 문인들 기운을 받아 서영 씨 글쓰기 작업이 잘될 거란 예감이 드는데요?"

"혁진 씬 갖다 붙이기도 잘해요."

서영의 말투가 난데없이 살짝 붉어졌다. 언제부턴가 몸의 기억 속에서 잊혀버린 느낌의 말, 두어 해면 환갑이 되는 나이에도 불쑥 찾아온

뭉클함,이었다. 커다란 파초 이파리에 매달려 있는 청개구리를 손가락
으로 건들며 혁진은 딴소리한다.

"영광에서 자랄 때 혹시 청개구리 먹어봤어요? 그 가시내는 손으로
잡아 냉큼 먹어버리더라고요."

"그 가시내라뇨?"

"우리 동네 월곡댁 딸요, 우리 동창이거든요. 옛날에 저기 울돌치 바
위에서 놀 때요."

서영은 울돌치를 바라보았다.

"그래요? 어쩐지 비만 오면 개구리 울음소리가 울돌치서 슬프게 나
던데, 걔가 가 혼령인가 보죠?"

"으매, 그건 임진왜란 때부터 나는 바위 울음소리라고 저번에 말했
잖아요."

둘은 웃어넘겼다.

혁진이 서영에게 찾아온 것은 공부 날짜를 바꾸기 위해서였다. 서영
은 삼보일배를 마친 후 이태원 희생자들 이야기를 기록하고 싶다고 했
다. 서영이 문학적 소질과 이야기를 만들어나가는 창의성이 있다는 것
을 알고 있었기에 혁진은 흔쾌하게 격려하고 자신과 공동작업을 하자
고 제안했다. 둘은 자주 만나 이태원 희생자들의 이야기를 탐사문학으
로 제대로 기록하기 위하여 준비들을 해왔다. 자료들을 모으며 여러
책들을 읽고 있다. 하반기에는 전주로 나가 대학원 청강을 하며 깊이
있는 인터뷰와 글쓰기 훈련을 하기로 했다. 이런 숙성된 훈련과정을
통해 서영은 희생자의 삶에서 무엇을 발견하고 유가족들에게 무엇을
물어야 하고 자신이 무엇을 말해야 할지 가닥을 잡아갈 것이었다. 서
영은 언어감각이나 사물의 핵심을 파는 데는 탁월하므로 어려운 일이

아닐 것이다. 그러나 무엇보다 필요한 것은 유가족들과 친해지는 일이어서 서울에도 자주 올라가고 연락도 자주하고 있다.

수국은 동네 할머니집에서 삽목해 심었으며 강하고 아름답게 컸다. 텃밭 쪽 경계지에는 화분에 재배하고 있는 블루베리 수 그루가 자라고 있다. 물을 제때 주지 않아 몇 그루가 말라 죽었다. 무화과 한 그루는 단맛 좋은 열매가 열려 말벌과 산까치들이 다 대놓고 파먹는 바람에 몇 개 따먹지 못하곤 했다. 청으로 만들어 주면 율희가 무척 좋아했었다. 텃밭엔 잘 자라고 있는 마늘과 양파 옆에 오이고추, 일반고추, 오이, 가지, 잎들깨, 상추, 애호박, 대파, 성주참외, 수박 따위들을 심었다. 농약을 살포하지 않아 풀과의 전쟁에 매년 시달렸으나 삼보일배를 마치고 돌아오자마자 혁진이 제초매트를 깔고 관수시설을 설치해주어 올 여름 풀 걱정은 크게 하지 않을 참이다. 수확물들은, 율희가 살아 있을 때는 율희에게 보내주곤 했었으며, 올해부터는 딸이 된 세주에게 보내줄 생각이다.

세주는 신림동집에 들어가 살기로 했다.

석 달 전, 삼보일배를 마친 날 일행은 저녁 늦게 신림동 서영의 집으로 들어가 이틀을 더 묵었다. 여전히, 유품들은 차마 손댈 수 없었다. 집은 오랫동안 살았던 자기집임에도 서영에겐 집안의 냉기만큼이나 낯설게 느껴졌다. 귀촌한 이래 수년 동안 집은 어느새 율희의 취향대로 바뀌어가고 있었다. 날이 어두워져 들어간 집안, 형광등을 켜자마자 눈 안으로 들어온 거실은 율희가 꿈꾸던 인형공방으로 디스플레이되고 있었다. 엄마!, 하며 두 손을 바짝 치켜들고 뛰쳐나올 것 같은 율희는 여기저기 놓여 있는 크고 작은 인형들의 모습으로 둔갑하고 있었다. 애니메이션 인형, 성인인형, 괴기인형 들. 서영은 울컥, 애써 슬픔

을 감추었다. 율희가 죽고 나서 몇 차례 드나들었을 땐 먹먹하던 슬픔
이 이제야 율희의 구체적인 모습을 갖춘 슬픔으로 다가온 것이다. 커
다란 원형탁자 위에는 대바늘과 코바늘 세트, 실, 그리고 뭔가 뜨다 만
것이 헝클어져 있어 편의점에 다녀온 율희가 금방 제자리에 앉아 뜨개
질을 이어가기라도 할 듯했다. 뜨개 관련 몇 가지 책들과 매거진 '털실
타래' 가을호도 눈에 띄었다.

거실 풍광은, 핏줄로 이어진 자식의 혼이 담긴 흔적이건만 타자,의
삶과 타자,의 취향이 스며든 디스플레이로 변해가고 있었다. 그 취향
이 주는 느낌은 자식이라는 새로운 세대가 꿈꾸고 향기를 내뿜는 어떤
단절된 메시지를 던져주었다. 슬픔은 그 단절된 메시지를 이어주려는
듯 더 애닳게 파고들었다.

죽은 자식 앞에서, 서영은 이방인이었다. 율희의 환영으로 나타난
인형들에게 뭐라고 말해줘야 할지 아무 생각도 들지 않았다. 토토로인
형이 달린 딸의 방문을 열고 등을 켰다. 찰스가 먼저 방안으로 빠르게
들어갔다. 가장 먼저 눈에 들어온 것은 책장에 걸쳐 놓은, 연필로 그린
딸의 초상화였다. 유가족 측이 마련한 분향소 영정으로 사용한 초상화
다. 긴 머리카락의 반대방향으로 응시하는 딸의 시선은 서영의 시선을
붙잡았다. 다시 서영의 시선은 칼라 편지지에 펜으로 적은 버킷리스
트,를 향했다. 뜨개자격증 따기, 전시회 10번 찾기, 엄마랑 놀기가 적
혀 있었다. 엄마 아빠와 찍은 가족사진, 친구들과 함께 찍은 네컷사진
이 무드등과 캔들워머 옆에서 빙긋 웃고 있었다. 책상 위에는 노트북
과 다이어리가, 마치 그 주인이 살아 있음을 증명이라도 하듯 펼쳐져
있었다. 노트북과 다이어리 안에서 딸의 숨은그림을 찾아야 할지도 모
른다. 다이어리를 집어들면서 서영은 비로소 딸의 온기, 펜으로 쓴 글

자의 익숙한 온기를 느낄 수 있었다.

　수년 만에 찾은 신림동집, 세주 역시 거실과 방안에 널려진 율희의 흔적들 앞에서 이방인이었다. 그리고 자신 스스로에게도 이방인이 되어 가고 있었다. 이태원 골목길에서 외친 서영의 감청색 절규는 세주의 마음을 크게 움직였다. 율희의 명령이었고 감정의 명령이었다. 변호사로서 유가족단체 지원활동을 하면서 검찰 세력의 정치검찰 행태에 맞서 싸우기로 했다. 가족들이 국회 앞에서 진상조사, 책임자 처벌, 특별법 제정을 요구하는 천막농성을 해도 여당 국회의원들은 쳐다보지도 않으며 철저히 무시했다. 국정조사를 하며 텔레비전 영상으로 생중계될 때는 뭐라도 다 해줄 것처럼 유세 떨던 그들은, 후안무치의 정치꾼으로 되돌아갔다. 인간적 자존감을 짓밟는 이런 모습들을 목도하면서 세주는 참을 수 없는 분노가 더욱 커졌다.

　"모멸감을 느껴요."

　삼보일배를 마치고 귀향하는 서영 일행과 동행해 줄포 노을 바닷가를 찾은 세주는 어딘가에 흩뿌려져 있을 율희를 그리워하며 말했다. 갯골 따라 붉은 노을이 촉촉하게 물들어 있을 때였다. 그 모멸감이 어떤 모멸감인지, 어디서 온 모멸감인지, 그리고 어디로 튈 건지 서영도 혁진도 묻지 않았다.

　세주가 느끼고 있는 모멸감은 아빠에게서 받은 영향도 적지 않다. 이태원 참사가 있던 그날 아침, 특수부 젊은 검사와 선을 보라던 아빠의 머릿속에는 온통 정략결혼의 의도만이 있었다. 결혼은 현실이다,고 말한 아빠의 언중에는 사랑의 감정을 경멸하는 노골적인 태도가 엿보였다. 딸로서 존재하는 인간에 대한 모멸이었다. 이는 아빠라는 외피를 쓴 검사 출신의 법무부 장관이 보여주는, 세주 자신의 어깨 너머 존재하는 인간의 관계에 대한 모독이었다.

 하늘 아래 안개강이 흐릅니다. 우리가 건너야 할 안개 없는 안개강. 눈, 귀, 입, 코, 혈관, 세포구멍, 똥구녁에 이르기까지 세상이 모두 앞 그림자들로 뿌연합니다. 부조리하게, 처참하게, 실존적 현실로. 악마 의 균은 지독한 현실을 재생하고 부패시킵니다. 라식수술한 눈에도, 보청기를 단 귀에도, 임플란트한 이에도, 우뚝 세운 코에도, 오메가3 로 청소한 혈관에도, 독소를 뽑아낸 세포구멍에도, 관장을 한 똥구녁 에도 죽지도 않고 또다시 살아납니다. 역사, 목적 없는 악순환일까요. 참으로 헤아릴 수 없는 세상입니다.

 혁진이, 서영에게 보낸 카톡 문자였다. 신림동집 일로 세주가 얼마 전에 다녀갔다. 검찰국가, 국민과 내전하려는 괴물의 탄생을 용인하면 모두가 불행할 것이라며 이를 막아내기 위해 동분서주한다 했다. 삼보 일배 때 고민했던 양심선언은 더 두고 보자 했다. 어쩌면 아버지와 딸 의 목숨 건 싸움이 시작되겠구나 싶었다. 그 또한 안개강을 건너는 실 존적 현실이려니, 생각하며 밤새 아이러니해진 혁진은 새벽에 불쑥, 드러누운 채 서영에게 보낸 것이다. 내가 지금까지는 인격적으로 대우 를 해주었는데 너 이 새끼 말야, 하고 시작한 전날 저녁 강만호가 퍼 부어댄 폭언에서 썩은 내가 진동하니 끓어오르는 부아를 참지 못했다. 격해진 감정을 은유적으로 세탁해 서영이 공감해주길 기대하며, 일기 장에나 쓰는 자기독백처럼 표현했다. 공직에서 퇴임하여 기세가 좀 수 그러들 줄 알았더니 되레 본색을 드러내 강만호는 추악한 모습을 자주 노출했다. 알고 보니 얼굴빛 하나 변하지 않으며 노련하게 조곤조곤 거짓말을 밥 먹듯 하는 인물이었다. 읍지용으로 발급해 쓰는 체크카드를 혁진이 유용하여 마구 긁어대기라도 한 것처럼 읍내 사람들에게 떠들어대고 사무국장에게 내역서를 여러 차례 요청했다는 말에 그러잖아도 빡쳐 오르던 혁진이, 고심 끝에 공개적으로 문제제기하는 게 옳다고 판단하여 적반하장 강만호의 횡포를 폭로하는 글을 읍지 단톡방에 올린 것이 폭언의 화근이었다. 한참을 고민하며 겨우 써 보낸 글을 다시 한번 읽어보더니, 썩은 내도 함께 실어 보내는 듯하여 혁진은 서영에게 보낸 문자를 곧바로 삭제했다.

그러고선 혁진은 자리에서 일어나 냉장고에서 햇양파즙을 하나 꺼내 마시며 마당에 나가, 손톱보다도 더 가느다랗게 떠있는 그믐달을 발견하고서야 비로소 온몸이 맑아질 수 있었다. 무수하게 뿌예진 앞그림자들의 안개강을 뚫고 노를 저어가고 있는 그믐달이 준 신호다.

그믐달은 수백 걸음 떨어진 서영의 집도 비추고 있다. 1925년 나도향은 수필 '그믐달'에서 이렇게 썼다. 서산 위에 잠깐 나타났다 숨어버리는 초생달은 세상을 후려 삼키려는 독부가 아니면 철모르는 처녀 같은 달이지마는, 그믐달은 세상의 갖은 풍상을 다 겪고, 나중에는 그 무슨 원한을 품고서 애처롭게 쓰러지는 원부(怨婦)와 같이 애절하고 애절한 맛이 있다… 나도향의 수필을 읽어본 적 없는 서영이다. 서영의 원한은 쓰러지는 원부, 그에게 비추어진 백년 동안의 비애를 닮을 리 없다. 그믐달은 가장 어둡고 깊은 밤하늘의 원한을 뚫고 곧 내비칠 어둑새벽 동살의 고독한 척후병이다. 그 시각에 눈떠 있던 서영은 혁진이 삭제하기 전 이미 문자를 읽고 있었다. 직감적으로 안개강,이라는 표현에 꽂혔고, 그리하여 자신이 구상하고 있는 울돌치숲에 새로운 이름을 붙여줬다. 안개강 너머 울돌치숲. 서영은 알쏭달쏭한 한 마디로 답신을 보냈다.

ㅋㅋㅋ 거시기혀요.

소나무밭, 텃밭, 정원, 마당으로 이어지는 황토 구릉지의 작은 생태계, 생명체들의 세계를 서영은 울돌치숲,이라 불러왔다. 작년까지는 정원의 잡초들을 깔끔하게 제거해주곤 했으나 이젠 그러하지 않는다. 잡스럽고 다양한 온갖 것들이 자연의 생태계를 이루도록 내버려 두고 있다. 서영의 생각이 바뀐 것은 그토록 좁은 이태원 골목길을 직접 보고 큰 충격을 받아서다. 얼마나 좁았길래 그 골목길에서 159명이 죽어가야 했을까. 이러한 의문에 대해서는 그 누구도 답을 주지 않고 있다. 그토록 좁아서 그리고 그토록 밀집해서, 라는 빌미로도 온갖 것들이 죽지 않고 태연하게 잘 살아가는 모습을 보고 싶어 하는 서영의 간절한 소망이다. 변한 것이 또 하나 있다. 이전에는 뭇 생명들은 서영 자신을 위한 자신의 욕망과 감정의 대상일 뿐이었다. 지금은 뭇 생명들도 스스로의 욕망과 감정이 있음을 알고 그 뭇 생명들과 대화를 나누는 법을 터득해가고 있다. 울돌치숲은 신림동집 율희의 꿈이 이전되는 생명들의 말하는 커뮤니티다. 여기에서 코로나 시국으로 중단된 마을 사람들의 글쓰기도 다시 시작하기로 했다.

그믐달이 더 가늘어지면서 서영은 혁진에게 다시 장문의 문자로 답신을 보낸다.

이미 여름 안으로 들어섰는데도 봄날이 그리워집니다. 울돌치숲에, 소나무숲과 텃밭과 정원과 마당에 율희가 꿈꾸었던 인형공방의 놀이터가 될 봄날요. 어쩌면 그 봄날은 지금 시작되고 있네요. 이야기가 창작되는 판타지 공간, 그 공간을 디스플레이할 수제 인형들. 인형들에는 흰 티셔츠에 청바지, 하이힐을 신은 깜찍할 율희도 있고 158명의 친구들도 있고 세계의 여러 동물들도 다 있을 거예요. 사람새끼로 태어나 평생 짐승처럼 말 한마디 못하고 죽음을 택한 찐따 인형, 그리고 제가 지난 번에 말씀드렸잖아요, 처녀시절 가리봉 빵공장에서 만났던 혼혈인 언니, 그 언니의 인형도요. 엊그제 유가족 단체에서 연락 왔는데, 서울시청 앞 서울광장에서 여의도 국회 앞까지 곧 오체투지를 한다고 하네요. 그때 이태원에 옷가게 내는 게 꿈이라고 했던 그 언니를 찾아보려고요. 불편했던 마음을 끝내 풀지 못하고 떠나버린 율지댁 인형, 하루 더 놀면 좋겠다고 능청을 떤 해맑은 칠보댁 인형 들도 이 숲으로 찾아올 거예요. 죽음 이후 간 그곳이 사랑이라면, 울돌치숲은 사랑 이후에 가는 곳도 사랑이라고 말할 수 있는 죽음 너머 사랑의 숲이 되었으면 해요. 푸른빛 사랑이 넘치는. 거기서 사랑의 숨은그림찾기 놀이를 하려고요… 혁진 씨, 홧팅?

율희는 자작나무볶음밥을 먹으며 산 사람처럼 하얗게 웃는다.